Kevin Brooks
Live fast, play dirty, get naked

Kevin Brooks, geboren 1959, wuchs in einem kleinen Ort namens Pinhoe in der Nähe von Exeter/Südengland auf. Er studierte in Birmingham und London. Sein Geld verdiente er lange Zeit mit Gelegenheitsjobs. Seit dem überwältigenden Erfolg seines Debütromans ›Martyn Pig‹ ist er freier Schriftsteller. Für seine Arbeiten wurde er mit renommierten Preisen ausgezeichnet, u.a. mehrfach mit dem Deutschen Jugendliteraturpreis sowie der Carnegie Medal für ›Bunker Diary‹. Seit 2011 schreibt er auch Kriminalromane für Erwachsene.

Uwe-Michael Gutzschhahn, geboren 1952, hat alle auf Deutsch erschienenen Bücher von Kevin Brooks übersetzt. Er studierte deutsche und englische Literatur in Bochum und lebt als Übersetzer und Autor, Herausgeber und freier Lektor in München.

Kevin Brooks

Live fast, play dirty, get naked

Roman

Aus dem Englischen von
Uwe-Michael Gutzschhahn

dtv

Ausführliche Informationen über unsere Autoren und Bücher
www.dtv.de

Von Kevin Brooks sind bei dtv junior außerdem lieferbar:

Martyn Pig
Lucas
Candy
Kissing the Rain
The Road of the Dead
Being
Black Rabbit Summer
Killing God
iBoy
Bunker Diary
Travis Delaney – Was geschah um 16:08?
Johnny Delgado – Im freien Fall
Johnny Delgado – Der Mörder meines Vaters

FSC
www.fsc.org
MIX
Papier aus verantwortungsvollen Quellen
FSC® C019821

Ungekürzte Ausgabe
2015 dtv Verlagsgesellschaft mbH & Co. KG, München

Titel der englischen Originalausgabe: ›Naked‹,
2011 erschienen bei Penguin Books Ltd., London, England
Umschlaggestaltung: Katharina Netolitzky
unter Verwendung eines Fotos von Trevillion Images/Marta Syrko
Gesamtherstellung: Druckerei C.H.Beck, Nördlingen
Gedruckt auf säurefreiem, chlorfrei gebleichtem Papier
Printed in Germany · ISBN 978-3-423-71660-4

Für Phil, Pete, Sid und Kenny

1

In dem langen heißen Sommer von 1976 wurde mein Herz geboren; mein Leben erhielt seine Form, meine Liebe wurde besiegelt, meine Seele ging verloren und zerbrach. Es war der Sommer von so vielem – Hitze und Gewalt, Träumen und Albträumen, Himmel und Hölle –, und wenn ich heute zurückschaue, fällt es mir schwer, das Gute vom Schlechten zu unterscheiden.

Es war *alles* gut und schlecht.

Alles zusammen, alles gleichzeitig.

Es war *alles*.

Es war der Sommer, als ich siebzehn wurde. Es war der Sommer, der endlose Wochen lang glühte, bis der Teer in den Straßen schmolz. Es war der Sommer des Wahnsinns, der Sommer des Punk, der Sommer weggeworfenen Lebens …

Es war all das.

Und mehr.

Viel mehr …

Es war der Sommer von William Bonney.

Williams Geschichte hat mich jetzt beinahe fünfunddreißig Jahre begleitet, verborgen unter dem Siegel meines Herzens, und obwohl ich nun nichts mehr für mich behalten muss, kann ich nicht anfangen, darüber zu sprechen, ohne vorher etwas über Curtis Ray zu erzählen. Denn ohne Curtis wäre ich William niemals begegnet. Genau genommen gäbe es ohne Curtis überhaupt nichts zu erzählen.

2

Als ich im Herbst 1970 auf die Mansfield Heath School kam, kannte ich Curtis Ray nicht persönlich, ich wusste nur, wer er war. *Jeder* wusste, wer er war; Curtis war einfach so ein Typ, den alle kennen. Obwohl damals erst zwölf – ein Jahr älter als ich –, galt er schon da als jemand, der *anders* war. Er war Curtis Ray, der mit den langen blonden Haaren aus der zweiten Jahrgangsstufe, der hippe Typ mit der provozierenden Ausstrahlung, der Surf Beads, Ohrringe und eine schwarze Lederjacke trug, der Junge, der E-Gitarre spielte. Er war ein Typ, den man entweder liebte oder hasste – und ich glaube, selbst die, die behaupteten, ihn zu hassen, waren insgeheim ein bisschen in ihn verknallt; nicht bloß die Mädchen, sondern auch die Jungen.

Weil er ein Jahr älter war und zu der Zeit außerdem Lichtjahre von meinem sozialen Umfeld entfernt, gab es für mich keinen Zweifel, dass er von meiner Existenz nichts wissen konnte. Ich dagegen wusste, dass er existierte. Ich sah ihn fast jeden Tag im Vorbeigehen. Aber das war auch alles, was er je für mich sein konnte: eine Gestalt, die auf den Schulfluren an mir vorbeiging, ein ehrfürchtig geflüsterter Name – *»schau, da ist Curtis Ray«* –, ein Junge von einem anderen Stern.

Egal, wie oft ich von ihm träumte – und ich gebe ja zu, dass ich sehr wohl von ihm träumte –, wusste ich doch immer, es waren nur Träume. Er war wirklich von einem anderen Stern. Er war cool, er war hip, er war aufsässig anders. Ich war nur anders. Er sah so gut aus, dass ihm selbst Mädchen, die seine langen Haare und seine verrückte, schräge Musik hassten, nicht widerstehen konnten. Ich dagegen fiel in die Rubrik: »Sieht ganz okay aus, wenn man auf die Art steht.« Und während Curtis genau zu wissen schien, wer er war und was er sein wollte, verbrachte *ich* meine ersten Teeniejahre in einem Zustand ewiger Unsicherheit. Mir fehlte nicht nur Selbstvertrauen, sondern auch der Glaube daran, dass die Welt um mich herum irgendeinen Sinn ergab. Ich begriff einfach nicht, was das Ganze sollte, wozu es gut war, welche Absicht dahintersteckte …

Alles in allem war ich ein ziemlich *unsicheres* Mädchen. Und auch wenn die Freundinnen, die Curtis im Lauf der Zeit hatte, sowohl zahlreich als auch ganz unterschiedlich in Alter, Typ und Charakter waren, hatten sie doch – abgesehen davon, dass sie alle schön und sexy aussahen – eines gemeinsam: die Nichtexistenz jeglicher Unsicherheit. Deshalb gab es einfach keinen Grund zu glauben, dass Curtis Ray für mich je mehr als ein Traum sein könnte.

Doch an einem strahlend blauen Sommertag in der ersten Juliwoche des Jahres 1975 wurde mein Traum plötzlich Wirklichkeit.

Seit meinem fünften Lebensjahr, als meine Mum mich zu meiner ersten Unterrichtsstunde brachte, hatte ich Klavier gespielt. Mum hatte selbst immer Klavier spielen wollen, behauptete sie jedenfalls, und es grämte sie sehr, dass sie es als Kind nicht gelernt hatte.

»Ist doch noch nicht zu spät«, sagte ich jedes Mal. »Also, ich meine, man kann doch nicht bloß als Kind Klavierspielen lernen.«

»Es hat mit meinen Fingern zu tun«, sagte sie dann immer. »Sie sind nicht mehr geschmeidig genug.« Oder: »Du weißt doch, was ich für Kopfschmerzen habe, Schatz … ich könnte mich gar nicht darauf konzentrieren.«

Ich glaube, in Wirklichkeit wollte sie es deshalb nicht lernen, weil sie wusste, Klavierspielen bedeutet Arbeit und Hingabe. Und von ihren Süchten einmal abgesehen gab sich meine Mutter nur einem hin: Sie vermied konsequent alles, was mit harter Arbeit verbunden war. Dennoch beharrte sie mit großer Freude darauf, dass *ich* lange und hart am Klavier übte … und das tat ich. Doch für mich war es keine harte Arbeit, denn es machte mir Spaß. Von der ersten Stunde an, als ich fünf war, liebte ich alles daran – die Musik, den Zauber, die wunderbare Welt aus Klängen und Liedern … Melodien, Töne, Strukturen, Rhythmen … alles erschien mir so spannend. Außerdem war ich wirklich gut am Klavier. Kein Wunderkind oder so, aber es ging mir ganz natürlich von der Hand, und mit acht oder neun war ich schon ziemlich weit. Zu meinem zehnten Geburtstag bekam ich mein eigenes Instrument – ein wirklich schönes Bechstein-Klavier, auf dem ich noch heute viel spiele – und ich nahm weiter Unterricht, belegte auch in der Schule Klavier und übte unentwegt, bis ich fast siebzehn war. Genau das tat ich auch an dem heißen Sommertag 1975: Ich übte im Musikraum der Schule eines der Stücke für die demnächst anstehende Klavier-Aufnahmeprüfung in die letzte Klasse.

Mansfield Heath war eine mittelgroße Privatschule in Hampstead im Norden von London, wo ich wohnte. Sie war eine der ersten privaten Schulen im Land, in denen Jungen und Mädchen gemeinsam unterrichtet wurden. Das Hauptgebäude, das aus dem 17. Jahrhundert stammte, war ein imposanter alter Backsteinbau mit Türmchen und Wasserspeiern und schweren Eichentüren, umgeben von üppig grünen Sportplätzen und uralten Bäumen. Der Musikraum befand sich in einem kleinen Ziegelstein-Anbau neben der Kapelle, gleich hinter den Sportplätzen.

Es war Freitagnachmittag, so gegen zwei Uhr, und ich war allein. Mein Musiklehrer – Mr Pope – ließ mich hier üben, wann immer der Raum nicht anderweitig gebraucht wurde, und nachdem ich gerade ein paar Freistunden hatte, nutzte ich die Chance, mich in eine besonders schwierige Stelle des Stücks zu vertiefen, das ich gerade einstudierte. So saß ich also allein im Musikraum vor dem Klavier, spielte die Stelle wieder und wieder und war derart konzentriert, dass ich nicht hörte, wie die Tür aufging und jemand hereinkam. Ich spielte einfach weiter. Gerade hatte ich die heikle Stelle in den Griff bekommen und nun wollte ich sehen, wie sich die Passage in das gesamte Stück einfügte, weshalb ich direkt zurück an den Anfang ging und das Ganze einmal komplett durchspielte.

Es war ein Stück von Debussy, die Arabesque Nr. 1. Eine wunderbare Musik, so leicht und verträumt wie ein perfekter Sommertag, und auch wenn ich mit einigen der technisch schwierigen Stellen noch ein bisschen kämpfte, hielt mich das nicht davon ab, mich jedes Mal beim Spielen in der Schönheit dieser Musik zu verlieren. Und wenn ich das Ende erreichte und sich der letzte leise Akkord sanft in der widerhallenden Stille verlor … also, das war immer wieder etwas ganz Besonderes für mich. Das plötzliche Schweigen, das Gefühl der Musik, die durch die Luft davonschwebte, der Zauber der Melodie, die noch in meinem Kopf nachklang …

Ich gönnte mir jedes Mal einen Moment der Stille, um dieses Gefühl auszukosten.

Doch als ich an diesem Tag dasaß und den Moment genoss, wurde die Stille von einem leisen Applaus in meinem Rücken zerstört. Erschrocken fuhr ich herum, in der Erwartung, Mr Pope zu sehen, doch statt des graubärtigen Gesichts meines Musiklehrers sah ich einen lächelnden Curtis Ray.

»Das war *spitze*«, sagte er, immer noch leise klatschend. »Absolut *spitze* …«

Ich starrte ihn an. Er lehnte lässig an der Wand drüben beim Fenster, die stechenden blauen Augen auf meine gerichtet … und er lächelte mir zu. Ich konnte es nicht fassen. Er war Curtis Ray … er war da, bei mir. Er lächelte *mich* an.

»Debussy, stimmt's?«, sagte er.

»Was?«

»Die Musik … das Stück, das du gerade gespielt hast, das war doch Debussy.«

»Ach so, ja …«, antwortete ich, immer noch ein bisschen fassungslos. »Ja … die erste Arabeske.«

Er nickte. »Echt schön.«

Unwillkürlich warf ich einen Blick zur Partitur auf dem Klavier – vielleicht wusste er ja nur deshalb, dass es Debussy war, weil er es vom Titelblatt abgelesen hatte. Aber das Titelblatt war nicht zu sehen. Und als ich mich wieder zu ihm umdrehte, spürte ich schon, wie Verlegenheit in mir aufstieg, weil ich so arrogant gewesen war zu glauben, er könne diese Art Musik doch unmöglich nur vom Hören erkannt haben.

»Entschuldigung«, fing ich an. »Ich wollte nicht –«

»Du bist Lilibet Garcia, nicht?«, sagte er, drückte sich von der Wand ab und schlenderte lässig auf mich zu.

»Lili«, sagte ich.

»Magst du nicht, wenn man dich Lilibet nennt?«

»Du vielleicht?«

Er lächelte. »Ich heiße ja auch Curtis Ray.«

Wenn der Ausdruck *Krass!* damals schon in Mode gewesen wäre, hätte ich das wahrscheinlich gesagt … oder zumindest gedacht. Aber wir waren noch in den Zeiten vor *Krass!* und ich musste mich damit begnügen, ironisch vor mich hinzudenken: Wirklich wahr? Curtis Ray? Das hätt ich ja *nie* gedacht …

Wenn ich es genau überlege, war Ironie wahrscheinlich das Letzte, was mir in dem Moment einfiel, und vermutlich dachte ich auch überhaupt nichts in diese Richtung.

Zum einen war ich viel zu verlegen. Verlegen wegen meines flatternden Herzens, verlegen, weil ich nicht aufhören konnte, Curtis anzustarren, und weil mir plötzlich bewusst wurde, dass ich mein absolut unvorteilhaftes rosa Schulkleid anhatte, während er so lässig wie immer aussah in seinem coolen weißen T-Shirt und seinen coolen weißen Jeans – als Sechstklässler musste er nämlich keine Schuluniform mehr tragen. Und dann hatte ich auch noch Söckchen an, verdammt. Diese peinlichen weißen Söckchen.

Aber am allerpeinlichsten war mir die Tatsache, dass ich überhaupt verlegen war. Ja, mein Herz flatterte und ich starrte und wand mich – ich benahm mich wie ein alberner kleiner Teenie und genierte mich für meine Klamotten. Das Ganze war so schrecklich armselig, ich hasste mich dafür.

Aber ich konnte es nicht ändern.

»Du spielst echt gut«, sagte Curtis.

»Danke«, murmelte ich.

Er stand jetzt vor mir. Nicht zu nah, aber nah genug, dass ich genau mitbekam, wie wahnsinnig toll er aussah. Er hatte immer schon richtig gut ausgesehen, sogar in diesem komischen Stadium mit dreizehn, vierzehn, doch jetzt, mit siebzehn, war er zu einem schlanken, tough wirkenden jungen Mann geworden mit einem Gesicht, das fast schon *zu* perfekt war, um wahr zu sein. Es schien sich verwandeln zu können – es zeigte dir immer genau das, was du in ihm sehen wolltest. Wenn du also Curtis ansahst und glaubtest, du hättest den schönsten Jungen der Welt vor dir, dann sahst du genau das. Aber manchmal konntest du auch ein Gesicht voller Trauer, herzzerreißender Leere oder sogar Grausamkeit entdecken …

Doch an dem Tag standen keine Trauer und keine Grausamkeit in seinem Gesicht, sondern nur ein umwerfendes Lächeln, eine schimmernde Schönheit und diese hypnotisierenden strahlend blauen Augen.

»Alles in Ordnung mit dir?«, fragte er.

»Ja, Entschuldigung …«, murmelte ich. »Ich war nur …«

Ich starrte ihn immer weiter an, sonst nichts. Er hatte jetzt eine Schachtel Zigaretten aus seiner Hosentasche gezogen und wollte sich eine anzünden.

»Hältst du das für eine gute Idee?«, fragte ich. »Mr Pope kann jeden Moment reinkommen.«

Curtis lachte. »Der gute alte Johnny hat bestimmt nichts dagegen«, antwortete er und zündete die Zigarette an. »Der schnorrt doch ständig Fluppen von mir. Ich hab sogar schon öfter einen Joint mit ihm geraucht.«

»Ehrlich?«

»Ja klar … Johnny ist tief drinnen so eine Art Hippie.« Er nahm einen kräftigen Zug von der Zigarette und schnippte die Asche auf den Boden. »Aber egal«, fuhr er fort, »spielst du auch noch was anderes?«

Ich sah ihn an, nicht sicher, was er meinte.

»Abgesehen von Klavier«, erklärte er. »Spielst du noch andere Instrumente?«

»Ach so«, sagte ich. »Nein, nicht wirklich … ich meine, na ja, ich spiel ein bisschen Gitarre.«

»Ja?«

Ich schüttelte den Kopf, weil mir klar wurde, dass ich mit jemandem sprach, der – wie es hieß – ein absolutes Genie auf der Gitarre war. »Aber nicht *gut*«, murmelte ich. »Bloß so ein paar Akkorde, sonst nichts …«

Er lächelte. »Welchen magst du am liebsten?«

»Was?«

»Welcher Akkord gefällt dir am besten?«

»G-Dur«, sagte ich, ohne nachzudenken.

Er nickte. »Ja, G-Dur ist toll. Hat so was von Größe, nicht? So eine Weite und Offenheit.«

Ich lächelte, weil ich genau wusste, was er meinte. »Und welcher gefällt dir am besten?«, fragte ich.

Er sah mich an. »Rat mal.«

Ich schwieg einen Moment, überlegte ein bisschen, aber das musste ich eigentlich gar nicht. Die Antwort kam instinktiv: »E-Dur«, sagte ich.

Sein Lächeln sagte mir, dass ich recht hatte.

»Kannst du Bass spielen?«, fragte er.

»Kontrabass?«

»Nein, E-Bass, du weißt schon …« Er tat so, als ob er eine Bassgitarre spielte. »So einen.«

»Keine Ahnung«, sagte ich. »Hab ich noch nie versucht.«

»Hast du Lust, es mal ausprobieren?«

»Wie meinst du das?«

»Ich such einen Bassgitarristen«, erklärte er. »Für meine Band.«

»Du spielst in einer Band?«

Er nickte. »Wir sind noch nicht aufgetreten, aber wir haben ein Jahr lang immer wieder zusammen geprobt und so langsam werden wir richtig gut. Das Problem ist nur, Kenny – das ist unser Bassist – na ja, der hat plötzlich beschlossen, dass er nicht mehr Bass spielen will, sondern Rhythmusgitarre.« Curtis nahm einen tiefen Zug von der Zigarette. »Also, um ehrlich zu sein, Kenny ist sowieso ziemlich scheiße am Bass, deshalb tut er uns eigentlich einen Gefallen, wenn er aufhört. Aber jetzt müssen wir jemand anderen suchen ...« Er sah mich an. »Auf was für Musik stehst du? Abgesehen von Debussy.«

Das war eine heikle Frage. Oder besser gesagt, es wäre eine heikle Frage gewesen, wenn ich versucht hätte zu spekulieren, auf welche Musik Curtis stand, um dann so zu tun, als ob ich genau die Richtung auch mochte – was ich zuerst tatsächlich tun wollte. Aber auch wenn er inzwischen nicht mehr so richtig hippiemäßig aussah – er hatte seine langen Haare abgesäbelt und trug jetzt etwas, das wie ein verrücktes Vogelnest wirkte, und seine vergammelten alten Jeans waren unmodern, aber sehr cool, ohne Schlag –, nahm ich natürlich an, dass er Musik mochte, die mir nicht gefiel und mit der ich mich auch nicht auskannte, zum Beispiel Progressive Rock: Bands wie Genesis und Yes und Pink Floyd. Und wenn ich ihm erzählt hätte, dass ich Genesis mochte, und er mich gefragt hätte, welches mein

Lieblingsalbum sei, hätte ich kein einziges nennen können. Und das wäre wirklich peinlich gewesen. Deshalb sagte ich ihm lieber die Wahrheit und versuchte erst gar nicht, ihn zu beeindrucken.

»Na ja, ich hab gerade das neue Album von Cockney Rebel gekauft«, erklärte ich. »Das gefällt mir echt gut.«

»Welches?«, fragte Curtis. »*The Best Years of Our Lives*?«

»Nein … das davor.«

»*The Psychomodo*?«

»Ja, genau.«

Er nickte wissend. »Ist aber nicht so gut wie *The Human Menagerie.*«

»Welches Album ist das schon?«

Er warf die Zigarette zu Boden und trat sie aus. »Wen magst du noch?«

»In letzter Zeit hab ich viel die Sensational Alex Harvey Band gehört und David Bowie … und ich finde die alten Sachen von den Stones gut.«

»Was ist mit den Stooges? Hast du von denen gehört?«

Ich schüttelte den Kopf. »Ich glaub, nein.«

»Iggy Pop and the Stooges … die musst du dir anhören. Die sind unglaublich. So richtig schön laut und dreckig, verstehst du?«

»Klar«, sagte ich, nicht ganz sicher, was er meinte. »Und das sind Sachen, die dir gefallen?«

»Ich mag alles Mögliche«, sagte er. »Die Stooges, Velvet Underground, die New York Dolls … die Faces, Dr. Feelgood.« Er sah mich an. »Hast du die Feelgoods gesehen? Die haben im Januar im Rainbow gespielt. Fantastisch. Wahnsinnsband – so richtig schön schnell.«

Ich lächelte. »Schnell?«

»Ja.«

»Das heißt, hauptsächlich magst du Sachen, die laut, dreckig und schnell sind?«

»Ja«, sagte er grinsend. »Das bringt es ziemlich genau auf den Punkt.«

»Und deine eigene Band ist auch so?«

»Warum kommst du nicht mal vorbei und findest es selbst raus? Wir proben morgen. Du kannst ja mal hören, was wir so spielen, und wenn's dir gefällt...« Er unterbrach sich und sah mich an. »Na ja, wie gesagt, wir suchen einen Bassisten und ich glaube, du wärst einfach perfekt.«

»Wieso denn?«, fragte ich total überrascht. »Ich meine, ich könnte das verstehen, wenn ihr jemanden an den Keyboards suchen würdet –«

»Scheiße, nein«, sagte er. »Keyboards geht überhaupt nicht. Wir brauchen jemanden am Bass.«

»Aber ich hab doch noch nie Bass gespielt.«

»Na und?« Er zuckte mit den Schultern. »Das hast du schnell raus. Ist nichts anderes als eine Gitarre mit ein paar Saiten weniger.« Er lächelte. »Und abgesehen davon spielen wir ja nicht Debussy oder so was.«

»Ja, schon, aber trotzdem versteh ich nicht, wieso du *mich* fragst... es muss doch andere Leute geben –«

»Ich will keine anderen Leute«, sagte er auf einmal mit Nachdruck. »Ich hab's mit andern Leuten probiert, aber genau das sind sie eben – andere Leute. Und das ist nicht gut genug. Ich brauche *besondere* Leute, Leute, die wirklich *ernst* meinen, was sie tun.« Er sah mich nachdrücklich an. »Egal was du machst, es hat keinen Sinn, wenn du es nicht wirklich ernst meinst, Lili. Verstehst du, was ich damit sagen will?«

»Ja …«, sagte ich leise, etwas erstaunt über die plötzliche Leidenschaft. »Ja, ich versteh, was du meinst.«

Er starrte mich noch einen Moment länger an, ohne etwas zu sagen, und sein Blick brannte sich in meine Augen, dann entspannte er sich auf einmal wieder und ein sorgloses Lächeln trat in sein Gesicht. »Schau«, sagte er, »ich weiß, das Ganze kommt ein bisschen plötzlich für dich und klingt wahrscheinlich total absurd, aber ich glaube einfach, du wärst perfekt für die Band. Du liebst Musik, das ist eindeutig. Du kannst spielen. Du bist irgendwie verrückt … *und* du siehst echt gut aus.« Er grinste. »Ich meine, was kann man von einem Bassisten mehr wollen?«

»Verrückt?«, sagte ich und hob eine Augenbraue.

»Ja …«

»Du findest, ich bin *verrückt*?«

Er lächelte. »Das ist ein Kompliment.«

Ich wusste, was er meinte, und ich war vollkommen einverstanden, es als Kompliment zu nehmen. Verrücktsein gefiel mir gut. Ich hatte kein Problem mit Verrücktsein. Aber Curtis hatte auch gesagt, dass ich gut aussah, und das machte mir seltsamerweise Probleme. Erstens, weil mir das noch nie jemand gesagt hatte und ich deshalb kaum glauben konnte, dass er es ernst meinte. Und wenn er es *nicht* ernst meinte … also, dann wäre er doch ein ziemlich beschissener Typ, oder? Aber *wenn* er es ernst meinte, dann hätte mir ja Curtis Ray – *der* Curtis Ray – gerade erklärt, dass ich gut aussähe. Und das war etwas völlig anderes.

Um ehrlich zu sein, ich fühlte mich so verworren großartig, dass ich mir fast wünschte, er würde es *nicht* ernst meinen.

»Und?«, sagte er. »Was meinst du?«

»Wozu?«

»Zu der Band ... Bass zu spielen. Hast du Lust, es mal auszuprobieren?«

Ich sah ihn an. »Meinst du das ernst?«

Er nickte. »Das habe ich doch eben gesagt: Egal, was du machst, es hat keinen Sinn, wenn du es nicht wirklich ernst meinst.«

»Ja, okay«, antwortete ich. »Ich probier's.«

Er lächelte breit. »Du wirst es bestimmt nicht bereuen.«

Wie sich herausstellte, hatte er damit einerseits recht, andererseits unrecht ... aber damals konnte ich das nicht wissen. Und er auch nicht.

»Da wohn ich«, sagte er, schrieb seine Adresse auf ein Stück Papier und reichte es mir. »Im Moment proben wir in der Garage von meinem Dad. Ist nicht ideal ... aber solange wir nichts Besseres haben, bleibt uns nichts anderes übrig.«

Ich sah auf das Stück Papier. Curtis' Zuhause lag ungefähr eineinhalb Kilometer von meinem entfernt.

»Komm so gegen zwei«, sagte er. »Okay?«

»Morgen?«

»Ja.«

Ich sah ihn an. »Wie heißt die Band?«

»Naked.«

»Naked?«

»Ja.« Er lächelte wieder sein Lächeln. »Wir werden *gigantisch* werden.«

3

Als ich am nächsten Tag durch Hampstead zu Curtis' Haus lief, war ich so durcheinander und nervös wegen der ganzen Sache, dass ich schon kurz davor war zu kneifen. Ich hatte einfach so viele Zweifel – was würden die andern aus der Band über mich denken? Was wäre, wenn Curtis plötzlich merkte, dass er einen Fehler gemacht hatte und ich doch nicht so »perfekt für die Band« war? Und auch wenn ich mir immer wieder sagte, es sei egal, wie ich aussah und was ich anhatte, ließ sich die Angst, uncool zu sein, nicht unterdrücken. Ich hatte getan, was ich konnte – mir unfachmännisch drei Kilo schwarzen Eyeliner und viel zu viel roten Lippenstift von meiner Mutter draufgeknallt –, aber ich hatte mir noch nie viele Gedanken über meinen Haarschnitt oder über Klamotten und Make-up gemacht. Ehrlich gesagt wusste ich gar nicht genau, was gerade cool war und was nicht. Die meisten Anziehsachen kaufte ich auf Trödelmärkten oder in Charity-Shops, und soweit ich mich erinnere, waren meine Haare zu der Zeit ein missglückter Versuch von Stufenschnitt à la Suzi Quatro. Vielleicht hätte das gar nicht so schlecht ausgesehen, wenn ich nicht kurz zuvor mit stumpfer Schere eine Attacke auf die Frisur unternommen hätte, die damit endete, dass ich aussah wie ein leicht verwahrlostes mittelalterliches Straßenkind. Also, ganz ehrlich: Wenn man sich ein sechzehnjähriges Mädchen mit zu viel Eyeliner, wild zusammengemixten Klamotten und dem Haarschnitt einer Geisteskranken vorstellt ... dann hat man wahrscheinlich ein einigermaßen zutreffendes Bild von mir vor Augen.

Egal, ich war wie gesagt ziemlich nervös an dem Tag und machte mir über alles Mögliche Sorgen, und je näher ich dem Haus kam, in dem Curtis wohnte, desto verlockender schien mir der Gedanke, einfach umzukehren und wieder heimzugehen. Doch sosehr auch die Nerven mit mir durchgingen – andererseits platzte ich fast vor Hoffnung und Aufregung, und auch wenn ich vor Schiss beinahe umkam, siegte am Ende trotzdem die Erregung. Denn das war es, was mich weitergehen ließ: der Rausch, die Begeisterung, der Kick des Ganzen. Ja, ich hatte Panik. Und ja, ich wusste, dass ich mich vielleicht zum Affen machen würde. Aber das, was ich da tat – was auch immer letztlich dabei herauskommen würde ...

Ich wollte es unbedingt.

Ich wollte es.

Und ich tat es.

Curtis' Haus war ein ziemlich großes, frei stehendes Gebäude in einer gehobenen Gegend von Hampstead. Es war zwar nicht annähernd so groß wie das Haus, in dem ich wohnte, aber schließlich war Curtis' Vater auch nicht Filmproduzent wie meiner. Curtis' Vater war Arzt. Genau wie seine Mutter. Und auch wenn ich das damals noch nicht wusste, waren sie beide sehr prüde, sehr konservativ und fanden den Lebensstil, für den sich ihr Sohn entschieden hatte, sehr enttäuschend.

Doch als ich an jenem Nachmittag hinkam, hatte ich keine Ahnung von dem Konflikt zwischen ihm und seinen

Eltern. Ich wusste nicht, dass sie ihm bereits verboten hatten, die Garage als Probenraum zu benutzen – an dem Tag konnte die Probe nur deshalb dort stattfinden, weil sein Vater das ganze Wochenende an einer Ärztetagung teilnahm und seine Mutter bei ihren Eltern in Maidstone war. Als Curtis mich begrüßte, in die Garage führte und den anderen vorstellte, zitterten mir die Hände, mein Herz flatterte und für einen kurzen, schrecklichen Moment hatte ich das Gefühl, mich übergeben zu müssen. Doch komischerweise fühlte ich mich zugleich richtig gut. Richtig *lebendig*. Aber auch komplett verängstigt und extrem gehemmt. Es war so ein Gefühl wie in der Achterbahn – eine erregende Mischung aus Übelkeit, Angst und einer Spannung, die den Kreislauf auf Touren bringt.

»Okay«, sagte Curtis und schloss die Garagentür. »Also … dann sind ja jetzt alle da.« Er lächelte mich an. »Alles in Ordnung mit dir?«

Ich nickte. »Ja …«

»Gut.« Er führte mich in die Mitte der Garage, wo das Equipment der Band aufgebaut war. »Das ist Kenny«, sagte er und deutete auf einen ziemlich groß gewachsenen Jungen mit einer Bassgitarre, der neben einem der Lautsprecher stand. »Und das«, fuhr Curtis fort, während er sich zu dem andern Jungen am Schlagzeug wendete, »das ist Stan.«

»Hi«, murmelte ich verlegen und winkte lasch mit der Hand. »Ich bin Lili …«

Während mich Stan wenigstens kurz ansah und mir zunickte, würdigte mich Kenny kaum eines Blickes. Er schaute nur für den Bruchteil einer Sekunde vage in meine Richtung, dann drehte er sich um und stimmte seinen Bass. Ich kannte beide, Stan und ihn, aus der Schule. Sie waren in derselben

Jahrgangsstufe wie Curtis und ich hatte sie ein paarmal mit ihm zusammenstehen sehen. Aber sie waren mir nie als besonders cool aufgefallen. Eigentlich hatte ich eher gedacht, sie hingen nur mit Curtis ab, um mit ihm gesehen zu werden, und nicht weil sie wirklich etwas mit ihm zu tun hatten. Jedenfalls war ich ein bisschen überrascht, dass sie zur Band gehörten. Sie sahen einfach nicht aus wie Typen, die in einer Band spielen.

Stans richtiger Name war Phillip Smith, aber aus Gründen, die niemand mehr wusste, hieß er seit jeher nur Stan. Er war ein schmaler Typ, ein bisschen schlaksig, mit strähnigen Haaren und langem, tristem Gesicht, das nie eine Emotion zeigte. Er wirkte immer so, als ob ihm alles egal wäre, was ich am Anfang nur für gespielt hielt. Doch als ich ihn etwas besser kannte, begriff ich, dass ihm tatsächlich alles egal war. Er lebte einfach sein Leben, spielte Schlagzeug, machte sein Ding … und das war's. Mehr brauchte er nicht. Alles andere – der Rest der Welt – interessierte ihn nicht.

Und dafür bewunderte ich ihn irgendwie.

Nicht dass ihn gekümmert hätte, was ich dachte … ich hätte es ihm auch nie erzählt. Ehrlich gesagt zeigte Stan so wenig Interesse für die Gedanken anderer Leute, dass er nur sprach, wenn es absolut notwendig war. In der ganzen Zeit, die ich ihn kannte, habe ich ihn, glaube ich, höchstens ein Dutzend Worte aneinanderreihen hören. Er war selbst dann absolut wortkarg, wenn es nur um das Anzählen zu Beginn eines Songs ging.

»Kannst *du* das nicht machen?«, fragte er Curtis.

»Verdammt, du musst doch bloß bis vier zählen«, antwortete Curtis dann jedes Mal und schüttelte angesäuert den Kopf. »Das ist ja wohl nicht so schwer.«

»Ich weiß ...«

»Na also, dann mach's.«

Und dann zählte Stan. Aber beim nächsten Song sagte er bloß: »Eins, zwei ...«, und spielte einfach los, manchmal schlug er auch nur viermal die Stöcke zusammen ... und Curtis fing wieder an, mit ihm zu streiten.

Doch die Auseinandersetzungen führten nie richtig weiter. Und das lag nur zum Teil daran, dass Stan Diskussionen für überflüssig hielt. Der Hauptgrund bestand darin, dass er einfach ein verdammt guter Schlagzeuger war. Curtis wusste sehr genau, wie wichtig ein guter Schlagzeuger für eine Band ist, deshalb riskierte er lieber nicht, Stan zu verlieren. Auch wenn er sich ab und zu mit ihm stritt, vermied er doch, Stans Rolle in der Band aufs Spiel zu setzen.

Mit Kenny lief es ganz anders. Wie Curtis mir schon erzählt hatte, schätzte er Kenny Slater als Bassisten kein bisschen. Es stellte sich heraus, dass Kenny überhaupt nur in der Band geduldet war, weil ihm das meiste Equipment gehörte. Seine stinkreichen Eltern schoben es ihm hinten rein, denn anders als Curtis' Mum und Dad waren sie überglücklich, ihren Sohn auf jede erdenkliche Weise zu unterstützen. Sie gehörten außerdem zu der Sorte Eltern, die ihren Nachwuchs gern mit Spielzeug überschütten, um aller Welt zu zeigen, wie wunderbar reich sie sind ... was ich damals ebenfalls nicht wusste, auch wenn es nicht schwer zu erraten war. Kenny benahm sich nämlich meistens wie ein verwöhntes Kind, das niemand leiden kann und dessen Launen von den anderen Kindern nur ertragen werden, weil er ihnen Süßigkeiten kauft und sie mit seinen teuren Spielsachen spielen lässt.

Ich kann mich natürlich täuschen, doch an jenem Tag hatte ich das deutliche Gefühl, dass mich Kenny nicht mochte. Er mochte aber auch Curtis und Stan nicht richtig und außerdem schien er nicht einmal richtig *Lust* auf das Ganze zu haben. Doch die Vorstellung, er würde nach Hause gehen und den Rest der Band mit *seinem* Equipment weiterspielen lassen, war einfach absurd.

»Okay«, sagte Curtis zu mir und lächelte, während er sich eine ramponierte schwarze Gitarre über die Schulter hing. »Bist du bereit, die beste Band der Welt zu hören?«

Während ich sah, wie er zu den andern hinüberging und sein Gitarrenkabel ansteckte, fiel mir wieder auf, wie perfekt er aussah. Das hier war seine Welt ... das hier war alles, was ihn ausmachte. Seine Gitarre wirkte wie ein Teil von ihm, und als er die Lautstärke aufdrehte und mühelos eine Reihe von Blues-Riffs runterspielte, wusste ich sofort, dass die Gerüchte, die ich gehört hatte, stimmten – er war wirklich ein Genie auf der Gitarre. Dabei waren die Riffs, die er spielte, gar nicht besonders schwierig oder so, es lag nur an der Art, wie er sie spielte, so natürlich, lässig und rein, und an der rauen Schönheit des Sounds, der nicht aus den Boxen und nicht mal aus der Gitarre zu kommen schien, sondern irgendwo tief aus Curtis' Seele ...

Ich war echt sprachlos.

Zufrieden mit dem Klang seiner Gitarre, drehte er die Lautstärke auf und donnerte einen Akkord raus, ein gewaltiges fettes E-Dur, so laut, dass die Wände zitterten – und mein Magen auch. Ich konnte mich gerade noch zurückhalten, mir die Hände über die Ohren zu legen. Ich schaute zu Curtis, der mich anlächelte, wohl um mich daran zu erinnern, dass E-Dur sein Lieblingsakkord war.

Ich nickte ihm zu und er lächelte zurück.

Einen Moment lang hielt er meinem Blick stand, dann drehte er sich zu Stan um. »Fertig?«

Stan nickte.

Curtis schaute zu Kenny rüber. »Okay?«

Kenny zuckte die Schultern.

Curtis ging hinüber und stellte sich vors Mikro. »Das hier ist unser Erkennungssong. Er heißt *Naked.*«

Er schwieg einen Moment, schloss die Augen und dann – leicht nach vorn gebeugt, fast wie unter Schmerzen – stieg er mit einem Dröhnen wirbelnder Akkorde ein, dass es mich fast aus den Schuhen warf. Nach vier schnellen Gitarrentakten stürmten Bass und Schlagzeug los und ich schwöre, der ganze Fußboden bebte. Es war ein gewaltiger, *riesiger* Sound und da wusste ich, was Curtis gemeint hatte, als er von Musik sprach, die dreckig und laut war. Und schnell … Gott, spielten sie schnell. Es war atemberaubend. Curtis war wie ein Wahnsinniger – er drosch die Akkorde heraus und wand sich und wirbelte durch die Garage, taumelte rückwärts, wankte nach vorn – und dann schoss er zum Mikro und fing an zu singen – und seine Stimme war unglaublich. So kraftvoll, so laut und rau, so einfach und brutal … doch gleichzeitig unfassbar schön. Voller Gefühl, Leidenschaft, Emotion …

Ein Gesang, der tief aus seinem Innern kam.

Abgesehen von dem Refrain, als alle drei ein gutturales »Naked! Naked!« skandierten, konnte ich nicht viel von dem Text verstehen, doch von dem bisschen, *was* ich verstand, hatte ich den Eindruck, dass es um Dekadenz und Poesie und monströse Seelen ging.

Ich hatte noch nie etwas gehört, das sich mit dieser Musik vergleichen ließ.

Der Song dauerte nicht lange – höchstens drei Minuten –, und sobald er zu Ende war, rief Curtis *»Monkey!«* und sie setzten zu einem weiteren Song an. Der zweite war etwas langsamer, ein bisschen weniger atemlos und nicht ganz so manisch wie *Naked*, hatte aber die gleiche Intensität und Dunkelheit und er schien eins von den Stücken zu sein, die mit jedem Hören besser werden.

Der letzte Song, den sie spielten, war ein bisschen anders. Er hieß *Heaven Hill* und Curtis fing ganz leise an, mit trauriger Stimme zu einer unbegleiteten eindringlichen Gitarrenmelodie zu singen, bevor sich der Song allmählich zu einem wabernden Echo bittersüßer Harmonien aufbaute, die von einem hypnotisierenden Herzschlagrhythmus aus wummerndem Bass und Schlagzeug untermauert wurden. Wieder kannte ich nichts, was sich damit vergleichen ließ, und wenn mich jemand gefragt hätte, was das für eine Musik war, hätte ich es beim besten Willen nicht sagen können.

Sie war ganz einfach unvergesslich.

Als der Song endete und sich in der Ausgangsmelodie der Gitarre verlor, drehte sich Curtis zu Kenny und Stan um, nickte, wischte sich den Schweiß aus dem Gesicht und sah mich an.

»Und?«, fragte er. »Was sagst du?«

»Fantastisch«, erklärte ich. »Echt .. ich bin total begeistert, vor allem vom letzten Song.«

»Ja«, stimmte er zu. »Am Mittelteil müssen wir noch ein bisschen arbeiten ... aber ansonsten haben wir's fast.« Er nahm die Gitarre ab, lehnte sie gegen die Wand und kam zu mir rüber. »Das heißt also, du findest, wir sind okay?«

»Ja, echt.«

Er lächelte wieder. »Möchtest du jetzt mal ausprobieren, auf dem Bass zu spielen?«

Ich warf einen Blick zu Kenny rüber, der leise an den Saiten zupfte, und fragte mich, ob es wirklich seine Idee war, nicht mehr Bass spielen zu wollen, oder ob es eher Curtis war, der es nicht wollte. Jedenfalls wirkte er ziemlich mürrisch, doch da das bei ihm eine Art Grundhaltung zu sein schien, war mir nicht klar, was er wirklich empfand. Und auch wenn Curtis gesagt hatte, Kenny sei »sowieso ziemlich scheiße am Bass« – für mein Gefühl hatte es gut geklungen. Andererseits, was wusste *ich* schon vom Bassspielen?

Das genau war das Problem: Ich wusste gar nichts. Und trotzdem war ich da und sollte Kenny ersetzen, der, soweit ich es beurteilen konnte, ein absolut kompetenter, vielleicht sogar überdurchschnittlicher Bassist war.

Nicht gerade die angenehmste Situation.

»Lili?«, fragte Curtis.

»Ja ...«, murmelte ich und schaute wieder zu ihm. »Entschuldigung, ich hab nur ...« Ich senkte die Stimme. »Hältst du das wirklich für eine gute Idee? Ich meine –«

»Klar ist das eine gute Idee«, sagte er forsch-fröhlich. »Los ... versuch's einfach.« Er legte seine Hand auf meinen Arm und führte mich dorthin, wo Kenny stand. »Ist ganz leicht«, sagte er zu mir. »Kenny spielt auch erst seit ein paar Monaten Bass ... stimmt's, Kenny?«

Kenny sah ihn an. »Was ist?«

»Ich hab nur Lili gerade erzählt, dass du nicht lange gebraucht hast, Bass zu lernen«, sagte Curtis grinsend. »Und jetzt bist du total heiß.«

Kenny zuckte nur mit den Schultern.

Curtis sagte zu ihm: »Dann gib ihn her.«

»Was?«

»Deinen Bass.« Er seufzte. »Jetzt mach schon, Kenny, wir haben nicht den ganzen Tag Zeit.«

Kenny warf mir einen Seitenblick zu, dann nahm er unwillig den Bass ab und reichte ihn Curtis. Curtis lächelte ihn verkniffen an, wartete, dass er zur Seite trat, und wandte sich schließlich, den Bass hochhaltend, zu mir um. Es war ein Fender Mustang … nicht dass ich das damals schon gewusst hätte. Das Einzige, was ich damals wusste, war, dass das Ding *riesig* wirkte.

»Also«, sagte Curtis zu mir und lächelte wieder normal. »Ich nehme an, du bist Rechtshänderin?«

»Ja.«

»Okay, lass uns erst mal wegen der Größe probieren.« Er trat dicht an mich ran und schlang mir den Gitarrengurt über den Kopf, dann ließ er den Fender-Bass vorsichtig nach unten sinken, bis das ganze Gewicht auf dem Gurt lag. »Na, wie fühlt sich das an?«, wollte er wissen.

»Der wiegt ja 'ne Tonne«, erklärte ich ihm.

»Da gewöhnst du dich dran. Soll ich dir den Gurt anpassen? Oder ist es okay so?«

»Ich glaub, es passt.«

»Gut«, sagte er, trat zurück und musterte mich von oben bis unten. »Echt, steht dir. Siehst toll aus.«

Aber es fühlte sich nicht toll an. Nicht nur, dass der Bass so lang war wie ich groß, er schien auch genauso viel zu wiegen wie ich. Es reichte mir schon, mit dem Teil einfach nur dazustehen, ganz zu schweigen davon, es auch noch zu spielen.

»Vielleicht ist es ja besser, wenn du dich erst mal hinsetzt«, sagte Curtis. »Moment, ich hol dir einen Stuhl.« Er ging ans hintere Ende der Garage und schleppte einen alten Holzstuhl mit senkrechter Rückenlehne an. »Versuch's mal damit«, sagte er.

Es war mir ein bisschen peinlich, mich hinzusetzen und den Bass auf die Schenkel zu stützen, aber es fühlte sich deutlich bequemer an und das wog die Verlegenheit locker auf.

»Besser?«, fragte Curtis.

»Ja, danke.«

»Gut ... dann lass uns mal loslegen.« Er sah mich an. »Benutzt du normalerweise ein Plektrum, wenn du Gitarre spielst? Oder zupfst du?«

»Plektrum.«

»Okay ... also, Bass kannst du entweder Fingerstyle spielen, so wie Kenny, oder mit Plektrum. Fingerstyle-Spieler machen sich manchmal lustig über Leute, die mit Plektrum spielen ...« Er warf einen Blick zu Kenny rüber und grinste leicht. »Aber für mich macht das keinen wirklichen Unterschied. Ich meine, solange du den richtigen Sound hinkriegst, ist es doch egal, *wie* du's machst, oder? Ist also absolut deine Sache ... wenn du gewohnt bist, mit Plektrum zu spielen, kannst du's ja erst mal auch hier tun.« Er reichte mir ein Plektrum. »Okay?«

»Ja.«

»Gut ... also, das Einzige, was du wissen musst, ist, dass ein Bass genauso gestimmt ist wie die ersten vier Saiten einer Gitarre.« Er griff hinüber und berührte die erste Saite. »Das heißt, das hier ist E, dann kommt A, D und G. Okay?«

»Ja.«

»Das hier ist die Lautstärke«, sagte er und zeigte auf einen der zwei Reglerknöpfe. »Der andere passt den Ton an.« Er schaute zu mir. »Und das ist auch schon so ziemlich alles.«

»Okay«, sagte ich.

»Also dann ...« Er lächelte. »Auf geht's.«

Ich sah ihn an, weil ich davon ausging, dass er wissen wollte, was ich tat. Würde ich zögern? Würde ich ihn fragen, was ich tun sollte? Oder würde ich einfach loslegen?

Ich holte Luft und legte los.

Die einzigen Gitarren, die ich bis dahin gespielt hatte, waren akustische, noch dazu meistens klassische Akustikgitarren, die Nylonsaiten haben und nicht besonders laut sind. Als ich also die leere E-Saite des riesigen Fender Mustang anschlug und der gewaltige Basston aus den Boxen wummerte ... also, es ist echt schwer zu beschreiben, wie einem das durch und durch bis in die Eingeweide geht. Dieser tiefe, dunkle, wuchtige Sound, das *Gefühl*, das man dabei spürt ... das durch die Vibration des Bodens meinen ganzen Körper erfasste ... es war so unglaublich gut.

Ich spielte ein bisschen weiter, schlug ein paarmal die freie E-Saite an – *dump-dump, dump-dump* – und dann die A-Saite – *domp-domp, domp-domp* –, dann wieder E. Ich fuhr den Hals der Bassgitarre runter, drückte die E-Seite am dritten Bund und stampfte ein fettes großes G raus. Die Saite war unsäglich dick und fest gespannt, viel schwerer runterzudrücken als die weichen Nylonsaiten einer klassischen Akustikgitarre. Mein Finger begann schon fast beim ersten Mal zu schmerzen. Ich spielte noch ein paar Töne, glitt hinauf zu A, dann zu B, doch danach musste ich den Hals loslassen und meine Finger ausschlagen, um den Schmerz zu lindern.

»Gut?«, fragte Curtis.

»Ja ... wunderbar. Ist nur ein bisschen schwer, die Saiten gedrückt zu halten.«

»Auch daran gewöhnst du dich.«

Er ging hinüber und nahm seine Gitarre hoch. »Willst du mal versuchen mitzuspielen?«

»Weiß nicht … ich glaub nicht, dass ich schon so weit bin …«

»Klappt bestimmt«, sagte er. »Wir spielen nur ein bisschen 12-taktigen Blues, du weißt schon … simple Drei-Akkord-Sachen. E, A und H … verstehst du, was ich meine?«

»Ja, aber ich weiß nicht –«

»Bleib einfach bei den einzelnen Tönen – *dah-dah, dah-dah, dah-dah,* so wie du es gerade gemacht hast. Okay?«

Ich nickte. »Ich werd tun, was ich kann.«

»Gut.« Er drehte sich zu Kenny um, der eine Gitarre nahm, sie anschloss und sich dann an eine der Boxen stellte. »Fertig?«

Kenny nickte.

Curtis drehte sich wieder zu mir um. »Steig einfach ein, wenn du so weit bist, okay?«

Ich nickte.

Curtis drehte die Lautstärke an seiner Gitarre auf, spielte ein paar schnelle Blues-Tonleitern runter, regelte ein bisschen den Klang nach und dann fing er – mit einem kurzen Nicken zu Stan – an zu spielen.

Er spielte ziemlich langsam, begann mit einem traditionellen absteigenden Blues-Intro und danach fielen Kenny und Stan ein und führten den Rhythmus fort, während Curtis die Dinge mit ein paar einfachen, aber sehr wirkungsvollen Blues-Riffs am Laufen hielt. Es waren tatsächlich ziemlich einfache Sachen und ich wusste im Innern, wie mein Part war … zumindest welche Noten ich spielen musste und wo und wann ich sie spielen musste. Es war nur die Frage, es tatsächlich zu *tun.*

Denk nicht drüber nach, sagte ich mir immer wieder. *Tu's einfach. Nimm den Rhythmus im Kopf auf* – dah-dah, dah-

dah, dah-dah, dah-dah – *und dann los, schlag die E-Saite an.*

Ich wartete … während die Tonart zu H wechselte.

Dah-dah, dah-dah, dah-dah, dah-dah …

Und dann zurück zu A.

Dah-dah, dah-dah, dah-dah, dah-dah …

Und schließlich wieder zurück zu E.

Dah-dah, dah-dah, dah-dah, dah-dah …

Dah-dah, daaaah …

Und dann stieg ich ein.

Obwohl ich nur einzelne Noten spielte, brauchte ich eine Weile, bis ich heraushatte, wie ich sie mit dem wummernden Rhythmus einer Bassgitarre spielen musste, doch nachdem ich ein paarmal abgebrochen und wieder eingesetzt hatte, um mit der Haltung meiner rechten Hand zu experimentieren, kapierte ich, wie ich Länge und Ausklang jedes Tons und damit auch den Rhythmus besser kontrollieren konnte.

Während wir weiter dieses simple Drei-Akkord-Schema spielten, wurde ich immer sicherer und bald traute ich mich, hier und da ein paar Extratöne einzuflechten. Ich war noch immer weit davon entfernt, eine Basslinie im eigentlichen Sinn zu spielen, aber ein Fortschritt war es trotzdem. Ich war nicht mehr eingeschüchtert oder übermäßig unsicher. Ehrlich gesagt spürte ich sogar langsam, wie es mir richtig Spaß machte. Obwohl diese Musik so schlicht war, dass sie schon fast dumm wirkte – besonders der Part, den *ich* spielte –, wirkte sie genauso hypnotisierend wie die stärksten Stücke, die ich je gespielt hatte, einschließlich Debussy. Vielleicht sogar noch stärker. Es machte süchtig. Ich wollte gar nicht mehr aufhören. Ich wollte nur, dass wir weitermachten, weiter diese wunderbar idiotische Musik spielten – *dah-dah, dah-dah, dah-dah, dah-dah* –, noch mal und noch mal und noch mal …

Aber schließlich schmerzten meine Finger vom Drücken der Basssaiten so sehr, dass ich aufhören *musste*. Ich konnte einfach körperlich nicht mehr weiterspielen.

Ein paar Sekunden, nachdem ich aufgehört hatte, hörten auch die andern auf.

»Tut mir leid«, sagte ich und schüttelte die pochenden Finger aus.

»Kein Problem«, sagte Curtis und lächelte mich an. »Ist vielleicht keine schlechte Idee, deine Hand mal eine Minute lang still zu halten.«

»Was?«

»Du spritzt überall Blut rum.«

Ich hörte auf, die Hand herumzuschlenkern, und schaute auf meine Finger.

Die Basssaiten hatten sich so tief in meine Fingerkuppen gegraben, dass der Zeigefinger blutete.

»Scheiße«, flüsterte ich.

Curtis lachte.

Ich funkelte ihn an.

»Hey«, sagte er immer noch lächelnd. »Willkommen in unserer Band.«

4

Nach diesem Wochenende änderte sich alles für mich. Ich verbrachte viel Zeit mit Curtis, ging mehrmals die Woche abends zu ihm, um Bass zu lernen und Naked-Songs einzustudieren … zumindest redete ich mir ein, dass ich deshalb zu ihm ging. Und anfangs war es auch wirklich das Einzige, was ich dort tat.

Wir trafen uns nach der Schule, tranken vielleicht schnell noch einen Kaffee und aßen irgendwas, dann gingen wir zu ihm nach Hause und verbrachten zwei oder drei Stunden in seinem Zimmer, um Songs durchzugehen. Ich saß mit dem Bass auf dem Bett, Curtis hockte mit der Gitarre neben mir, wir schlossen beide an einen kleinen Probenverstärker an und dann spielten wir einfach die Songs durch – noch mal und noch mal und noch mal –, bis ich sie in- und auswendig konnte. Curtis gab mir immer wieder Tipps, wie ich den Bass spielen sollte, wie ich das Beste aus ihm rausholte, wie ich den richtigen Sound hinkriegte und – was viel wichtiger war – das richtige *Feeling* … und nach ein paar Wochen oder so war ich nicht bloß halbwegs gut geworden, sondern hatte auch jede Menge Selbstvertrauen getankt. Ehrlich gesagt so viel, dass ich sogar anfing, bei einigen Songs mit Curtis zusammen zu singen.

Die Songs stammten alle von ihm, sowohl die Musik als auch die Texte, und ich fand bald heraus, dass er trotz seiner

Lässigkeit in allen anderen Dingen das Songschreiben ungemein ernst nahm. Die Songs bedeuteten ihm alles, sie kamen ihm aus dem Herzen, aus der Seele. Auch die Texte waren so persönlich, dass er – so stolz er auf sie war – eisern jede Erläuterung verweigerte.

»Songs sind Songs«, verkündete er einmal. »Sie brauchen keine Erklärung.«

»Ja, schon«, sagte ich. »Aber die Worte –«

»Sind einfach bloß Worte.«

Curtis war auch in Bezug auf seine Musik sehr eigen und bestimmend. Er wusste genau, wie sie zu klingen hatte und wie sie zu spielen war. Die Meinungen und Vorschläge anderer interessierten ihn einfach nicht. Schnell begriff ich, dass Kenny und Stan gar nicht mehr versuchten, sich bei ihm Gehör zu verschaffen – sie taten einfach, was er ihnen sagte. Und es dauerte Monate, bevor Curtis widerwillig akzeptierte, dass meine Grundlagen in klassischer Musik und mein jahrelanges Lernen und Üben nicht völlig unwichtig und wertlos waren. Auf den ersten Blick hatte er natürlich recht, denn für die Musik, die wir spielten, *war* meine klassische Ausbildung völlig unwichtig und wertlos. Aber ich wusste nun mal eine Menge über Musik – wie sie funktioniert, wie Dinge zusammenpassen, wie man Rhythmus, Struktur und Melodie am wirkungsvollsten einsetzt – und Curtis begriff schließlich, dass es sich lohnte, meine Ideen ab und zu zur Kenntnis zu nehmen.

Aber das war erst später …

In jener ersten Zeit war ich völlig zufrieden, meine Vorstellungen für mich zu behalten, auf Curtis zu hören und mit voller Konzentration die Grundlagen zu lernen.

Eine weitere Veränderung war, dass sich durch das ständige Bassspielen die Haut an den Fingerkuppen der linken

Hand schnell verhärtete, sodass das Bluten aufhörte und die Griffe weniger schmerzhaft wurden. Die Kehrseite war, dass mir die Verhärtung beim Klavierspielen überhaupt nicht half. Ich schaffte es trotzdem, irgendwie durch die Klavierprüfung zu kommen, doch es war deutlich, dass mein Klavierspiel litt. Was mir nicht wirklich viel ausmachte. Denn auch wenn es mir immer noch gefiel und ich weiter klassische Musik liebte, verlor ich mit der Zeit jedes Interesse an der *akademischen* Seite des Spielens. Musik war inzwischen für mich so viel mehr geworden und die Vorstellung, Musik zu *studieren*, schien plötzlich so sinnlos, so künstlich … so seelenlos.

Ich verbrachte nicht nur viel Zeit mit Curtis allein, sondern auch mit der gesamten Band, um zu üben, die Songs einzustudieren und neue zu entwickeln. Es war nicht einfach, einen neuen Probenraum zu finden. Curtis' Eltern hatten ihn nicht nur kategorisch aus der Garage verbannt, sondern sogar ein Schloss vor das Tor gehängt, damit er selbst dann nicht reinkonnte, wenn sie weg waren. Also mussten wir etwas anderes finden, wo wir spielen konnten, und etwa einen Monat lang übten wir ein paarmal die Woche in einem Club in Kilburn. Der Club war einer von mehreren im Londoner Norden, die Stans Vater gehörten, und er hatte nichts dagegen, dass wir dort probten, wann immer der Laden frei war … jedenfalls bis Curtis es irgendwie schaffte, das Verstärkersystem des Clubs zu überlasten, die Lautsprecheranlage zu schrotten und einen Schaden von £1500 anzurichten, womit Stans Dad nicht besonders gut klarkam. Danach probten wir an allen möglichen Orten – in einer verlassenen Fabrik, in einer Garage, in einem Tanzstudio, im Keller eines besetzten Hauses in Seven Sisters …

Grundsätzlich eignete sich alles, was ein Dach und einen Stromanschluss hatte.

So eroberte, während die Tage dahingingen und die Sommerferien anfingen, Naked mein Leben. Wir probten hart, wir studierten neue Songs ein … und wenn ich nicht mit der Band zusammen war oder allein am Bass übte, verbrachte ich meine Zeit nur noch mit Curtis. Ich würde lügen, wenn ich sagte, es hätte damals noch nicht gefunkt zwischen uns. Ich glaube, wir wussten beide von dem Moment an, als wir uns in dem Musikraum trafen, was passieren würde. Aber körperlich lief noch nichts zwischen uns in diesen ersten paar Wochen. Es gab nur dieses Sich-Anlächeln und Witze machen, jede Menge spielerisches Flirten, und wenn wir nebeneinander auf Curtis' Bett saßen und beide Gitarre spielten, beugte sich Curtis auch ein paarmal zu mir rüber, nahm meine Hand und führte die Finger behutsam über das Griffbrett, während mein Herz anfing zu pochen, mir heiß wurde und ich mich total aufgewühlt fragte, ob er mich küssen würde, wie das wohl wäre und wie ich mich fühlen würde, falls er plötzlich mehr wollte, als mich nur küssen …

Ich dachte ziemlich oft drüber nach. Fragte mich, ob ich es wirklich wollen würde, stellte mir vor, wie es wäre, was ich empfinden und was es bedeuten würde …

Als der große Moment schließlich kam – in Curtis' Zimmer an einem schwülen Sonntagnachmittag im Juli, an dem seine Eltern nicht da waren … na ja, da war es nichts von dem, was ich mir vorgestellt hatte. Das soll nicht heißen, dass es schrecklich war oder so, es war nur … keine Ahnung. Es war einfach nicht, wie ich es mir vorgestellt hatte. Wie gesagt hatte ich ja die ganze Zeit irgendwie gewusst, dass es passieren würde, und war mir auch ziemlich sicher gewesen, dass ich es wollte. Ich mochte Curtis wirklich, ich bewunderte ihn, ich sah zu ihm auf … ehrlich gesagt, ich hatte Ehrfurcht vor ihm. Er war etwas Besonderes. Und ich fühlte mich zweifellos von ihm körperlich angezogen. Als er also an dem Nachmittag ins Zimmer zurückkam, nachdem er sich vorher entschuldigt hatte, er müsse mal eben ins Bad … als er die Tür schloss, zu mir kam, sich neben mich aufs Bett setzte, den Arm um meine Taille legte und mich zärtlich auf den Mund küsste … war es wirklich genau das, was ich wollte. Ich war mir zwar noch nicht vollkommen sicher, ob es darüber hinausgehen sollte, doch irgendwie wusste ich, dass es so kommen würde … und wir landeten zusammen im Bett und Curtis flüsterte atemlos: »Bist du sicher, dass es okay ist?«, und ich sagte: »Ja … ja, es ist okay …«

Und es war okay.

Mehr oder weniger …

Zum einen war es mein erstes Mal und ich wusste nicht recht, wie es eigentlich sein musste, was ich tun sollte. Ich wusste nicht, ob es normal war, ein bisschen Angst zu haben vor dem, was passieren würde, und – um ganz ehrlich zu sein – auch ein bisschen abgetörnt zu sein. Es muss an der schieren Körperlichkeit gelegen haben. An der Realität des sexuellen Akts, die so gar nichts zu tun hat mit der Traumwelt des Sich-Verliebens. Ich glaube, die Realität des Ganzen war einfach ein bisschen zu viel für mich. Die nackte Wirklichkeit von Curtis' Körper, sein tierisches Ächzen und Stöhnen, sein beängstigend forderndes Verlangen … so war das in meinen Träumen nie gewesen.

Ich erinnere mich ziemlich deutlich daran, wie ich nach dem ersten Mal im Bett lag und Curtis zusah, als er die Jeans anzog und sich eine Zigarette anzündete … und ich weiß noch, wie ich dachte: *War es das? War es das, worum es immer geht?*

Aber wie gesagt, es war okay.

Es war sowohl meine als auch Curtis' Entscheidung gewesen und ich hätte Nein sagen können, wenn ich gewollt hätte. Es war nicht so, dass ich zu irgendetwas gezwungen worden wäre. Und Curtis war auf seine Art ziemlich zärtlich und lieb. Es war nur einfach …

Keine Ahnung.

Es veränderte alles so sehr. Es veränderte, wie ich Curtis sah. Es machte mir bewusst, dass er – in einer Hinsicht zumindest – nicht anders war als die übrigen Jungs. Und es veränderte auch mich, indem es mir das Kind raubte, das ich im Innern noch war, indem es mich zu schnell erwachsen werden ließ.

Es veränderte *uns*.

Es veränderte alles.

Und von da an sehnte sich ein Teil von mir ständig zurück nach der Zeit vor diesem Sonntagnachmittag, nach der Zeit, als ich abends ins Bett gehen und in völliger Unschuld davon träumen konnte, wie Curtis mich angesehen oder gelächelt hatte, oder auch nur von dem Gefühl seiner Hand, als er meine Finger über das Griffbrett der Bassgitarre führte …

Bevor ich Curtis traf, gehörte ich nicht zu denen, die abends ständig weggingen. Nicht dass ich ein Stubenhocker war oder so, ich ging auf Partys, in Clubs und zu Konzerten, aber ich musste nicht jede Nacht durch die Stadt ziehen. Doch mit Curtis … na ja, er gehörte eben zu denen, die jede Nacht unterwegs sein müssen. Jetzt, wo wir ein Paar waren, ging ich plötzlich auch ständig weg. Manchmal waren wir zu zweit, manchmal kamen auch Kenny und Stan mit und manchmal überraschte mich Curtis, indem er Leute mitbrachte, die ich noch nie getroffen hatte. Er kannte jede Menge Leute und bis heute weiß ich nicht, wie und wo er sie traf. Er schien sie eben einfach zu *kennen*. Die meisten hatten mit Kunst zu tun – es waren Schriftsteller, Musiker, Lyriker, Maler –, und wenn auch manche okay waren und man niemanden als langweilig bezeichnen konnte, waren es doch keine besonders angenehmen Menschen. Das schien Curtis nicht weiter zu stören. Sie konnten laut, derb, abstoßend, schmutzig ... unheimlich, verrückt, gemein oder sogar gefährlich sein – Curtis kümmerte das nicht. Solange sie *anders* waren, zählte für ihn nur das. Er *liebte* alles Abnormale. Er fand es interessant. Es war fast so, als ob er das Leben als Zirkus sähe und sich selbst als Zirkusdirektor, der sich mit dressierten Tieren und Clowns und Freaks umgab. Deshalb fragte ich mich manchmal, ob er mich auch so sah – als eine Unterhaltungsnummer im Zirkus seines Lebens.

Ich muss allerdings zugeben, dass wir richtig gute Zeiten zusammen hatten. Curtis nahm mich zu Konzerten von allen möglichen Bands an alle möglichen Orte mit – Bands, von denen ich nie gehört hatte, Bands, die großartig, und andere, die schrecklich waren. Wir sahen Dr. Feelgood, Eddie & the Hot Rods, Bazooka Joe, die Stranglers, die Count Bishops, Kilburn and the High Roads, The 101s ... und ein Dutzend andere. Auch wenn ich das damals nicht wusste, waren viele dieser Bands Vorläufer des Punk und in manchen spielten Leute, die später richtig groß wurden. The 101s waren zum Beispiel die Band von Joe Strummer. Ian Dury spielte bei Kilburn and the High Roads. Und Adam Ant war bei Bazooka Joe.

Und als ich diese Art von Bands sah und die Leute, die mitkamen, um sie zu hören, begriff ich zum ersten Mal, dass in der Musikwelt irgendwas Neues aufkam … zumindest in London. Es lag eine andere Stimmung in der Luft. Die klassische Rockmusik war übers Ziel hinausgeschossen, berühmte Gruppen wie die Rolling Stones und Led Zeppelin waren zu bombastisch und abgehoben. Einfachheit war wieder gefragt. Der Rock 'n' Roll kehrte zu seinem Ursprung zurück: kurze Songs, keine Solos, Alltagsklamotten, Alltagsmenschen.

Das gefiel mir sehr.

Weniger gut gefiel mir der Klamottenladen in Chelsea, von dem alle sprachen und in den Curtis mich irgendwann mitnahm. Der Laden hieß Sex und wurde später als der Geburtsort der Sex Pistols bekannt. Als Curtis mich im August 1975 zum ersten Mal dorthin mitnahm, hatte das Sex schon mehr und mehr den Ruf eines Orts, wo man unbedingt hinmusste. Der Laden gehörte Malcolm McLaren und Vivienne Westwood, die ihn auch führten, und im Lauf der Jahre arbeiteten dort Leute wie Glen Matlock und Sid Vicious, Chrissie Hynde (die später die Pretenders gründete) und eine gewisse Jordan, die die unglaublich freizügigen und provozierenden Sachen des Ladens gerne zur Schau stellte. Viele der Klamotten waren Bondage-Sachen: Latex-Zeug, Kapuzen, T-Shirts mit pornografischen Abbildungen drauf – Kleidung, die schockieren sollte. Allein darum ging es in meinen Augen an diesem Ort – schockierend, anstößig, empörend zu sein. Was Curtis natürlich faszinierend fand. Das war ein Grund, weshalb er gern hinging. Ein anderer – den er aber schlichtweg leugnete – war, dass Jordan nicht als Einzige im Laden freizügige und provozierende Sachen trug. Es gab jede Menge Mädchen, die in zerrissenen Fischnetzstrümpfen und schwarzem Lack umherstolzierten – und die meisten liebten es, sich mitten im Laden umzuziehen statt in einer Umkleidekabine: je mehr Zuschauer, desto besser.

»Das hat überhaupt nichts mit Sex zu tun«, erinnere ich mich an einen von Curtis' Aussprüchen, als ich mitbekam, wie er ein halb nacktes Mädchen angaffte. »Es geht darum, Tabus zu brechen, verstehst du ... die traditionellen Moralvorstellungen über Bord zu werfen ...«

»Ja, klar«, antwortete ich. »Natürlich.«

Doch auch wenn die Mädchen und das ganze erotische Klima des Ladens für Curtis eindeutig einen Teil der Attraktion ausmachten, der Hauptgrund, weshalb er sich dort gerne aufhielt, war, dass es im Sex einfach abging. Nicht dass Curtis – oder sonst jemand – damals so richtig wusste, was dieses *Es* war, doch sein Instinkt sagte ihm, egal was es sein mochte, es war neu und aufregend, es war anders, es würde groß rauskommen, und Curtis war entschlossen, ein Teil davon zu sein. Deshalb verbrachte er so viel Zeit im Sex und lernte nach und nach alle kennen, die zum harten Kern gehörten – die Sex Pistols, Johnny Rotten, Sid Vicious, Malcolm McLaren, Siouxsie Sioux, Steven Severin ... all die Namen und Gesichter, die einmal als die Pioniere der aufkommenden Punkszene bekannt werden sollten.

Ich war nicht jedes Mal dabei, wenn er nach Chelsea fuhr – manchmal ging er auch mit Kenny und Stan und manchmal allein –, und selbst wenn ich mitkam, hatte ich nicht viel mit den andern zu tun. Ich redete nur mit den Leuten, wenn sie mich ansprachen, hielt mich ansonsten im Hintergrund und blieb für mich. Das lag zum Teil sicher daran, dass ich noch immer ziemlich schüchtern und ein bisschen von dem Ganzen überfordert war. Aber viel wichtiger war, dass ich die meisten Leute dort nicht sonderlich mochte. Sie waren interessant, sie waren anders und ohne Zweifel wirkten einige von ihnen faszinierend … aber ich persönlich fand die meisten nicht besonders sympathisch. Wobei *sympathisch* für Curtis überhaupt kein Kriterium war. Für ihn zählten nur die Energie, die Gefahr, die neuen Ideen, neuen Sounds, neuen Klamotten – die selbst gefärbten Punkhaare, die Do-it-yourself-Mode, das übertriebene Makeup … das ganze schockierende Gehabe.

Natürlich ist es heute völlig akzeptiert, wild abstehende Haare zu haben und sie so schrill zu färben, wie es dir gefällt, und inzwischen tragen auch Eltern in den mittleren Jahren maschinell eingerissene Jeans von Asda, deshalb ist es schwer zu verstehen, dass diese Dinge einmal als empörend empfunden wurden.

Aber so war es.

Und Curtis interessierte sich mit aller Leidenschaft für sie.

Am 9. November des Jahres gingen wir ins St. Martin's College, wo die Sex Pistols ihren allerersten Auftritt hatten. Curtis wirkte inzwischen total szenig. Seine Haare waren kurz abgeschnitten und leuchtend grün gefärbt, er trug immer Eyeliner und Lippenstift und hatte sich angewöhnt, mehr oder weniger ständig dieselben Klamotten zu tragen: schmutzige alte Jeans mit geraden Beinen, die am Knie eingerissen waren; ein abgewetztes T-Shirt mit abgerissenen Ärmeln, schwarze Motorradstiefel und eine uralte schwarze Lederjacke, auf deren Rücken er in blutroter Farbe *NAKED* geschmiert hatte.

Auch für Drogen interessierte er sich mehr und mehr.

Das war nichts völlig Neues für Curtis. Seit wir uns kannten, hatte er immer mal etwas Dope geraucht, und auch wenn es mir nicht besonders gefiel, gewöhnte ich mich bald daran. Ich selbst konnte mich zwar nie so richtig fürs Kiffen begeistern – was nicht heißen soll, ich hätte nie etwas angerührt –, aber in Curtis' Welt, die *meine* Welt geworden war, war es einfach etwas, das jeder tat. Es war keine große Sache. Wenn du ein bisschen Gras hattest, rauchtest du es. Wenn du ein bisschen Koks hattest, schnieftest du es. Wenn du aus deinem Kopf rauskonntest, machtest du es. So einfach war das.

Doch in jener Nacht im November, der Nacht des Sex-Pistols-Auftritts, wusste ich sofort, dass Curtis mehr als bloß einen Joint oder eine Linie Koks genommen hatte, als ich ihn in dem besetzten Haus in Seven Sisters traf, wo wir manchmal probten. Er war komplett zugedröhnt, hatte riesige Augen und war so nervös und verschwitzt und durchgeknallt … es machte mir richtig Angst.

»Verdammte Scheiße, was hast du genommen, Curtis?«, fragte ich.

»Was ist?«

»Was du genommen hast?«

»Nichts … hab was geraucht, mehr nicht. Ist echt gutes Zeug … willst du auch was, bevor wir gehen?«

»Nein, danke.«

»Komm schon, Lil«, sagte er und schlang mir den Arm um die Schulter. »Bloß einen schnellen Zug, das bringt dich in Stimmung.«

»Ich muss nicht in *Stimmung* kommen«, sagte ich kühl und schüttelte seinen Arm weg. »Und nenn mich nicht *Lil*. Du weißt, dass ich das hasse.«

»Ja, okay«, sagte er defensiv und trat zurück. »Kein Grund, sauer zu werden –«

»Ich bin nicht *sauer*. Ich –«

»Hey, du siehst verdammt *super* aus«, sagte er und grinste wieder total durchgeknallt. »Ich meine ... Scheiße, verdammt, schau dich doch mal an ...« Er starrte auf mich und fuhr sich mit den Fingern durch die Haare. »Du weißt schon, was du bist, oder?«

»Was denn?«, seufzte ich.

Er lächelte. »Das schönste Mädchen der Welt.«

»Na klar.«

»Und du gehörst mir.«

Ich sah ihn an und schüttelte den Kopf, doch ich konnte es nicht verhindern zu lächeln. »Mach schon«, sagte ich. »Lass uns endlich gehen.«

Trotz allem war der Pistols-Auftritt der Wahnsinn. Trotz des Zustands, in dem sich Curtis befand, trotz der Tatsache, dass es ein mickriger, beengter Veranstaltungsort ohne Bühne und mit schrecklicher Akustik war, trotz der gelegentlichen Ausbrüche von Gewalt und Hass und der nicht zu leugnenden Tatsache, dass die Pistols musikalisch nicht wirklich gut waren ... trotz alledem war es eine Nacht, die ich nie vergessen werde.

Der Top Act waren Bazooka Joe, aber ich weiß nicht mal mehr, wie sie spielten. Ich erinnere mich nur noch daran, dass ich mit Curtis, Kenny und Stan dastand und zuschaute, wie sich Johnny Rotten und die übrigen Pistols für ihren Auftritt bereit machten. Die vier wirkten wie eine Gang geistig zurückgebliebener Straßenkinder. Johnny trug eine ausgebeulte Nadelstreifenhose und sein berüchtigtes *I hate Pink Floyd*-T-Shirt; Glen Matlock hatte eine rosa Bluse und eine mit Farbe bespritzte Jeans an und Paul Cook und Steve Jones … na ja, die sahen so aus, wie sie immer aussahen: wie zwei selig zugedröhnte Verbrecher. Ich gebe gern zu, dass ich nicht erwartete, den Auftritt gut zu finden, vor allem, weil ich sie als Menschen nicht mochte, doch noch bevor sie den ersten Ton gespielt hatten, wusste ich, das etwas Besonderes passieren würde. Ich spürte es in der rauchgeschwängerten Luft, ich konnte es regelrecht *fühlen* … und so ging es allen. Als sie die Instrumente anschlossen und sich bereit machten zu spielen, beugte sich Curtis dicht zu mir und flüsterte mir ins Ohr: »Verstehst du es jetzt?«

Und ich merkte auf einmal, dass ich es wirklich tat.

Als Steve Jones seinen Verstärker aufdrehte und einen Akkord wie eine Kreissäge herausdrosch, wurde mir klar: Genau das, was ich an diesen Leuten nie leiden konnte – ihre einstudierte Garstigkeit, ihre ganze Mir-egal-Haltung, ihr extremes Bedürfnis, zu schockieren und zu verletzen –, machte sie auf der Bühne so prickelnd und unvergesslich.

Es war nicht die Musik, es war die Haltung.

Die Energie.

Das Chaos.

Wie gesagt, rein musikalisch waren die Sex Pistols gar nicht besonders beeindruckend in jener Nacht. Sie waren nicht schrecklich oder so – ich meine, sie konnten alle *spielen* –, und auch wenn Johnny Rottens Stimme manchmal ganz schön falsch klang, war sie eindeutig anders als alles, was ich je gehört hatte … doch insgesamt, als Band, waren sie nicht annähernd so gut wie Naked. Wir waren eine viel geschlossenere Gruppe als sie, unsere Songs waren besser und weitaus origineller, und auch wenn wir noch nie live gespielt hatten, war ich sicher, dass wir, wenn es mal so weit war, nicht so chaotisch und dilletantisch sein würden wie die Pistols. Sie schienen die meiste Zeit nicht mal zu wissen, was sie da eigentlich taten.

»Schau mal«, brüllte mir Curtis während des zweiten Songs ins Ohr. »Da ist Malcolm!«

Ich schaute in die Richtung, in die er zeigte, und sah Malcolm McLaren ganz vorn stehen, mit den Händen fuchteln und der Band zubrüllen, wo sie stehen und was sie tun sollten. Er hatte sein übliches Gefolge dabei – Vivienne Westwood, Jordan ... alle Sex-Angestellten, von denen die meisten Sachen aus dem Laden trugen. Und als ich wieder zu Curtis schaute, sah ich, wie er eines der Mädchen neben Jordan anstarrte. Ich wusste nicht, wie sie hieß, aber ich hatte sie schon öfter im Sex gesehen. Sie war ein paar Jahre älter als ich – sehr schön, sehr punkig – und trug immer extrem freizügige Sachen. In jener Nacht hatte sie, soweit ich mich erinnere, einen schwarzen Latex-Mini an, ein genietetes Hundehalsband, ein Hakenkreuz-Armband und nicht viel sonst. Ich merkte, wie Curtis ihr heiße Blicke zuwarf, die sie erwiderte – zuerst guckte sie super sexy und schmolllippig, dann lächelte sie.

»Hey!«, sagte ich zu Curtis und stieß ihm meinen Ellenbogen voll in die Rippen.

»Scheiße!«, prustete er und spuckte einen Schluck Bier aus. Er wischte sich den Mund ab und starrte mich an. »Verdammt, wofür war das denn?«

Ich sagte nichts, sondern starrte nur einen Moment lang zurück, dann beobachtete ich wieder die Band. Aber er hatte die Botschaft verstanden und für den Rest der Nacht hielt er seinen schweifenden Blick im Zaum.

Ich weiß nicht mehr, was genau passierte, als die Pistols

ihren fünften Song beendeten, aber es gab eine kleine Auseinandersetzung zwischen den Pistols und einem Typen namens Danny von Bazooka Joe – es ging wohl irgendwie um die Verstärkeranlage –, und ich weiß auch nicht, ob es Danny war, der den Strom abschaltete, oder jemand anderes und ob die Pistols irgendwas von Bazooka Joes Anlage geborgt und zugrunde gerichtet hatten oder so ... doch was immer der Grund war, jedenfalls ging es nach dem Ende des fünften Songs los: Johnny Rotten schrie auf einmal die Typen von Bazooka Joe an und nannte sie einen Haufen beschissener Ärsche, dann stürmte Danny auf Johnny zu und nagelte ihn gegen die Wand ... und schließlich mischten sich Malcolm McLaren und alle andern ein, brüllten und schrien, stießen und rempelten sich ... und das war es im Grunde – ein total chaotisches Ende eines total chaotischen Auftritts.

Ich weiß noch, dass ich mich währenddessen zu Curtis umdrehte. Er stand bloß da und beobachtete das Durcheinander nach dem Auftritt mit der gleichen Aufmerksamkeit, wie er sie für den eigentlichen Gig übriggehabt hatte – vielleicht sogar mit mehr. Und ich bin mir ganz sicher, dass *das* der Moment war, in dem uns beiden klar wurde: Naked mochte in vieler Hinsicht eine deutlich bessere Band sein als die Sex Pistols, aber das reichte einfach nicht.

Ja, wir hatten gute Songs. Außerdem waren sie *unsere* Songs, keine Coverversionen alter Songs, wie sie die Pistols hauptsächlich spielten, und wir brachten unsere Sachen richtig gut. Und ja, das war alles sehr wichtig. Aber wenn wir etwas Besonderes sein wollten, wenn wir eine Band von Bedeutung sein wollten, brauchten wir mehr.

Es war nicht die Musik, sondern die Haltung.

Die Energie.
Das Chaos.

Doch als wir später in der Nacht nach Hause gingen und Curtis wie ein Irrer über alles plapperte, was wir gerade gesehen und gehört hatten, und mir wieder und wieder erklärte, dass *das* die Zukunft sei, dass es *das* sei, wohin sich die Dinge entwickelten, und es *das* sei, wie Naked sein müsse … da fing ich bereits an, meine Zweifel zu kriegen.

Wollte ich wirklich, dass Naked so wurde?

Wollte ich wirklich, dass Curtis so wurde?

Wollte ich wirklich, dass ich so wurde?

Ich wünschte, ich hätte es gewusst.

5

Viele Leute haben seither behauptet, sie wären in jener Nacht im St. Martin's College dabei gewesen, und viele berühmte Namen haben erklärt, dieser erste Auftritt der Sex Pistols hätte sie dazu gebracht, eine eigene Band zu gründen oder die, in der sie waren, aufzulösen und neu anzufangen. Und auch wenn ich glaube, dass zumindest einige dieser Behauptungen nicht stimmen – schon allein deshalb, weil meiner Erinnerung nach in der Nacht gar nicht so viele Leute da waren –, war das Konzert wirklich ein bahnbrechendes Ereignis in der Geschichte des Rock'n' Roll. Es machte den Leuten klar, dass du kein Genie sein musst, um in einer Band zu spielen, keinen Gesangsunterricht brauchst, um zu singen, und kein göttlicher Gitarrenheld sein musst, um Gitarre zu spielen … du musst nur ein paar Akkorde lernen, dir ein Mikro schnappen und ein bisschen Lärm machen.

Ganz einfach.

Es veränderte das Leben der Leute.

Auf jeden Fall veränderte es *unser* Leben. Curtis, Kenny, Stan und ich … wir waren immer noch dieselbe Band nach dieser Nacht, wir nannten uns immer noch Naked und wir spielten immer noch die gleichen Songs, doch jetzt hatten wir – wie es Curtis nannte – die Zukunft des Rock'n' Roll gesehen, und wenn wir dabei sein wollten, mussten wir uns beeilen.

Bei unserer ersten Probe zwei Tage nach dem Pistols-Auftritt sagte Curtis, wir sollten uns alle hinsetzen, und dann weihte er uns in seine Pläne ein.

»Okay, hört zu«, sagte er. »Die Band braucht mehr Eier im Sack, okay? Wir müssen alles viel mehr aufheizen … die Musik schneller, lauter, *böser* machen. Das Ganze verdammt noch mal hochpushen –«

»Wieso?«, fragte Kenny.

Curtis funkelte ihn an. »Wieso?«

»Ja … wieso?«

»Du warst doch vorgestern Nacht dabei, oder?«

»Ja, aber ich versteh nicht, was das mit uns zu tun hat.«

Curtis schüttelte den Kopf. »Scheiße, das ist doch genau der *Punkt*, Kenny. Wenn wir das nicht hinkriegen, haben wir mit dem, was da draußen abgeht, nichts mehr zu tun.«

»Na und?«, antwortete Kenny und zuckte die Schultern.

Curtis sah ihn mit zusammengezogenen Augenbrauen an. »*Willst* du nicht, dass wir es schaffen?«

»Doch, schon, aber ich versteh nicht, wieso wir auf einmal anfangen sollen, die Sex Pistols zu kopieren. Die können doch nicht mal richtig spielen.«

»Wer hat denn was von Kopieren gesagt?«, widersprach Curtis. »Wir sind Naked, oder? Wir sind verdammt noch mal die *Besten*. Aber die Dinge verändern sich, begreifst du … es bringt nichts, am besten zu sein. Das ist nicht genug.«

»Und was verlangst du von uns?«, fragte Kenny. »Dass wir *schlecht* spielen?«

Curtis schüttelte wieder den Kopf. »Dass wir einfach *härter* spielen. Dem Ganzen mehr Energie, mehr Tempo … mehr *Haltung* geben.« Er sah Stan an. »Verstehst du denn, was ich meine?«

Stan nickte.

Curtis wandte sich an mich. »Du musst die Scheiße aus dem verdammten Bass hämmern, klar?«

»Ja ...«

Er lächelte. »Ich meine, das verdammte Teil so richtig durchprügeln.«

»Moment«, sagte Kenny. »Das ist mein Bass, vergiss das nicht. Ich will nicht, dass er kaputtgeht.«

»Heilige Scheiße«, seufzte Curtis.

»Was ist?«

»Du bist ja echt *so* Rock 'n' Roll, Kenny.«

»Dir würde doch auch nicht gefallen, wenn jemand *deine* Gitarre kaputt macht, oder?«

»Ich sag dir was«, schnauzte Curtis und warf ihm einen herablassenden Blick zu. »Wenn Lili deinen Bass zerlegt, kauf ich dir einen neuen, okay?«

»Okay ... und woher willst du das Geld nehmen?«

»Wir kriegen bald einen Plattenvertrag. Dann schwimmen wir im Geld.«

Kenny lachte. »Einen Plattenvertrag? Wir haben bis jetzt noch nicht mal irgendwo gespielt ... verdammt noch mal, wie sollen wir einen Plattenvertrag bekommen, wenn wir's noch nicht mal schaffen, einen Auftritt zu kriegen?«

Curtis starrte ihn an. »Wir werden bald einen haben.«

»Wie bald?«

»Ich arbeite dran.«

»Ja?«

»Ja.«

Die beiden starrten sich noch eine Weile an und ich fürchtete schon, entweder würde Kenny beleidigt rausstürmen oder Curtis würde ihm eine knallen. Doch schließlich nickte

Kenny so halbwegs und schaute weg. Und Curtis zündete sich eine Zigarette an und sagte: »Also gut, dann lasst uns verdammt noch mal loslegen.«

Wir schlossen die Gitarren an, drehten die Lautstärke hoch und jagten eine Hochgeschwindigkeitsversion von *Naked* raus.

Curtis hielt sein Versprechen, uns einen Auftritt zu verschaffen, und ein paar Monate später, an einem kalten Freitagabend im Januar, luden wir unsere gesamte Ausrüstung hinten in einen Ford Transit und fuhren die Seven Sisters Road hoch Richtung Finsbury Park zu einem Pub namens Conway Arms. Der Wagen gehörte Stans zwanzigjährigem Bruder, der uns auch fuhr – einem Neandertalertypen, den alle Chief nannten. Er war mindestens so schweigsam wie Stan und litt unter zwei Dingen: einem wirklich üblen Körpergeruch und der Neigung, ziemlich häufig zu furzen, was die Fahrt in dem Ford Transit ohne funktionierende Lüftung nicht gerade angenehm machte. Doch abgesehen davon, dass wir sonst niemanden kannten, der einen Lieferwagen hatte, half er uns mit der Zeit auch in vielen anderen Dingen – er schleppte die Ausrüstung herum, installierte die Lichtanlage, verlegte die Kabel … und weil er ein Riesenkerl mit großer physischer Präsenz war, half uns das sehr, wenn die Dinge aus dem Ruder liefen, was oft genug passierte.

Es gab an dem Abend noch jemanden im Lieferwagen, der nicht zur Band zählte, einen Mittzwanziger namens Jake Francis. Curtis hatte uns Jake vor etwa einem Monat vorgestellt, als wir nachts in dem besetzten Haus in Seven Sisters probten. Keiner von uns war Jake zuvor je begegnet, und als Curtis mit ihm in den Keller kam und erklärte, das sei unser

Manager … na ja, da kam das nicht gerade gut an, um es mal vorsichtig auszudrücken.

»Er ist unser *was?*«, fragte Kenny ungehalten.

»Unser Manager.«

»Seit wann?«

»Seit ich ihn gefragt habe«, antwortete Curtis ruhig.

Kenny schüttelte den Kopf. »*Du* hast ihn gefragt, ob er *unser* Manager wird?«

»Ja.«

»Was ist mit uns andern … dürfen wir da überhaupt nicht mitreden? Ich meine, verdammte Scheiße, Curtis … wir haben noch nicht mal drüber *gesprochen*, ob wir einen Manager brauchen, und jetzt tauchst du auf einmal auf und ziehst irgendwen aus dem Hut, den wir noch nicht mal kennen?«

»Okay«, sagte Curtis. »Was willst du über ihn wissen?«

»Das ist nicht der *Punkt.*«

»Er *kennt* Leute, Kenny. Er hat Kontakte … er hat früher in Manchester Gruppen gemanagt –«

»Ja? Wen denn zum Beispiel?«

Curtis sah Jake an.

Jake sagte zu Kenny: »Kennst du die Black Angels?«

Kenny schüttelte den Kopf. »Nie gehört.«

»Wie steht's mit Meat House?«

»Wer?«

»10cc?«

Kenny schaute überrascht. »Du hast 10cc gemanagt?«

Jake grinste. »Nein … aber ich bin ein guter Lügner, der dich glauben lässt, dass es so ist. Genau darum braucht ihr mich.«

Jake wirkte irgendwie unheimlich. Spindeldürr, mit kurzen schwarzen Locken, schlechter Haut und einer altmodischen Drahtbrille, die seine Augen ganz klein wirken ließ. Er trug ständig einen alten, speckigen grünen Anzug, schmuddelige schwarze Turnschuhe und keine Socken ... nicht mal mitten im Winter. Die ganze Zeit hörte er Reggae und rauchte *pausenlos* Dope, von morgens früh bis spätnachts. Dabei wirkte er merkwürdigerweise nie stoned.

»Und?«, wandte er sich jetzt an Stan. »Was ist *deine* Meinung?«

»Wozu?«

»Willst du, dass ich euer Manager werde?«

Stan zuckte die Schultern. »Ist mir egal.«

Jake sah mich an. »Und wie steht's mit dir?«

»Ich finde, wir sollten vorher drüber reden«, antwortete ich und schaute zu Curtis.

»Ja, *natürlich* solltet ihr drüber reden«, sagte Jake. »Nehmt euch die Zeit, die ihr braucht, besprecht euch untereinander, und wenn ihr irgendwas über mich wissen wollt ...« Er grinste. »Na gut, dann werde ich versuchen, euch die Wahrheit zu sagen.« Er drehte sich zu Curtis um. »Ich bin dann im Pub, okay?«

»Ja ...«

Nachdem Jake gegangen war, sprachen wir ziemlich lange miteinander – fragten Curtis alles Mögliche über Jake, diskutierten, ob wir überhaupt einen Manager brauchten –, doch am Ende konnten wir uns nicht einigen. Kenny war immer noch total gegen Jake, Curtis war immer noch für ihn, Stan war es egal und ich konnte mich nicht entscheiden.

»Warum lassen wir die Sache nicht erst mal ruhen?«, schlug ich vor. »Wir können ja in den nächsten Tagen drüber nachdenken, und wenn wir fertig sind, setzen wir uns zusammen und reden noch mal.«

Außer Curtis fanden das alle die beste Lösung.

Aber es wurde nichts draus.

Denn am nächsten Tag eröffnete uns Curtis, dass Jake der Band einen Auftritt im Conway Arms verschafft hatte – einem kleinen, aber ziemlich bekannten Veranstaltungsort mit dem Ruf, neue Bands zu präsentieren. Und wenn der erste Auftritt gut lief, bestand nach Jakes Meinung die Möglichkeit, dass uns ein Dauerauftritt angeboten würde, dass wir also *jeden* Freitagabend im Conway's spielen würden.

Selbst Kenny war davon beeindruckt.

So kam es, dass Jake – obwohl wir ihn nie offiziell beauftragt hatten, obwohl er so unheimlich wirkte und obwohl ihn keiner von uns, nicht einmal Curtis, richtig mochte – einfach irgendwie unser Manager wurde.

Und so waren wir an dem Abend alle zusammen unterwegs, sechs Leute zusammengepfercht in Chiefs stinkendem Ford Transit – Curtis und Jake vorn neben Chief, Kenny, Stan und ich hinten drin zwischen dem ganzen Equipment –, und fuhren über die Seven Sisters Road zum Conway Arms. Jake zog wie immer einen fetten Joint durch, Curtis und Chief rauchten eine Zigarette nach der andern und der Qualm im Lieferwagen war inzwischen so dicht, dass ich kaum noch Luft bekam.

»Können wir vielleicht mal ein Fenster aufmachen?«, fragte ich hustend.

»Zu kalt«, antwortete Jake.

»Ich ersticke hier hinten.«

»In einer Minute sind wir da.«

»In einer Minute kann ich tot sein.«

Curtis schaute über die Schulter und lächelte. »Aufgeregt?«

»Wär ich, wenn ich Luft kriegen würde.«

Er sagte nichts mehr, sondern sah mich nur weiter an, und als ich durch den Qualm zurückschaute, merkte ich plötzlich, wie er im Glück schwelgte. Das war es, worauf er immer gewartet hatte – dieser Moment, dieser Tag, diese Nacht. Das war sein Traum. Auf die Bühne zu steigen und seine Songs zu spielen ... das war genau, was er wollte.

»Ja«, erklärte ich lächelnd. »Ja, ich bin aufgeregt.«

Wir starrten uns noch eine ganze Weile stumm an und genossen diesen intimen Moment, dann nahm Curtis einen Zug von der Zigarette und drehte sich zu Kenny um, der eingeklemmt zwischen zwei Lautsprechertürmen hockte.

»Alles okay mit dir, Ken?«, fragte Curtis grinsend.

»Klar, super, Mann, scheiße.«

»Bereit, richtig abzurocken?«

Kenny lächelte tatsächlich. »Ja, ich bin bereit.«

Curtis schaute zu Stan. »Du auch?«

Stan grinste. »Eins a.«

»Dann los«, sagte Curtis. »Lass uns da rausgehen und der Welt etwas geben, das sie nie mehr vergessen wird.«

Ich weiß nicht, ob wir an dem Abend wirklich so unvergesslich spielten, aber jeder, der da war, wird sagen, dass es wohl einer der besten Debütauftritte war, die London je erlebt hat. Und ich weiß, dass *ich* ihn nie vergessen werde. Alles war so frisch, so rein, so durchzogen von Urgefühlen. Selbst so ein simpler Vorgang wie das Betreten des Conway Arms um acht Uhr abends, als der Laden schon ziemlich voll war und wir uns selbst als »die Band« vorstellten, wie wir dann nach oben zur Bar geführt wurden, wo wir spielen sollten, wie man uns die »Garderobe« zeigte, die in

Wirklichkeit nur eine umgebaute Toilette war ... all das erzeugte einen merkwürdigen Schauer. Vielleicht ja nur einen Schauer der Nervosität. Aber eben doch einen Schauer. Und dann mussten wir das ganze Zeug ausladen und auf der Bühne aufbauen, was bedeutete, ungefähr eine Stunde lang immer wieder die Treppe rauf und runter zu latschen, das ganze Equipment aus dem Wagen zu zerren und durch die Kneipe im Erdgeschoss zu schleppen. Dort wurde es allmählich immer voller, sodass wir klarkommen mussten mit den Blicken der Leute, was nicht weiter schlimm war, mit ein paar freundlichen Kommentaren – *Was spielt ihr denn so?* – und einer Reihe *weniger* freundlicher Kommentare – *Verdammte Scheiße, was glaubt ihr eigentlich, wer ihr seid?* Und weil die Menge fast ausschließlich aus Männern bestand, von denen die meisten getrunken hatten, bekam ich natürlich besonders viel Aufmerksamkeit. Denn ich war ein Mädchen von gerade mal sechzehn; außerdem hatte mich Curtis überredet, mich ein bisschen aufzustylen, weshalb ich mir aus der riesigen Garderobe meiner Mutter ein weißes Spitzenkleid ausgeborgt hatte und es mit einer blau-weiß gestreiften Strumpfhose und leuchtend roten Doc Martens kombiniert hatte; dazu trug ich eine halbe Tonne Make-up im Gesicht. Manches, was abging, war ja okay – junge Männer, die sich Mühe gaben, mich nicht offen anzustarren, andere, die einfach scheu lächelten. Aber oft waren es durch und durch anzügliche Blicke, die mich wirklich verstörten, zusammen mit der Art von Bemerkungen, die man in einem Pub voller Männer eben erwartet – Sprüche wie »Zeig uns doch mal deine Titten, Süße« oder »Hör mal, mein Schatz, wenn du einen starken Kerl an deiner Seite brauchst ...«

Bla, bla, bla.

Ich versuchte, möglichst cool zu bleiben, aber ich spürte die Wut in mir.

Deshalb war ich, als wir das ganze Zeug aufgebaut, einen kurzen Soundcheck gemacht hatten und danach zurück in den Umkleideraum gingen, um zu warten, dass die Menge nach oben geschlendert kam, bereits durch ein solches Wechselbad von Gefühlen gegangen, dass es mir für eine ganze Woche langte. Ich war begeistert gewesen, ich war nervös gewesen, ich war wütend gewesen …

Und jetzt?

Als ich in dem kalten, fensterlosen Raum saß, mit Curtis, der seine Gitarre stimmte, während ihm eine qualmende Zigarette aus dem Mund hing … und Stan, der Tapestreifen um einen seiner Sticks wickelte … und Jake, der hyperaktiv hin und her lief und seinen Joint wegpaffte … und Kenny, der bloß in der Ecke stand und mit todbleichem Gesicht zu Boden starrte …

Wie fühlte ich mich da?

Ich hörte, wie sich der Raum draußen füllte – Stimmen, Gelächter, klirrende Gläser … brummende Erwartung. Ich spürte die Schmetterlinge im Bauch, die Angst vor dem, was ich gleich tun würde, den Rausch der Erregung, die Anspannung, nicht zu wissen, was passieren würde …

Würde ich das durchstehen?

Würde ich mich an die Songs erinnern?

Würde ich alles ruinieren?

Ich hörte, wie Jake sagte: »Hier«, und als ich aufschaute, sah ich, wie er Curtis etwas rüberreichte, ein kleines Rechteck aus zusammengefaltetem Papier. Curtis öffnete es, schnippte vorsichtig eine Linie weißes Pulver auf den Rücken seiner Hand, um sie dann unter die Nase zu halten und das Pulver durch das eine Loch hochzuziehen.

»Was ist das?«, fragte ich.

»Nichts ...« Curtis schniefte und wischte sich die Nase ab. »Nur ein bisschen Koks ... willst du auch was?«

»Nein, danke.«

Curtis nickte und schaute in die Runde. »Sonst jemand?«

Stan schüttelte den Kopf, Kenny schwieg.

Curtis reichte Jake das Speed zurück.

Ich sah Curtis an und war ein bisschen enttäuscht. Irgendwie hatte ich gehofft, dass ihm der Auftritt selber – der Thrill, der Rausch – genug wäre und dass er ein Mal ohne künstlichen Kick auskommen würde ...

Doch ich sagte nichts.

Wahrscheinlich wollte ich einfach nicht, dass er glaubte, ich wäre *sauer*.

Dann klopfte es kurz an der Tür, und als sie aufflog, brauste der Lärm von draußen herein – eine über uns hereinbrechende Woge von Stimmen. Der Typ, der den Pub leitete, steckte den Kopf herein und fragte: »Seid ihr so weit?«

Jake und Curtis sagten beide: »Ja.«

Der Mann nickte. »Dann viel Glück.« Er ging und ließ die Tür offen.

Ich konnte jetzt draußen die Leute sehen. Es waren ungefähr fünfzig, vielleicht auch sechzig. Einige waren von der Bar unten, aber bei vielen hatte ich das Gefühl, dass sie auf die letzte Minute gekommen waren – jüngere Leute, coolere Leute, solche, die kommen, um eine Band zu hören. Und ganz hinten am Ende des Raums entdeckte ich den abgerissenen Haufen aufgebretzelter und halb nackter Gestalten, die ich alle aus dem Sex kannte: Malcom McLaren, Jordan, Sid Vicious, Siouxsie Sioux …

Auch die mit dem Hakenkreuzarmband war dabei, die Frau, die Curtis bei dem Sex-Pistols-Auftritt so angegafft hatte. Inzwischen hatte ich herausgefunden, dass sie sich Charlie Brown nannte. Ob das ihr richtiger Name war, wusste ich nicht – und um ehrlich zu sein, es war mir auch egal.

Ich wollte nur nicht, dass sie da war.

»Komm schon, Lili«, sagte Curtis zu mir. »Es ist so weit – wir sind dran.«

Als ich aufstand und ihm und den anderen aus der Umkleide Richtung Bühne folgte, war mir plötzlich, als würden alle Gefühle, die ich an diesem Abend erlebt hatte, plötzlich als Cocktail einer verschwommenen Verwirrung in meinem Bauch herumwirbelten und Übelkeit erzeugen. Und als ich auf die Bühne stieg und meinen Bass anschloss, war ich ganz sicher, mich übergeben zu müssen.

»Ladies and gentlemen«, verkündete eine Stimme über die Anlage. »Beifall für die Band … Naked!«

6

Die Raumbeleuchtung erlosch und einen Moment lang summte alles in dunklem Schweigen. Dann ging ein Scheinwerfer an und erfasste Curtis vorn auf der Bühne, und als er wie ein Irrer in die Luft sprang und die ersten vier Akkorde von *Naked* herausdrosch, wusste ich plötzlich, dass alles gut werden würde. Der Sound war elektrisierend, atemberaubend, die Akkorde krachten und peitschten durch die Luft wie ein gewaltiger Schuss Adrenalin und dann begann ich zu spielen – fiel *haargenau* im selben Moment ein wie Kenny und Stan – und die Bühne erstrahlte plötzlich in grellem Licht. Es war so ein grandioses Gefühl, dass ich dachte, jeden Moment würde mein Herz platzen. Der Sound war so fantastisch, dass ich es kaum glauben konnte. Wir spielten so laut, so schnell, so dicht … wir waren so *präsent* … es war einfach unfassbar. Der Maschinengewehr-Beat von Stans Schlagzeug, der krachende Rhythmus von Kennys Gitarre, das wummernde Stampfen von meinem Bass … und über allem der kreischende Wahnsinn von Curtis' Gitarre und der hypnotisierende Anblick, wie er sich wand und krümmte und auf der Bühne herumwirbelte und taumelte …

Er wirkte so weggetreten, so verloren und im Wahn, dass ich für eine Sekunde Angst hatte, er würde es nicht rechtzeitig zum Mikro schaffen für die erste Strophe, aber diese Sorge war unbegründet. Im allerletzten Moment wirbelte er herum, stürzte quer über die Bühne zum Mikrofon und begann in perfektem Timing mit der ersten Strophe. Er sang, als hinge sein Leben davon ab – er spie die Worte voller Hass und Leidenschaft heraus, die Augen geschlossen, den Hals gereckt –, und obwohl ich ihn schon so oft hatte singen hören, war ich doch sprachlos von der geradezu brutalen Schönheit seiner Stimme. Die Worte brachen aus seinem Mund, als würden sie ihm aus dem Herzen gerissen – gewaltsam, blutend:

IDLE BLACK EYES
AND DRUG-YELLOWED SKIN
THE DREAM FLOWERS DIE
ON HER COLD NAKED SIN …

Seine Leidenschaft war ansteckend, und als wir alle zusammen den Refrain skandierten –

I'M NAKED!
YOU'RE NAKED!
WE'RE NAKED!
… NAKED!

– klangen wir wie ein Haufen durchgeknallter Dämonen.

Es war fantastisch.

Der Song dauerte nur etwa drei Minuten, und sobald wir fertig waren – mit einem letzten krachenden Akkord und einer bewusst kreischenden Rückkopplung von Curtis' Gitarre –, gingen wir sofort in die nächste Nummer über, einen Song mit dem Titel *Crack Up*. Es war wieder ein sehr kurzes, sehr schnelles Stück, ganz ähnlich im Stil wie *Naked,* aber mit einem etwas abgehackteren Rhythmus. Es war vielleicht der Song, den ich von allen am wenigsten mochte, doch den Zuhörern schien er zu gefallen, und als wir den letzten Refrain gespielt und mit dem Intro zu *Heaven Hill* begonnen hatten, tanzten viele Leute vorn vor der Bühne.

Meiner Meinung nach war *Heaven Hill* mit Abstand der beste Song, den Curtis je geschrieben hatte. Er war so eindringlich, dass ich jedes Mal zitterte, wenn wir ihn spielten, und ein komisches Flattern im Herzen spürte. Es war ein etwas ungewöhnlicher Song, weil er nicht dem typischen Aufbau von Strophe/Refrain/Strophe/Refrain folgte, sondern aus drei getrennten, aber miteinander verflochtenen Teilen bestand. Sie steigerten sich zu einem wirbelnden Schlussrefrain, der alles in einem Ausbruch vielschichtiger Melodien zusammenführte. Curtis hatte mir bei der Basslinie geholfen und mir eine simple Akkordtechnik gezeigt, die dem Bass einen viel tieferen und wärmeren Klang gab. Ich liebte diesen Sound und spielte *Heaven Hill* auch deshalb so gern, weil Curtis und ich in dem Song zusammen sangen – er die Lead-Stimme, ich die Harmonie-Stimme – und weil er an einer bestimmten Stelle des Songs immer zu mir rüberschaute mit einem Blick, der sagte: *Ist das nicht toll?*, und ich in schweigender Übereinstimmung zurücklächelte.

Es war unser ganz spezieller kleiner Moment.

Und an diesem Abend, als wir zusammen den Schlussrefrain sangen –

HEAVEN HILL, REMEMBER
HEAVEN HILL, REMEMBER
HEAVEN HILL ...

– und Curtis zu mir herüberschaute mit einem Lächeln, das sagte: *Ist das nicht das ALLERgrößte auf der Welt?*, und ich zurücklächelte wie ein verliebter Idiot, war dieser Moment noch viel spezieller als je zuvor.

Für mich war das der Höhepunkt des ganzen Abends.

Unglücklicherweise folgten kurz darauf ein paar Tiefpunkte. Der erste passierte während des nächsten Songs, einem zweiminütigen Brocken markerschütternden Lärms namens *Stupid*. Der Text bestand nur aus einem einzigen Wort, eben *Stupid*, das Curtis immer wieder herausbrüllte, so laut er nur konnte. Gegen Ende des Songs, als die Musik immer lauter und schneller und wahnsinniger wurde, taumelte er vor bis zum Bühnenrand, fixierte ein Mädchen, das vorn stand, und fing an, ihr das inzwischen fast unverständliche Wort entgegenzubrüllen – *STUPIDSTUPIDSTUPIDSTUPID …*

Das Mädchen schien es nicht weiter zu stören – wahrscheinlich fühlte sie sich durch die Aufmerksamkeit sogar eher geschmeichelt –, doch dem Typen, der zu ihr gehörte, einem Biker mit fettigen Haaren, der sein Bier aus der Flasche trank, gefiel es überhaupt nicht. Ich sah, wie er Curtis für einen Moment anfunkelte und wartete, ob er aufhören würde, und als das nicht geschah – als Curtis sich weiter zu dem Mädchen hinabbeugte und ihr wie ein Irrer ins Gesicht brüllte –, nahm der Biker einen Schluck aus der Flasche, zog das Mädchen aus dem Weg und schwang die Flasche in Curtis' Gesicht. Doch Curtis hatte es kommen sehen und sich rechtzeitig von der Kante der Bühne zurückbewegt, sodass ihn die Flasche meilenweit verfehlte. Das machte den Biker nur noch wütender, und als Curtis mit einem spöttischen Grinsen im Gesicht weiterspielte, zog der Biker seinen Arm zurück und schleuderte die Flasche mit voller Kraft. Curtis sprang zur Seite und versuchte ihr auszuweichen, doch er war nicht schnell genug und die Flasche streifte ihn seitlich am Kopf. Er taumelte leicht, hörte aber nicht auf zu spielen. Selbst als ihm das Blut über die Wange zu rinnen begann, hackte er weiter auf seiner Gitarre rum und donnerte, scheinbar unberührt von den Schmerzen, die Akkorde heraus. Jake, der von der rechten Seite der Bühne aus zugeschaut hatte, baute sich vor dem Biker auf und schrie ihm alle möglichen Obszönitäten ins Gesicht, mit der deutlichen Absicht, ihn sich zur Brust zu nehmen. Was, wenn es auch ziemlich bewundernswert war, niemals geschehen würde, da der Biker ungefähr doppelt so groß und mindestens fünfmal so schwer war wie Jake. Deshalb wunderte ich mich auch nicht, als der Biker Jake von oben bis unten ansah und ihn mit einem einzigen, geradezu herablassenden Schlag auf den Kopf niederstreckte. Doch plötzlich sah ich in der Menge hinter dem Biker wie aus dem Nichts eine riesige Faust hochschnellen und erwischte noch kurz einen Blick in Chiefs Steinzeitgesicht, ehe ich mit Bewunderung zusah, wie er die Faust niedersausen ließ, sie voll auf dem Schädel des Bikers landete und der Biker in sich zusammensackte.

Genau in dem Moment, als er zu Boden ging, beendeten wir den Song und für ein, zwei Sekunden herrschte eine fassungslose, bedrohliche Stille. Dann trat Chief aus der Menge, streckte Curtis den Daumen entgegen und half Jake auf die Beine. Gleichzeitig erschien ein zweiter Biker und zog seinen noch immer bewusstlosen Freund weg. Curtis nutzte den Moment, um ans Mikro zu treten und mit einem Gesicht voller Blut und zerlaufener Wimperntusche in die Menge zu starren.

»Das war *Stupid*«, sagte er und grinste kurz zu den Bikern hinüber. »Und der nächste Song …«, fuhr er fort, während er weiter in die Menge blickte, »der nächste Song heißt *Inside You.*«

Ich begann als Erste zu spielen, stampfte eine knallharte, schwere Bassline raus, dann fiel mit Stans rasierklingenscharfen Schlägen auf die Snare-Drum der Rest der Band ein. Obwohl es ein echt guter Song war – dunkel und bedrohlich mit seinem wirren, hypnotischen Rhythmus –, hatte mich der Text nie richtig überzeugt.

I WANT YOUR HEART
I WANT YOUR BLOOD
I WANT YOUR SKIN
I WANT YOUR FLESH …

Als ich Curtis irgendwann gesagt hatte, dass mir die Worte nicht gefielen, war er richtig empört gewesen.

»Wieso?«, hatte er gefragt. »Was ist mit den Worten?«

»Na ja, ich finde … sie sind einfach ein bisschen …«

»Ein bisschen *was*?«

»Übel.«

»*Übel?*«, spottete er. »Was meinst du mit *übel*?«

»Ach komm schon, Curtis«, seufzte ich. »Du weißt genau, was ich meine … über ein Mädchen zu sprechen, als ob es nur ein Stück Fleisch wär oder so.« Ich schüttelte den Kopf. »Du klingst wie ein Serienkiller.«

Er lachte.

Ich funkelte ihn an. »Das ist nicht *lustig*.«

Sein Lachen brach ziemlich abrupt ab, was irgendwie beunruhigend war, dann starrte er mich an. »Du *kapierst* es einfach nicht, oder?«

»Was kapier ich nicht?«

»Schau mal«, erklärte er. »Nur weil *ich* die Worte schreibe und *ich* sie singe, bedeutet das doch nicht, dass sie meine Überzeugung sind. Verdammt, Lili, ich meine … man kann doch auch aus dem Blickwinkel anderer Leute schreiben, begreifst du das nicht?«

»Ja, aber –«

»Und außerdem geht es in dem Song sowieso nicht um das *körperliche* Verlangen nach jemandem. Es geht darum, jemanden so sehr zu wollen, jemanden so sehr zu *lieben*, dass du tatsächlich der andere *sein* willst.« Er sah mich fest an. »Verstehst du? Du willst nicht bloß mit ihm zusammen oder Teil seines Lebens sein. Du willst *in* ihm sein.«

Obwohl seine Erklärung damals absolut einleuchtend klang, war ich bei Weitem nicht überzeugt, und jedes Mal, wenn wir *Inside You* spielten, fühlte ich mich ein bisschen unwohl. Und an jenem Abend, als wir die erste Strophe des Songs beendeten und Curtis anfing, den Refrain zu singen –

I WANNA BE
I WANNA BE
I WANNA BE
INSIDE YOU

– merkte ich, wie er beim Singen jemanden ganz vorn in der Menge intensiv anstarrte, und als ich seinem Blick folgte, erkannte ich plötzlich die unerträglich schöne Gestalt von Charlie Brown. Sie tanzte nicht oder irgendwas, sondern stand einfach nur da, ganz allein, unvorstellbar cool, die glühenden schwarzen Augen auf Curtis gerichtet, während er für sie sang. Und das tat er eindeutig – er sang *für* sie.

I WANNA BE
INSIDE YOU …

Es dauerte nicht sehr lange, dieses intime kleine Ständchen, und bis zum Ende des Songs hatte sich Charlie Brown schon umgedreht und war lässig davongeschlendert, wobei sie im Gehen Curtis noch einmal kokett über die Schulter anblickte. Ich versuchte, das Ganze gelassen zu nehmen und mir einzureden, dass es nicht wirklich was zu bedeuten hatte, sondern nur Teil der Show war … Als Frontmann in einer Rock 'n' Roll-Band *musste* Curtis so etwas tun … ich konnte ja schlecht erwarten, dass er sich als mein Freund gab, wenn wir auf der Bühne standen.

Aber egal, wie sehr ich mich bemühte, Reife zu zeigen, ich schaffte es einfach nicht. Ich war nicht *reif*. Ich war sechzehn. Curtis war mein erster richtiger Freund. Er war der erste Junge, mit dem ich geschlafen hatte … verdammt, wir *liebten* uns. Ich konnte zwar nicht genau sagen, was das für unsere Bindung oder unsere gemeinsame Zukunft bedeutete, doch das war nicht der Punkt. Der Punkt war, Curtis gehörte zu mir, er war *mein* Freund, und ihn für ein anderes Mädchen singen zu sehen, ausgerechnet diese Worte für sie singen zu sehen, direkt vor meinen Augen …

Es machte mich fertig.

Und bei den nächsten paar Songs fand ich es wirklich schwer, mich zu konzentrieren. Ich machte zwar keine größeren Fehler, doch ich spielte ein paar echt beschissene

Töne und war haarscharf davor, den Schluss eines Songs zu verpatzen. Nicht dass ich glaube, jemand von den Zuhörern hätte irgendwas gemerkt. Aber Curtis merkte es eindeutig, und als er vor dem nächsten Song zu mir rüberkam – während er unterwegs seine Gitarre stimmte –, erwartete ich, dass er mich zur Sau machen oder mich zumindest auf meine Fehler hinweisen würde, und machte mich schon bereit, ihm zu antworten, irgendwas Bissiges, Schroffes, oder vielleicht würde ich ihn auch nur total ignorieren oder ihm einen vernichtenden Blick zuwerfen … doch nichts von alldem geschah. Stattdessen kam er mit einem herzerweichenden Lächeln auf mich zu, nahm kurz meine Hand und beugte sich dann so dicht zu mir, dass ich die Wärme seiner Lippen spürte, als er mir ins Ohr flüsterte: »Ich liebe dich.« Und ehe ich dazu kam, etwas zu antworten, küsste er mich auf den Nacken, ließ meine Hand los und lief zurück an den Rand der Bühne, um den nächsten Song anzusagen.

Ich wusste natürlich, es waren nur Worte – *Ich liebe dich* –, und ich wusste auch, dass sie eigentlich nichts daran ändern *dürften*, wie ich mich fühlte, dass sie nichts wiedergutmachen *dürften*, dass ich mich durch sie nicht besser fühlen *dürfte* … und ich wusste, wie erbärmlich es war, dass ich mich besser *fühlte*. Ich wusste, dass das behämmert und dumm war von mir, und ich wusste, ich hatte allen Grund, mich dafür zu schämen. Und ich schämte mich auch.

Doch das änderte nichts.

Ich fühlte mich trotzdem richtig gut.

Getäuscht oder nicht …

Ich fühlte mich wieder *begehrt*.

Und das reichte mir.

»Dieser Song ist für Lili«, kündigte Curtis das nächste Stück an. »Er heißt *The Only Thing.*«

Wir spielten zehn Songs an dem Abend, und als wir schließlich die Bühne verließen, klatschte, jubelte und stampfte das Publikum noch gute fünf Minuten weiter. Es war ein herrliches Gefühl – verschwitzt und ausgelaugt, erschöpft und ekstatisch in der Umkleide zu sitzen und die Menge »Zugabe« schreien zu hören –, und ich glaube, wir waren alle sehr versucht, noch mal rauszugehen und ein, zwei weitere Songs zu spielen, aber Jake sagte unerbittlich Nein.

»Lasst die Leute immer nach mehr verlangen«, meinte er und zündete sich einen Joint an. »Wenn sie mehr hören wollen, sollen sie wiederkommen, um euch zu hören.«

Also blieben wir alle noch eine Weile, wo wir waren, redeten und tranken, lachten über dies und das und zogen Jake wegen des »Kampfs« mit dem Biker und seines schon etwas blau unterlaufenen Auges auf … und langsam beruhigte sich alles ein bisschen. Der Besitzer der Bar kam herein und gratulierte uns zu dem Auftritt, danach verschwand Jake mit ihm, um was »Geschäftliches« zu bereden, was vermutlich hieß, das Geld für unseren Auftritt zu kassieren und vielleicht die Konditionen für einen Dauerauftritt auszuhandeln.

Schließlich kam Curtis zu mir rüber, gab mir einen dicken verschwitzten Kuss und fragte mich, ob ich okay sei.

»Ja«, sagte ich. »Alles in Ordnung.«

»Gott, das war so verdammt *gut*, was?«

»Ja …«

»Ich meine, das war es doch, oder? Verdammt, das war es doch einfach.«

Wahrscheinlich hatte er irgendwann noch mal Speed genommen, denn sein Blick schoss durch die Gegend und er leckte sich ständig die Lippen. Die Schnittwunde am Kopf war wieder aufgebrochen und ein kleines Rinnsal Blut lief ihm übers Gesicht.

»Hör mal, Curtis«, fing ich an. »Vielleicht sollten wir –«

»Willst du ein Bier oder was?«, fragte er und schaute über die Schulter durch die offene Garderobentür Richtung Bar. »Ich versuch eben Malcolm zu finden, bevor er geht. Mal hören, wie er uns fand.« Er sah wieder zu mir. »Okay?«

Nein, dachte ich mit wieder aufflammender Eifersucht. *Es ist nicht okay. Denn du gehst sicher* nicht *Malcolm suchen, stimmt's? Du willst doch nur Charlie Brown finden …*

Curtis lächelte mich an. »Ich bring dir ein Bier mit, wenn ich zurückkomme, ja?«

»Ja …«

Er küsste mich – ein flüchtiger Kuss auf die Stirn – und ging.

Einen Augenblick saß ich da, schaute zu Boden und tat mir irgendwie leid … doch dann erinnerte ich mich, dass ich ja nicht allein war. Ich hob den Blick und schaute hinüber zu Kenny und Stan. Sie saßen zusammen stumm in der Ecke – Stan mit einer Flasche Bier in der Hand, während Kenny mit einem Tuch den Schweiß von seinen Gitarrensaiten wischte.

Stan lächelte mich an. »Alles okay?«

Ich nickte.

Kenny hörte auf, seine Gitarre zu putzen, und sah zu mir rüber. Ein, zwei Sekunden lang sagte er nichts, sondern saß nur da und starrte mich schweigend an. Und als er wieder nach unten auf seine Gitarre schaute, dachte ich schon, das war's.

Doch ich irrte mich.

»Er meint das nicht so«, sagte er leise, ohne aufzusehen.

»Wie bitte?«

»Curtis … wenn er Dinge tut, die dich verletzen … er meint das nicht so. Er ist nur eben …«

»Nur eben was?«, fragte ich.

Kenny zuckte die Schultern. »Nur eben Curtis.«

7

Der Mädchenname meiner Mutter war Mari Ellen James und sie wurde in einem kleinen Bauerndorf außerhalb von Bangor in Nordwales geboren, wo sie auch aufwuchs. Ihre Mutter war Alkoholikerin und ihr Vater jemand, der mit Wollust gewalttätig war. Meine Mutter verließ mit fünfzehn die Schule, wurde mit sechzehn schwanger und verlor das Baby eine Woche vor der geplanten Hochzeit. Die Hochzeit wurde daraufhin ausgesetzt, und während sich meine Mutter von der Fehlgeburt erholte, schlich sich der künftige Ehemann – ein Bauernsohn aus dem Nachbardorf – eines Nachts aus dem elterlichen Haus, wanderte zu Fuß nach Holyhead und nahm dort die erste Fähre nach Dublin.

Meine Mutter sah ihn nie wieder.

Etwa ein Jahr später, als sie als Kellnerin in einem Tearoom in Bangor arbeitete, wurde sie von einem Gast angesprochen – einem elegant gekleideten Herrn mit englischem Akzent –, der behauptete, Inhaber einer Londoner Model-Agentur zu sein. Er fragte meine Mutter, wie alt sie sei, gab ihr seine Visitenkarte und sagte, falls sie Interesse hätte, Model zu werden, solle ihr Vater oder ihre Mutter gegen Ende der Woche anrufen, wenn er wieder in seinem Büro in London sei.

Meine Mutter traute sich natürlich nicht, ihren Eltern irgendwas von dem elegant gekleideten Herrn aus London zu sagen. Stattdessen verließ sie am folgenden Freitag wie gewöhnlich ihr Zuhause, um zur Arbeit zu gehen, und nahm den üblichen Bus nach Bangor, doch anstatt wie immer an der Haltestelle beim Tearoom auszusteigen, blieb sie bis zum Bahnhof sitzen, wo sie eine Fahrkarte nach London kaufte.

Um zwei Uhr mittags stand sie vor einem schäbig aussehenden Bürogebäude in der Regent Street und starrte auf eine Reihe handgeschriebener Firmennamen, die auf der Wand neben dem Eingang standen.

World Class Models war der zweite Name von oben.

Sie streckte die Hand aus und drückte die Klingel.

»Ich weiß, dass klingt alles ganz schlimm«, erinnere ich mich an die Worte meiner Mutter. »Und es gab jede Menge Zeiten, in denen war's das auch wirklich ... aber Modeln ist eben ein schlimmer Beruf, Lili. Ist es schon immer gewesen und wird es auch immer bleiben. Und natürlich war ich sehr jung und ganz allein auf mich gestellt, weit weg von zu Hause, also war ich ziemlich verletzlich ... aber im Großen und Ganzen war es nicht so schlecht, wie es hätte sein können.«

Details über die schlimme Seite des Model-Lebens erzählte sie nie – mir jedenfalls nicht –, sondern zog es vor, sich auf die guten Zeiten zu besinnen. Wie sie dranblieb, wie sie das Geschäft lernte, wie sie richtig hart arbeitete und sich aus eigener Kraft einen Namen schaffte, bis ihr schließlich – mit neunzehn – von einer der drei Top-Agenturen des Landes ein Vertrag angeboten wurde.

»Und binnen eines Jahres«, erzählte sie mir stolz, »reiste ich kreuz und quer durch die Welt und verdiente mehr Geld, als ich mir je *erträumt* hatte. Ich kaufte mir ein Auto, eine

Wohnung in London ... ich hatte Geld auf der Bank. Ich hatte alles, was ich immer wollte, Lil. Einfach *alles* ...«

Aber das stimmte nicht.

Ihre Mutter hatte sich inzwischen zu Tode gesoffen und ihr Vater saß eine zehnjährige Gefängnisstrafe wegen Totschlags ab.

Sie hatte keinen Mann.

Sie hatte kein Kind.

Sie war noch immer allein.

Doch an ihrem zwanzigsten Geburtstag im Jahr 1958 begegnete sie einem Mann namens Rafael Garcia.

Dreißig Jahre zuvor, im Alter von fünfzehn, hatte Rafael sein Zuhause in Mexiko verlassen und war illegal über die Grenze in die Vereinigten Staaten gegangen. Innerhalb weniger Monate hatte er sich nicht nur in Los Angeles etabliert, sondern es auch geschafft, eine Anstellung als Laufbursche in der Filmindustrie zu finden. Es war kein richtiger Job – Tee kochen, Botengänge machen, so was eben – und die Filmgesellschaft, für die er arbeitete, war im Grunde genommen ein von der Mafia kontrollierter Betrieb, der zur Geldwäsche diente. Doch auf die gleiche Weise, wie meine Mutter das Beste aus einem Scheißjob machte, tat es auch mein Vater. Er lernte das Geschäft, arbeitete richtig hart und kletterte allmählich die Leiter nach oben, bis er schließlich – mit siebenunddreißig – seinen ersten Spielfim drehte.

Als Rafael meine Mutter kennenlernte, war er fünfundvierzig und hatte bereits bei einem Dutzend Filmen Regie geführt oder war Co-Regisseur gewesen. Die meisten, wenn nicht alle, waren entsetzliche Machwerke – B-Movies, billige Horrorfilme, Nullachtfünfzehn-Western –, doch auch wenn Rafael sicher kein echtes, kreatives Talent hatte, verstand er doch, wie man Filme machte, die Geld einbrachten, und so wurde er schließlich einer der gesuchtesten Regisseure in Hollywood. Seine Filme kosteten nicht viel, sie waren schnell produziert und gaben nie vor, etwas anderes zu sein als anspruchslose Unterhaltung. Wer in einen Film von Rafael Garcia ging, wusste genau, was er bekommen würde: Spannung, Nervenkitzel, ein bisschen Gewalt und jede Menge sexy Mädchen. Seine Filme waren nicht ausgesprochen erotisch oder so – erst recht nicht nach heutigem Standard –, doch für ihre Zeit hatten sie etwas ziemlich Anzügliches, was der Hauptgrund für ihren kommerziellen Erfolg war.

Als Rafael auf einer VIP-Party zur Premiere seines jüngsten Films meiner Mutter begegnete, war er mit dem Star des Films liiert, einer relativ unbekannten jungen Schauspielerin namens Rebecca Shelley. Zuvor war er mit einem anderen Starlet zusammen gewesen, Deborah Layne, die in einem seiner früheren Filme mitgespielt hatte. Es gab Gerüchte, Rafael sei in der Nacht bei ihr gewesen, in der sie Selbstmord begangen hatte, hätte das Apartment jedoch verlassen, bevor der Krankenwagen kam … was er energisch bestritt. Keinen Zweifel gab es aber daran, dass er immer wieder Beziehungen zu wesentlich jüngeren Frauen hatte, und als meine Mutter ihn kennenlernte – sie hatte zu der Zeit einen Modelvertrag für eine Kosmetikfirma und wurde allgemein für eine der schönsten Frauen der Welt gehalten – verguckte er sich sofort in sie.

In den frühen Morgenstunden nach der VIP-Party ging sie mit ihm in sein Luxus-Apartment und die nächsten paar Wochen sah man die beiden fast nur noch zu zweit. Innerhalb von einem Monat waren sie nicht bloß verlobt, sondern Rafael hatte ihr auch eine Hauptrolle in seinem nächsten Film versprochen.

Die folgenden paar Monate waren die glücklichste Zeit im Leben meiner Mutter.

Mit Rafael in Los Angeles zu leben, die Sonne und den Promi-Lifestyle aufzusaugen, Schauspielunterricht zu nehmen, Pläne für die Hochzeit zu machen ... sie genoss jeden Moment in vollen Zügen. Die Hochzeit fand im Oktober desselben Jahres statt – da war sie bereits mit mir schwanger. Als sie die Feier verließen, um auf Hochzeitsreise zu gehen, und in einer glänzend weißen Limousine zum Flughafen gefahren wurden, wusste sie immer noch nicht, wohin die Reise eigentlich gehen sollte.

»Es ist eine Überraschung«, erklärte ihr Rafael immer wieder. »Du siehst es, wenn wir da sind.«

Meiner Mutter war es egal, wohin sie flogen, solange es ein exotischer, warmer, romantischer Ort war, und so, wie sie Rafael kannte, war sie sicher, nicht enttäuscht zu werden. Doch zehn Stunden später, als der Privatjet endlich landete, musste sie schweren Herzens feststellen, dass sie zurück in London waren.

Zuerst glaubte sie, es sei nur ein Zwischenstopp und sie würden zu ihrem *richtigen* Ziel weiterfliegen, doch als sie aus dem Flugzeug stiegen und in einer anderen Limousine den Flughafen hinter sich ließen ...

»Wohin fahren wir, Rafa?«, fragte meine Mutter und versuchte, sich ihre Enttäuschung nicht anmerken zu lassen.

»Ich hab ein Geschenk für dich«, antwortete er lächelnd. »Ein Hochzeitsgeschenk.« Er schaute auf seine Uhr. »Gleich sind wir da.«

Als sie in Hampstead ankamen, die Limo vor einem riesigen alten Haus im gotischen Stil hielt und meine Mutter langsam begriff, dass das Haus ihr Hochzeitsgeschenk sein sollte … konnte sie es einfach nicht glauben. Das Haus war so groß, so monströs, so hässlich …

»Wie findest du's?«, fragte Rafael begeistert. »Ist es nicht großartig?«

Sie stand nur da, unfähig, etwas zu sagen, und starrte auf die finsteren Steinmauern.

»Ich wusste, dass es dir gefallen würde«, redete Rafael weiter. »Als ich es gesehen habe … da wusste ich gleich, dass du dich in das Haus verlieben würdest.«

Meine Mutter schaute ihn an. »Du hast es *gekauft*?«

»Natürlich.«

»Aber was ist mit dem Haus in Los Angeles?«

Er zuckte die Schultern. »Mal wohnen wir dort, mal wohnen wir hier … L. A. zum Arbeiten und das hier als unser Zuhause. Für unser Kind.« Er sah meine Mutter an. »Amerika ist kein Land, um ein Kind großzuziehen.«

»Aber was ist mit dem Film?«

»Wir drehen ihn hier, in London.«

»Wirklich? Das wusste ich nicht. Ich dachte –«

»In vierzehn Tagen geht es los.« Er lächelte meine Mutter an und tätschelte ihren Bauch. »Ehe du zu dick wirst.«

»Aber was ist –?«

»Hey«, sagte er und legte ihr den Finger auf die Lippen. »Keine Fragen mehr, okay? Keine Arbeitsgespräche. Wir sind auf Hochzeitsreise, klar?« Er nahm ihre Hand und führte sie zu dem Haus.

»Hier wirst du bestimmt sehr glücklich werden, Mari«, versicherte er ihr. »Ich spür es in meinen Knochen.«

Rafael blieb während der Dreharbeiten in Hampstead, doch sobald das Shooting vorbei war, flog er fürs Schneiden zurück nach Los Angeles und ließ meine Mutter allein in dem Haus, das sie hasste. Der Film – eine drittklassige Gangsterklamotte mit dem Titel *The London Mob* – war nicht besser oder schlechter als jede andere seiner Arbeiten. Doch der Auftritt meiner Mutter – sie spielte eine Gangsterbraut namens Rita – war absolut schrecklich. Wie sie aussah, war wirklich toll, und ihr Cockney-Akzent klang nicht ganz so albern wie das Gestümper einiger anderer Akteure, doch für die Schauspielerei hatte sie einfach kein Talent.

Das wusste sie auch selbst. Sie wusste, dass ihr Auftritt peinlich schlecht war, dass sie nach der Premiere von den Kritikern zerpflückt werden würde und dass ihre Schauspielkarriere zu Ende war, bevor sie überhaupt begonnen hatte.

Und als ob das alles nicht schon genug wäre, wusste sie auch, dass Rafael sie nicht mehr liebte … wenn er es überhaupt je getan hatte. Drei Monate, nachdem er zum Schneiden des Films nach Los Angeles geflogen war, kehrte er noch einmal zurück – aber nur für zwei Tage und auch bloß, um sie einen Vertrag unterschreiben zu lassen. Sie bat ihn zu bleiben und ging irgendwann sogar so weit, vor ihm auf die Knie zu fallen und ihn anzuflehen, er möge sie nicht verlassen.

»Ich *brauche* dich hier, Rafa«, schluchzte sie. »Es ist so *einsam* in diesem Haus.«

»Tut mir leid, Mari, ich muss arbeiten.«

»Aber ich kriege ein *Kind*. Was ist, wenn irgendwas schiefgeht?«

»Da geht nichts schief.«

»Ich hab schon mal –«

»Alles wird gut gehen, vertrau mir. Ich sorge dafür, dass du die besten Leute kriegst.«

»Ich will keine verdammten *Leute*!«, schrie sie ihn an. »Ich will *dich*! Du gehörst an meine Seite, verflucht noch mal. Du bist verdammt noch mal mein *Mann*.«

Er blieb nicht. Er flog am nächsten Tag zurück nach Los Angeles, und soviel ich weiß, kehrte er nie wieder nach Hampstead zurück. Als ich im Juni 1959 geboren wurde, hatte Rafael bereits die Scheidung beantragt und traf sich in aller Öffentlichkeit mit einer anderen jungen Schauspielerin, die später seine zweite Frau wurde. Als die Scheidung schließlich durch war, wurde meiner Mutter eine erste Pauschale von 3 000 000 Dollar zugesprochen, dazu weitere Zahlungen von jährlich 500 000 Dollar für den Rest ihres Lebens. Außerdem behielt sie das Haus in Hampstead.

Und verlor allmählich den Verstand.

Natürlich hatte ich, bis ich neun oder zehn war, keine Ahnung, dass mit meiner Mutter etwas nicht stimmte. Wie alle Kinder ging ich davon aus, dass mein Leben – mein Zuhause, meine Mutter – normal war. Ich kannte ja nichts anderes. Ich wusste nicht, dass sich Eltern nicht wochenlang in ihrem Zimmer einschließen und dich nicht einer Serie von gleichgültigen Kindermädchen überlassen. Ich hatte keine Ahnung, dass Mütter normalerweise nicht so unberechenbar waren wie meine, die mich in der einen Sekunde über alles liebte und in der nächsten mit vor Hass glühenden Augen anschrie.

Ich wusste nicht, dass meine Mutter eine gebrochene Frau war.

Für mich war sie einfach nur meine Mutter.

Erst als ich in der Schule Freundschaften schloss, wir über Dinge redeten, auch über unsere Familien, und als ich nachmittags oder zu Geburtstagspartys eingeladen wurde … erst da begriff ich, dass mein Leben alles andere als normal war. Die meisten meiner Freundinnen hatten erstens schon mal einen Vater. Und selbst wenn die Eltern geschieden waren, sahen sie ihn ab und zu. Ich dagegen hatte meinen nie zu Gesicht bekommen. Außerdem kämpften, soweit ich wusste, die Mütter meiner Freundinnen nicht ständig mit irgendeiner Form von Sucht oder mit Wahnvorstellungen und ihr Alltag wurde auch nicht von Depressionen und manischen Zuständen zerstört.

Je älter ich wurde, desto bewusster wurde mir das Leid meiner Mutter. Es war nicht immer sichtbar, es gab auch lange Phasen, in denen alles wunderbar normal schien. Es konnten Wochen vergehen, manchmal sogar Monate, in denen sie nicht den ganzen Tag schlief, ohne Ende betrunken war oder total durch den Wind von irgendwelchen Medikamenten. Zeiten, in denen sie nicht in dreckigen alten Sachen durchs Haus lief, sich nicht alle fünf Minuten die Hände wusch, nicht jede Nacht ausging und andauernd mit einem anderen Mann nach Hause kam. Sie konnte in diesen Phasen ganz normale Dinge tun. Sie kochte, ging einkaufen, las Bücher, schaute fern. Sie sprach mit mir, erzählte mir Geschichten. Erzählte mir von ihrem Leben. Doch dann machte es plötzlich Klick und die Manie oder Depression – oder was es auch war – übernahm wieder die Macht und meine Mutter entwickelte eine neue Sucht oder neue Wahnvorstellungen, und ich konnte nur hoffen, dass sie nicht komplett abdrehen würde.

Noch eine letzte Sache zu meiner Mutter. Die Frage, die sich wahrscheinlich jeder stellen würde, war ja: Wenn sie das Haus in Hampstead so hasste, wieso blieb sie dann dort? Wieso verkaufte sie es nicht und zog irgendwo anders hin?

Ich habe sie das irgendwann mal gefragt. Zu der Zeit hatte sie gerade einen Putzwahn – schrubbte manisch die Wände, putzte die Fenster, polierte die Möbel … und tat das alles wie besessen, ohne zu essen oder zu schlafen oder auch nur einen Augenblick Pause zu machen. Ich hatte ihr gerade eine Suppe gekocht und versuchte, sie zum Trinken zu überreden, als sie von einem Moment auf den andern in Tränen ausbrach und zu Boden sank.

»Dieses verdammte Haus«, klagte sie. »Verdammt, ich *hasse* es.«

»Wieso ziehen wir dann nicht aus, Mum?«, fragte ich. »Mit dem Geld, das du für das Haus kriegst, könnten wir doch was richtig Schönes kaufen, eine kleine Wohnung mitten im Zentrum von London oder so.«

Sie schüttelte den Kopf. »Ich kann hier nicht weg.«

»Wieso nicht? Ich meine, wenn du das Haus doch so hasst …?«

Sie sah mich mit leicht verschwommenem Blick an. »Ich muss für Rafa da sein«, sagte sie, in Gedanken weit weg. »Er kommt bald zurück … ich muss für ihn da sein.«

Und das ist fürs Erste alles, was man über meine Mutter wissen muss.

Curtis wollte an dem Abend nach dem Auftritt im Conway Arms nicht nach Hause und wir mussten ja sowieso zu dem besetzten Haus in Seven Sisters zurückfahren, um Jake abzusetzen und ein bisschen was von unserem Equipment auszuladen, deshalb schlug Curtis vor, dass wir über Nacht dort bleiben sollten. Irgendjemand war gerade ausgezogen und das Zimmer stand leer. Wir hatten schon öfter in dem Haus übernachtet, und selbst wenn es mir dort nicht besonders gefiel, hatte ich auch keine richtige Lust auf zu Hause. Meine Mutter hatte gerade mal wieder ständig neue Partner und war außerdem von irgendwelchen neuen Schlankheitspillen abhängig, die sie von ihrem Arzt bekam und die sie tagelang wach hielten. Deshalb wusste ich, wenn ich nach Hause ging, würde sie sicher mit irgendeinem Schwachkopf rummachen, den sie aus dem Pub abgeschleppt hatte – und wenn sie keinen gefunden hatte, was sehr unwahrscheinlich war, würde sie die ganze Nacht aufbleiben und mit mir reden wollen. Und ich war weder für das eine noch für das andere in Stimmung. Also sagte ich Curtis, dass ich über Nacht dableiben würde, und ging, während er weiter den Lieferwagen auslud, zur Telefonzelle auf der anderen Straßenseite, um meine Mutter anzurufen.

Es war nicht viel mehr als eine Geste und ich wusste, dass sie wahrscheinlich sowieso nicht merkte, ob ich nach Hause kam – und falls doch, würde sie sich keine Sorgen machen. Sie hatte mir schon mal früher gesagt, ich bräuchte nicht erst zu fragen, wenn ich die ganze Nacht wegbleiben wollte.

»Du bist jetzt sechzehn«, hatte sie mir erklärt. »Fast siebzehn ... du bist doch kein Kind mehr.«

Was mir damals irgendwie gefallen hatte. Aber vor Kurzem hatte ich gemerkt, dass sich ein Teil von mir heimlich nach einer Mutter sehnte, die ein bisschen weniger freizügig, ein bisschen fürsorglicher war – die auf mich aufpasste oder so.

»Hi, Mum«, sagte ich, als sie ans Telefon ging. »Ich bin's nur –«

»Moment mal«, brummelte sie. »Bleib kurz dran …« Ich hörte, wie sie das Mundstück zuhielt und mit jemandem sprach. Dann hörte ich Lachen, ein Husten, das Anstoßen von Gläsern. Musik spielte im Hintergrund – *Tumbling Dice* von den Rolling Stones. »Lili …?«, sagte Mum. »Bist du's?«

»Ja, Mum … sag mal, ist es okay, wenn ich heute Nacht bei Freunden bleibe?«

»Klar«, brummelte sie. »Klar kannst du das, Schatz …«

Die Worte kamen gelallt. Sie klang betrunken.

»Morgen bin ich wieder da«, erklärte ich ihr.

»Mmmm …«

»Ist alles okay mit dir, Mum?«, fragte ich.

»Okay …? Was … ja, ich bin okay. Mir geht's *gut* … wie ist es gelaufen?«

»Wie bitte?«

»Der Auftritt – wie war's?«

»Super. Echt toll.«

»Gut … gut …« Sie hielt erneut das Mundstück zu, flüsterte jemandem geräuschvoll etwas zu, dann war sie wieder bei mir. »Also, wie ist es heute Abend gelaufen? Euer Auftritt … war's gut?«

»Ja … hör zu, Mama, ich muss jetzt Schluss machen, okay?«

»Okay …«

»Dann bis morgen.«

»Ja … bis später, Süße.«

Ich hängte den Hörer ein.

Es war dunkel draußen, die High Road lag still in der Nacht. Lichter schimmerten aus den Fenstern des besetzten

Hauses auf der anderen Straßenseite, und als ich die Tür öffnete und aus der Telefonzelle trat, hörte ich von drüben den dumpf dröhnenden Bass eines Reggae-Songs.

Einen Moment blieb ich stehen und starrte hinauf in den unendlichen schwarzen Himmel …

Und dachte an so vieles.

Dann jagte ein Auto vorbei und eine leere Bierdose kam aus dem Wagenfenster geflogen. Sie schepperte auf den Boden vor meinen Füßen. Der Fahrer hupte, Gegacker drang aus den offenen Fenstern, und während der Wagen die High Road hinunter verschwand, überquerte ich die Fahrbahn und ging zurück ins Haus.

8

Das besetzte Haus war ein vierstöckiges viktorianisches Gebäude in einer Sackgasse parallel zur High Road. Ich wusste so gut wie nichts über das Haus – wem es eigentlich gehörte, wie lange es schon besetzt war –, sondern nur, dass es ein ziemlich großer Kasten mit ewig vielen Zimmern war und dass ständig alle möglichen Leute ein- und auszogen, wodurch man nie genau wusste, wer dort gerade wohnte. Das Haus selbst war in einem recht guten Zustand. Es gab Strom, Gas und fließend Wasser. Es wirkte nicht übermäßig versifft. Alles funktionierte. Im Großen und Ganzen war es einfach ein etwas schäbiger, leicht heruntergekommener und schmuddeliger alter Bau.

Es war auch weniger das Haus, das ich nicht mochte, sondern die Leute, die dort wohnten.

Ich glaube, ein paar waren ganz okay, aber die meisten ähnelten Jake: Sie verbrachten viel Zeit mit dem Konsum von Drogen und waren irgendwie unheimlich. Und viele spielten in Bands, daher wurde in dem Haus ständig irgendwo Musik gemacht – fast zwangsläufig extrem laut, egal zu welcher Tages- oder Nachtzeit.

Was auch der Grund war, weshalb ich in jener Nacht nicht schlafen konnte.

Das Zimmer, in dem Curtis und ich schliefen – oder schlafen *wollten* –, lag in der obersten Etage. Es gab keine Möbel und auch sonst so gut wie nichts, keine Gardinen, kein Bett und auch nichts zum Sitzen. Im Grunde genommen war es bloß ein leerer Raum mit ein paar Kissen und Decken auf dem Boden. Ich fühlte mich nicht besonders wohl bei dem Gedanken, in Decken zu schlafen, die schon von anderen Leuten benutzt worden waren, doch inzwischen war ich so müde, dass ich mich nicht mehr allzu sehr daran störte. Es war spät, gegen zwei Uhr morgens, und ich war erschöpft. Ich wollte nur noch schlafen. Aber Curtis war noch immer total aufgedreht und konnte die Finger nicht von mir lassen …

Um drei Uhr waren wir beide immer noch wach. Curtis saß im Schneidersitz auf dem Boden, rauchte eine Zigarette und schrieb wie wild in seinem Notizbuch, während ich mit dem Gesicht nach unten und einem Kissen über dem Kopf auf den Decken lag und versuchte, das dröhnende Wummern der Reggae-Musik auszublenden, das noch immer von irgendwo unter uns heraufhallte.

»Curtis?«, fragte ich.

Er antwortete nicht.

Ich nahm das Kissen vom Kopf. »Curtis?«

»Was ist?«

»Ich kann nicht schlafen.«

»Wieso nicht?«

»Was glaubst du wohl, wieso?« Ich drehte mich um und setzte mich auf. »Spielen die etwa die ganze Nacht?«

»Wahrscheinlich.«

»Wieso müssen die so laut spielen?«

Curtis lächelte. »Das ist Reggae … Reggae muss laut sein.«

»Kannst du nicht runtergehen und fragen, ob es ein bisschen leiser geht?«

Er lachte. »Ja, klar ... das wär echt *cool*, wenn ich da runterginge, was?« Er sprach mit verstellter Stimme weiter: »Würdet ihr es *sehr* schlimm finden, die Musik ein bisschen leiser zu machen?« Er lachte wieder und schrieb danach weiter in sein Notizbuch.

Ich seufzte. »Was machst du?«

»Einen neuen Text schreiben.«

»Wie soll der Song heißen?«

»Weiß ich noch nicht.«

Ich seufzte noch einmal und fand mich damit ab, nicht schlafen zu können. Eine Weile saß ich bloß da, ohne etwas zu sagen. Ich beobachtete Curtis, schaute im Zimmer umher und starrte durch das gardinenlose Fenster in die kahle, sternlose Nacht.

»Hast du mit Jake gesprochen?«, fragte ich.

»Hä?«

»Ob du mit Jake gesprochen hast?«

»Über was denn?«

»Über das Conway Arms ... ob wir öfter dort spielen können.«

»Ach so, ja, hab ich dir das nicht gesagt? Wir kriegen den Dauerauftritt. Jeden Freitagabend um zehn. Wir bekommen entweder pauschal fünfzig Pfund oder einen Anteil vom Eintritt. Jake will noch ausrechnen, was besser ist. Wir haben uns für Montagmorgen mit Arthur verabredet, um die Details zu besprechen.«

»Wer ist Arthur?«

»Der Typ, dem das Conway's gehört.«

»Klar.« Ich sah ihn an. »Du weißt aber schon, dass am Montag die Schule wieder losgeht, oder?«

»Ich werd nicht hingehen.«

»Was?«

»Ich werd nicht hingehen.«

»Wie meinst du das?«

Er hörte auf zu schreiben und sah mich an. »Ich geh nicht mehr zur Schule, Lili. Ich will *das* hier machen – die Band, die Musik, verstehst du … das ist mein *Leben*. Ich will nur noch das hier.«

»Und was ist mit deinem Abschluss?«

»Scheiß drauf«, sagte er lachend. »Ich brauch keinen Abschluss. Nicht für das hier …« Er tippte auf sein Notizbuch. »Wenn ich Songs schreibe, brauch ich Leben, kein beschissenes Abschlusszeugnis.«

»Ja, aber –«

»Naked *schafft* es, Lili«, sagte er heftig. »Glaub's mir, wir kommen groß raus.« Er schüttelte den Kopf. »Ich hab keine Zeit mehr für Schule.«

»Hast du's schon deinen Eltern gesagt?«

»Noch nicht.«

»Die werden doch bestimmt nicht begeistert sein.«

Er schniefte. »Kann sein …«

Er starrte jetzt auf sein Notizbuch, blickte ohne etwas zu schreiben einfach bloß auf die Seite. Mir war klar, dass er an seine Eltern dachte, daran, was sie sagen würden, wenn er es ihnen erzählte … Ich sah die wirre Mischung aus Groll und Angst in seinen Augen. Er redete nicht gern über seine Eltern und ich glaube, er verachtete sie schon allein für das, was sie waren – konservativ, bürgerlich, wohlhabend. Er schien es ihnen fast übel zu nehmen, dass er nicht in armen Verhältnissen aufgewachsen war, denn so lief seine Protesthaltung ins Leere. Seine Rebellion hatte keinen Boden, und dafür machte er seine Eltern verantwortlich. Doch trotz aller Verachtung kam er nicht von der Tatsache los, dass sie nun mal seine Eltern waren. Seine Mutter, sein Vater. Sie hatten ihn in die Welt gesetzt, sie hatten ihn aufgezogen, sich um ihn gekümmert, ihn behütet. Er war ihr Sohn. Und ich glaube, er wusste einfach nicht, wie er mit diesem Zwiespalt umgehen sollte.

Ich sah ihn an.

Er starrte immer noch blind auf das Notizbuch.

»Curtis?«, fragte ich.

Keine Antwort.

»Curtis?«

Er sah auf. »Ja …?«

»Wird schon werden«, sagte ich leise. »Ich bin sicher … das wird schon.«

Er grinste. »Da hast du verdammt recht.«

9

Bis zum folgenden Mittwoch hörte ich nichts mehr von Curtis. Ich war in diesem Jahr mit den Vorbereitungsprüfungen dran und wegen der Proben hatte ich den Stoff in den Ferien nicht wiederholt und war insgesamt ziemlich hintendran. Deshalb zwang ich mich, zu Hause zu bleiben und ein bisschen was nachzuholen. Am Montag hatte ich Curtis angerufen, um zu hören, was bei dem Treffen mit Arthur rausgekommen war, doch als seine Mutter ans Telefon ging, sagte sie, Curtis sei nicht da.

»Wissen Sie, wo er ist?«, fragte ich sie.

»Nein«, sagte sie wie aus der Pistole geschossen.

»Ach so ... wenn er nach Hause kommt, könnten Sie ihm dann bitte sagen, dass Lili angerufen hat?«

Sie antwortete nicht richtig darauf, sondern gab nur irgendein merkwürdiges leichtes Schniefen von sich, vielleicht auch eine Art verächtliches Schnauben, dann legte sie auf.

Ich versuchte ihn am nächsten Abend wieder anzurufen, doch diesmal ging überhaupt niemand dran. Ich ließ es ziemlich lange klingeln, schließlich legte ich auf und rief Kenny an. Aber er wusste bloß, dass Curtis die letzten zwei Tage nicht in der Schule gewesen war.

»Was ist mit Stan?«, fragte ich.

»Was soll mit ihm sein?«

»Weißt du, ob er was von Curtis gehört hat?«

»Keine Ahnung.«

»Und er hat nichts zu dir gesagt?«

»Über was denn?«

Ich seufzte. »Über *Curtis.*«

»Nein, er hat gar nichts gesagt. Was willst du überhaupt?«

»Nichts ... ich versuche nur Curtis zu erreichen, das ist alles.«

»Ja, okay ... du weißt doch, wie er ist.«

»Ja ...«

Es war Mittwoch gegen sechs Uhr abends, als sich Curtis endlich meldete. Er rief aus einer Telefonzelle an. Ich hörte das Zeichen, mit dem die Zeit runterlief, und wie Curtis vor sich hin murmelte und fluchte, als er versuchte, Geld nachzuwerfen ...

»Verdammt ... Scheiße, Moment mal.«

Tuut, tuut, tuut ...

»Curtis? Bist du's?«

»Lili?«

»Ja.«

»Hörst du mich?«

»Ja, wo bist du?«

»In der Telefonzelle gegenüber von dem besetzten Haus ... Gott, wie das hier *stinkt.*«

»Was ist los, Curtis? Wo hast du gesteckt? Ich hab dauernd versucht –«

»Sie haben mich rausgeworfen.«

»Was?«

»Meine beschissenen Eltern, sie haben mich rausgeworfen.«

»Wieso?«

»Weiß der Teufel, verdammt ...«

Er klang total zugedröhnt.

»Was ist passiert?«, fragte ich vorsichtig und versuchte ihn zu beruhigen. »Erzähl mir einfach, was passiert ist.«

Es dauerte eine Weile, die ganze Geschichte aus ihm rauszukriegen, vor allem, weil er immer wieder alles anders erzählte. Doch schließlich gelang es mir, die Dinge halbwegs auf die Reihe zu kriegen. Kurz gesagt, bis Sonntagabend war er in dem besetzten Haus geblieben und dann gegen acht Uhr heimgegangen. Er hatte vorgehabt, seinen Eltern zu sagen, dass er die Schule abbrechen würde, doch in dem Moment, als er durch die Tür trat, war sein Vater auf ihn losgestürmt, hatte ihn an den Schultern gepackt und in die Küche gezerrt. Am Tisch saß seine Mutter und heulte sich die Augen aus. Und auf dem Tisch lag ein Stückchen Cannabis-Harz, in Folie eingewickelt.

»Ich muss es in einer meiner Taschen vergessen haben«, erklärte er. »Mum hat es wahrscheinlich gefunden, als sie die Hose waschen wollte.«

»Was hat dein *Dad* gesagt?«, fragte ich.

Curtis lachte. »Er hat gefragt, was das ist und was ich damit vorhätte, verdammte Scheiße.«

»Und was hast du geantwortet?«

»Die Wahrheit. Ich hab ihm gesagt, dass es bloß ein bisschen Dope ist und er doch keine so große Geschichte draus machen muss.«

»Das war genau die richtige Antwort, was?«

Er lachte wieder. »Ja … er hat mich angebrüllt wie ein Irrer. Ich dachte, sein Kopf explodiert gleich. Und je mehr er gebrüllt hat, desto mehr hat meine Mum geheult … was ihn noch mehr schreien ließ. Es war absurd. Nach einer Weile hab ich mich einfach umgedreht und wollte raus. Aber mein

Dad hat mich wieder gepackt und sich ausgekotzt von wegen *keine dämliche Musik mehr, keine Popbands mehr, von jetzt an tust du, was ich sage* … Ich hab darauf nicht mal geantwortet, weißt du? Ich bin einfach nur dagestanden und hab ihn angestarrt. Und schließlich hat er irgendwas von Montag direkt nach der Schule nach Hause kommen gemeint, da hab ich ihm dann erklärt, dass ich am Montag nicht zur Schule gehe, dass ich überhaupt nicht mehr zur Schule gehe, und dann ging alles von vorn los. Am Ende … kam er mit dem alten Spruch: ›Das ist mein Haus, hier bestimme ich, was getan wird.‹ Also hab ich gesagt, er soll sich sein scheiß Haus an den Hut stecken, und bin raus.«

»Das heißt, eigentlich hat er dich gar nicht rausgeworfen?«

»Kacke, Lili, auf wessen Seite *stehst* du eigentlich? Ich meine, *Scheiße*, verdammt …«

»Das hab ich doch gar nicht –«

»Egal, spielt keine Rolle …«

»Was spielt keine Rolle?«

»Alles … alles. Keine Ahnung …«

Eine Weile herrschte Schweigen in der Leitung. Ich hörte Curtis atmen, in kurzen scharfen Zügen. Ich hörte ihn auch ein paar Mal schniefen. Und ich stellte ihn mir in der Telefonzelle vor, wie er an der Lippe kaute und seine Blicke hin und her schossen und den Verkehr draußen beobachteten.

»Was hast du jetzt vor?«, fragte ich leise.

»Das ist kein Problem«, sagte er lässig und betont fröhlich. »Ich bin ins besetzte Haus gezogen, in das Zimmer, wo wir neulich übernachtet haben. Ich bring es in Ordnung, hol mir ein paar Möbel, einen Stuhl, ein richtiges Bett …«

»Wie kommst du an Geld?«

»Ich meld mich arbeitslos, wie die andern auch.«

»Was ist mit deinen Sachen?«

»Was für Sachen?«

»Von zu Hause ... deinen ganzen Platten, deinen Klamotten –«

»Interessiert mich alles nicht. Ich hab meine Gitarre, mehr brauch ich nicht.«

»O Curtis.«

»Hör auf, mich zu bemitleiden, Lili«, sagte er kalt.

»Tu ich ja gar nicht.«

»Ich *will* es so, kapiert? Genau so soll es sein.«

In den nächsten Monaten beruhigten sich die Dinge einigermaßen und es gelang mir, wieder ein bisschen Struktur in mein Leben zu bringen. Unter der Woche ging ich morgens zur Schule, wo ich versuchte, alles andere auszublenden – meine Mutter, Curtis, die Band – und mich voll auf den Unterricht zu konzentrieren. Montags, mittwochs und donnerstags ging ich nach der Schule direkt nach Hause. Dienstags fuhr ich mit der U-Bahn zu dem besetzten Haus, um mit der Band zu proben, und danach blieb ich die Nacht über meistens bei Curtis. Freitags hetzte ich nach der Schule nach Hause, zog mich schnell um und machte mich dann zum besetzten Haus auf, um beim Beladen des Lieferwagens zu helfen und alles für den Auftritt abends im Conway Arms zu regeln. Danach übernachtete ich wieder bei Curtis und wir verbrachten meistens das Wochenende zusammen, probten sonntags noch mal und dann nahm ich die U-Bahn zurück nach Hampstead.

Die Freitagabend-Auftritte im Conway's wurden mit jedem Mal besser. Curtis schrieb bessere Songs, wir spielten immer besser – sowohl jeder Einzelne von uns als auch die Band als

Ganzes – und es kamen jede Woche mehr Leute. Langsam bauten wir eine Fangemeinde auf und irgendwann war ich ganz überrascht, dass die Leute im Publikum unsere Songs mitsangen. Natürlich gefielen wir nicht allen und es gab jedes Mal Ärger, wenn wir spielten. Schlägereien brachen aus, Flaschen und Gläser flogen, ein paar Idioten versuchten die Bühne zu stürmen und Curtis anzugreifen. Bei jedem Naked-Gig lag Gewalt in der Luft. Und Curtis war nur allzu bereit, sie zu schüren und dafür zu sorgen, dass sie sich entlud. Es *gefiel* ihm, den Ärger anzufachen. Er liebte den Kick, den Adrenalinschub, den natürlichen Rausch …

Nicht dass er noch einen *natürlichen* Rausch gebraucht hätte.

Seit er in das besetzte Haus gezogen war, konsumierte er immer mehr Drogen und Ende Januar merkte ich, dass er eigentlich dauerhaft auf irgendwas war. Meiner Vermutung nach lag das nur zum Teil daran, dass er im besetzten Haus wesentlich leichter an Drogen herankam. Curtis' Gründe, sich so sehr in einen Rausch zu versetzen, saßen weitaus tiefer, doch wann immer ich versuchte, mit ihm darüber zu reden, tat er es entweder einfach ab – *ich bin bloß gut drauf, das ist alles* –, rastete aus – *verdammte Scheiße, wer bist du, dass du mir vorschreiben willst, was ich tun soll?* – oder ignorierte mich, stellte sich taub und wechselte das Thema.

Also versuchte ich es erst gar nicht mehr.

Sein Drogenkonsum machte mir Sorgen und ich hätte mir gewünscht, dass er nicht ständig etwas nahm, aber noch war der Punkt nicht erreicht, dass es alles andere kaputt machte. Curtis war zu dieser Zeit seines Lebens noch weit davon entfernt, total die Kontrolle zu verlieren. Also, ehrlich gesagt war er auf dem absoluten Höhepunkt seiner Kreativität. Seine neuen Songs waren fantastisch, sein Gesang und sein Gitarrenspiel überirdisch ... er sah sogar besser aus denn je. Und wenn er auf der Bühne stand und sein Ding durchzog, war das derart elektrisierend, derart faszinierend, dass es selbst mir schwerfiel, den Blick von ihm zu lösen.

Wenn er nicht auf der Bühne stand oder stoned in dem besetzten Haus rumhing, war Curtis die meiste Zeit mit Jake zusammen. Die beiden versuchten, neue Gigs für uns aufzutreiben oder irgendwelche Schallplattenleute zu überreden, zu unseren Auftritten im Conway's zu kommen. Doch sie hatten wenig Erfolg. Obwohl die Sex Pistols inzwischen einige Auftritte in London gehabt hatten und es Gerüchte gab, dass sich auch andere Punkbands bildeten, dauerte es noch Monate, bevor es in der Punkszene richtig losging, und noch länger, ehe das Interesse der Plattenfirmen erwachte. Gleichzeitig buchten die normalen Veranstaltungsorte entweder die großen Namen oder »Pub Rock«-Bands wie Eddie and the Hot Rods, die im Wesentlichen schnellen Rhythm 'n' Blues spielten. Und natürlich passte Naked in keine dieser Kategorien. Jake log die Leute an und tat so, als wären wir bloß eine neue »Pub Rock«-Band, doch in den wenigen Fällen, in denen wir tatsächlich auf die Art gebucht wurden, gingen die Auftritte meistens schief. Wir spielten zwar so gut wie immer, aber wir passten einfach nicht zum Publikum und das Publikum nicht zu uns.

Allerdings brachte uns ausgerechnet einer dieser Auftritte unsere erste Besprechung im *NME* ein. Es waren zwar bloß ein paar Zeilen und wir wurden auch nur erwähnt, weil wir die Vorgruppe einer Band namens Roogalator waren, die zu der Zeit gerade die Hätschelgruppe des *NME* war, aber trotzdem …

Es war eine Besprechung.

Und der *NME* bezeichnete uns als »verdammt heiße Band aus dem Norden Londons«.

Also beklagten wir uns nicht.

Doch apropos beklagen …

Zu der Zeit, gegen Ende Januar 1976, fingen die Leute in der Nachbarschaft des besetzten Hauses an, sich wegen des Lärms zu beklagen. Offensichtlich war es weniger die allgemeine Lärmkulisse des Hauses, die sie störte – die Musik, die Tag und Nacht lief, das ständige Kommen und Gehen, die gelegentlichen Orgien im Drogenrausch –, sondern vielmehr der Sound unserer Proben im Keller. Was mich nicht wirklich überraschte. Gute zwei Monate lang probten wir jetzt zweimal die Woche und spielten immer mehrere Stunden lang so laut es nur ging, deshalb konnte ich es den Nachbarn nicht wirklich verdenken, dass sie irgendwann die Schnauze voll hatten.

Aber Curtis war sauer.

Als Jake ihm erklärte, wir müssten was anderes zum Üben finden, rastete er vollkommen aus.

»Ich muss mir das von denen nicht anhören, Scheiße noch mal. Verdammt, was glauben die eigentlich, wer sie sind? Und was wollen die denn überhaupt gegen uns machen?«

»Wahrscheinlich rufen sie die Polizei«, erklärte Jake ruhig und reichte Curtis einen Joint. »Und wenn die Polizei kommt …«

Er musste nichts weiter erklären.

Curtis nahm den Joint, sah ihn einen Moment an und schüttelte dann den Kopf. »Scheiße.«

»Kein Problem«, erklärte ihm Jake. »Ich hab mich sowieso schon nach einem besseren Probenraum für euch umgeschaut. Und ich hab da was gefunden, nur ein Stück weiter die Straße hoch, das ist absolut perfekt …«

Das Probengebäude, das Jake für uns gefunden hatte, war zwar längst nicht *absolut perfekt,* aber doch deutlich besser als der Keller. Und es war auch wirklich nur ein Stück weiter die Straße rauf – ungefähr fünf Minuten zu Fuß von dem besetzten Haus entfernt, am südlichen Ende der West Green Road. Es war ein riesiges, aus Ziegeln gemauertes altes Lagerhaus mit hohen Decken, dicken Wänden und einem soliden Steinboden. Und es lag von der Straße zurückgesetzt hinter einem eingezäunten leer stehenden Gelände. Es gab also keine Wohnhäuser in der Nachbarschaft und die nächsten Gebäude waren ein paar Fast-Food-Läden auf der anderen Seite der West Green Road. Das heißt, im Grunde genommen konnten wir so laut spielen, wie wir wollten.

Als Curtis Jake fragte, ob wir eine Erlaubnis bräuchten, um in dem Gebäude zu spielen, und wenn ja, was uns das kosten würde, tippte Jake nur leicht mit dem Finger an seine Nase und sagte: »Keine Sorge, das ist schon alles geregelt.«

Und es war hier, in dem Lagerhaus, wo es zum endgültigen Krach zwischen Curtis und Kenny kam … dem Krach, der schließlich zu all dem anderen führte, was noch in diesem Sommer geschah.

10

Der Showdown zwischen Curtis und Kenny war seit Langem absehbar, und als er endlich passierte, bestand die einzige Überraschung darin, wieso das Ende so lange auf sich hatte warten lassen. Die beiden waren in fast allem polare Gegensätze – in ihrer Haltung, ihrem Aussehen, ihrem Auftreten –, und obwohl es schon immer relativ klar gewesen war, dass sie sich nicht besonders leiden konnten, hatte sich ihre Beziehung inzwischen dermaßen verschlechtert, dass sie kaum noch miteinander sprachen.

Die Spannung zwischen ihnen hatte so lange gegärt, dass wir, glaube ich, alle wussten, es konnte jederzeit zur Entladung kommen. Wir wussten auch, dass es als Auslöser keinen größeren Anlass brauchte.

Und wir behielten recht.

Es war an einem Sonntagnachmittag und wir probten im Lagerhaus. Wir waren erst zum zweiten Mal dort und mir zumindest gefiel es. Allein schon, dass der Raum im Gegensatz zu dem Keller Fenster hatte, gab mir ein freieres Gefühl, und anders als in den beengten Verhältnissen des Kellers hatten wir reichlich Platz, um uns zu bewegen – was eigentlich hätte bedeuten müssen, dass die Wahrscheinlichkeit, miteinander zusammenzustoßen, Unfälle zu verursachen oder etwas zu zerstören, geringer war …

Doch ironischerweise beschwor genau diese Bewegungsfreiheit den Unfall herauf, der schließlich zum großen Knall zwischen Curtis und Kenny führte.

Und alles war meine Schuld.

Soweit ich mich erinnere, war ich an dem Tag wirklich ziemlich guter Stimmung. Ich kann nicht mehr sagen, wieso – wahrscheinlich lag es einfach an der Tatsache, dass wir nicht in dem besetzten Haus waren. Jedenfalls bin ich mir sicher, dass ich mich in den Augenblicken, bevor das Ganze losging, untypisch beschwingt fühlte. Kurz zuvor hatte Curtis gemeint, es wäre vielleicht gut, wenn ich mich auf der Bühne ein wenig mehr zu bewegen versuchte.

»Wie meinst du das?«

»Na ja, die meiste Zeit stehst du einfach nur da.«

»Was soll daran falsch sein?«

»Nichts … ich mein nur … also, von mir abgesehen wirken wir ein bisschen zu statisch, verstehst du? Kenny bewegt sich nicht, Stan kann sich nicht bewegen …«

»Du willst, dass ich mich bewege?«

Er lächelte mich an. »Es würde uns viel mehr Energie geben, wenn du das machst.«

»Ich *tanze* nicht.«

»Du musst ja auch nicht tanzen. Sondern dich nur einfach, du weißt schon … ein bisschen bewegen.«

»So wie du vielleicht?«

»Wie immer du willst, ist völlig egal. Hauptsache, es wirkt natürlich.«

»Ich weiß nicht …«, sagte ich zögernd. »Ich bin mir nicht sicher, ob ich das kann, mich bewegen und gleichzeitig spielen.«

Curtis zuckte die Schultern. »Versuch's einfach mal, okay? Probier aus, wie es dir dabei geht.«

Und genau das tat ich, als es passierte. Wir waren gerade zwischen zwei Songs, Curtis beredete mit Stan, ob der eine heikle kleine Schlagzeugstelle vielleicht anders spielen könnte, und Kenny stand, glaube ich, einfach nur untätig da wie immer ... Ich war also ganz für mich allein und probierte aus, worum Curtis mich gebeten hatte. Ich hatte die Lautstärke am Bass runtergedreht und übte, gleichzeitig zu spielen und mich zu bewegen. Zu meiner Überraschung gelang es mir nicht bloß, sondern es gefiel mir sogar. Herumzuspringen, auf- und abzuhüpfen, mich zum Rhythmus in meinem Kopf zu bewegen ... das war toll. Ehrlich gesagt, es machte mir so viel Spaß, dass ich es ein bisschen übertrieb. Ich probierte, ob ich es wohl hinbekäme, Bass zu spielen und mich gleichzeitig im Kreis zu drehen. Anfangs wusste ich nicht, wie das funktionieren sollte, ohne dass ich mich mit den Beinen im Gitarrenkabel verhedderte. Doch dann begriff ich, wenn ich mich eine Weile in die eine Richtung drehte und danach zurück in die andere, würde sich das Kabel um meine Beine von selbst wieder entwirren und ich konnte mich weiterdrehen. Unglücklicherweise vergaß ich aber das Schwindelgefühl, das man beim Kreiseln bekommt, und als ich wie ein Idiot durch den Raum wirbelte und dabei weiter Bass spielte, wurden plötzlich die Beine weich, alles drehte sich im Kopf und ich verlor die Kontrolle über meine Bewegung. Ich sah nicht mal mehr die Wand, ich torkelte nur noch und versuchte mich auf den Beinen zu halten – und danach weiß ich bloß, dass ich rücklings in die Mauer des Lagerhauses krachte und auf dem Boden zusammensackte. Ich war nicht verletzt oder so und wahrscheinlich hätte ich auch bloß darüber gelacht, wenn ich nicht dieses Knacken gehört hätte, als ich zu Boden ging.

»Verdammte *Kacke*!«, hörte ich Kenny schreien. »Was machst du Idiotin mit meinem Bass?«

Ich setzte mich auf, immer noch schwindlig, und schaute den Bass an. Zuerst konnte ich keinen Schaden erkennen und dachte, vielleicht hätte ich mir das Knacken nur eingebildet, doch dann hörte ich wieder Kennys wütende Stimme: »Scheiße, du hast die Mechanik kaputt gemacht!« Und ich sah, dass er recht hatte. Der Wirbel der E-Saite war abgebrochen.

»Mist«, sagte ich. »Tut mir leid, Kenny.«

»Ich *wusste*, dass das passieren würde«, kotzte er los und kam auf mich zu. »Verdammt, ich *wusste* es.«

»Ich lass das reparieren«, erklärte ich ihm. »Ich komm dafür auf.«

»Darauf kannst du wetten, Scheiße.« Er blieb vor mir stehen, starrte auf die kaputte Bassgitarre und schüttelte wütend den Kopf. »Elende Kacke …«

»Hör zu, es tut mir leid, klar? Es war ein Unfall.«

»Ein *Unfall*?«, zischte er und funkelte mich an. »Du bist durch den ganzen Raum gewirbelt, du verdammte Scheiß–«

»Hey, Kenny«, hörte ich Curtis sagen. »Es reicht.«

Wir schauten uns beide nach der Stimme um. Er stand ein paar Schritte von Kenny entfernt und fixierte ihn mit festem Blick.

Kenny wandte sich jetzt ihm zu. »Die hat meinen verdammten Bass ruiniert –«

»Die?«

Kenny zögerte. »Hör zu, ich weiß, sie ist deine Freundin und so –«

»Sie heißt Lili, Ken. Nicht *die*, klar?«

»Meinetwegen ... Vielleicht ist es ja Zeit, dass *Lili* endlich auf ihrem eigenen Bass spielt, statt sich die ganze Zeit meinen zu leihen, *okay*?«

»Nein«, sagte Curtis ruhig. »gar nicht okay. Wir sind eine Band. Wir tun was zusammen, wir besitzen Sachen zusammen, wir machen sie zusammen kaputt ... und wir geben uns nicht gegenseitig die Schuld, wenn was schiefläuft. Das hier ist unser *gemeinsames* Ding –«

»Wirklich?«, fragte Kenny mit einem höhnischen Grinsen.

»Ja, wirklich.«

»Und wie kommt es dann, dass du vor ein paar Wochen bei einer anderen Band vorgespielt hast?«

Für einen kurzen Moment herrschte Totenstille. Alle starrten Curtis an und warteten auf seine Antwort.

Schließlich, nachdem er Kenny ein paar Sekunden mit sehr festem Blick angestarrt hatte, sagte er: »Keine Ahnung, wovon du sprichst.«

»Nein?«

»Ich habe nirgendwo vorgespielt.«

»Da hab ich aber was anderes gehört.«

»Ja?«, sagte Curtis lächelnd. »Dann erzähl doch mal, bei wem ich angeblich war.«

»Bei London SS.«

Curtis lachte.

Kenny schüttelte den Kopf. »Das kannst du nicht abstreiten. Man hat dich gesehen –«

»Scheiße, na und?«, sagte Curtis. »Ich *kenn* sie, okay? Mit ein paar von den Typen häng ich ab und zu rum. Und ja, kann sein, dass ich auch da war, als sie sich gerade neue Musiker angeguckt haben ... aber du weißt doch, was London SS für eine Band ist, verdammte Scheiße. Die lassen doch *ständig* Leute vorspielen. Was anderes machen die doch überhaupt nicht. Ich meine, die haben vielleicht mal gerade zwei Songs, die haben noch keinen einzigen Auftritt gehabt und noch nie länger als zwei Wochen in derselben Besetzung gespielt ... Glaubst du wirklich, ich hätte Lust, bei so einer Band *vorzuspielen*?«

Kenny schwieg eine Weile und starrte nur zu Curtis zurück. So wie er ihn ansah, war mir klar, er wusste, dass dies der Moment war ... der Moment, in dem er sich entweder gegen Curtis behauptete oder wieder einen Rückzieher machte. Und er wusste, wenn er einen Rückzieher machte, nachdem er Curtis beschuldigt hatte, nicht loyal zur Band zu sein ... also, da konnte er einfach nicht mehr klein beigeben.

»Weißt du was, Curtis?«, sagte er langsam. »Du bist ein elendes Stück Scheiße.«

Curtis lächelte. »Ja?«

»Ja.«

Curtis lächelte ihn eine Weile weiter an, ohne etwas zu sagen, dann drehte er sich mit einem leichten Schulterzucken zu mir um und streckte die Hand aus. Ich saß noch immer mit dem kaputten Bass in meinem Schoß auf dem Boden. »Bist du okay?«, fragte mich Curtis.

»Ja ...«

Er fasste nach unten, nahm meine Hand und half mir auf die Beine. »Komm, gib sie mir«, sagte er und griff nach dem Bass. Ich nahm den Gurt von der Schulter und ließ zu, dass Curtis mir den Bass abnahm. Während er ihn am Hals festhielt, lächelte er mich ruhig an. »Vielleicht trittst du lieber ein bisschen zurück.«

»Wie bitte?«

Er machte eine Kopfbewegung. »Stell dich einfach da rüber.«

Verwirrt trat ich ein paar Schritte zurück, stellte mich an die Wand und sah zu, wie sich Curtis wieder zu Kenny umdrehte. Er lächelte noch immer, hielt den Bass noch immer am Hals fest, während er einen kurzen Blick auf die kaputte Mechanik warf.

»Es war ein Unfall, Kenny«, sagte er leise. »Lili hat es nicht mit Absicht getan.«

»Ich weiß.«

»Wenn sie's gewollt hätte, hätte sie nämlich das hier gemacht.«

Er trat zurück, hob den Bass über seinen Kopf und hielt den Hals mit beiden Händen, dann spreizte er die Beine, schwang den Bass wie eine Axt und rammte ihn gegen den Boden. Der Körper der Bassgitarre barst in zwei Hälften und ein Pickup flog durch den Raum. Aber Curtis war noch nicht fertig. Als Kenny mit schockbleichem Gesicht zurücktrat, hob Curtis den Bass noch einmal über den Kopf und diesmal schlug er ihn einfach immer wieder gegen den Boden – *wumm, wumm, wumm, wumm* –, bis nur noch ein Haufen gesplittertes Holz übrig war, im ganzen Raum Kunststoff- und Metallteile verstreut lagen und er nur noch die Reste des abgebrochenen Halses in der Hand hielt.

Curtis lächelte noch immer.

»Hier«, sagte er zu Kenny und schleuderte ihm den kaputten Hals entgegen.

»Verdammte Scheiße.«

Kenny schwieg, als Curtis auf ihn zuging, und fürchtete wohl – wie ich auch –, dass er nun ihn schlagen würde.

Doch das tat Curtis nicht. Er beugte sich nur nach unten, nahm so viel von dem zerstörten Bass auf, wie er konnte, und packte die Teile auf seine Arme, dann streckte er sich wieder, sah Kenny einen Moment lang an und warf ihm die zerstörten Reste einzeln zu. »Hier hast du deinen Bass wieder. Danke, dass wir ihn ausleihen durften.« Ein Holzstück traf Kennys Schulter. »Hoppla«, sagte Curtis. »Pass auf deinen Kopf auf.« Als er noch ein Stück in die Richtung von Kennys Kopf warf, drehte der sich um, duckte sich weg und lief zur Tür.

»Du bist echt krank, Curtis«, murmelte er. »Verdammte Kacke, du tickst nicht mehr richtig.«

»Schick mir die Rechnung für die Reparatur, Kenny, okay?«, rief Curtis und lachte jetzt, während er ihm ein großes Teil hinterherwarf. »Und komm jederzeit vorbei, wenn du Lust hast, uns zu sehen ... jederzeit.«

Kenny hatte inzwischen die Tür erreicht. Er blieb einen Augenblick stehen, schaute über die Schulter und wollte gerade etwas sagen, als Curtis vortrat, den Arm schwang und ein Metallstück durch den Raum schleuderte. Kenny beeilte sich, durch die Tür zu kommen, und schlug sie gerade noch rechtzeitig hinter sich zu. Das Metallstück krachte in die Tür und hinterließ eine faustgroße Delle, wo Kennys Kopf gewesen wäre.

Eine Weile sagte niemand etwas.

Curtis sah mich an. Er atmete schwer, doch er lächelte noch immer. Ich schaute zurück, zu fassungslos, um etwas zu sagen. Und nach einer Weile blickten wir beide zu Stan. Er saß nur da, guckte so leer wie immer, und wirbelte müßig mit einem Schlagstock zwischen den Fingern.

»Hm ...«, sagte ich schließlich.

Curtis zündete sich eine Zigarette an. »Hm was?«
Ich zuckte die Schultern. »Dann werd ich mir jetzt wohl selbst einen Bass kaufen müssen.«

11

Eine neue Bassgitarre zu kaufen war kein Problem. Ich musste nur meine Mutter um etwas Geld bitten, mit Curtis in die Charing Cross Road fahren und ihn den Rest machen lassen. Er kannte sämtliche Musikläden in der Gegend, und nachdem ich ihm erklärt hatte, dass ich wieder so einen Fender Mustang wie den von Kenny wollte und mir egal war, wie viel er kostete, führte er mich zu einem speziellen Gitarrenladen und wir suchten einen nagelneue Fender-Bass aus.

»Willst du ihn vorher ausprobieren?«, fragte er.

Der Laden war voller Leute, die Gitarren und Bässe ausprobierten, und alle schauten ganz ernst, als sie ihre Rock 'n' Roll-Fähigkeiten unter Beweis stellten. Aus irgendeinem Grund spielten die meisten Led Zeppelins *Stairway to Heaven.*

»Nein«, sagte ich zu Curtis. »Ich will sie nicht ausprobieren. Lass uns einfach zahlen und dann verschwinden.«

Meine Mutter hatte mir mehr als genug Geld gegeben, deshalb kaufte ich noch einen schönen festen Gitarrenkoffer und ein paar Ersatzsaiten dazu. Als ich das Geld rüberreichte und der Verkäufer anfing, den Bass in den Kasten zu packen, warf ich Curtis einen Blick zu und sah, wie er den Kopf schüttelte.

»Was ist?«, fragte ich.

Er lächelte. »Nichts ... ich hab nur nachgedacht, das ist

alles. Vielleicht kannst du ja deine Mum fragen, ob sie mir auch eine neue Gitarre kauft.«

Ich wusste, dass das ein Scherz war oder jedenfalls nur so dahingesagt, doch als er die Worte »deine Mum« aussprach, wurde mir plötzlich bewusst, wie selten er meine Mutter je erwähnt hatte. Abgesehen von Sätzen wie »Musst du wieder deine Mum anrufen?« fragte er nie nach ihr, redete nie über sie und zeigte auch sonst nicht das leiseste Interesse an ihr. Und auch wenn mich das bisher – zumindest bewusst – nie gestört hatte, traf es mich jetzt, und für ein paar flüchtige Sekunden hasste ich ihn.

»Was ist?«, fragte er und sah mich schief an. »Hab ich was Falsches gesagt?«

»Nein«, antwortete ich und ließ den Moment vorübergehen. »Schon gut … ich hab nur …«

»Was?«

»Nichts«, sagte ich und lächelte ihn mit einem frostigen Blick an. »Komm, lass uns gehen.«

Wir besprachen mit Jake, ob wir als Trio weitermachen oder uns jemand Neuen an der Rhythmusgitarre suchen sollten.

»Ich meine, es *geht* zu dritt«, sagte Curtis. »Kein Problem. Es gibt nichts, was wir nicht ohne zweite Gitarre spielen könnten. Nur wirkt eben der Sound bei einigen Songs etwas anders.«

»Wie anders?«, fragte Jake.

Curtis zuckte die Schultern. »In bestimmten Passagen vielleicht weniger voll, nicht so prall.«

Wir spielten ein paar Songs, um Jake zu zeigen, was Curtis meinte, und Curtis hatte recht – es *war* kein Problem, wir konnten sie als Trio spielen. Die meisten würden wahrscheinlich gar keinen Unterschied hören. Aber *wir* spürten den Unterschied. Wir wussten, dass die Songs für zwei Gitarren geschrieben waren und mit einer zweiten einfach besser klangen. Das heißt, für uns gab es überhaupt keine Frage.

»Ich kenn ein paar Leute, die vielleicht gehen *könnten*«, sagte Curtis. »Aber es geht gar nicht um die Frage, wie *gut* sie sind. Ich meine, Kenny war schon okay als Gitarrist, trotzdem hat er nicht zu Naked gepasst, oder? Also, keine Ahnung … ich weiß nicht, ob die Leute, die ich kenne, passen würden.«

»Wir können eine Anzeige schalten«, schlug Jake vor. »Eine Anzeige im *NME*.«

»Ja … wenn wir sie diesen Donnerstag reinsetzen, können wir uns nächstes Wochenende im Lagerhaus Leute anhören.«

»Dann müsst ihr aber *diesen* Freitag trotzdem zu dritt spielen.«

»Na ja, wenn's nicht anders geht …«

Die Anzeige erschien am Donnerstag, den 5. Februar 1976 im *NME* unter der Rubrik *Musiker gesucht*.

Rhythmusgitarrist für Live-
Band gesucht. Pistols. Dolls.
Stooges. Keine Hippies, keine
Kennies, keine Limits.

»Keine *Kennies*?«, fragte ich Curtis, als ich es sah.

Er lächelte bloß.

Ich sagte: »Schreibt man ›Kennies‹ denn so?«

Er zuckte mit den Schultern. »Egal.«

Der Auftritt am Freitag im Conway Arms lief wie gewohnt, und außer dass wir ein etwas kürzeres Set spielten – ein paar Songs mussten wir auslassen, weil wir es nicht mehr geschafft hatten, sie auf nur eine Gitarre umzuarrangieren –, funktionierte alles bestens. Es war irgendwie komisch, ohne Kenny zu spielen, und wir mussten jeder ein bisschen härter arbeiten, um die fehlende zweite Gitarre zu ersetzen, doch wir hatten uns bald dran gewöhnt. Und gegen Ende des Sets spürten wir wohl alle, dass uns Kennys Fehlen enger zusammenschweißte. Nicht dass wir unsere Meinung wegen eines zweiten Gitarristen geändert hätten, aber dass Kenny nicht mehr dabei war ... na ja, es veränderte irgendwie die Dynamik der Band. Zu viert hatten wir immer das Gefühl gehabt, dass die Band in zwei Teile zerfiel, Curtis und ich auf der einen Seite, Kenny und Stan auf der andern. Jetzt, nur zu dritt, war die Spaltung auf einmal weg. Wir standen jetzt alle auf ein- und derselben Seite, arbeiteten alle zusammen.

Wir sprachen allerdings nicht so richtig darüber und ich vermutete nur, dass Curtis und Stan es genauso empfanden. Natürlich konnte ich mich auch irren. Ich versuchte zwar nach dem Auftritt, Curtis zu fragen, doch der musste sich wie immer unter die Leute mischen und hatte keine Zeit für mich. Er quatschte mit Leuten, gab Autogramme, trank Bier, warf Drogen ein ... und an dem Abend musste er auch noch potenzielle Rhythmusgitarristen treffen. Zumindest behauptete er das. Und ich sah, wie er mit zwei vage vertrauten Gesichtern sprach, die nach Stans Aussage beide »in irgendeiner beschissenen kleinen Band aus Paddington« gespielt hatten. Doch später, als ich nach unten auf die Toilette ging, sah ich, wie Curtis mit Charlie Brown redete.

Sie saßen zusammen in einer kleinen Nische hinter der Bar, und wenn sie auch nicht allein waren – eine von Charlies Freundinnen war auch da –, saßen sie doch für mein Gefühl viel zu eng nebeneinander. Und so, wie sie miteinander sprachen – Auge in Auge, vertieft und intensiv –, hätten sie auch allein dasitzen können. Während ich von der andern Seite der Bar zu ihnen hinüberstarrte, schaute Curtis plötzlich hoch und sah mich. Für einen kurzen Moment wirkte er ertappt – ein schnelles Aufblitzen von Überraschung, Verlegenheit, Panik –, doch gleich darauf begann er freundlich zu lächeln und winkte mich rüber. Ich hielt seinen Blick nur eine Sekunde lang fest und gab so wenig wie möglich in meinem Gesicht preis, dann schaute ich weg und ging zur Toilette.

Keiner von uns erwähnte die kleine Episode, bis wir ein paar Stunden später in Curtis' Zimmer zusammen im Bett lagen. Es war gegen zwei Uhr morgens und ausnahmsweise war es im Haus relativ still. Irgendwo spielte jemand Akustikgitarre und zupfte ein paar entspannte Blues-Riffs, aber sie kamen von ein paar Stockwerken tiefer, außerdem war es ein ganz beruhigender Klang.

Ich fühlte mich zwar noch immer nicht wohl in dem Haus, doch inzwischen war es nicht mehr ganz so schlimm, weil Curtis sich Mühe gegeben hatte, den Raum etwas angenehmer zu gestalten. Er hatte ihn zwar hauptsächlich mit Sperrmüllsachen möbliert – es gab einen schmuddeligen alten Sessel, ein verhältnismäßig sauberes Sofa, einen alten Küchentisch und ein paar harte, ungepolsterte Stühle – und der Raum fühlte sich immer ein bisschen klamm an und roch leicht moderig. Doch alles in allem war es nicht so schlecht.

Das Bett war nicht wirklich ein Bett, sondern bloß eine gebrauchte Matratze auf einer Holzpalette. Aber immerhin war es *unsere* gebrauchte Matratze. Und noch einmal: Es war nicht so schlecht, wie es klingt.

Curtis war wie immer nach unseren Auftritten zu aufgedreht, um zu schlafen, und während ich dalag und meine Gedanken im Kopf hin und her wälzte, saß er neben mir im Bett, rauchte einen Joint und las ein Buch über Paul Verlaine. Mir war klar, dass es im Grunde keinen Sinn hatte, irgendwas wegen Charlie Brown zu sagen, denn egal was ich vorbringen würde und wie ich es formulierte, er hätte eine Antwort parat. Deshalb sagte ich mir ständig: Vergiss es, denk einfach nicht mehr dran, halt die Klappe und schlaf. Aber ich wusste, es ging nicht.

»Curtis?«, sagte ich leise.

»Ja …?«

»Hattest du Glück heute Abend?«

Sein Atem stockte einen Moment. »Was ist?«

»Du hast doch gesagt, du wolltest dich mit ein paar Gitarristen treffen. Ich hab mich nur gefragt, wie es gelaufen ist.«

»Ach so, klar …«, sagte er und atmete aus. »Ja, ich hab mit ein paar Leuten gesprochen, die ich kenne …« Er zog an seinem Joint. »Ich glaub zwar nicht, dass sie zu uns passen, aber ich hab gesagt, sie sollen trotzdem zum Vorspielen kommen. Jake hat für nächsten Freitag und Samstag das Lagerhaus gebucht. Oh, und am Freitag haben wir übrigens keinen Auftritt. Das Conway's macht wegen Renovierung ein paar Tage zu.«

»Ach so …«, sagte ich. »Kommt Charlie auch zum Vorspielen?«

»Was?«

»Charlie Brown ... das Hakenkreuzmädchen. Mit der du heute Abend in der Bar geredet hast.«

»Ich weiß.«

»Deshalb dachte ich, sie ist eine von den Gitarristen, die du treffen wolltest, so wie du es mir gesagt hast, verstehst du?«

Es folgte ein Moment des Schweigens, und auch wenn ich in die andere Richtung schaute, spürte ich, wie Curtis sein Buch weglegte und mich ansah.

»Sie ist jemand, den ich kenne, Lili«, sagte er leise. »Mehr nicht.«

»Klar ...«

Er legte seine Hand auf meine Schulter. »Komm schon, Lili ... hey ...« Er beugte sich über mich. »Was ist los?«

»Nichts ...«

»Schau mich an.«

Ich sagte nichts.

»Jetzt komm schon, Lili ...« Er zupfte leicht an mir. »Schau mich mal eben an, ja?«

Ich seufzte, drehte mich um und setzte mich auf.

Curtis lächelte. »Hör zu, ich hab ein bisschen mit Charlie geredet, weil sie Siouxsie Sioux kennt und ein paar von den andern aus Bromley. Einige von denen kennen Leute, die gerade neue Bands gründen, und da dachte ich, vielleicht hat Charlie ja eine Idee wegen einem Gitarristen –«

»Ich bin nicht *blöd,* weißt du?«

Er fasste mich an den Schultern und sah mir direkt in die Augen. »Ich lüge dich nicht an, Lili. Glaubst du etwa *wirklich,* ich bin scharf auf Charlie?«

»Der Gedanke ist mir gekommen.«

Er schüttelte den Kopf. »Sie bedeutet mir überhaupt nichts – ehrlich. Absolut *gar* nichts.« Er nahm mein Kinn in die Hand und sprach ganz leise. »Du bist die Einzige für mich, Lili … das *weißt* du doch. Es gibt überhaupt keinen Grund für mich, jemand andern zu wollen. Wie oft hab ich dir schon gesagt, dass du das schönste Mädchen der Welt bist?«

»Ein Mal.«

Er zeigte sein unwiderstehlichstes Lächeln. »Reicht das nicht?«

Ich wollte richtig mit ihm reden. Ich wollte ganz einfach *reden*. Ich wollte ihm sagen, was ich über manche Dinge dachte, was ich über mich dachte, über meine Mum, über ihn, über uns. Und ich wollte, dass er mir *zuhörte* … doch als er mich in die Arme nahm und mich küsste und wir aufs Bett sanken, wusste ich, dass die Zeit zum Reden vorbei war.

Du hättest auf dich hören sollen, sagte eine Stimme in meinem Kopf, als Curtis auf mich stieg. *Du hättest einfach deinen Mund halten und schlafen sollen, als du noch konntest.*

12

Curtis und Jake kümmerten sich um die Vorbereitung der Vorstellungstermine – sie sichteten die Antworten auf die Anzeige, entschieden, wer eingeladen werden sollte und wer nicht, rechneten aus, wie lange das Ganze dauern würde und so weiter. Ich selber musste nur mit meiner Bassgitarre um zwei Uhr mittags im Lagerhaus sein. Ich hatte keine Ahnung, was mich erwartete – wie es laufen würde, wie viele Leute kommen würden –, und als ich am Freitag ins Lagerhaus kam, war ich echt überrascht, ungefähr ein gutes Dutzend Leute zu sehen, die bereits draußen warteten. Sie waren eine wilde Mischung – jung und alt, cool und weniger cool, mit kurzen Haaren, langen Haaren, hartgesotten, unheimlich. Das Einzige, was sie – abgesehen davon, dass alle männlich waren – vereinte, war die Gitarre, die jeder dabeihatte.

Als ich das Lagerhaus betrat, waren die andern schon da. Curtis und Jake bauten mitten im Raum einen Verstärker und ein Mikro auf und Stan saß wie üblich an seinem Schlagzeug und schlug leise einen Rhythmus auf den Rand der Snare-Drum. Auch Chief war da. Er hockte hinten im Raum auf dem Boden und las einen Batman-Comic.

»Habt ihr gesehen, wie viele da draußen stehen?«, fragte ich an niemand Speziellen gerichtet.

»Müssten dreizehn sein«, meinte Jake. »Und morgen kommen noch mal zwölf.«

»Wieso lasst ihr sie nicht hier drinnen warten?«, schlug ich vor. »Ist echt kalt draußen.«

»Anspannung«, sagte Jake selbstzufrieden. »Gehört alles dazu. Wir halten sie unter Druck, damit wir sehen, wie sie mit der Situation zurechtkommen.«

»Das sind Gitarristen«, sagte ich. »Keine Astronauten.«

Stan lachte.

Jake warf mir wieder so ein unheimliches und ziemlich herablassendes kleines Grinsen zu, dann wandte er sich an Curtis. »Erklär du's ihr, Curt«, seufzte er.

»Was soll ich erklären?«

»Warum wir sie absichtlich draußen warten lassen.«

»Nein, Lili hat recht«, sagte Curtis und lächelte mir zu. »Hol sie rein, Jake. Es gibt keinen Grund, sie draußen stehen zu lassen.«

»Ja, aber –«

»Tu's einfach, okay?«

Es wurde ein langer und ziemlich öder Tag. Jake bat die Gitarristen einen nach dem andern, ans Mikro zu treten und ihr Instrument anzuschließen. Nachdem er ein paar simple Fragen gestellt hatte – *Wie heißt du? Woher kommst du? Wo hast du gespielt?* –, übernahm Curtis. Seine Vorgehensweise war ziemlich direkt.

»Alles okay?«, fragte er.

Und die Schüchternen murmelten irgendwas zurück – »Ja, danke« oder bloß »Ja …« –, während die Selbstbewussteren versuchten, ein Gespräch anzufangen – »Hey, ja … wie geht's so? Ist übrigens echt super … also, ich hab Naked schon so oft gesehen …« Curtis ließ sie in dem Fall einfach so lange weiterschwafeln, bis ihnen aufging, dass sie viel zu viel redeten.

Dann sagte er nur: »Okay, spiel was.«

Anfangs fand ich das irgendwie grausam – und auf gewisse Art war es das auch –, doch im Lauf des Tages begriff ich, dass es eine ganz effiziente Methode war, um herauszufinden, was wir wissen mussten, denn jeder Gitarrist ging auf seine Weise mit der Situation um.

Einige schauten bloß verwirrt.

Andere fragten: »Was soll ich denn spielen?«

Die, die uns am besten gefielen – die kapiert hatten, dass wir einen *Rhythmus*gitarristen suchten –, nickten nur irgendwie, schauten auf ihre Gitarre und spielten Akkorde, manche klimperten nur ein bisschen, andere hämmerten richtig drauflos und wieder andere boten uns eine Mischung aus beidem.

Die, die uns am wenigsten gefielen, waren Leute, die sich gleich wichtigmachten und echt *schwierige* Sachen spielten, Gitarrengenie-Zeug, oder solche, die einfach bloß Note für Note andere Bands nachspielten … einer, der Damon hieß, brachte es allen Ernstes fertig, den *Smoke on the Water*-Riff zu spielen, echt. Sobald Curtis das merkte – was ungefähr zwei Sekunden dauerte –, stand er auf und sagte bloß: »Ja, danke, Damon. Wir melden uns.«

Aus den dreizehn Kandidaten blieben nur zwei, von denen Curtis meinte, es würde sich lohnen, sie noch mal zu hören. Beide waren etwa achtzehn, neunzehn und ziemlich gut. Curtis ließ sie Platz nehmen und brachte ihnen kurz bei, *Naked* zu spielen – was von allen unseren Songs derjenige war, der sich mit Abstand am leichtesten lernen ließ –, und sobald sie es raushatten, baten wir jeden, den Song mit uns zusammen ein paarmal ganz durchzuspielen.

»Kein Problem, wenn ihr's vermasselt oder den Faden verliert«, erklärte Curtis. »Wir spielen einfach weiter und ihr steigt wieder ein, wenn ihr so weit seid, okay?«

Nachdem wir mit beiden *Naked* durchgespielt hatten – zweimal mit dem einen und dreimal mit dem andern –, bedankten wir uns für ihr Kommen, nahmen ihre Daten auf und sagten, sie würden von uns hören. Es war spät und ich war ziemlich müde. Curtis und Jake hatten sich fast den ganzen Tag über Speed reingezogen, deshalb waren sie voller Energie, aber Stan und ich hatten nichts genommen und gähnten andauernd. Chief hatte sich so gut wie überhaupt nicht bewegt. Er saß noch immer hinten im Raum auf dem Fußboden und starrte schweigend in seinen Batman-Comic.

»Und ... was sagt ihr?«, fragte Curtis.

Die allgemeine Meinung lautete, dass die zwei Typen, die wir herausgepickt hatten, tatsächlich die einzigen waren, über die es sich lohnte nachzudenken, aber auch wenn sie beide in musikalischer Hinsicht wohl gut genug waren, wohnte der Erste leider in Colchester, was fast hundertzwanzig Kilometer entfernt war, und er hatte klipp und klar gesagt, dass er auf keinen Fall nach London ziehen würde.

»Und wenn wir ihn tatsächlich für die Band haben wollten?«, fragte ich.

»Er hat gemeint, er würde *pendeln*«, sagte Jake mit einem höhnischen Grinsen.

Wir waren uns einig, dass einer, der pendelt, in der Band nicht tragbar wäre. Und wir waren uns ebenfalls einig, dass der andere Gitarrist, auch wenn er wahrscheinlich der bessere war, einfach unangenehm wirkte. Irgendwie patzig, zu sehr von sich überzeugt und ohne jeden Sinn für Humor.

»Außerdem ist er *echt* hässlich«, sagte Curtis.

»Das ist nicht fair«, fing ich an.

»Aber es stimmt doch, oder?«, sagte Curtis mit einem Grinsen. »Ich meine, der Typ sieht doch aus wie ein verdammter *Gargoyle.*«

»Mag sein«, stimmte ich zu. »Aber –«

»Nichts *aber,* Lili«, sagte er ziemlich ernst. »Wir werden berühmt, vergiss das nicht. Wir werden überall auf der Welt fotografiert werden. Die Kids hängen sich Poster von uns an die Wand.« Er grinste wieder. »Ich will nicht, dass Naked als die Band mit dem Gargoyle an der Gitarre im Gedächtnis bleibt.«

»Wär doch gut für dich«, sagte ich.

»Wie meinst du das?«

Ich lächelte ihn an. »Na ja, so würde bei den Leuten hängen bleiben, dass *du* dagegen super aussiehst …«

»Du meinst besser als ein Gargoyle?«

»Genau.«

Wir saßen noch eine Weile da, redeten und alberten ein bisschen herum, dann beschlossen Curtis und Jake, dass sie was trinken wollten, und Stan und Chief sagten, sie führen nach Hause. Ich war zu müde, um noch in den Pub zu gehen, und ich wollte auch nicht allein zurück in das besetzte Haus, deshalb fragte ich Chief, ob er mich bis nach Hampstead mitnehmen könnte.

Und das war's so in etwa für diesen Tag.

Als ich am nächsten Morgen aufwachte, ahnte ich nicht, dass ich in ein paar Stunden die Person treffen würde, die mein Leben für immer veränderte. Es gab auch gar keinen Grund, mir das vorzustellen. Ich meine, so läuft das ja nicht, oder?

Vorahnungen, Déjà-vu …? So was gibt es doch alles nicht. Deshalb … nein, als ich an jenem Samstagmorgen aufwachte, gab es nicht die geringste Andeutung, dass dies *der* Tag war – es lag nichts in der Luft, ich hatte keine Ahnung, ich fühlte nichts. Es war nur ein weiterer kalter Februartag. Trüb und windig, nichts, worauf ich mich freute, bloß noch so ein endloser Tag, an dem wir uns Gitarristen anhörten.

Meine Mutter lag noch im Bett, als ich das Haus verließ und zur U-Bahn lief. Ich hatte ihr eine Tasse Kaffee gemacht, bevor ich ging, und sie gefragt, ob sie auch was zu essen wolle, doch sie kriegte kaum ihre Augen auf.

»Ich bin wahrscheinlich Sonntagabend wieder da«, hatte ich ihr erklärt.

»Äh-hm«, murmelte sie.

Der Gang zur U-Bahn war wie immer, genau wie die Fahrt nach Seven Sisters, und als ich zum Lagerhaus kam, war der einzige Unterschied zu gestern, dass keine wartenden Gitarristen draußen in der Kälte herumlungerten. Sie lungerten *drinnen* in der Kälte herum. Doch davon abgesehen war alles genau wie am Vortag. Curtis und Jake bauten Verstärker und Mikro auf, Stan saß am Schlagzeug … selbst Chief hockte am selben Platz, an der Rückwand des Raums auf dem Boden. Diesmal las er jedoch keinen Batman-Comic, sondern eine Ausgabe von *Sounds*.

Alle schienen ein bisschen lustlos, so als ob sie keine große Hoffnung hätten, dass der Tag ein Erfolg würde. Jake war total schlecht drauf, kratzte sich ständig die Haare und fluchte immerzu halblaut vor sich hin. Und Curtis sah schwer verkatert aus. Seine Augen waren blutunterlaufen, die Haut totenbleich, und als er herüberkam, um mich mit einem Kuss zu begrüßen, warf mich sein Atem fast um.

»Heilige Scheiße«, sagte ich und wich zurück. »Wie viel hast du gestern Nacht getrunken?«

»War Jakes Schuld«, murmelte er. »Der hat mich auf diese Party geschleppt …«

»Hast du überhaupt geschlafen?«

»Bin schon okay«, sagte er und warf einen Blick über die Schulter zu Jake.

»Hör mal, Curtis«, sagte ich. »Wieso machst du –?«

»Ach, komm … lass uns lieber anfangen, okay? Bist du bereit?«

»Ja«, seufzte ich. »Ich bin bereit.«

Das Vorspielen lief auf genau die gleiche Art weiter wie am Tag zuvor und am Ende des ersten Durchgangs hatten wir die Kandidaten wieder auf nur zwei runtergekürzt – einen großen, schlaksigen Typen mit einem Spinnennetz-Tattoo im Gesicht und einen etwas eigenartigen jungen Mann mit starrem Blick und zitternden Händen. Meiner Meinung nach passten sie nicht zu uns. Ehrlich gesagt waren sie mir beide ein bisschen unheimlich. Doch Jake und Curtis fanden, es lohne sich zu schauen, wie sie wirkten, wenn sie mit uns zusammen spielten, also machte es Curtis genauso wie beim letzten Mal – er zeigte ihnen, wie sie *Naked* spielen mussten, und dann spielte der Erste – der schlaksige Typ – den Song ein paarmal mit uns zusammen. Beim ersten Mal vermasselte er das Ganze ziemlich – er vergaß total, wo der Refrain einsetzt –, beim zweiten Mal gingen ihm die Nerven durch und es lief noch schlimmer.

Danach war der Typ mit der Zitterhand dran. Beim ersten Durchgang war er ziemlich gut, ließ es locker und leicht angehen und konzentrierte sich einfach darauf, den Rhythmus hinzukriegen. Am Schluss des Songs war Curtis ganz zufrieden. Er ging hinüber und redete ein paar Takte mit Zitterflosse, gab ihm Ratschläge, wie er den Refrain noch ein bisschen anders spielen könnte, dann begannen wir noch mal von vorn.

Und es war, als wir den Song zum zweiten Mal spielten, dass mir plötzlich irgendwas auf der anderen Seite des Lagerhauses auffiel – eine Bewegung, eine Veränderung des Lichts –, und als ich hinüberschaute ... da sah ich William Bonney zum ersten Mal.

Er war gerade zur Tür reingekommen, was den kurzen Lichtwechsel erklärte. Jetzt stand er bloß da, mit den Händen in den Hosentaschen, und beobachtete uns beim Spielen. Eine vorsichtige Neugier umgab ihn, wie bei einem wachsamen Tier, das etwas Unbekanntes untersucht. Offensichtlich war er fasziniert von uns, aber gleichzeitig hatte ich das Gefühl, als wäre er, wenn auch nicht ängstlich, so doch auf der Hut, um beim kleinsten Anzeichen einer Gefahr zu verschwinden. Er war relativ dünn und nicht allzu groß. Auf den ersten Blick hielt ich ihn für einen kleinen Jungen, vielleicht dreizehn oder vierzehn. Doch nachdem ich ihn eine Weile beobachtet hatte, wurde mir klar, dass ich falschlag. Er war jung ... aber er war nicht *so* jung. Das Komische war, je länger ich ihn betrachtete, desto unsicherer wurde ich über sein Alter. Im einen Moment glaubte ich, er sei sechzehn oder siebzehn, im nächsten drehte er seinen Kopf leicht zur Seite ... und plötzlich hatte er ein paar Jahre zugelegt. Und dann, nur einen Augenblick später, dachte ich, dass ich doch anfangs recht gehabt hatte und er dreizehn oder vierzehn war.

Es war wirklich unheimlich.

Auch die Art, wie er angezogen war, verwirrte mich irgendwie. Seine Sachen sahen ziemlich verschlissen aus, waren aber sauber. Er schien sie offenbar schon eine ganze Weile zu tragen. Sie wirkten aus der Mode gekommen – und dabei trotzdem zeitlos. Die Hose mit engen Beinen und einem braunen Ledergürtel, die glatten braunen Schuhe, die abgetragene schwarze Anzugjacke und das verwaschene weiße Baumwollhemd mit den ausgefransten Manschetten. Der Anblick erinnerte mich vage an herumstreunende Straßenkinder, die ich in einem Schwarzweißfilm aus den Fünfzigerjahren gesehen hatte.

Ich musste ihn schon länger als zwanzig Sekunden beobachtet haben, als ich plötzlich merkte, dass er nicht mehr *uns* beim Spielen zusah, sondern ganz direkt *mich* anblickte. Meine instinktive Reaktion war wegzugucken, aber ich schien den Blick nicht von ihm lösen zu können. Nicht weil er atemberaubend gut aussah oder so – zumindest nicht im üblichen Sinn, so wie Curtis –, doch er hatte etwas an sich ... etwas Undefinierbares, etwas ganz Spezielles. Seine Haare waren dunkelbraun, weder lang noch kurz, er hatte einen blassen Teint, ein etwas schiefes Lächeln und seine Augen ... Gott, seine Augen. Sie strahlten in einem unfassbar reinen, leuchtenden Haselnussbraun ... so klar und hell, so voller Leben ...

»Lili!«

Ich schaute zu Curtis und plötzlich merkte ich, dass er aufgehört hatte zu spielen ... *alle* hatten aufgehört zu spielen. Nur ich nicht. Der Song war zu Ende, aber ich spielte noch. Und alle sahen mich an.

»Scheiße, verdammt, was *machst* du?«, fragte Curtis.

Ich hörte auf. »Tut mir leid«, sagte ich und spürte, wie ich rot wurde. »Ich war ... äh ...«

»Du warst was?«

Ich zuckte mit den Schultern. »Keine Ahnung ... ich war einfach nur –«

»Wer ist das?«, fragte Curtis, als er William registrierte. Er drehte sich zu ihm um. »Scheiße, wer bist *du* denn?«

»Ich?«, fragte William und schaute zurück.

»Ja, bist du zum Vorspielen hier?«

»Zum was?«

»Zum *Vorspielen.*«

William lächelte. »Um was für ein Vorspielen geht's denn?«

Curtis seufzte. »Was willst du hier?«

»Nichts.« William hob die Schultern. »Ich bin nur vorbeigekommen und hab die Musik gehört, das ist alles.« Er warf mir einen Blick zu und lächelte wieder, dann schaute er zu Curtis zurück. »Guter Song, gefällt mir.«

Seine Stimme war weich und viel tiefer, als ich gedacht hatte, und er sprach mit stark nordirischem Akzent. »Soll ich gehen?«, fragte er Curtis.

Curtis sah ihn schief an. »Nein ... bloß ... keine Ahnung. Warte mal kurz.« Er drehte sich zu Zitterflosse um. »Okay, danke ... ja, das war gut. Haben wir deine Telefonnummer? Wir melden uns in ein paar Tagen bei dir, einverstanden?«

Als Zitterflosse nickte und anfing, seine Gitarre zu verstauen, sah ich, wie William durch das Lagerhaus auf uns zugeschlendert kam. Er nickte Jake zu, der ein Stück seitlich von uns stand und einen Joint rauchte. Jake nickte zurück und hielt ihm den Joint hin.

William betrachtete das Teil kurz, dann schüttelte er den Kopf. »'ne normale Zigarette hast du nicht zufällig?«

Jake zog eine Schachtel aus der Tasche und reichte ihm eine.

»Danke«, sagte William und zündete die Zigarette an Jakes Joint an. Er nahm einen Zug, dann schaute er zu mir. »Hi«, sagte er. »Alles klar?«

Ärgerlicherweise spürte ich, dass ich schon wieder rot anlief. »Ja …«, murmelte ich vor mich hin. »Ja, alles gut, danke.«

»Das ist schön.«

Ich hielt einen Moment lang seinem Blick stand und versuchte irgendetwas zu sagen, aber ich brachte nichts anderes fertig, als einfach nur wie ein Idiot in diese wunderbaren haselnussbraun leuchtenden Augen zu starren …

»Der Song gefällt dir also?«, hörte ich Curtis sagen und sah, wie sich William zu Curtis umdrehte, der mit einer Zigarette im Mund auf ihn zukam.

»Ja, wirklich.«

Curtis nickte und sah ihn von oben bis unten an. »Freut mich.«

Falls William den leichten Sarkasmus bemerkte, zeigte er es nicht. Er lächelte Curtis nur an und sagte: »Das ist also deine Band?«

Curtis nickte. »Wir heißen Naked.«

Plötzlich ging quietschend die Lagerhaustür. Ich schaute hinüber und sah, wie Zitterflosse den Raum verließ.

»Danke noch mal!«, rief Curtis hinter ihm her.

Zitterflosse drehte sich um, nickte, dann schloss er hinter sich die Tür.

Curtis wandte sich wieder William zu. »Was hältst du von ihm?«

»Was *ich* von ihm halte?«

Curtis grinste. »Ja, wir suchen einen neuen Rhythmusgitarristen und er war der letzte, der vorgespielt hat. Glaubst du, er taugt was?«

Ich wusste nicht genau, worauf Curtis hinauswollte, doch mir war klar, dass er irgendein Spiel mit William trieb, und das gefiel mir überhaupt nicht. Aber William … also, entweder merkte er nicht, dass sich Curtis über ihn lustig machte, oder es war ihm ganz einfach egal.

»Willst du wirklich wissen, was ich meine?«, fragte er Curtis.

»Klar will ich das.«

William nahm einen Zug von seiner Zigarette. »Er hört nicht genug aufs Schlagzeug.«

Curtis sah ihn fassungslos an.

»Ich meine«, fuhr William fort, »ihr habt da einen echt guten Drummer, gutes Schlagzeug, einen eins a Bass …« Er lächelte mich kurz an, als er das sagte, dann wandte er sich wieder an Curtis. »… und *du* weißt ganz klar, was du tust. Das heißt, ihr beide arbeitet gut mit eurem Drummer zusammen, aber der Typ, der gerade gegangen ist, hört gar nicht hin, er konzentriert sich nur auf den Rhythmus, den *er* spielt … verstehst du, was ich meine?«

»Ja …«, sagte Curtis und nickte zustimmend. »Ja, ich weiß genau, was du meinst.« Seine Stimme klang jetzt ganz aufrichtig, der spöttische Unterton war verschwunden. »Und …«, fuhr er fort, »spielst du auch was?«

William zuckte die Schultern. »So dies und das …«

»Gitarre?«

»Ein bisschen.«

»Hast du's drauf?«

»Ich kann die Melodie halten.«

Curtis grinste. »Die Melodie halten?«
»Einigermaßen, ja …«
»Gut genug, um mit uns zu spielen?«
William sah ihn an. »Das kann ja schlecht ich beurteilen, oder?«
»Interessiert?«
»Könnte sein …«
»Also okay.«
Curtis ging rüber und nahm seine Gitarre. »Wie heißt du eigentlich?«, fragte er, als er mit ihr zurückkam.
»William Bonney.«
Curtis blieb stehen. »William Bonney?«
»Ja.«
Curtis starrte ihn an. »Du heißt echt William Bonney?«
»Ja, wieso?«
»Billy the Kid«, sagte Curtis lachend. »Du weißt schon, der Outlaw … Billy the Kid? So hieß *er* mit richtigem Namen – William Bonney.« Er ging auf William zu, immer noch kichernd. »Ich glaub's nicht, du heißt genauso wie der verdammte Billy the Kid?«
»Echt? Wusste ich gar nicht.«
»Und … woher kommst du, Billy?«
William deutete mit dem Daumen über die Schulter. »Bloß die Straße rauf.«
»Nein, ich meine, wo du *ursprünglich* her bist. Aus welchem Teil von Irland?«
»Belfast.«
»Belfast?«
»Ja.«
»Hm … also okay …« Curtis reichte William seine Gitarre. »Dann mal los, Billy the Kid. Zeig uns, was du draufhast.«

13

Noch bevor er die erste Note gespielt hatte, war klar, dass William wusste, was er mit einer Gitarre anfing. So wie er sie von Curtis entgegennahm und lässig den Gurt über die Schulter schlang, wie er die Gitarre hielt, sogar wie er den Gurt anpasste, ihn ein bisschen kürzer machte, um sie weiter oben am Körper zu haben – alles wirkte völlig natürlich bei ihm. Und er wartete auch nicht, dass Curtis ihm sagte, was er spielen sollte, er wartete auf gar nichts, sondern fing einfach an.

Und als er es tat …

Es war atemberaubend.

In den ersten fünf Sekunden oder so, als seine Finger über das Griffbrett hüpften und die Luft mit der wunderbarsten Gitarrenmusik erfüllten, konnte ich nur den Atem anhalten und ihn fassungslos anstarren. Er spielte ohne Plektrum, zupfte und schlug mit Daumen und Fingern, wie ich es noch nie gesehen hatte. Und der Klang, der herauskam – eine Mischung aus Basstönen, Akkorden und Melodien zugleich – war mit keinem Gitarrensound vergleichbar, den ich je gehört hatte. Es schien fast, als ob zwei Gitarren gleichzeitig spielten.

Anfangs spielte er nichts Wiedererkennbares – ehrlich gesagt glaube ich, dass fast alles improvisiert war –, doch in dem, was er zu Beginn spielte, lag eindeutig etwas Irisches.

Andererseits spielte er *keinen* traditionellen irischen Sound. Es ist schwer zu beschreiben, doch irgendwie gelang es ihm, etwas zu schaffen, das die Melodie und den Rhythmus traditioneller irischer Musik mit einem wesentlich härteren, wesentlich spitzeren Blues-Stil kombinierte.

Es war absolut umwerfend.

Ich schaute hinüber zu Curtis, wie er es fand, und seinem fassungslosen Blick nach zu urteilen, war er mindestens genauso beeindruckt wie ich, da war ich mir sicher.

Die nächsten paar Minuten improvisierte William einfach weiter. Das Irische verlor sich immer mehr und der Blues übernahm eine Weile die Führung. Dann machte er ziemlich nahtlos einer Reihe von wirkungsvollen kleinen Jazz-Riffs Platz, die er wiederum in einen unglaublich schrägen und merkwürdig synkopierten – aber überraschend eingängigen – Hardrock-Beat verwandelte.

Und als wäre das alles noch nicht genug, hörte er schließlich für den Bruchteil einer Sekunde auf zu spielen und ließ einen langen, klagenden Ton in der Luft schweben, während er kurz Lautstärke und Ton anpasste, um danach in die Anfangsakkorde von *Naked* überzuwechseln.

Nicht nur, dass er sie perfekt spielte – perfekt im Tempo und perfekt im Gefühl –, er spielte sie auch *exakt* so wie Curtis. Der gleiche Sound, der gleiche Rhythmus, die gleiche Gewichtung … sogar die *Lautstärke* war genau richtig. Und ich weiß nicht, ob es an dieser unheimlichen Kopie von Curtis' Intro lag, dass Stan und ich anfingen zu spielen, oder ob es einfach die instinktive Reaktion auf die vertrauten Akkorde war … jedenfalls fielen wir wie gewöhnlich ein und es fühlte sich so stimmig an, dass ich überhaupt nicht an Curtis *dachte*, bis kurz vor dem Punkt, wo die Stimme hätte einsetzen müssen. Mein spontaner Gedanke war, dass ihm das nicht gefallen würde, dass er wohl den Eindruck bekäme, William wolle ihn ausbooten oder so – er würde wütend oder empört oder eifersüchtig reagieren oder vielleicht einfach nur sauer sein. Doch als ich zu Curtis hinüberschaute, war ich positiv überrascht, ihn am Mikro stehen zu sehen, wo er sich zum Singen bereit machte. Und noch überraschter war ich, als ich merkte, dass er voll in die Musik einstieg: Er schloss die Augen, nickte mit dem Kopf zum Beat und machte all die verrückten Bewegungen, wie er es immer tat. Auch William bewegte sich jetzt zu der Musik, er hopste und hüpfte in einem merkwürdig einnehmenden Tanz – die Füße zuckten und ruckten und Kopf und Schultern wippten auf und ab. Es machte richtig Spaß hinzusehen. Und als Curtis anfing zu singen, war alles nur noch fantastisch. Der Song klang großartig, Williams Gitarre klang großartig, Curtis klang großartig … wir alle klangen einfach richtig, *richtig* gut.

Und was noch unglaublicher war: William spielte den ganzen Song ohne einen einzigen Fehler, obwohl er uns nur einmal zuvor hatte *Naked* spielen hören. Er machte absolut *alles* richtig – Strophe, Refrain, Bridge, Tonartwechsel … er erinnerte sich sogar daran, dass wir den Song, irgendwie unerwartet, nach der *sechsten* Wiederholung des Schlussgesangs beendeten (und nicht wie üblich nach der vierten oder achten), eine merkwürdige Marotte, die *ich* mir erst nach einer Ewigkeit hatte merken können. Doch William bekam den Schluss nicht bloß nach ein Mal Hören genau richtig hin, bei diesem einen Mal hatte ich die Stelle auch noch vermasselt – das heißt, er bekam den Schluss genau richtig hin, obwohl er ihn zuvor nur ein einziges Mal und da *schlecht* gespielt gehört hatte.

Was wirklich beeindruckend war.

Wir wussten alle, wie großartig er war ... das war mir sofort klar. Als das Echo des letzten Akkords durch das Lagerhaus toste und wir alle einen Moment bloß dastanden und die elektrisierte Stille einsaugten, spürte ich eine Veränderung in der Luft. Es war, als hätten wir plötzlich etwas gefunden, wonach wir seit Langem suchten ... was ja auch wirklich der Fall war. Aber es bedeutete viel mehr als das. Denn wir wussten alle: Wir waren durch Zufall über einen absolut einmaligen funkelnden Diamanten gestolpert. Wenn wir dieses Juwel festhalten konnten, wenn es uns gelang, William zu überreden, mit uns zu spielen, würden wir nicht einfach besser sein als je zuvor – wir wären tausendfach besser ...

Und diese Aussicht war *wahnsinnig* aufregend.

Als ich mich umschaute, hatten alle den gleichen dümmlichen Ausdruck von fassungsloser Begeisterung im Gesicht. Jake, Curtis, Chief ... sogar Stan grinste wie ein Idiot.

»Tja ...«, sagte Jake schließlich, das Schweigen durchbrechend. »Das war ... ähh ...«

»Ja ...«, meinte Curtis und nickte. »Ja, das war echt ... der *absolute* ...«

»Was hast du noch mal gesagt, wie du heißt?«, fragte Jake und bot William eine Zigarette an.

»William Bonney«, antwortete er und nahm sich eine.

»Billy the Kid, verdammt«, murmelte Curtis.

Jake drehte sich zu Curtis um. »Und, was meinst du?«

Curtis starrte William eine Weile nachdenklich an, nickte langsam vor sich hin, dann drehte er sich um und sah mich an. »Was sagst du, Lili?«

»Ja«, sagte ich lässig und lächelte William an. »Er kann die Melodie halten.«

William lächelte zurück und machte eine kleine Verbeugung in meine Richtung.

Ich schaute zu Curtis. »Und was meinst *du*?«

»Ja«, sagte er, trat auf William zu und zündete ihm die Zigarette an. »Ich glaube, wir haben unseren Mann gefunden.«

Danach saßen wir etwa eine halbe Stunde zusammen und besprachen alles. Curtis und Jake übernahmen natürlich den größten Teil des Gesprächs – sie erzählten William alles über Naked, über den Dauerauftritt im Conway Arms, über die anderen Gigs, die es gegeben hatte, und wieso wir einen neuen Gitarristen suchten, sie erklärten, was wir erreichen wollten und so weiter. William sagte nicht viel, sondern hörte nur zu. Und als Curtis und Jake ihm Fragen stellten, hielt er seine Antworten einfach und knapp.

»Und ... was hältst du davon, bei uns einzusteigen?«

»Bekommt ihr Geld für die Auftritte?«

»Klar ... im Conway's kriegen wir einen Anteil vom Eintritt und bei den andern gibt es normalerweise ein Pauschalhonorar. Ich meine, im Moment ist das kein Vermögen, aber –«

»Wie teilt ihr das Geld auf?«

»Nachdem die Auslagen bezahlt sind, bekommt Chief zehn Prozent, vom Rest kriegt jeder den gleichen Anteil, auch Jake.«

William nickte. »Klingt fair.«

»Und, heißt das Ja?«

William warf erst Stan einen Blick zu, dann mir. »Wenn ihr alle glaubt, ich hab das, was ihr braucht, ja ... dann probier ich's.« Er sah Jake an. »Muss ich irgendwas unterschreiben?«

Jake schüttelte den Kopf. »Wir müssen vorher nur noch ein paar Dinge klären.«

»Zum Beispiel?«

»Du wohnst hier vor Ort, ja?«

William nickte. »West Green Road. Ist nicht weit von hier.«

»Ja, ich weiß, wo das ist. Was ist mit Schule? Wo gehst du zur Schule?«

William lachte leise. »Ich geh nicht zur Schule.«

»Arbeitest du?«

Er schüttelte den Kopf.

»Arbeitslos?«

»Nein.«

»Und was tust du, um Geld zu verdienen?«

»Mal dies, mal das ...«

»Mal dies, mal das?«

»Ja.«

Jake warf Curtis einen Blick zu, doch der zuckte nur mit den Schultern. Jake wandte sich wieder an William.

»Das heißt, du hättest kein Problem, zu den Proben und Auftritten zu kommen?«

»Kein Problem, nein.«

Jake wandte sich wieder an Curtis. »Willst du sonst noch was wissen?«

»Ja«, sagte Curtis und sah William an. »Ich nehme mal an, du hast eine Gitarre?«

»Na ja ... nicht direkt«, antwortete William.

»Was soll das heißen, *nicht direkt*?«, fragte Curtis.

»Ich kann eine besorgen.«

»Wie bitte?«

»Ich kann eine besorgen, ist kein Problem. Ich hab bloß im Moment keine, das ist alles.«

»Aha«, sagte Curtis zweifelnd. »Und bis wann kannst du eine *besorgen*?«

»Bis wann brauch ich sie?«

»Wir proben jeden Dienstag und Sonntag.« Er grinste. »Das heißt, eigentlich brauchst du die Gitarre bis morgen Abend.«

»Okay«, sagte William.

Curtis starrte ihn an. *»Okay?«*

»Ja.«

»Verdammte Scheiße, wo willst du bis morgen Abend eine Gitarre herkriegen?«

William lächelte verlegen. »Hm, ist ein bisschen kompliziert ... ich kenn jemanden, der jemanden kennt, der irgendwie an Sachen rankommt ... verstehst du?«

»Klar ...«

»Welche Art von Gitarre soll es denn sein?«

»Welche *Art*?«

»Ja, du weißt schon, welche Marke ...? Ich meine, soll es die gleiche sein wie deine?« Er spähte hinüber zu Curtis' Gitarre. »Was ist das für eine?«

»Eine Danelectro.«

»Ist die gut?«

Curtis zuckte mit den Schultern. »Ganz okay. Sagen wir so, es ist die beste, die ich mir leisten konnte.«

»Soll ich dann auch so eine besorgen?«

Curtis grinste und schüttelte ungläubig den Kopf. »Also, wenn du die *Wahl* hast, würde ich eine Gibson Les Paul oder eine 60er Telecaster vorschlagen, irgendwas in der Art.«

Curtis flachste nur rum – die Gitarren, die er nannte, hätten ein paar Tausend gekostet –, aber William schien es ganz ernst zu nehmen.

»Okay«, sagte er. »Mal sehen, was ich tun kann.«

»Gut«, sagte Curtis lachend. »Und wenn du schon dabei bist und es liegt noch eine zweite irgendwo rum ...«

Das Lächeln, mit dem William ihn ansah, war nicht zu deuten und für einen Moment sah ich etwas in Curtis' Augen aufblitzen, das ich noch nie bei ihm gesehen hatte, und weil es so fremd war, brauchte ich eine Weile, um zu kapieren, was es war. Doch dann begriff ich: Es war Unsicherheit. Was vielleicht nicht so verwunderlich *klingt*, doch wenn es etwas gab, unter dem Curtis noch nie gelitten hatte, war es Unsicherheit.

»Egal ...«, sagte er nach einer Weile und steckte sich zur Beruhigung eine Zigarette an. »Ich glaube, das wär's wohl fürs Erste. Es sei denn, jemand anderes hat noch was ...?« Er sah zu Stan. Stan schüttelte den Kopf. Curtis sah mich an. »Lili? Willst du noch irgendwas von Billy wissen?«

»Nein«, sagte ich. »Ich glaub nicht ...«

»Gut, okay ... wie spät ist es?«

Jake schaute auf seine Uhr. »Kurz nach sieben.«

»Wann fängt der Gig von den Pistols an?«, fragte ihn Curtis.

»Keine Ahnung.« Jake zuckte mit den Schultern. »So gegen zehn, elf ... vielleicht auch später.«

Curtis drehte sich zu William um. »Hast du Lust auf einen super Abend?«

»Warum nicht?«

»Gibt alles umsonst«, sagte Curtis mit einem Grinsen. »Freie Getränke, freien Eintritt ... und du kriegst die Sex Pistols geboten.«

»Wen?«

»Die Sex Pistols.«

»Moment mal«, sagte ich zu Curtis. »Wovon redest du da?«

»Was denn?«

»Das mit den Sex Pistols.«

»Diese Valentinsparty«, sagte er leicht ungeduldig. »Du weißt doch ... die Sache bei Andrew Logan heute Abend.«

»Wer ist Andrew Logan?«

»Der *Künstler*«, antwortete Curtis mit einem Kopfschütteln. »Komm schon, Lili, das hab ich dir doch erzählt.«

»Nein, hast du nicht.«

»Doch, hab ich.«

»Wann?«

»Scheiße, was weiß ich, wann ... keine Ahnung, vor ein paar Tagen.«

»Curtis«, sagte ich langsam und versuchte ruhig zu bleiben. »Du hast mir gar nichts von einer Valentinsparty erzählt, klar? Du hast auch nie jemanden namens Andrew Logan erwähnt und ich weiß auch nichts von einem Pistols-Auftritt heute Abend.«

»Schon gut«, murmelte er. »Aber ich hab es dir *definitiv* gesagt –«

»Nein, hast du *nicht.*«

Er schüttelte wieder den Kopf. »Das fällt dir garantiert wieder ein.«

Ich war drauf und dran, ihm zu sagen, er solle sich verpissen, aber aus irgendeinem Grund war es mir peinlich, auszurasten und ihn vor William anzuschreien ... was überhaupt keinen Sinn ergab. Doch – egal ob verständlich oder nicht – mein Wunsch, mich nicht lächerlich zu machen, war mir wichtiger als die Wut auf Curtis, deshalb holte ich ein paarmal tief Luft, statt Curtis zu sagen, er solle sich verpissen, wartete, bis ich mich ein bisschen beruhigt hatte, und lächelte ihn dann artig an.

»Okay«, sagte ich leise. »Lass uns vergessen, ob du's gesagt hast oder nicht, ja? *Tu* einfach so, als hättest du's nicht.«

»Klar«, sagte Curtis lächelnd. »Aber ich hab's.«

»Okay«, sagte ich und biss die Zähne zusammen. »Dann lass mir eben meinen Willen. Und erzähl's mir noch mal.«

Die Valentinsparty fand in Andrew Logans Studio in Butler's Wharf statt, gleich südlich der Themse, und war nur für geladene Gäste. Logan war ein bekannter Künstler – Bildhauer, Maler, Schöngeist, Performance-Künstler – und er war damals *die* gesellschaftliche Schlüsselfigur in der Londoner Kunst- und Modeszene, einer Szene, die auch Malcolm McLaren und Vivienne Westwood einschloss. Logans Partys waren berüchtigt und er hatte Verbindungen zu allen möglichen Leuten: Filmemachern, Schauspielern, Schriftstellern, Musikern. Also hatte McLaren ihn überredet, auf seiner Valentinsparty die Sex Pistols spielen zu lassen, in der Hoffnung, dass es ihrem Image einen gehörigen Schub bringen würde.

Curtis kannte McLaren inzwischen ganz gut und auch Jake – obwohl er in mancher Hinsicht ein Rivale war – gehörte zu diesem aufkeimenden Punkzirkel. Kurz gesagt stellte sich heraus, dass McLaren Jake und Curtis vier Einladungen zur Valentinsparty gegeben hatte, und da wollten wir an diesem Abend offenbar hin.

»Okay?«, fragte mich Curtis, nachdem er alles erklärt hatte.

»Ja, danke.«

»Und … erinnerst du dich jetzt, dass ich dir davon erzählt habe?«

Ich seufzte nur.

Er grinste. »Ist schon okay, Lili, du musst dich nicht –«

»Curtis?«, sagte ich und es war mir plötzlich egal.

»Was?«

»Verpiss dich.«

14

Erst nachdem er William gefragt hatte, ob er mit uns zu der Valentinsparty käme, merkte Curtis, dass wir plötzlich zu sechst waren – Curtis, Jake, William, Chief, Stan und ich –, doch nur für vier Leute Karten hatten. Aber zum Glück für Curtis hatte er nicht nur mir kein Wort von der Party erzählt, sondern auch Stan und Chief vergessen, doch sie hatten sowieso andere Pläne, weshalb es ihnen egal war. Genau genommen waren sie nach Curtis' endlosen Reden über Andrew Logans Künstlerfreunde und seine so wunderbar *theatralischen* Partys, glaube ich, beide eher erleichtert, dass sie nicht mitmussten. Und um ganz ehrlich zu sein, als sie uns vor Curtis' Quartier in der High Road absetzten und davonfuhren, wünschte ich fast, ich hätte mitfahren können. Was immer sie an dem Abend vorhatten – es konnte nur besser sein, als quer durch London zu einer Party in einem Künstleratelier zu eiern, auf der die Sex Pistols, Malcolm McLaren und wer sonst noch waren.

»Kopf hoch, Lili«, sagte Curtis locker fröhlich, als wir die Treppe zu seinem Zimmer in dem besetzten Haus hochliefen. »Das wird super. Alle werden da sein – die Musikpresse, Reporter, Fotografen ... Jake sagt, vielleicht kommt sogar eine Fernseh-Crew.« Er unterbrach sich, legte mir eine Hand auf die Schulter, beugte sich dicht zu mir runter und lachte strahlend. »Das könnte *die* Chance sein, Lili«, sagte er und seine Augen leuchteten vor Aufregung. »Ich meine … man weiß ja nie … vielleicht wird das *unsere* Nacht.«

Ich verstand zwar nicht recht, wieso das »unsere Nacht« werden könnte, doch seine wilde, fast kindliche Begeisterung war derart ansteckend, dass ich, während ich Jake und William ins Zimmer folgte, tatsächlich anfing zu glauben, ich hätte vielleicht doch unrecht … vielleicht würde die Nacht ja gar nicht so schlimm, wie ich befürchtete.

Wie sich herausstellte, hatte ich wirklich unrecht. Es wurde nicht so schlimm, wie ich befürchtet hatte – es wurde noch viel schlimmer.

Erst lief alles ganz gut. Wir saßen eine Weile in seinem Zimmer, schließlich ging Curtis nach unten und lieh sich eine zweite Gitarre, und während er William ein paar unserer Songs beibrachte, saß ich bloß da und hörte ihnen beim Spielen zu. Sie klangen zusammen richtig gut und es war angenehm, einfach bloß herumzusitzen, nichts zu tun und mich nur schweigend an ihrer Gegenwart zu freuen. Curtis wirkte total glücklich und es gefiel ihm eindeutig, William seine Songs vorzuspielen. Williams Fähigkeit, sie zu lernen, war absolut wahnsinnig. Genau wie vorher schien er auch jetzt jeden Song nur ein Mal hören zu müssen und fertig.

Nach ein paar Songs zog Jake los und besorgte von irgendwoher eine Flasche billigen Rotwein, und als er zurückkam, hörten sie auf zu spielen und wir saßen zusammen, tranken und redeten eine Weile. Jake legte eine Platte auf und ausnahmsweise war es etwas, das mir richtig gefiel: das dritte Album von Velvet Underground – das mit *Pale Blue Eyes* und *Candy Says* drauf –, für das ich schon immer geschwärmt hatte. Natürlich drehte Jake wie immer einen Joint und reichte ihn herum. Ich nahm ein paar kurze Züge und gab ihn an William weiter. Obwohl er ihn ganz locker entgegennahm – mit einem kurzen Nicken des Danks und einem Lächeln, das mein Herz ausrasten ließ –, rauchte er nichts, sondern reichte den Joint nur an Jake weiter und nahm schließlich einen Zug von seiner Zigarette.

Wieder fühlte ich mich, ohne zu wissen wieso, seltsam verlegen. Außerdem merkte ich, dass mir der Rotwein und das Dope in den Kopf gestiegen waren und ich mich schon ein bisschen stoned fühlte. Und ich wusste, dass ich eine lange Nacht vor mir hatte, weshalb ich die nächsten paar Stunden nichts mehr rauchte und auch an meinem Weinglas nur noch vorsichtig nippte.

Curtis und Jake machten dagegen einfach weiter – rauchten Joint um Joint, kippten den Wein runter ... und irgendwann sah ich auch, wie sie irgendeine Pille einwarfen, vermutlich Speed. Mir fiel auf, dass William, auch wenn er beim Wein ordentlich mithielt, weder am Dope noch an den Pillen interessiert war, trotz aller Aufforderungen von Curtis und Jake. Er machte keine große Sache daraus, sondern lächelte nur höflich, schüttelte schweigend den Kopf und das war's.

Was ich ziemlich cool fand.

Wie auch immer, so lief es jedenfalls die nächsten paar Stunden – Musik, trinken, rauchen, quatschen. Ich sagte überhaupt nichts, sondern hörte nur auf die Musik und die Unterhaltung. Eine Weile tat das gut. Curtis griff nach seiner Gitarre und fing an, The Velvet Underground leise zu begleiten und ein paar wunderschöne kleine Melodien zu spielen, während er gleichzeitig nonstop mit William sprach – ihm alle möglichen Fragen stellte über sein Leben, welche Musik er mochte, woher er kam … doch das Kuriose war: Obwohl ich mich wirklich sowohl auf die Fragen als auch auf Williams Antworten konzentrierte und William anscheinend alles offen beantwortete und auch kein Problem mit den Fragen zu haben schien, fiel mir nach etwa einer Stunde auf, dass er eigentlich nichts von Bedeutung über sich preisgegeben hatte. Natürlich fragte ich mich kurz, ob mir vielleicht der Wein oder das Dope einen Streich spielten, doch ich ließ den Gedanken schnell wieder fallen. Es war mehr als eine Stunde her, dass ich die paar kurzen Züge von dem Joint genommen hatte, und in dieser Stunde hatte ich mein Weinglas kaum angerührt … Nein, ich irrte mich nicht. Ich wusste nicht, wie er es geschafft hatte, aber William hatte die ganze Zeit von sich erzählt und Fragen beantwortet, ohne auch nur das Geringste von sich zu verraten. Und soweit ich es beurteilen konnte, hatte er es geschafft, ohne dass Jake oder Curtis etwas merkten.

Was ich auch wieder irgendwie cool fand.

Ziemlich uncool fand ich dagegen, dass sich Curtis irgendwann aus dem Zimmer schlich und gute zehn Minuten verschwunden blieb. Als er zurückkam, wusste ich sofort, dass er noch was anderes genommen hatte. Seine Pupillen waren riesig, sein Gesicht war bleich, er schwitzte wie verrückt und konnte nicht aufhören, wie ein Irrer zu grinsen. Ich wusste nicht, was er genommen hatte, aber in den letzten Monaten war in dem besetzten Haus eine Menge LSD im Umlauf, deshalb hätte es mich nicht im Mindesten überrascht, wenn auch Curtis ab und zu das komische Zeug nahm.

»Okay«, sagte er viel zu laut. »Dann lasst uns mal besser aufbrechen, wenn wir zu diesem verdammten Fest wollen. Seid ihr so weit, Jake? Billy?«

William und Jake standen auf.

Curtis starrte mich mit seinem Insektenaugen-Blick an. »Ziehst du dich noch um, Lil?«

Ich starrte zurück. »Und du?«

»Nein …«

Ich sagte nichts weiter, zuckte bloß mit den Schultern und stand auf.

»Ich dachte nur –«, fing Curtis an.

»Was?«

»Na ja, du weißt schon … ich dachte nur, du willst dich noch ein bisschen aufdonnern, sonst nichts.«

»Mich ein bisschen aufdonnern?«

»Ja … ich meine, das ist eine Valentinsparty …«

Ich sah an mir runter und tat so, als würde ich meine Klamotten betrachten. Ich trug einen kurzen schwarzen Rock, alte Turnschuhe und einen abgetragenen Mohair-Pulli. Schließlich sah ich zu Curtis hoch. »Das ist nicht gut genug für dich?«

»Doch, schon … du siehst super aus. Du siehst immer super aus, Lili –«

»Was *sollte* ich denn anziehen?«, fragte ich sarkastisch. »Ein Hakenkreuz und einen schwarzen Leder-BH?«

»Nein, nein … das mein ich nicht … ich hab nur gedacht –«

»Ja«, seufzte ich. »Ich weiß, was du gedacht hast.«

»Hey, komm jetzt«, bettelte er. »Sei doch nicht so … bitte.« Er schenkte mir ein zärtliches Lächeln. »Du siehst fantastisch aus, Lili. Echt.«

»Na gut«, murmelte ich. »Dann lass uns aufbrechen, okay?«

Und bevor er noch etwas darauf erwidern konnte, durchquerte ich das Zimmer, öffnete die Tür und ging die Treppe hinunter. Curtis kam hinter mir hergejagt, dicht gefolgt von Jake und William, und obwohl er sensibel genug war, mich fürs Erste in Frieden zu lassen, konnte er trotzdem nicht den Mund halten.

»Sieht sie nicht super aus, Jake?«, hörte ich ihn sagen. »Ich meine, schau sie dir doch mal an.«

»Hm …«

»Jetzt *schau* doch mal.«

»Ja.«

»Billy?«

»Was ist?«

»Was meinst *du*?«

»Wozu?«

»Zu Lili … was findest du, wie sie aussieht?«

»Ach so, verstehe … ich finde, sie sieht gut aus.«

Das reichte. Ich konnte es nicht mehr ertragen. Abrupt blieb ich stehen, drehte mich um und funkelte Curtis wütend an. »Okay!«, blaffte ich. »Das *reicht*! Verdammte Scheiße … jetzt gib endlich Ruhe, ja?«

Mit einem breiten Lächeln hob er die Hände. »Okay, okay … tut mir leid …«

»Kein Wort mehr, ja?«

Immer noch lächelnd, presste er die Lippen zusammen und tat, als ob er sie mit einem Schlüssel verschließen würde.

»Scheiße«, murmelte ich, drehte mich um und ging weiter die Treppe hinunter.

Das nächste Mal, als er den Mund aufmachte, standen wir am Bahnsteig der U-Bahn-Station Seven Sisters und warteten auf den nächsten Zug. Er flüsterte Jake etwas zu und schaute zu William hinüber, und dann hörte ich ihn mit pseudo-irischem Akzent wiederholen: »Ach so, verstehe … ich finde, sie sieht gut aus.« Und als er lachte – wieder viel zu laut – und William zum Spaß gegen die Schulter stieß, hätte ich ihn umbringen können. Es war so armselig, sich nicht nur über Williams Akzent lustig zu machen, sondern auch – was in gewisser Weise noch schlimmer war – über die Worte, die Curtis erst vor ein paar Minuten William gezwungen hatte, über mich zu sagen. Selbst der Akzent war total falsch. Nicht dass das wirklich eine Rolle spielte, aber Curtis' klischeehaft breiter irischer Akzent hatte überhaupt nichts mit Williams eindeutigem Belfaster Tonfall zu tun.

In diesem Moment hasste ich Curtis wirklich.

Aber ich sagte nichts.

Ich dachte, wenn ich es täte, würde alles noch schlimmer. Und William schien sowieso ganz locker damit umzugehen. Er sah ihn wieder mit festem Blick an und mit diesem Lächeln, das Curtis schon vorhin so verunsichert hatte. Diesmal war es für mich nicht ganz so schwer zu deuten: Es war der träge Blick, den ein Löwe einem Zebra schenkt, wenn er nicht hungrig ist.

Während der Fahrt mit der U-Bahn wurde tatsächlich alles noch schlimmer. Es war ein langer Weg, die ganze Zeit unter der Erde bis zur London Bridge. Und irgendwo unterwegs musste Curtis noch mal LSD oder irgendwas anderes eingeworfen haben, denn allmählich geriet er ganz außer Kontrolle – er sang und lachte, führte sich total übel auf, belästigte wildfremde Leute … es war einfach entsetzlich. Sogar Jake wurde allmählich nervös.

Als Curtis wieder aufstand, den Text von *Naked* grölte und durch den schaukelnden U-Bahn-Wagen taumelte, beugte sich William, der neben mir saß, herüber und sagte mir etwas ins Ohr.

»Es wär nicht schlecht, ihn dazu zu bringen, dass er sich hinsetzt.«

»Ja, ich weiß«, sagte ich, laut gegen das Rattern des Zuges anflüsternd. »Tut mir echt leid, das Ganze … normalerweise ist er nicht ganz so schlimm. Ich weiß, wie peinlich das alles ist –«

»So meine ich das nicht«, sagte William. »An der letzten Station sind ein paar F-Troops in den nächsten Wagen gestiegen, die haben deinen Freund jetzt schon eine ganze Weile im Blick. Wenn er sich nicht bald hinsetzt und die Klappe hält, gibt es Ärger.«

Ich schaute durch die Verbindungstür in den nächsten Wagen und erkannte ungefähr ein halbes Dutzend tätowierte Skinheads. Sie beobachteten Curtis mit purem Hass in den Augen. Es war ein Blick, an den ich mich in den kommenden Monaten zwangsweise gewöhnte – der Blick der Skinheads oder Teddy Boys oder Biker, die einen Punk zusammenschlagen wollten –, doch hier sah ich ihn zum ersten Mal. Und er behagte mir überhaupt nicht. Ich schaute zu Jake, doch der hatte anscheinend nicht vor, irgendwas zu unternehmen. Er saß nur halb stoned, halb in Todesangst da.

»Curtis!«, sagte ich und stand auf. »Curtis, es reicht.«

»Lass ihn«, sagte William, legte mir seine Hand auf die Schulter und drückte mich behutsam zurück auf den Sitz.

»Ist zu spät. Die schnappen ihn sich, egal ob er weitersingt oder nicht.«

Ich schaute wieder zu den Skinheads hinüber. Sie waren jetzt alle an die Verbindungstür gerückt und hatten Curtis eindeutig ins Visier genommen. Auch er hatte sie inzwischen bemerkt und begriffen, was sie vorhatten, doch das hielt ihn nicht davon ab, weiterzusingen und zu grölen. Genauer gesagt, er sang sie jetzt direkt an, verhöhnte sie, beugte sich vor und brüllte in voller Lautstärke: *»NAKED! NAKED! NAKED! NAKED!«* – und ich wusste, dass William recht hatte. Es war sinnlos, ihn aufzuhalten.

»Was bedeutet F-Troops?«, fragte ich William, nur um irgendetwas zu sagen.

»Fußball-Hooligans, Millwall-Fans. Starr nicht zu ihnen rüber.«

Ich schaute weg. »Kommen sie durch die Tür?«

»Sie versuchen es …«

Ich hörte die Tür rappeln … dann einen Faustschlag gegen das Glas. Ich hörte, wie Curtis lachte … und dann wieder grölte.

»NAKED! NAKED! NAKED! NAKED!«

»Die Verbindungstür ist abgeschlossen«, sagte William.

»Was werden sie tun?«

»Auf die nächste Station warten.«

»NAKED! NAKED!«

Weitere Faustschläge gegen die Tür. Rufe drangen herüber: »Du Wichser! Du bist tot! Scheiß tot! Ihr alle! Scheiß tot!«

»NAKED! NAKED!«

Und dann spürte ich, wie der Zug langsamer wurde … wir fuhren in eine U-Bahn-Station ein. Ich war wie versteinert.

Mir war schlecht. Jeden Moment würden die Türen aufgehen, die Skinheads herausspringen, über den Bahnsteig rennen, in unseren Wagen springen …

Ich schaute nach unten auf meine Hände.

Sie zitterten.

»Wartet am Bahnhof London Bridge auf mich«, hörte ich William sagen.

Ich sah ihn an. Er war aufgestanden und beobachtete die Skinheads, wie sie sich um die Tür ihres Waggons sammelten und darauf warteten, dass der Zug hielt.

»Was?«, fragte ich.

William lächelte. »Wartet einfach am Bahnhof London Bridge auf mich, okay?«

»Was hast du *vor*?«

Doch der Zug hatte jetzt angehalten und William stand schon an der Tür. Curtis grölte noch immer wie ein Idiot …

»I'M NAKED! YOU'RE NAKED! WE'RE ALL FUCKING NAKED!«

… und ich war zu verängstigt und durcheinander, um irgendetwas zu tun. Ich konnte nur dasitzen und zusehen, wie die Türen mit einem müden Zischen aufgingen und William – unfassbar! – auf den Bahnsteig trat und langsam auf die Skinheads zuging, die aus ihrem Wagen drängten und zu unserem rannten. Und ich dachte, das war's für ihn. Die Skinheads würden auf ihn losgehen, ihn niederschlagen und ihn zusammentreten – und dann würden sie weiterrennen zu unserem Wagen. Doch als William auf sie zutrat, freundlich lächelnd und mit erhobenen Händen, sah ich, wie die vorderen Skinheads kurz zögerten und ein wenig irritiert wirkten. Und mehr brauchte William nicht. Er sagte etwas zu dem ersten – einem riesenhaften jungen Kerl mit links und rechts auf die Stirn tätowierten Hörnern –, und auch wenn ich durch den widerhallenden Lärm der U-Bahn-Station nichts verstand, sah ich doch den Effekt, den Williams Worte auf den Skinhead hatten. Er erstarrte eine Sekunde lang, aber fast im selben Moment stieg ihm die Wut in die Augen und er spuckte William ins Gesicht. William reagierte überhaupt nicht. Er stand nur da und sah zu, wie sich der vordere Skinhead zu den andern umdrehte und sie auf William zeigend anbrüllte, offenbar um zu erklären, was dieser Typ da gerade gesagt hatte. Ihre Reaktion war die gleiche – ein plötzliches Anschwellen von Hass –, und genau in dem Moment, als sie sich alle drohend auf William zubewegten, rührte er sich. Es ging so rasend schnell, dass die Bewegung kaum zu sehen war. Er hatte den Riesen von Skinhead an den Schultern gepackt, sprang in die Luft und rammte ihm die Stirn ins Gesicht. Und danach – ehe die andern ein Chance hatten, ihn zu erwischen – sprang er zur Seite, donnerte dem zweiten Skinhead einen Schlag zwischen die Beine und rannte über den Bahnsteig davon.

Die Zugtüren schlossen, doch die Skinheads kümmerten sich nicht darum. Sie hatten Curtis vollkommen vergessen. Der Riese stolperte umher und hielt sich sein Gesicht, seine gebrochene Nase, überall rann Blut. Der Zweite war auf die Knie gesunken und stöhnte und fluchte vor Schmerz. Und der Rest des Trupps rannte jetzt über den Bahnsteig hinter William her. Als der Zug anfuhr, stand ich auf und lief an die Tür, um zu sehen, ob William es schaffte. Der Zug beschleunigte, ratterte und dröhnte auf den Tunnel zu, und als er an der jagenden Skinheadmeute vorbeifuhr, sah ich, wie sie sich im Laufen etwas zuschrien und brüllten und nach oben zeigten … und dann, ein, zwei Sekunden später, gerade als der Zug in den Tunnel einfuhr, erhaschte ich noch einen kurzen Blick auf William, wie er in wahnsinnigem Tempo einen dunklen kleinen Gang entlanglief, der mit *KEIN ZUTRITT, NUR FÜR PERSONAL* gekennzeichnet war.

Dann war er verschwunden.

15

Ich fragte mich damals oft, wieso ich bei Curtis blieb. Warum tat ich mir das an? Wieso nahm ich seine chaotische Art und seine wachsende Gleichgültigkeit mir gegenüber einfach so hin? Warum stellte ich mich nicht der Wahrheit – dass er immer stärker außer Kontrolle geriet und mich immer mehr verletzte? Und dass ich es oft schwierig fand, ihn noch zu *mögen* – von *lieben* ganz abgesehen?

Wieso war ich noch immer mit ihm zusammen?

Wenn ich heute zurückblicke, gab es, glaube ich, tausend verquaste Gründe, doch ich bin sicher, ein Großteil hing damit zusammen, dass ich nie viel Zuneigung bekommen hatte – schon dadurch, dass ich ohne Vater aufwuchs, aber auch nicht von meiner Mutter –, und jetzt, als ich plötzlich eine Art Liebe erfuhr, konnte ich nicht ertragen, sie aufzugeben. Ich brauchte diese Liebe. Und egal wie *verkehrt* es war, bei Curtis zu bleiben, egal wie schmerzhaft alles geworden war – die Vorstellung, nicht mehr mit ihm zusammen zu sein, wieder allein zu sein, tat noch mehr weh.

Und ich glaube, dass für mich tief im Innern Alleinsein bedeutete, so zu werden wie meine Mutter, und die Vorstellung, so zu enden wie sie, war für mich absolut erschreckend.

Ich weiß, dass das kein besonders guter Grund ist, um mit jemandem zusammenzubleiben. Aber damals war mir das wohl gar nicht so klar. Ich wusste nur, dass es irgendwas in mir gab – etwas viel Stärkeres als Rationalität oder gesunder Menschenverstand –, das mich daran hinderte, mit Curtis Schluss zu machen, ob ich es nun wollte oder nicht.

In jener Nacht, als der Zug in das dunkle Tosen des Tunnels eintauchte, blieb ich eine Weile an der Zugtür stehen, starrte auf die dunklen Spiegelbilder im Glas und versuchte, die Angst und Wut zu beruhigen, die in meinem Herzen pochten. Curtis sang und brüllte nicht mehr und ich konnte ihn in dem spiegelnden Glas nirgendwo sehen, also hatte er sich wohl hingesetzt, war durch den Wagen gelaufen oder sonst was ... wobei es mich überhaupt nicht interessierte, wo er steckte. Kein bisschen. Zum zweiten Mal in dieser Nacht war das Einzige, was ich für Curtis empfand, Hass.

Schließlich kam Jake herüber und fing an, mit mir zu reden. »Komm schon, Lili«, sagte er. »Jetzt ist es ja vorbei.«

»Ja?«, blaffte ich zurück. »Findest du?«

»Curt hat nicht gewusst, was er tut –«

»Das weiß er doch nie, verdammt noch mal.«

»Ja, ich weiß«, seufzte Jake. »Ich weiß ...« Er berührte vorsichtig meinen Arm. »Komm schon, lass uns hinsetzen.«

Ich warf einen Blick an ihm vorbei und sah Curtis zusammengesackt in einem Sitz hängen. Er schlief nicht – seine Augen standen offen –, trotzdem wirkte er auch nicht so, als wäre er voll bei Bewusstsein. Er saß nur ganz still da und starrte ins Leere, wie in Trance. Neben ihm war ein Platz frei, aber ich wollte jetzt einfach nicht in seiner Nähe sitzen, also drehte ich mich von der Tür weg und ging den Gang entlang zu einem anderen freien Platz. Dazu musste ich an Curtis vorbei und ich hatte nicht die leiseste Absicht, ihn auch nur anzusehen, doch gerade als ich auf seiner Höhe war, hörte ich seine Stimme.

»Hey, Lili ... wie geht's?«

Und er klang so verdammt unbekümmert, dass meine Wut überkochte und ich mit funkelnden Augen vor ihm stehen blieb.

»*Was* hast du gesagt?«, fauchte ich.

Er starrte mich nur kurz an, dann blinzelte er ein paarmal und schüttelte den Kopf und schließlich sagte er – mit einem verwirrten Grinsen: »Was ist los? Sind wir schon da? Wie spät ist es?«

Ich gab mir nicht die Mühe, ihm zu antworten, sondern schüttelte nur verzweifelt den Kopf.

»Was ist?«, fragte er und schaute sich im Wagen um. »Wo sind alle?« Dann schaute er wieder zu mir und grinste schief. »Wo ist Billy the Kid, Lil?«

»Der rettet gerade dein Leben, du Idiot.«

Und danach ging ich weiter und ließ ihn mit dem Satz allein.

Der Rest der Fahrt verlief ohne Zwischenfälle. Ich saß allein, redete mit niemandem und brodelte still vor mich hin. Jake ging zu Curtis und setzte sich neben ihn. Und nachdem Curtis eine Weile unzusammenhängend auf Jake eingequasselt hatte, fiel er wieder in seinen tranceähnlichen Zustand zurück: Er schwieg und blieb schweigend und reglos, bis wir die Station London Bridge erreichten.

Als wir ankamen, musste ihm Jake aus dem Zug und die Rolltreppen hinaufhelfen. Wahrscheinlich hätte er sich gern auch von mir helfen lassen, aber ich wollte nicht. Ich lief voraus und blieb erst stehen, als ich die Schalterhalle erreicht hatte. *Wartet am Bahnhof London Bridge auf mich*, hatte William gesagt. Egal, was Curtis und Jake vorhatten, ich würde warten ... das war das Mindeste, was ich tun konnte.

Das *Einzige*, was ich tun konnte.

Ich fand eine Stelle mit gutem Rundumblick über die Schalterhalle, lehnte mich gegen die Mauer und begann zu warten.

Ein paar Minuten später sah ich Jake und Curtis auf mich zukommen. Curtis wirkte immer noch ziemlich durch den Wind. Er schwankte und torkelte von einer Seite zur andern, aber zumindest ging er jetzt alleine. Und trotz der Glasigkeit seiner insektenhaft vorstehenden Augen schien er langsam wieder mitzubekommen, was lief. Genauer gesagt lag sogar ein leiser Hinweis von Bedauern in seinem Gesicht, als er lächelnd und sich mit der Hand durch die Haare fahrend auf mich zukam.

»Alles okay mit dir, Lili?«, fragte er leise.

»Ja, super«, sagte ich kalt. »Ging mir noch nie besser.«

Er lächelte nervös und schaute umher. »Wo ist Billy?«

Ich schüttelte nur den Kopf, total sprachlos. Mir war nicht klar, ob er bloß so tat, als hätte er vergessen, was passiert war, oder ob er sich tatsächlich an nichts erinnerte. Doch es interessierte mich nicht. Egal wie, es war erbärmlich. Er konnte so lange dastehen und mir sein Armer-kleiner-Junge-Lächeln schenken, wie er wollte, diesmal würde ich ihm nicht vergeben.

Ich schüttelte noch mal den Kopf, seufzte und schaute weg.

»Jake«, hörte ich ihn sagen. »Scheiße, was ist los?«

Und Jake fing an, ihn aufzuklären. Er stellte sich allen Ernstes hin und erzählte ihm, was passiert war, als ob Curtis nicht dabei gewesen wäre – alles, das Singen und Grölen, die Skinheads, das Halten des Zugs und wie William ausgestiegen war…

»Er ist aus dem Zug raus?«, fragte Curtis.

»Ja…«

»Wieso?«

»Heilige Scheiße…«, murmelte ich vor mich hin.

»Was ist?«, blaffte Curtis und drehte sich zu mir um. »Verdammt noch mal, was ist denn jetzt mit dir los?«

»Was mit *mir* los ist?«

»Ja.«

Ich seufzte. »Du kapierst es einfach nicht, was?«

»Ich kapier was nicht?«

»Das *Ganze*… *alles*… weißt du, du bist so ein –«

»Wo sind denn hier Klos?«, fragte er, ohne mich zu beachten, und schaute in der Schalterhalle herum. »Ich muss pissen oder ich *sterbe.*« Er grinste mich an. »Tut mir leid, Lili, aber ich muss echt. Weißt du, wo hier Klos sind?«

Als ich nicht antwortete, drehte er sich zu Jake um. »Weißt *du*, wo?«

Jake schüttelte den Kopf.

Curtis zündete sich eine Zigarette an und blickte sich überall um. »Na gut… dann geh ich mal lieber und such sie.« Er wandte sich wieder an Jake. »Du wartest doch hier, ja?«

Jake nickte und Curtis machte sich auf, ohne mich noch mal anzusehen.

In diesem Moment wollte ich ihn tatsächlich verlassen. Ich wollte zurück in die U-Bahn, zurück nach Hampstead, in mein Bett, und in ein einsames Dunkel sinken. Alles vergessen. Nur noch schlafen und von nichts träumen.

»Er kann nichts dafür«, hörte ich Jake sagen.

Ich sah ihn erschöpft an.

»Curtis …«, murmelte er. »Ich meine, ich weiß, wie schwierig er manchmal sein kann –«

»Jake?«, sagte ich.

»Ja?«

»Halt einfach die Klappe, okay?«

Eine Viertelstunde später war Curtis immer noch nicht zurück und ich fing an, mich zu fragen, was ihm passiert sein mochte. Ich *wollte* mir keine Sorgen machen, es ärgerte mich geradezu, dass ich es trotzdem tat, aber ich kam nicht dagegen an. Es war inzwischen ziemlich spät und in der Schalterhalle war nicht viel los, doch es strömten noch immer stetig Menschen rein und raus. Viele hatten eindeutig getrunken, und auch wenn Jake und ich halbwegs konservativ angezogen waren – ich meine, wir sahen nicht allzu ausgefallen aus oder so –, wirkten wir offenbar immer noch deutlich anders als die übrigen Leute, und das reichte, um ihre Aufmerksamkeit auf uns zu ziehen. Meist waren es nur schmutzige Blicke und leise Flüche, ab und zu auch eine gebrüllte Beleidigung und irgendwann warf jemand eine halb leere Bierdose in Jakes Richtung … doch weiter ging es nicht.

Samstagnacht-Trinker.

Samstagnacht-Gewalt.

Such dir jemanden, der nicht wie du ist, und prügel ihm zum Spaß die Scheiße aus dem Leib.

Ich wollte nicht länger bleiben.

Ich wollte nicht länger ein Teil davon sein – wovon auch

immer. Ich wollte nur noch nach Hause und alles vergessen … nur schlafen und in ein einsames Dunkel sinken –

»Danke fürs Warten.«

Die plötzliche Stimme ließ mich zusammenschrecken, was man offenbar deutlich erkennen konnte, denn als ich aufsah und in William Bonneys klare haselnussbraune Augen schaute, sagte er als Erstes: »Tut mir leid, ich wollte dich nicht erschrecken.«

Dafür, was alles geschehen war, wirkte er erstaunlich ruhig und gelassen. Während ich losplapperte und ihm tausend unzusammenhängende Fragen stellte, sah er mich nur lächelnd an und wartete, bis ich fertig war, dann bat er Jake um eine Zigarette, zündete sie gemächlich an, nahm einen kräftigen Zug und blies den Rauch mit einem hörbaren Seufzer der Befriedigung in einer dünnen Fahne wieder aus.

»Und …«, sagte er langsam. »Ihr habt es also alle gut hergeschafft?«

»Ja, ja«, antwortete ich und versuchte meine Ungeduld zu kaschieren. »Aber was ist mit *dir*? Bist du ihnen heil entkommen?«

»Den Skinheads?«

»Ja, den Skinheads.«

Er zuckte bloß mit den Schultern. »Die waren kein großes Problem.«

»Wie meinst du das?«

Er lächelte. »Ich bin schon vor weitaus Schlimmerem weggelaufen.«

»Aber wieso waren sie überhaupt hinter dir her? Ich meine, was hast du ihnen gesagt, dass sie so wütend geworden sind?«

Er grinste wieder. »Ich hab gesagt, ich bin ein IRA-Mann.«

»Du hast was?«

»IRA«, wiederholte er. »Ich hab gesagt, ich bin in der IRA.« Er lachte leise. »Wenn ein Skinhead irgendwas mehr hasst als alles andere, dann ist es ein Provo. Solche Leute können sie nicht *ausstehen.*«

Einen Moment lang wusste ich nicht, was ich sagen sollte. Ich konnte einfach nicht fassen, was er getan hatte, in welche Gefahr er sich gebracht hatte, und alles für drei Leute, die er noch nicht mal *einen* Tag kannte … und von denen einer den ganzen Ärger überhaupt erst verursacht hatte.

»Wo ist er eigentlich?«, fragte William. »Wo ist Curtis?«

Ich wollte schon gerade sagen: »Wen interessiert das?«, als ich plötzlich jemanden ganz sorglos vom anderen Ende der Schalterhalle rufen hörte: »Hey! Da ist er ja! *Da* ist mein Billy-Boy.«

Und wir alle drehten uns um und sahen, wie Curtis grinsend und winkend durch die Halle auf uns zustolziert kam.

»Billy!«, rief er, als er auf William zutrat und ihn übertrieben an sich drückte. »Mein *Held* … du hast mir das *Leben* gerettet, Mann!«

Er meinte das natürlich nicht ernst – er *konnte* das gar nicht ernst meinen –, er wollte einen großen Witz draus machen, so wie immer, wenn er nicht wusste, wie er mit etwas umgehen sollte. Aber es war nicht das, was mich am meisten ärgerte. Nein, am meisten ärgerte mich, dass er plötzlich so redete, als würde er sich doch an alles erinnern, was in der U-Bahn passiert war.

»Ich bin dir was schuldig, Billy«, sagte er jetzt. »Echt … ich meine, heilige Scheiße … du bist echt ein *Held,* verdammt. Hier, nimm dir 'ne Zigarette …«

»Danke«, sagte William und zog eine aus Curtis' Schachtel, obwohl er noch eine rauchte. »Ich heb sie für Peter auf«, sagte er lächelnd und steckte sich die Zigarette hinters Ohr.

»Für welchen Peter?«, fragte Curtis.

»Für Später Peteter.«

Curtis sah ihn einen Moment lang schief an, dann plötzlich kapierte er den Witz und fing an zu lachen und zu kichern, als ob es das Lustigste wär, was er je gehört hatte. »Später Peteter ... genau, das ist echt gut, muss ich mir merken ...«

William stand bloß da und lächelte vor sich hin wie ein geduldiger Vater, der sein überdrehtes Kind erträgt. Das war noch etwas, worüber ich richtig wütend war – Curtis' plötzliche Überdrehtheit. Was natürlich von dem Zeug kam, das er während seines unnötig langen »Klogangs« genommen hatte. Und was immer es war – ich tippte auf Speed –, er hatte mit Sicherheit *reichlich* davon genommen. Seine Augen waren riesig wie Untertassen, sein Gesicht stumpf weiß und er zuckte so stark, dass es aussah, als ob seine Haut lebte.

»Ach ja, übrigens«, sagte er an niemand Bestimmten gerichtet. »Gehen wir jetzt zu der verdammten Party oder was? Jake? Weißt du, wo sie ist?«

»Ich dachte, *du* weißt es.«

»Ja ... ja, ich weiß, wo sie ist.« Er sah sich kurz in der Schalterhalle um, zeigte auf einen Ausgang, änderte seine Meinung und zeigte plötzlich auf einen andern. »Es geht in die Richtung, los, kommt ...«

Ich sah William an. »Willst du da hin? Ich meine, wahrscheinlich ist das Ganze sowieso schon fast vorbei –«

»Natürlich will er«, sagte Curtis und packte William am Arm. »Du willst doch, Billy, stimmt's?«

William schaute auf Curtis' Hand an seinem Arm.

Curtis verstand den Hinweis, grinste verlegen und ließ ihn los.

William drehte sich zu mir um. »Ehrlich gesagt ist mir egal, was wir machen. Und wo wir jetzt schon mal hier sind und die halbe Nacht gebraucht haben, um herzukommen ...« Er zuckte die Schultern und lächelte. »Aber wie gesagt, ist mir egal.«

Ich sah ihn ein paar Sekunden lang an, Curtis bewusst übergehend, und war mir ziemlich sicher, wenn ich William die Wahrheit sagte – dass ich nicht auf die Party wollte, dass ich bloß noch nach Hause wollte –, würde er wahrscheinlich anbieten, mit mir zusammen die U-Bahn zu nehmen, und ich merkte, wie ich es mir einen kurzen Moment vorstellte ... mit William in der U-Bahn zu sitzen, mich sicher und geborgen zu fühlen, wir zwei, wie wir über irgendwas redeten oder nichts redeten, wenn uns danach war ... und dann, wenn die Bahn schließlich in Hampstead hielt, würde er schüchtern anbieten, mich nach Hause zu bringen, und ich wüsste, dass keine Hintergedanken im Spiel wären, er nichts versuchen würde, und ich würde mir vielleicht sogar wünschen, dass er es doch täte ...

Und dann gellte ein Schrei durch die Schalterhalle – »Scheiß *Arschlöcher*!« – und Curtis brüllte zurück – »Verpiss dich!« –, und als ich ihn ansah und er zurückschaute und mich mit einem dämlichen Stolz angrinste, merkte ich mit einem resignierten Seufzen, dass ich nicht ohne ihn nach Hause gehen würde.

Ich konnte es nicht.

Aus tausend verquasten Gründen …

Ich konnte es nicht.

»Dann komm endlich«, sagte ich müde. »Bringen wir's hinter uns.«

16

Ich weiß nicht, wie wir es überhaupt schafften, das Atelier zu finden, in dem die Valentinsparty stattfand, denn Curtis war der Einzige, der den Ort kannte – jedenfalls *behauptete* er das –, doch er lief nur wild durch das Labyrinth der kleinen Straßen von Süd-London und grölte jeden an, der uns über den Weg lief: »Hey, kennst du Andrew Logan? Weißt du, wo Butler's Wharf ist?« Und als das nicht half – hauptsächlich, weil die meisten Leute ihn für einen Irren hielten –, nahm er die Hände an den Mund, hob den Kopf in den kalten Nachthimmel und schrie so laut wie möglich: *»HEY, MALCOLM! JOHNNY! SCHEISSE, WO SEID IHR!«*

Es war keine Überraschung, dass uns das auch nicht weiterbrachte.

Doch schließlich, nachdem wir eine Ewigkeit herumgelaufen waren, kamen wir dem Atelier irgendwie doch nah genug, um das ferne Wummern der Musik zu hören. Selbst aus der Entfernung bekam man deutlich mit, dass sie unglaublich laut war. Und sehr hart. Und eindeutig aggressiv.

»Das sind die Pistols«, sagte Curtis.

Von da an brauchten wir nur noch der Musik zu folgen.

Es war das reine Chaos, als wir schließlich hinkamen. Die Sex Pistols spielten noch und Johnny Rotten war total zugedröhnt – er kroch mit riesig geweiteten, starren Insektenaugen und kaputten Zähnen über den biergetränkten Boden und schrie und grinste wie ein Geisteskranker – und der Rest der Band sah auch ziemlich fertig aus. Das Atelier war mit seltsamen Skulpturen und Schaufensterpuppen, Ladeneinrichtungen und Filmszenen dekoriert und brechend voll mit Leuten, die alle wahnsinnig laut, wahnsinnig betrunken und wahnsinnig stoned waren. Einige erkannte ich. Das übliche McLaren/Sex-Pistols-Umfeld war dort und eine Reihe anderer, von denen ich später herausfand, dass sie zu The Clash und/oder den Banshees und/oder den bald nicht mehr bestehenden London SS gehörten (gehört hatten oder für kurze Zeit gehören würden). Doch es waren auch alle möglichen anderen Leute da – Journalisten, Filmemacher, Fotografen, Künstler, Verrückte … von denen die meisten tranken, posierten und alles taten, um sich gegenseitig im Schockieren zu überbieten.

Es war ein einziger Albtraum.

Ein Zirkus aus der Hölle.

Curtis konnte natürlich gar nicht genug davon kriegen. Sobald wir ankamen, flippte er im Atelier herum wie ein Tornado – redete mit allen und jedem, winkte grüßend umher, lachte und kreischte, rauchte Kette, kippte Wein aus der Flasche runter – und bestand die erste halbe Stunde darauf, William und mich überallhin mitzuschleppen.

»Das ist Billy«, erklärte er jedem, dem wir begegneten. »Billy the Kid, unser neuer Gitarrist. Er ist ein verdammtes *Genie*. Er wird uns ganz weit nach oben bringen. Wartet ab … er ist ein verdammter *Star*. Hey, Malcolm! Komm mal … *Malcolm*! Das hier ist Billy, Billy the Kid …«

Und so weiter und so fort …

Während der ganzen Zeit tat und sagte William nicht sonderlich viel, sondern lächelte nur, nickte, schüttelte Hände und warf mir manchmal einen Blick zu … und wie gewöhnlich sagte oder tat auch ich nichts. Ich ließ einfach alles über mich ergehen – versuchte dabei nicht allzu gelangweilt zu wirken, das Ganze nicht zu sehr zu hassen und mich nicht ständig umzusehen, ob Charlie Brown da war …

Es war echt hart.

Und als Johnny Rotten auf der Bühne einen Tumult erzeugte – indem er herumbrüllte und -fluchte, mit dem Mikroständer umherwarf und das Equipment der Band zerstörte – und alle im Raum von seinem irren Verhalten angezogen wurden, waren William und ich dankbar für die Gelegenheit, uns eine Weile von den andern entfernen zu können. Als wir uns auf den Boden setzten und an die Wand lehnten, hörte ich Malcolm McLarens aufgeregte Stimme, mit der er Jordan drängte, sich auszuziehen. Die ganze Musikpresse war da und er dachte wohl, ein nacktes Punkgirl würde Wunder bewirken für das Image der Pistols.

»Mach schon, Jords«, hörte ich ihn schreien. »Runter mit den Sachen!«

»Nein …«

»*Mach* schon!«

Und dann sah ich sie auf die Bühne springen – eine zierliche Person, ganz in Schwarz gekleidet, mit toupierter blonder Beehive-Frisur und stark geschminkten Augen – und Johnny Rotten riss ihr die Sachen vom Leib und alle Fotografen und Filmemacher jagten nach vorn, um Bilder zu schießen …

»Kennst du die?«, hörte ich William fragen.

Ich sah ihn an. Er hielt eine Zigarette in der einen Hand, eine Bierdose in der andern, und beobachtete das Spektakel auf der Bühne mit irritierter Neugier.

»Sie heißt Jordan«, erklärte ich. »Sie arbeitet bei Malcolm McLaren im Laden.« Ich schaute hinüber zur Bühne und sah, dass Jordan nicht mehr allein war. Auch ein paar ihrer Freundinnen zogen die Oberteile aus, liefen nackt umher und zeigten sich den Fotografen in provozierenden Posen, darunter auch Charlie Brown. Die Musikpresse war begeistert, genau wie die meisten Männer – die Blicke warfen, gestikulierten, riefen und die Mädchen anfeuerten. Curtis war auch dabei, er stand mit Jake neben Malcolm McLaren, eine halb volle Wodkaflasche in der Hand. Doch anders als alle übrigen rief und gestikulierte Curtis nicht, sondern schaute nur, die völlig fertigen Augen auf den inzwischen nackten Körper von Charlie Brown fixiert.

»Wieso tragen manche von denen Hakenkreuze?«, fragte mich William und trank einen Schluck Bier.

»Ist nur so ein Punkding«, erklärte ich ihm. »Sie lieben es, Leute zu schockieren …«

»Warum?«

Ich sah ihn an. »Keine Ahnung, echt. Ist nur …« Ich zuckte die Schultern. »Sie tun's einfach.«

»Führt sich Curtis deshalb manchmal wie ein Idiot auf? Um zu schockieren?«

Ich lächelte. »Curtis *ist* manchmal ein Idiot … genauer gesagt meistens.« Ich schaute wieder zur Bühne. Curtis stand noch immer da und starrte Charlie Brown an. Ich begriff, dass er inzwischen unglaublich betrunken war. Sein Oberkörper bewegte sich unkontrolliert in ziellosen Kreisen und auch der Kopf schwankte hin und her. Ich sah, wie er einen langen, zittrigen Zug aus der Wodkaflasche nahm, dann drehte ich mich wieder zu William um.

»Wieso hast du das gemacht?«, fragte ich ihn.

»Was gemacht?«

»Wieso hast du dir so viel Mühe gegeben, dass Curtis nicht zusammengeschlagen wurde?«

William zuckte die Schultern. »Wieso nicht?«

»Die hätten dich fertigmachen können.«

Er lächelte. »Haben sie aber nicht.«

Ich sah ihn an. »Und was ist ein Provo?«

»Wie bitte?«

»Vorhin ... du hast gesagt, Skinheads hassen Provos.«

»Ach so ....« Er zuckte wieder die Schultern. »Provo ist nur so eine Abkürzung, verstehst du? Für die Provisorische IRA.«

Ich nickte, schwieg einen Moment und schaute hinüber zu Curtis, dann sah ich wieder William an. »Du bist doch nicht *wirklich* in der IRA, oder?«

»Warum?«, fragte er lächelnd. »Was würdest du machen, wenn ich's doch wär?«

»Keine Ahnung ...« Ich zuckte die Schultern. »Nicht viel wahrscheinlich.«

»Du würdest mich nicht anzeigen?«

Für einen Moment war ich wirklich nicht sicher, ob er mich auf den Arm nahm. Er lächelte noch immer und ich war *fast* überzeugt, dass er bloß einen Scherz machte, aber da war irgendwas – das undeutliche Schimmern verborgener Düsternis –, das die Frage in mir wachrief ... Was, wenn? Was, wenn er wirklich in der IRA war? Es hatte in den letzten Monaten eine Reihe von Erschießungen und Bombenanschlägen gegeben – in der Oxford Street, im Hilton Hotel, in der U-Bahn-Station Green Park – und im Dezember hatten bewaffnete Männer eine Wohnung in Marylebone besetzt, darunter vier IRA-Leute auf der Flucht vor der Polizei ... das heißt, es gab keinen Zweifel, dass die IRA zu der

Zeit in London präsent war. Nicht dass das irgendwas *bedeutete*. Es hieß nur so viel: Es war nicht völlig *unmöglich*, dass William zur IRA gehörte. Äußerst unwahrscheinlich, ja. Aber nicht unmöglich. Und wenn er wirklich ein republikanischer Terrorist war – ein Killer, ein Mörder, ein Bombenleger …? Was würde das für mich heißen? Würde ich Angst vor ihm haben? Würde er mich abstoßen? Würde ich versuchen ihn zu verstehen? Oder würde ich ihn, wie er es gerade gesagt hatte, einfach anzeigen?

»Schon gut«, sagte er leicht dahin und berührte meinen Arm. »Ich mach nur Spaß.«

»Ich weiß.«

»Wirklich?«

»Ja …« Ich lächelte ihn an. »Ich meine, erstens bist du schon mal viel zu klein für einen Terroristen.«

»Ich bin nicht klein.«

»Aber du bist nicht *groß*.«

»Okay«, sagte er mit einem Grinsen. »Und woher willst du wissen, dass die IRA keine spezielle Zwergenbrigade hat?«

»Ich glaube, das hätte ich gehört, wenn es so etwas gäbe.«

»Nicht, wenn es eine *geheime* Zwergenbrigade wär.«

»Eine geheime Zwergenbrigade?«

»Ja …«

»Okay«, sagte ich und nickte. »Und wieso sollte die IRA eine geheime Zwergenbrigade brauchen?«

»Das kann ich dir nicht sagen.«

»Wieso nicht?«

»Ist geheim.«

Wir redeten noch eine Weile weiter, hauptsächlich über Naked – wie lange wir schon zusammen spielten, wie es mir gefiel, wie viele Auftritte wir schon hatten ... solche Sachen –, und nach ungefähr zwanzig Minuten merkte ich plötzlich wieder, dass William nichts über sich erzählte, auch mir nicht. Er saß bloß da, rauchte und trank, völlig zufrieden damit, zuzuhören, wie ich plauderte und plauderte und seine Fragen beantwortete.

Doch in dem Moment, als ich es merkte und gerade anfangen wollte, *ihm* Fragen zu stellen, berührte er mich am Knie und zeigte durch den Raum auf Curtis. Er befand sich noch immer dicht vor der Bühne, aber jetzt saß er am Boden – die Beine verschränkt, den Kopf auf die Brust gesunken, die Augen fast zu, er saß einfach bloß da, völlig am Ende, während um ihn herum die Party weiterging.

»Gott ...«, seufzte ich und schüttelte den Kopf.

»Sieht so aus, als ob er ein bisschen Hilfe brauchen könnte«, sagte William.

»Er könnte was ganz *anderes* brauchen«, murmelte ich vor mich hin.

»Vielleicht sollten wir ihn nach Hause bringen?«

»Ja, wahrscheinlich ...« Ich sah mich in dem Raum um. »Hast du irgendwo Jake gesehen?«

»Der ist vor ungefähr zehn Minuten gegangen.«

»Er ist weggegangen?«

William nickte. »Mit einem Mädchen.«

»Welchem Mädchen?«

»Der kleinen Blonden mit dem Hundehalsband.«

Ich nickte, mich so halb an das Mädchen erinnernd. Ich wusste nicht, wer sie war, aber ich hatte Jake schon vorher mit ihr sprechen sehen.

Ich schaute wieder zu Curtis rüber. Er hatte sich nicht bewegt.

»Wie spät ist es?«, fragte ich William.

Er zuckte die Schultern. »Halb zwei, zwei ... so was um den Dreh.«

»Echt?«

»Ja.«

»Scheiße«, sagte ich. »Um die Zeit fährt keine U-Bahn mehr. Wie sollen wir jetzt zurückkommen?«

»Mit dem Nachtbus?«

»Von wo?« Ich sah ihn an. »Ich weiß nicht mal, wo wir hier sind, geschweige denn, wo der Bus abfährt.«

William nickte. »Dann müssen wir wohl ein Taxi nehmen.«

»Ich hab nicht genug Geld für ein Taxi dabei. Das kostet um diese Zeit bestimmt ein Vermögen.«

»Und Curtis?«

Ich lachte. »Curtis hat nie Geld. Und du?«

William sagte nichts, sondern schaute mich nur einen Moment lang an, dann drehte er sich weg und sah sich in dem Raum um, als würde er irgendwen suchen. Ich hatte keine Ahnung, was er vorhatte, und ich wollte ihn gerade fragen, als er plötzlich jemanden am anderen Ende des Raums ins Auge fasste.

»Bin gleich wieder da«, sagte er und stand auf.

»Wo willst du hin?«, fragte ich.

»Nirgendwohin«, antwortete er. »Nur zur Toilette.«

Ich sah ihm hinterher, als er zur anderen Seite des Raums ging, und beobachtete ratlos, wie er sich dort nach links wandte und auf eine Gruppe von Leuten an der Wand zubewegte. Es waren fünf oder sechs; sie standen im Halbkreis zusammen und unterhielten sich angeregt. Von den meisten wusste ich nicht, wer sie waren, aber der, der am meisten redete, war Malcolm McLaren.

Als William auf die Gruppe zutrat, veränderte sich sein Gang. Er fing an zu torkeln, schwankte ein bisschen umher, als wäre er betrunken. Kurz bevor er McLaren erreichte, blickte er über die Schulter nach hinten, ohne langsamer zu werden, so als hätte irgendwer seinen Namen gerufen, und als er wieder nach vorn schaute, war er so dicht vor McLaren, dass er fast zwangsläufig in ihn hineinstolperte. Es wirkte wie ein betrunkener Zusammenprall – William, der seine Arme um McLaren schlang, um sich abzustützen, McLaren, der seinen Drink verschüttete und sauer schien, William, der ihn wieder losließ, zurücktrat und sich den Drink von den Sachen wischte und dann die Hände zu einer übertriebenen Entschuldigung emporhob …

McLaren schüttelte verärgert den Kopf.

William entschuldigte sich weiter.

McLaren hob *seine* Hände – »Okay, okay …«

Betrunken lächelnd sagte William etwas zu ihm. McLaren runzelte die Stirn. William mimte einen Revolverhelden, der seine Pistolen zückt, dann zeigte er hinüber zu Curtis. Wahrscheinlich erinnerte er McLaren daran, dass er Billy the Kid, der neue Gitarrist in Curtis' Band war: »Erinnerst du dich? Curtis hat uns vorhin miteinander bekannt gemacht …«

McLaren nickte vage und tat so, als ob er sich erinnerte – »Ach ja, richtig …«, und dann, als William ihm tollpatschig die Schulter tätschelte, bevor er weiter in Richtung Toilette schwankte, wandte sich McLaren mit einem verächtlichen Kopfschütteln wieder den andern zu – »Verdammter Idiot …«

Und das war es für den Moment.

Mir war noch immer nicht klar, was William da trieb.

Während ich wartete, dass er zurückkam, schaute ich wieder zu Curtis rüber. Er saß noch immer da, jetzt aber weit nach vorn gesackt – mit dem Gesicht am Boden und den Armen frei neben dem Körper –, und ich nahm an, er schlief. Es war wirklich verführerisch, ihn einfach dort hocken zu lassen. *Wieso nicht?*, fragte ich mich. *Überlass ihn sich selbst, lass ihn in seiner eigenen Blödheit schmoren, geh ohne ihn nach Hause …*

Wenn ich es nur gekonnt hätte.

Nach ein, zwei Minuten sah ich William von der Toilette kommen. Er ging jetzt wieder normal – absolut nüchtern und geradeaus – und in seinem Gesicht lag ein Ausdruck stiller Genugtuung. Auf dem Weg zu mir musste er noch mal an McLaren und den andern vorbei, und als er sich ihnen näherte, sah ich, wie er einen kurzen Blick auf eine Gruppe von Leuten warf, die ihm entgegenkam. Sofort wurde er langsamer, als wolle er stehen bleiben und die andern vorbeilassen, doch als sie sich der Stelle näherten, an der McLaren stand, beschleunigte William plötzlich wieder den Schritt und erreichte McLaren genau im gleichen Moment wie die andern. Es war nicht viel Platz, und als William sich gerade durch eine Lücke auf McLarens Seite zwängte, rempelte ihn anscheinend jemand an, denn plötzlich taumelte er zur Seite und stieß erneut mit McLaren zusammen.

Diesmal ging alles viel schneller. Nur ein Abstützen mit der Hand, eine eilige Entschuldigung – »Tut mir leid! Ich schon wieder! Sorry!« –, ein Lächeln, ein Schritt zurück, ein weiteres kurzes Lächeln … und William war fort, noch bevor McLaren irgendwas sagen konnte.

Als er durch den Raum auf mich zukam, merkte ich, dass es ihm – anders als den übrigen Anwesenden – völlig egal zu sein schien, was man von ihm dachte. Er achtete nicht darauf, ob die Leute ihn sahen, er versuchte nicht cool zu sein, er versuchte überhaupt nichts zu sein ... er lief einfach nur durch die Menge, in sich ruhend und gelassen, den Blick auf mich gerichtet.

»Okay?«, fragte er und blieb lächelnd vor mir stehen.

»Ja ...«

»Bist du bereit?

»Bereit wozu?«

»Für unser schlafendes Dornröschen da drüben«, sagte er mit einem Blick auf Curtis. »Wir sollten es nach Hause bringen, bevor es sich in einen Kürbis verwandelt.«

»Stimmt, aber ich hab dir doch gesagt, dass wir nicht genug Geld für ein Taxi haben.«

»Haben wir wohl«, antwortete William und griff in seine Hosentasche. Nachdem er sich versichert hatte, dass niemand guckte, zeigte er mir eine ordentliche Handvoll £10- und £20-Scheine. »Das müsste doch wohl reichen, oder?«, fragte er.

Einen Moment lang starrte ich das Geld an – es mussten mindestens £100 sein –, dann sah ich William an. Er grinste nur. Und schließlich begriff ich: Das hier war Malcolm McLarens Geld. William hatte seine Brieftasche geklaut, als er beim ersten Mal in ihn hineingetorkelt war. Er hatte die Brieftasche mit auf die Toilette genommen, das Bargeld rausgeholt und danach die Brieftasche wieder in McLarens Tasche zurückgesteckt, als er auf dem Rückweg ein zweites Mal mit ihm zusammenstieß.

»Du bist ein schlechter Mensch, William Bonney«, sagte ich lächelnd.

Er grinste zurück. »Du weißt nicht mal die Hälfte.«

Es war ein ziemlicher Kampf, Curtis auf die Beine zu kriegen und ihn aus dem Atelier zu hieven, doch mit vereinten Kräften schafften wir es schließlich. Es war eine kalte Nacht, die Straßen waren in dunstigen Regen gehüllt, aber zum Glück mussten wir nicht lange auf ein Taxi warten. Doch leider warf der Fahrer beim Anhalten einen Blick auf Curtis, schüttelte den Kopf und fuhr weiter.

»Super«, murmelte ich und wischte mir den Regen aus dem Gesicht.

»Kein Problem«, sagte William und schaute die Straße entlang. »Da kommt schon das nächste.« Er warf einen Blick auf Curtis, der halb in sich zusammengesackt, halb gegen die Wand gelehnt dahockte, dann wandte er sich an mich. »Kannst du versuchen, ihn etwas weniger fertig aussehen zu lassen?«

Ich ging zu Curtis, packte ihn an der Schulter und richtete ihn auf. Er öffnete leicht die Augen und fing an zu jammern.

»Halt die Klappe, Curtis«, sagte ich. »Halt einfach still und steh gerade, okay?«

»Äh …«

Ich nahm sein Gesicht in beide Hände, beugte mich dicht zu ihm runter und flüsterte in scharfem Tom: *»Bitte … halt die … KLAPPE!«*

Einen Moment lang starrte er mich an – die Augen blutunterlaufen und trüb –, dann seufzte er schwer und ließ den Kopf wieder sinken. Ich atmete aus, musste mich fast übergeben von dem Alkoholgestank seines Atems, und schaute zurück zu William. Das Taxi hielt gerade an. William trat an den Wagen heran und der Fahrer öffnete das Fenster.

»Wohin, Kumpel?«

»Seven Sisters, bitte.«

Der Fahrer schaute zu mir und Curtis rüber. »Gehören die beiden zu dir?«, fragte er William.

»Ja …«

»Niemals«, sagte der Fahrer mit einem Kopfschütteln. »Ich hab keine Lust, dass mir der da hinten den Wagen vollkotzt. Tut mir leid, Kumpel.«

Als er sich abwandte und das Fenster schließen wollte, trat William vor und legte seine Hand auf die Scheibe. »Wie viel wollen Sie?«, fragte er den Fahrer.

»Nimm deine Pfoten weg –«

»Fünfzig Pfund?«

Der Fahrer sah ihn an.

William sagte: »Und wenn er kotzt, geb ich noch mal zehn drauf. Wie klingt das?«

Der Fahrer überlegte einen Moment, dann sagte er: »Sechzig sofort und ich nehm euch mit.«

»Okay.«

»Aber wenn er Schwierigkeiten macht –«

»Er macht keine.«

Während das schwarze Taxi durch die verregneten Straßen von Süd-London rumpelte, sagten wir eine Weile nichts, sondern saßen nur gemeinsam hinten – Curtis rechts von mir, William links –, alle drei versunken in unseren eigenen Welten. Curtis lehnte in sich zusammengesunken an der Scheibe, schnarchte, sabberte und murmelte unverständliches Zeug vor sich hin; William schaute schweigend aus dem Fenster und beobachtete, wie die Straßen vorüberzogen; und ich starrte blind auf die Regentropfen am Glas und versuchte an gar nichts zu denken. Ich wollte nur alles vergessen, meinen Kopf leeren, das ganze Chaos und die Scheiße zurücklassen …

Aber das ging nicht so einfach.

Denn das Problem mit Dingen, die gerade geschehen sind – vor allem mit Dingen, von denen du dir wünschst, sie wären *nicht* geschehen ... na ja, das ist es eben: Du kannst sie nicht ungeschehen machen. Du kannst sie nicht hinter dir lassen, denn wenn sie erst mal geschehen sind, sind sie ein Teil von dir, ein Teil deiner Vergangenheit, und die Erinnerungen werden zu einem Teil deiner Gegenwart und die Folgen zu einem Teil deiner Zukunft.

Dinge, die geschehen, *werden* zu dir.

Und du kannst dich nun mal nicht selbst zurücklassen.

Ich drehte mich zu William um. »Du hast das übrigens falsch in Erinnerung.«

Er sah mich an. »Was ist?«

»Das mit Dornröschen und dem Kürbis ... du hast das total falsch in Erinnerung.«

»Ja?«

Ich nickte. »Es war Cinderella, die zu dem Ball gegangen ist, nicht Dornröschen. Und keine von beiden hat sich in einen Kürbis verwandelt. Das war Cinderellas Kutsche. Wenn sie nicht vor Mitternacht heimkäme, würde sich ihre Kutsche wieder in einen Kürbis verwandeln.«

»Stimmt ...«, sagte William.

Ich lächelte ihn an. »Ich dachte nur, vielleicht interessiert es dich, das ist alles.«

»Okay ... danke. Danke, dass du mich auf meinen Fehler hingewiesen hast.«

»Kein Problem.«

Er lächelte mich an.

Ich sagte: »Darf ich dich was fragen?«

»Geht es um Märchen?«

»Nein, es geht nicht um Märchen.«

»In dem Fall ja ... darfst du.«

»Du hast Malcolm McLaren die Brieftasche geklaut, stimmt's?«

Er schüttelte den Kopf. »Ich hab sie nicht geklaut, sondern nur ausgeborgt, um sein Geld zu klauen. Die *Brieftasche* hab ich ihm wiedergegeben.«

»Richtig«, sagte ich. »Klar ... aber beklaut hast du ihn doch trotzdem, oder?«

»Ja, hab ich.«

»Wieso? Ich meine, du hättest ihn doch auch fragen können, ob er uns was *leiht.*«

William schüttelte wieder den Kopf. »Das wär Betteln gewesen.«

»Nein.«

»Ich bettle nicht.«

»Sondern du klaust lieber?«

»Yep.«

Ich schwieg eine Weile, sah ihn nur an und überlegte, ob er noch etwas sagen würde. Ich weiß nicht genau, was ich erwartete – eine Erklärung vielleicht oder irgendeine Form von Rechtfertigung –, aber innerlich wusste ich natürlich, dass es nur Zeitverschwendung war. Er tat, was er tat; er musste es vor niemandem *rechtfertigen.*

»Kann ich dich noch was fragen?«

»Klar«, sagte er und lächelte wieder. »Frag nur.«

»Woher kennst du dich mit Taschendiebstahl aus?«

»Hm, weißt du ... das ist eine lange Geschichte.«

»Wir haben noch eine lange Fahrt vor uns«, antwortete ich und warf einen Blick durch die Fensterscheibe.

»Vielleicht ein andermal.«

Ich sah ihn an – ein bisschen enttäuscht, aber nicht wirklich überrascht – und sagte: »Also gut, dann lass mich etwas anderes fragen. Wie lange wohnst du schon in London?«

»Zwei Jahre.«

»Und du bist von Belfast hierher gezogen?«

»Das stimmt.«

»Wieso?«

»Wieso was? Wieso ich hergezogen bin? Oder wieso ich Belfast verlassen habe?«

»Beides.«

Er grinste. »Ich dachte, du wolltest nur eine Frage stellen.«

»Hab ich nicht gesagt.«

»Nein, aber suggeriert.«

»Ich hab überhaupt nichts *suggeriert.* Ich hab nur gesagt, dass ich dich noch etwas anderes fragen will –«

»Genau … *etwas* anderes. Einzahl.«

»Jetzt lenk nicht ab.«

»Ich lenk ja gar nicht –«

»Wieso hast du Belfast verlassen?«

Plötzlich veränderte sich etwas in ihm, in seinen Augen. Es hielt nicht lange an, doch ich sah eindeutig, wie etwas Dunkles in ihnen aufzuckte, so etwas wie Trauer und Schmerz … und noch Schlimmeres. Und sein Blick enthielt eine Warnung: *Geh dort nicht hin.* Doch ob sie für mich bestimmt war oder nur eine instinktive Mahnung an ihn selbst, sich von der Dunkelheit fernzuhalten, konnte ich nicht sagen.

»Tut mir leid«, sagte ich. »Ich bin einfach zu neugierig.«

»Nein, schon gut«, antwortete er und sein Gesicht hellte sich wieder auf. »Ist nur … ach, nichts … es waren familiäre Gründe, verstehst du … deshalb bin ich aus Belfast weg.«

Ich nickte, als ob ich verstehen würde. Was natürlich nicht stimmte. Aber ich wollte ihn nicht weiter drängen. *Noch* nicht zumindest.

»Und«, fragte ich leichthin. »Ist es sehr anders hier?«

»Du meinst, anders als in Belfast?«

»Ja.«

Er grinste. »Ein bisschen.«

»Inwiefern?«

»Na ja, erstens ist London viel größer. Und es gibt so viel mehr Menschen hier. Weißt du, wenn ich in Belfast in die Stadt gehe, treffe ich unterwegs garantiert ein halbes Dutzend Leute, die ich kenne. Aber hier sieht man nie jemanden zweimal. Was auch ganz schön ist, wenn du dich erst mal dran gewöhnt hast. Und was mir außerdem an London gefällt, ist die Tatsache, dass du nicht jedes Mal angehalten und gefilzt wirst, wenn du in einen Laden oder ein Pub willst.«

»In Belfast ist das so?«

»Ja, ständig. Du kannst nirgendwo hingehen, ohne von irgendeinem Soldaten gegen eine Wand gestoßen zu werden. Besonders, wenn du ...«

Ich sah ihn an. »Wenn du was?«

Er warf einen Blick aus dem Fenster und seufzte. »Es ist anders hier ... ich meine, das hier ist eine völlig andere Welt. In Belfast ... na ja, du kannst nicht wissen, wie es ist, bevor du nicht weißt, wie es ist.«

»Versteh ich nicht.«

Er nickte mit dem Kopf in Richtung der vorbeigleitenden Straßen. »Wenn wir in Belfast wären, wäre jede der Straßen entweder katholisch oder protestantisch. Kann sogar passieren, dass die Leute auf der einen Straßenseite katholisch sind und auf der andern protestantisch. Und egal, was du bist, katholisch oder protestantisch, immer wirst du in die Situation hineingeboren, die andere Seite zu hassen.« Er sah mich an. »Wenn das Belfast wäre und der Fahrer da vorn ein Protestant, hätte er nicht für mich angehalten. Und wenn er katholisch wär und das hier ein Protestanten-Gebiet … tja, dann wäre er sicher nicht hier, denn ein katholisches Taxi würde *nie* durch protestantisches Gebiet fahren. Wenn er es aber doch täte und ich säße hinten, würden wir uns beide vor Angst in die Hose machen.« William schwieg einen Moment mit gesenktem Blick, in Gedanken versunken. Dann, nachdem er noch einmal tief geseufzt hatte, sah er mich wieder an und sagte: »So ist das. Genau so läuft es.«

Als wir schließlich wieder in Seven Sisters waren, half mir William, Curtis aus dem Taxi zu kriegen, und wir brachten ihn zum Eingang des besetzten Hauses. Er war immer noch halb weggetreten und lief wie ein Zombie. Und mir war klar, dass er wahrscheinlich überhaupt keine Ahnung hatte, wo er war.

»Soll ich dir helfen, ihn hochzubringen?«, fragte William.

»Nein, ich komm jetzt schon klar. Aber danke.«

»Sicher?«

»Ja«, sagte ich und lächelte ihn an. »Du hast schon mehr als genug für uns getan. Fahr jetzt lieber nach Hause.«

Doch während ich das sagte, legte der Taxifahrer den Gang ein und fuhr einfach los.

»Hey!«, rief ich ihm hinterher. *»HEY! Moment mal –«*

»Schon gut«, sagte William ruhig. »Lass ihn fahren.«

»Aber du hast ihn bezahlt.«

»Wirklich, kein Problem. Ich geh gern von hier aus zu Fuß nach Hause. Ist ja nicht weit.«

»Aber es regnet.«

Er lächelte. »Ich mag Regen. Erinnert mich an zu Hause.«

»Bist du sicher? Weißt du, es gibt hier drin bestimmt noch ein Zimmer, das leer steht.«

»Danke, aber ich geh besser.«

»Okay ...«

»Billy?«, prustete Curtis plötzlich heraus. »Bist du das, Billy?«

Wir sahen ihn beide an. Er lehnte an der Mauer des Vordachs und versuchte den Kopf zu drehen, um William zu sehen ... doch ohne rechten Erfolg. Der Kopf schien einfach zu schwer zu sein, er konnte ihn nicht kontrollieren. Weshalb er es wenig später aufgab und den Kopf nach hinten gegen die Mauer sinken ließ.

»Billy«, murmelte er vor sich hin. »Ach so, äh, na ja ... morgen ... okay? Ja ... um sieben, ja? Probe ... um sieben ... Scheiße ...«

Er stöhnte, würgte, schlug sich auf den Magen, dann krümmte er sich und erbrach.

17

Als William am nächsten Abend gegen halb acht noch immer nicht zur Probe im Lagerhaus auftauchte, war ich fest überzeugt, ihn niemals wiederzusehen. Er hatte sich offenbar anders entschieden und wollte nun doch nicht in der Band spielen – kein Wunder nach dem, was in der letzten Nacht passiert war. Wieso sollte jemand, der bei klarem Verstand ist, sein Schicksal mit einer wandelnden Katastrophe wie Curtis teilen wollen?

Ich schaute zu Curtis rüber, wie er mit einem Gesicht weißer als der Tod und tiefen schwarzen Ringen unter den Augen auf einer Holzkiste saß und auf der Gitarre vor sich hin spielte.

Den ganzen Tag über war er ungewöhnlich schweigsam gewesen.

Nachdem er gegen Mittag endlich aufgewacht war, hatte er den größten Teil des Nachmittags mit Kotzen und Im-Bett-Liegen, Klagen und Stöhnen verbracht, und ich war sicher, dass das zu dem untypischen Schweigen am Abend beitrug. Doch es war auch seine Art, sich zu entschuldigen. Entschuldigung, dass ich dich scheiße behandelt hab. Entschuldigung, dass ich dich in so eine peinliche Lage gebracht hab. Entschuldigung, dass ich dir wieder mal das Leben zur Hölle gemacht hab. Natürlich wäre es viel schöner gewesen, wenn er wirklich *gesagt* hätte, dass es ihm leidtat. Und es wäre auch nett gewesen, wenn er sich bei der Gelegenheit bei mir bedankt hätte, dass ich für ihn da gewesen war.

Aber das war nicht Curtis' Art.

Und anders als William hatte ich offenbar auch nicht die Wahl, ihn zu akzeptieren oder zu gehen. Ich konnte ihn nur akzeptieren. Was mich auf den Gedanken brachte, dass ich, anders als William, offenbar nicht ganz richtig tickte.

»Wie spät ist es jetzt?«, hörte ich Curtis sagen.

»Zwanzig vor acht«, antwortete Jake.

Curtis schaute zu mir rüber. »Er kommt nicht, was?«

Ich war nicht *strikt* entschlossen, kein Wort mit Curtis zu sprechen, doch ich vermied es, soweit es ging. So wie jetzt. Ich antwortete ihm also nicht, sondern zuckte nur mit den Schultern.

Er warf einen Blick zu Stan rüber. »Was meinst du? Sollen wir einfach ohne ihn anfangen?«

Auch Stan zuckte die Schultern.

Curtis zündete sich eine Zigarette an und wandte sich an Jake. »Willst du vielleicht mal zur Telefonzelle gehen und versuchen, ihn anzurufen?«

»Er hat kein Telefon«, sagte Jake.

»Was?«

»So hat er's mir gesagt. Er hat kein Telefon.«

»Scheiße ...«, murmelte Curtis.

Genau in dem Moment öffnete sich die Lagerhaustür und William trat ein. Er trug dieselben Sachen wie am Vortag – dieselbe Jacke, dasselbe Hemd, dieselbe Hose – und er hatte zwei Gitarrenkästen dabei, in jeder Hand einen. Als er die Tür schloss und zu uns rüberkam, schien sich plötzlich die Zähigkeit, die im ganzen Raum gehangen hatte, in Luft aufzulösen. Es war, als würde plötzlich das Licht angeschaltet.

»Tut mir leid, dass ich zu spät komme«, sagte er. »Bin aufgehalten worden.« Er lächelte mich an. »Alles in Ordnung mit dir?«

»Ja … ja«, sagte ich. »Ich bin okay.«

Er wandte sich an Curtis. »Und wie geht's *dir* heute?«

»Super«, sagte Curtis mürrisch und starrte auf die beiden Gitarrenkoffer. »Was hast du da?«

»Also gut«, sagte William und legte die Gitarrenkoffer auf den Boden. »Eine Gibson Les Paul, wie du vorgeschlagen hast, konnte ich leider nicht kriegen, aber ich hab die hier bekommen.« Als er die beiden Koffer öffnete, kamen zwei Fender Telecaster zum Vorschein. Die eine sah nagelneu aus, der Sunburst-Lack noch ganz glatt und glänzend, die andere war eindeutig gebraucht, ihr karamellfarbener Körper verkratzt und überall angeschlagen. »Gehen die?«, fragte William Curtis.

Curtis lief beim Anblick der Gitarren fast der Sabber aus dem Mund. »Gehören die *dir*?«, fragte er, seinen Augen nicht trauend.

»Sie gehören *uns*«, erklärte ihm William.

»Uns?«

»Ja …« Er sah Curtis an. »Du hast doch gesagt, du könntest eine andere Gitarre brauchen, oder?«

»Ja, schon, aber –«

»Such dir aus, welche du willst«, meinte William. »Von mir aus spiel ich auf der abgegrabbelten alten …«

Curtis starrte ihn mit offenem Mund an. »Das ist doch ein Witz, oder?«

»Nein, du kannst ruhig die neue haben.«

»Das ist eine 68er Telecaster«, sagte Curtis fast ehrerbietig und deutete auf die ältere Gitarre. »Könnte sogar 'ne 66er sein. Das ist… ich meine, das ist sozusagen der *Gott* unter den Gitarren.«

»Echt?«

Curtis schüttelte geradezu ungläubig den Kopf. »Woher hast du die zwei?«

»Ist wahrscheinlich besser, du fragst nicht«, sagte William.

»Sind sie geklaut?«

»Na ja, wie gesagt…«

»Besser, ich frag nicht.«

»Genau.«

Curtis wandte sich wieder den beiden Gitarren zu – sein Gesicht ein Bild reinen Glücks. Er sah aus wie ein Kind am Weihnachtsmorgen.

»Und…«, sagte William, während wir uns anlächelten. »Proben wir heute oder was?«

Bis Ende der Woche hatte William alle Songs gelernt und wir brannten darauf, wieder als Quartett aufzutreten. Und als wir anfingen zu spielen – am Freitagabend im Conway Arms –, wussten wir gleich, dass etwas Besonderes geschehen war. Wir waren schon immer eine super Band gewesen mit super Songs und jeder Menge Power, und Curtis hatte schon immer einen atemberaubend guten Frontman abgegeben, der das Publikum zu hypnotisieren wusste. Aber jetzt, mit William, waren wir plötzlich so viel mehr als bloß eine super Band. Wir waren jetzt eine *besondere* Band. Eine Band, die wirklich was *auslöst.* Williams Anwesenheit hatte uns auf eine andere Ebene gebracht.

Es ist schwer zu beschreiben, was genau durch William dazukam. Natürlich war da seine Art, Gitarre zu spielen, die jeden Song hundertmal besser wirken ließ. Und sein Gesang, die dezenten Harmonien, die Curtis' Texten einen Klang gaben, der vorher einfach nicht existiert hatte. Und dazu noch seine Bühnenpräsenz – die seltsamen kleinen Tanzbewegungen, die zappelnden Beine und zuckenden Füße ... Er brachte uns alle dazu, mehr miteinander zu agieren, und weckte in uns ein Gefühl besonderer Kraft, das gut zur Musik passte und ihr mehr Leidenschaft verlieh.

Doch weit mehr noch – so bedeutsam und entscheidend das alles auch sein mochte – war es Williams Beziehung zu Curtis, die uns veränderte. Auch das ist wieder schwer zu erklären und es war eine Beziehung, die sich im Lauf der folgenden Monate so stark verändern sollte, dass es fast sinnlos ist, sie zu beschreiben, doch in jener Anfangszeit – bevor alles schiefging – gab es eine unglaublich starke kreative Dynamik zwischen den beiden.

Es war von Anfang an klar, dass Curtis ihn als Musiker respektierte. Und wenn auch seine Haltung gegenüber William als *Person* nie ganz eindeutig wirkte – zumindest am Anfang nicht –, war für mich doch erkennbar, dass ihn Curtis ein wenig bewunderte, auch wenn er das niemals zugegeben hätte. Er tat alles, um das zu verschleiern – machte sich ständig über William lustig, zog ihn auf, lachte ihn aus –, aber ich hatte immer das Gefühl, wenn William »Schluss!« oder »Halt den Mund!« sagen würde oder ihn einfach nur mit einem entsprechenden Blick ansähe, hätte Curtis schnellstens getan, was William verlangte.

Doch William sagte nie, dass er aufhören sollte.

Es reichte ihm, nur vor sich hin zu lächeln und Curtis zu ignorieren.

Und als William anfing, Vorschläge zu machen, wie man einige Songs verbessern könnte, was er nach ein paar Wochen tat, hörte ihn Curtis nicht nur an – wenn auch anfangs unwillig –, sondern stimmte ihm schließlich sogar zu. Was für Curtis eigentlich ein Unding war. Doch es gab keinen Zweifel, dass Williams Input die Songs wirklich verbesserte.

Einer der ersten Punkte, die William ansprach, war die Frage, wieso wir alles so schnell spielten.

»Weil wir 'ne Punkband sind, deshalb«, erklärte ihm Curtis. »Wir spielen laut und schnell.«

»Ja, schon, aber wieso?«

»Wieso nicht?«, sagte Curtis grinsend.

»Ich finde einfach –«

»Es geht allein um die *Power,* klar?«, blaffte Curtis dazwischen. »Um Power und Tempo, Einfachheit. Drei-Minuten-Songs, keine Solos, kein scheiß Rumgewichse –«

»Du meinst, genau wie bei den andern?«

»Was ist?«

»Wie bei den ganzen andern Punkbands. Du willst genauso klingen wie sie?«

»Nein, natürlich nicht.«

»Ich dachte, Punk hätte damit zu tun, dein eigenes Ding zu machen.«

»Ja, schon …«

»Wieso willst du dann alle andern kopieren?«

»Es geht nicht ums *Kopieren,* sondern …«

»Pass auf, Curtis«, sagte William leise. »Du schreibst echt gute Songs, ja? Ich meine, es sind *wirklich* gute Songs. Du musst sie nicht alle mit zweihundert Stundenkilometern spielen. Sie haben auch so genug Power. Und sie werden noch besser und sogar stärker klingen, wenn du sie etwas langsamer spielst.« Er sah Curtis an. »Die Power kommt nicht davon, wie schnell du den Song spielst. Die Power kommt von der *Art,* wie du spielst, aus dem Song selbst. Schau, ich zeig dir mal, was ich meine.«

Und das tat er; er spielte die Akkorde von *Stupid* in langsamerem Tempo, mit leicht geändertem Rhythmus, und er hatte recht – es klang wirklich besser. Viel stärker, viel energiegeladener, viel mehr von allem. Und mit den meisten andern Songs ging es genauso. Eine leichte Veränderung des Tempos hier, ein bisschen anderer Rhythmus dort ... und auf einmal war es, als hätten wir völlig neue Songs.

Bessere Songs.

Einen besseren Sound.

Eine bessere Band.

Curtis begriff alles sofort und fand sich ganz selbstverständlich in die neuen Rhythmen und die neue Art, einen Song zu spielen, ein, und nachdem er mir gezeigt hatte, was er machte, fand auch ich mich schnell zurecht. Nur Stan hatte anfangs ein paar Probleme. Nicht dass es ihm *unmöglich* war, die Art, wie er die Songs spielte, zu ändern, oder dass er es nicht draufhatte – er brauchte nur jemanden, der ihm sagte, was er tun sollte.

»So«, erklärte Curtis ihm immer wieder. *»Duh-dah-dah, duh-dah-dah ... kschh, kschh ...* spiel's einfach so.«

Und Stan antwortete dann meistens: »Was soll das *heißen*? *Duh-dah-dah, duh-dah-dah ... kschh, kschh ...* Kapier ich nicht.«

Aber dann mischte sich William ein. »Hier«, sagte er, nahm seine Gitarre ab und ging zu Stan rüber. »Ich zeig's dir.« Und er setzte sich einfach an die Drums und zeigte Stan genau, was er spielen sollte und wie. Einfach so. Es war unglaublich. Er war sogar richtig gut. Ein echt guter Schlagzeuger. Nicht *ganz* so gut wie Stan, aber nicht weit davon entfernt.

Das war etwas, woran wir uns in den kommenden Monaten alle gewöhnten – Williams Fähigkeit, nicht nur fast jedes Instrument irgendwie spielen zu können, sondern es richtig gut zu beherrschen. Schließlich bauten wir alle möglichen Instrumente ein – Geige, Banjo, Akkordeon, Mundharmonika –, alle von William gespielt. Und das war noch etwas, das uns besonders machte und uns von den anderen Bands abhob: Wir waren nicht einfach eine weitere Gitarren/Bass/Schlagzeug-Gruppierung mehr. Wir waren anders. Wir hatten mehr Tiefe, mehr Variation ... mehr von allem.

Aber es lag natürlich nicht *alles* an William.

Wie gesagt herrschte in dieser Anfangszeit eine unglaublich kreative Dynamik zwischen Curtis und ihm, und während William eher derjenige war, der neue Ideen vorschlug und neue Wege entwickelte, die Songs zu spielen, blieb Curtis weiterhin der, der sie schrieb. Er akzeptierte nicht einfach Williams Ideen, sondern baute auf ihnen auf und verarbeitete sie in noch bessere Songs, die William wiederum mit neuen Ideen weiter vervollkommnete.

Natürlich war dieser Prozess nicht immer spannungsfrei, vor allem gegen Ende. Aber selbst am Anfang gab es Momente, in denen Curtis plötzlich in sein altes unantastbares, kritikunfähiges Ich zurückfiel.

Ich erinnere mich an eine Situation, einige Monate nachdem William zur Band stieß. Wir hatten bei einer Probe gerade *Naked* zu Ende gespielt und Curtis wollte kurz zu Stan, um irgendwas mit ihm zu bereden, da sagte William plötzlich aus heiterem Himmel zu ihm: »Heißt es eigentlich ›idle black eyes‹ oder ›idol black eyes‹?«

»Was?«, fragte Curtis und drehte sich zu ihm um.

»In der ersten Zeile des Songs, verstehst du – ›idle black eyes and drug-yellowed skin‹ …?«

»Was ist damit?«

»Heißt es ›idle‹ im Sinne von ›träge‹ oder ›idol‹ im Sinne von ›Abgott‹?«

»I-D-L-E«, buchstabierte Curtis. »Wie ›träge‹. Wieso fragst du?«

»Bloß so, ehrlich.« William zuckte die Schultern. »Ich hab nur …«

»Nur was?«

»Die Stelle erinnert mich ein bisschen an eine Zeile aus einem Rimbaud-Gedicht, das ist alles.«

»Ja?«

William nickte. »Aus den *Illuminationen*, so ein Text mit dem Titel *Kindheit*. Es gibt darin eine Zeile, die im Englischen heißt: ›That idol, black eyes and yellow mane …‹« Er lächelte Curtis an. »Kennst du das Gedicht?«

»Was willst du mir eigentlich sagen?«

»Nichts. Ich hab nur –«

»Willst du mir unterstellen, ich *klau* meine Songtexte bei Rimbaud?«

William hob abwehrend die Hände. »Nein, nein … überhaupt nicht. Ich hab mich nur irgendwie an die Zeile erinnert, sonst gar nichts. Und mich gefragt, ob du vielleicht auf sie anspielst oder so, verstehst du?«

»Ob ich auf sie *anspiele*?«, fragte Curtis mit höhnischem Grinsen.

»Ja.«

Curtis starrte ihn eine Weile nur an, mit kaltem, hartem Blick, und ich hatte das Gefühl, dass er noch weiter gehen wollte, dass er so richtig gegen William loslegen wollte, doch etwas hielt ihn zurück. Und dieses Etwas, überlegte ich, war vielleicht, dass William recht hatte. Curtis las ständig Rimbaud, er liebte die Sachen, und wenn ich mir auch ziemlich sicher war, dass er nicht offen klaute, hätte es mich nicht verwundert, wenn er – wie William es formulierte – in seinen Songtexten gelegentlich auf Rimbauds Werk *anspielte*.

Schließlich verlor sich die Kälte aus Curtis' Blick und er fand offenbar, dass es am besten war, die ganze Geschichte mit einem Lachen abzutun.

»Verdammte Scheiße, was verstehst *du* eigentlich von Rimbaud?«, sagte er und grinste William an.

»Nicht viel«, antwortete William und sprach plötzlich mit gespieltem irischen Akzent. »Ich meine, was versteht schon ein unwissender irischer Sumpfläufer von französischer Poesie des neunzehnten Jahrhunderts?«

»Genau«, sagte Curtis.

Und damit endete die Geschichte.

Obwohl sie rückblickend nur der Anfang war.

Den Leuten fiel der neue Stil von Naked schnell auf. Obwohl wir schon eine ordentliche Fangemeinde hatten und unsere Freitagabend-Auftritte im Conway's immer viel Publikum angezogen hatten, starteten wir erst, als William in die Band einstieg, so richtig durch. Und das Ganze geschah relativ schnell. Innerhalb etwa eines Monats nach unserem ersten Auftritt mit William hatte sich die Zahl der Zuhörer fast verdoppelt und die Atmosphäre unserer Auftritte wurde mit jeder Woche verrückter. Mehr Leute, mehr Fans, mehr Wahnsinn, mehr Mitsingen und Tanzen … jedes Mal, wenn wir spielten, wurde es heißer und größer, lauter und besser …

Wir waren auf dem Weg nach oben.

Wir waren Naked.

Wir waren *heiß*.

Neben den Konzerten im Conway's hatten wir jetzt langsam auch andere Auftritte. Es waren meistens immer noch Pubs, in denen wir auftraten – Orte wie The Red Cow, das Nashville oder The Pied Bull –, aber in solchen Pubs spielte sich damals alles ab. Das Publikum war gut, die Auftritte wurden in der Musikpresse beworben, und was aus der Sicht von Jake und Curtis das Wichtigste war, es bestand immer die Chance, von Journalisten und Plattenproduzenten wahrgenommen zu werden.

Die Plattenfirmen fingen um diese Zeit gerade erst an, sich für Bands wie die Sex Pistols und Naked zu interessieren, aber es war noch nicht viel mehr als bloßes Interesse. Die Punkszene steckte noch in den Anfängen, und während sie in London viel von sich reden machte, dauerte es, bis sie auch überall sonst richtig loslegte. Und selbst in London lief das Ganze immer noch hauptsächlich über Mundpropaganda. Es gab ständig Gerüchte über die Entstehung verschiedener anderer Gruppen, doch im Frühjahr und Frühsommer 1976 waren die einzigen echten Punkbands, die regelmäßig auftraten, die Sex Pistols und Naked. The Clash und The Damned hatten erst im Juli des Jahres ihre Debüts und Subway Sect und Siouxsie and the Banshees spielten erst ab September live. Das heißt, auch wenn die Plattenfirmen Punk wahrnahmen, waren sie noch weit davon entfernt, sich einzukaufen.

Doch das hielt Curtis und Jake nicht davon ab, ihnen auf den Fersen zu bleiben. Für Curtis und Jake war ein Plattenvertrag das Höchste. Ohne Plattenvertrag war eine Band gar nichts. Aber *mit* Plattenvertrag … das war's einfach. Das war der Traum. Platten zu machen. Platten zu verkaufen. Stars zu werden. Für sie ging es nur darum, einen Plattenvertrag zu bekommen.

Und für uns andere …

Na ja, Stan war – wie immer – zufrieden mit allem, was kam. Wenn wir einen Vertrag kriegten, schön. Wenn nicht, na und? Berühmt sein bedeutete ihm nicht viel. Er spielte nur einfach gern Schlagzeug und es war eigentlich nicht wichtig, ob wir im Lagerhaus spielten oder vor hunderttausend Leuten.

Auch William schien völlig zufrieden mit dem, wie es war. Man spürte, dass er gern spielte, sich sehr für die Musik begeisterte, doch alles andere – das soziale Drumherum, die geschäftliche Seite, die Begeisterung für Sex, Drugs & Rock 'n' Roll – reizte ihn überhaupt nicht. Er hatte zwar nichts dagegen und ließ die anderen auch machen, aber im Grunde fand er die Rock-'n'-Roll-Welt, glaube ich, einfach ein bisschen albern. Interesse an einem Plattenvertrag zeigte er nur ein einziges Mal, und zwar als das Thema Geld aufkam, was ich damals merkwürdig fand, denn er schien sonst ziemlich unmaterialistisch zu sein. Doch es gab vieles an William, was ich zu der Zeit nicht wusste, vieles, was ich nicht verstand …

Aber es gab auch vieles, was ich über mich nicht wusste.

Wollte ich berühmt werden? Wollte ich ein Rock 'n' Roll-Star sein? Wollte ich Platten machen, auf großen Bühnen spielen, wollte ich ständig fotografiert werden?

Ich wusste es nicht.

Wollte ich auf der Schule bleiben und später zur Uni gehen? Wollte ich Karriere machen? Wollte ich mich verlieben, heiraten, ein schönes Haus und Familie haben?

Ich wusste es nicht.

Wollte ich den Rest meines Lebens mit Curtis verbringen?

Ich wusste tatsächlich auf keine der Fragen eine Antwort. Und die meiste Zeit machte ich mir nicht mal die Mühe, darüber nachzudenken. Ich lebte jeden Tag so, wie er kam. Mit Curtis zusammen, mit der Band, bei den vielen Auftritten, die wir überall hatten …

Alles war in Ordnung.

Und seit Februar, als William in die Band kam, machte mir das Ganze sogar noch viel mehr Spaß. Es gab zwar immer noch vieles, was ich *nicht* mochte, vor allem die wachsende Atmosphäre der Gewalt bei den meisten Auftritten, die Curtis einerseits weiter anheizte, die ihn aber auch selber aufputschte. Und ich mochte auch die meisten Leute in der Szene nicht – die anderen Bands, die Mitläufer, die Mauschler, die Groupies, die Beutejäger, die Drogenabhängigen und Verrückten –, doch ich lernte immer mehr, sie zu meiden. Es wurde tatsächlich sehr viel einfacher, ihnen aus dem Weg zu gehen, seit William da war, denn er mochte sie genauso wenig. Und auch wenn er oft nach einem Auftritt oder einer Probe allein verschwand, sich aus dem Staub machte, ohne ein Wort zu sagen, schlichen wir uns doch manchmal zusammen fort, um ein bisschen Ruhe und Frieden zu haben. Ab und zu schlossen sich Stan und Chief an, aber meistens waren wir nur zu zweit. Und meistens redeten wir gar nicht groß über irgendwas. William rauchte eine Zigarette – wenn er es geschafft hatte, eine zu schnorren –, wir teilten uns ein, zwei Flaschen Bier und vielleicht redeten wir über das, was am Abend gelaufen war – über den Auftritt, die Songs, die Leute, die wir gesehen hatten …

Meistens ging es nicht darüber hinaus.

Was für mich okay war.

Oder jedenfalls redete ich mir das ein …

Die Wahrheit war, dass ich mehr über William wissen wollte. Ich wollte wissen, wer er war, wo er herkam und wieso er hier war … Ich wollte wissen, was er dachte und was er bei manchem empfand. Ich wollte wissen, wo er wohnte, mit wem er zusammenlebte, was er tat, wenn er nicht in der Band spielte …

Ich wollte alles über ihn wissen.

Aus reiner Neugier natürlich. Mehr war da nicht.

Oder jedenfalls redete ich mir das ein …

Aber ich drängte ihn nie. Wenn er nicht über sich reden wollte, war das sein gutes Recht. Er war mir nichts schuldig. Er *musste* sich mir nicht öffnen. Er musste nicht die Geheimnisse seines Herzens mit mir teilen …

Doch irgendwann in einer warmen Mainacht tat er zu meiner großen Überraschung genau das.

18

Soweit ich es verstanden hatte, wurde in jener Nacht nichts Bestimmtes gefeiert, es gab einfach bloß so eine Party in dem besetzten Haus – ohne Einladungen, ohne Gästeliste, ohne Beschränkungen. Die Tür stand die ganze Zeit offen und jeder, der kam, war willkommen, solange er etwas zu trinken, zu rauchen, zu schniefen oder was auch immer mitbrachte. Und selbst wenn jemand nichts mitbrachte, störte es niemanden. So eine Party war das.

Ich freute mich überhaupt nicht drauf.

Ich hatte sogar ernsthaft überlegt, nicht hinzugehen, aber ich wohnte inzwischen praktisch in dem Haus und nicht hinzugehen hätte geheißen, die Nacht über entweder wieder zu Hause in Hampstead zu verbringen, was nicht besonders verlockend war, oder irgendwo anders zu bleiben, was auch keine Option war, denn ich hatte niemanden, wo ich hinkonnte. Und abgesehen davon, selbst wenn *ich* nicht zu der Party ging (nicht dass ich groß *gehen* musste), würde Curtis allemal dort sein – um nichts in der Welt hätte er sie versäumt –, und ich wusste, wenn ich nicht mit ihm hinging, würde ich mir wahrscheinlich die ganze Nacht Sorgen machen und mich fragen, was er wohl anstellte, mit wem er zusammen war, wie viel er wohl trank/rauchte/schniefte/was auch immer …

Und ich wusste, dass er am Ende dicht wäre.

Auch wenn er nach der Valentinsparty nicht mehr ganz so viel Drogen nahm, war es immer noch äußerst selten, dass er nicht unter dem Einfluss von irgendwas stand – einem kleinen Joint am Morgen, ein paar Bieren am Nachmittag, einer Linie Koks an den meisten Abenden. Das Einzige, was sich wirklich geändert hatte, war, dass er nicht mehr so viele Drogen auf einmal nahm. Oder jedenfalls nicht, wenn ich in der Nähe war.

Also würde er sich auf der Party garantiert total zukiffen, egal ob ich nun dort war oder nicht. Aber wenn ich *nicht* dortblieb, war die Chance groß, dass er sich nicht nur total zukiffte, sondern gleichzeitig auch noch die Gelegenheit nutzte, sich ins Koma zu trinken, zu rauchen und zu schniefen. Und das konnte ich einfach nicht zulassen.

Die Party kam nicht so richtig in Gang, ehe die Pubs schlossen, was damals an Samstagen um 23.00 Uhr war. Ich hatte den größten Teil des Abends mit Curtis und Jake in einem Pub namens Seven Sisters verbracht, der direkt um die Ecke von dem besetzten Haus in der Broad Lane lag. Es war auch noch eine Gruppe anderer Leute dort, die meisten aus dem besetzten Haus. Stan und Chief tauchten irgendwann später auf und brachten ein paar Freunde mit, und dann, noch etwas später, kam eine wilde Mischung von Punks reingeschlappt. Die meisten von ihnen waren Freunde und Bekannte von Curtis und Jake – Musiker, Poeten, Künstler, Designer …

Ich hatte nicht vorgehabt, im Pub viel zu trinken, aber wir hockten dort etliche Stunden und es war laut und plärrig, heiß und schwitzig und ich fand es echt hart, das ganze Gerede und Sich-in-Pose-Werfen zu ertragen, und je mehr ich trank, desto leichter fiel es mir, all das zu ignorieren …

Deshalb war ich, als der Pub zumachte und wir alle zurück zum Haus liefen, schon ziemlich betrunken. Curtis war noch halbwegs okay. Er hatte nicht viel getrunken, aber er war den ganzen Tag schon auf Kokain und hatte sich auf der Pub-Toilette noch ein paar Speedtabletten reingezogen, daher rannte er die ganze Zeit durch die Gegend wie ein hyperaktiver Idiot, doch er hatte sich immer noch einigermaßen unter Kontrolle. Aber sobald er anfangen würde zu trinken – was er immer tat, wenn er den ganzen Tag gekokst hatte –, war es so weit und das Übel nahm seinen Lauf.

Doch im Moment war er okay.

Ehrlich gesagt hatte ich trotz seiner wahnsinnig anstrengenden Überdrehtheit eine ziemlich gute Zeit mit ihm.

»Taxi gefällig, Lili?«, fragte er, als wir Richtung Haus gingen.

Ich zog die Augenbrauen hoch.

Er lachte. »Nein, ich mein huckepack. Komm schon …« Er drehte mir den Rücken zu und beugte sich nach vorn. »Spring auf.«

Ich sprang auf seinen Rücken, schlang die Arme um seinen Hals und er packte mich an den Beinen und rannte los.

»Nicht so schnell«, rief ich.

»Halt dich gut fest!«

Während er die Straße entlang Richtung Haus jagte und mich auf seinem Rücken kräftig durchrüttelte, schloss ich die Augen und jauchzte wie ein aufgeregtes Kind in der Achterbahn. Das Jauchzen verwandelte sich jedoch fast in ein Schreien, als wir das Haus erreichten und ich plötzlich merkte, dass Curtis zu schnell war, um stehen zu bleiben. Als er versuchte, um die Ecke ins Haus zu kommen, verlor er das Gleichgewicht und wir beide stürzten in eine Hecke und landeten im Vorgarten – platt auf dem Rücken. Es war ein ziemlich heftiger Sturz, doch nach einem kurzen Augenblick des Schweigens – der mich in dem Moment an die Stille erinnerte, die du hörst, wenn ein Kind gerade hingefallen ist, bevor es anfängt zu schreien – merkten wir, dass wir beide nicht verletzt waren, und wir setzten uns auf, bürsteten uns ab und lachten.

»Scheiße!«, keuchte Curtis.

»Ja …«

»Das war deine Schuld.«

»*Meine* Schuld? Ich hab dir *gesagt,* du sollst nicht so schnell rennen.«

»*Du* hattest die Zügel.«

»Was für *Zügel*?«

Er grinste mich an. »Die Huckepack-Zügel.«

Es war nicht so *wahnsinnig* komisch – ehrlich gesagt war es eigentlich überhaupt nicht komisch –, aber aus irgendeinem Grund fanden wir es beide zum Lachen und prusteten los wie die Blöden. Die Leute strömten jetzt an uns vorbei zum Eingang und von drinnen dröhnte die Musik – *Beat on the Brat* von den Ramones –, die Nacht war warm, die stille Luft trug die Musik in die Nacht und zum ersten Mal seit ewigen Zeiten fühlte ich mich für kurze Zeit wieder wie ein junges Mädchen …

Es war ein guter Moment.

»Komm«, sagte Curtis, stand auf und reichte mir seine Hand. »Lass uns Party machen.«

Im Haus war es heiß. Hunderte Leute liefen umher, die Luft war schwer von dem süßen Geruch nach Marihuana und das Wohnzimmer unten eine brodelnde Masse verschwitzter

Tänzer. In der Woche hatte es eine Mini-Hitzewelle gegeben – ein erstes Anzeichen des bevorstehenden Sommers –, und auch wenn es jetzt langsam kühler wurde, war es für Mai immer noch eine verrückt heiße Nacht.

Ich verbrachte eine Weile mit Curtis, wir lungerten bloß rum, tranken Wein, begrüßten Leute, beobachteten die Tanzenden. Das erste Ramones-Album war kürzlich erschienen und in dieser Nacht wurde es fast durchgehend gespielt. Die Songs waren lächerlich kurz – zwei, drei Minuten höchstens –, unglaublich schnell und wunderbar einfach. Aber nicht gerade die ideale Musik zum Tanzen. Pogo hatte sich noch nicht durchgesetzt und die Leute suchten noch nach einem Weg, um zu Punkmusik zu tanzen. Gut ein Dutzend Hardcore-Punks warfen sich irgendwie über den Boden, ohne sich an der Musik zu orientieren, sie sprangen in die Luft, krachten ineinander, doch im Großen und Ganzen mussten die Leute, die tanzen wollten, einfach auf etwas Tanzbareres warten. Was zu der Zeit meistens Reggae war.

Das heißt, als das letzte gefauchte »Oh yeah …« aus *Judy is a Punk* von den Ramones verklang und die ersten schweren Bass-Beats von Big Youth's *Screaming Target* durch den Raum dröhnten, füllte sich plötzlich wieder die Tanzfläche.

»Tanzen?«, brüllte ich in Curtis' Ohr.

Er lächelte mich an. »Ist das 'ne Aufforderung?«

Wenn man bedenkt, wie sehr er das Rampenlicht liebte und mit welcher Leichtigkeit er sich auf der Bühne bewegte, war Curtis ein überraschend zurückhaltender Tänzer. Er tanzte auch nicht besonders gut … vielleicht war das ja der Grund, weshalb er so gehemmt war. Er war es einfach nicht gewohnt, in irgendwas *nicht* gut zu sein. Aber wir tanzten trotzdem manchmal zusammen und jene Nacht war so ein

Mal. Es störte mich nicht, dass er kein großer Tänzer war – ich war es ja auch nicht –, außerdem kann man bei Reggae nicht viel falsch machen. Solange du wenigstens ein bisschen Rhythmusgefühl hast, musst du dich bloß bewegen. Irgendwas bewegen – den Kopf, die Hüften, die Füße … egal was. Schließ ganz einfach die Augen, spür die Musik und beweg dich zu ihr.

Und genau das tat ich.

Nur wir zwei in einem schwankenden, wogenden Menschenmeer, zusammen allein, ohne zu reden, wir ließen uns treiben, bewegten uns zur Musik, tanzten …

Und nach einer Weile bekam sogar Curtis Spaß daran.

Wir tanzten auch die nächsten Songs zusammen – zwei weitere Reggae-Stücke aus dem Big-Youth-Album, gefolgt von *Hey Negrita* –, aber dann legte, wer immer zu der Zeit gerade für die Musik zuständig war (was jeder sein konnte, der das wollte), erneut das Ramones-Album auf, und sosehr Curtis und ich die Platte auch liebten, hatte doch keiner von uns Lust, nach der Musik zu tanzen.

»Ich muss sowieso mal aufs Klo«, sagte ich zu Curtis.

»Gut«, antwortete er und blickte sich um. »Hast du irgendwo Jake gesehen? Ich muss ihn unbedingt sprechen.«

»Probier's in der Küche«, sagte ich. »Und Curtis?«

»Ja?«

»Übertreib's nicht, okay?«

»Was meinst du?«

»Du weißt genau, was ich meine. Also … mach einfach langsam, mehr nicht. Mir zuliebe.«

Er lächelte mich an. »Okay.«

»Danke«, sagte ich und gab ihm einen Kuss.

»Schon gut«, antwortete er und küsste mich zurück.

Ich sah ihm nach, wie er Richtung Küche ging, und wusste genau, dass er auf der Suche nach Drogen war. Dann ging ich nach oben und stellte mich in die lange Schlange vor der Toilette.

Als ich zwanzig Minuten später wieder herunterkam und in die Küche ging, war Curtis nirgends zu sehen. Ich wischte mir den Schweiß aus dem Gesicht, nahm eine Dose Bier aus dem Kühlschrank und ging nach draußen, um frische Luft zu schnappen.

Es gab keinen Garten im eigentlichen Sinne, nur einen kleinen, von einer Steinmauer umgebenen Hof aus aufgeplatztem Beton mit einem Rand aus wirr sprießenden Gräsern und Nesseln. In dem kläglichen Versuch, ein Lagerfeuer zu machen, war der vertrocknete Stamm eines längst abgestorbenen Apfelbaums in der Ecke des Hofs ausgegraben, mit Benzin übergossen und angezündet worden. Jetzt lag er schwelend und nach Benzin stinkend in der Mitte. Ein traurig wirkender Punk mit purpurfarbenen Haaren stand einsam vor dem angekokelten Baum, starrte ins Nichts und klopfte sich mit einem verkohlten Stück Holz träge gegen das Bein. Und zwei Hippies mit toten Augen saßen, die Beine über Kreuz, an der gegenüberliegenden Wand auf dem Boden, murmelten zusammenhanglos miteinander und teilten sich eine Flasche Wein. Ansonsten schien der Hof leer. Ich entfernte mich von dem schwelenden Baum, um den Benzindünsten zu entgehen, und stand eine Weile nur da, mit dem Rücken zum Haus, atmete die klare Nachtluft ein und saugte die relative Ruhe auf. Ein blasser weißer Mond stand hoch am Himmel, sein Rand schimmerte in einem unheimlichen blauen Licht. Irgendwas war mit diesem Licht, irgendwas, das mit seiner schieren *Bläue* zu tun hatte. Es erinnerte mich beunruhigend an die Augen meiner Mutter …

Ich seufzte, schaute nach unten und versuchte das Bild aus meinen Gedanken zu vertreiben. Ich *wollte* nicht an meine Mutter denken – das war alles viel zu verwirrend, zu kompliziert –, aber ich fragte mich trotzdem, was sie wohl gerade machte. War sie zu Hause? War sie allein? War sie irgendwo aus? War sie mit jemandem zusammen?

Ich seufzte noch einmal und beschloss, wieder reinzugehen.

Doch gerade als ich mich umdrehte und gehen wollte, hörte ich hinter mir eine sanfte Stimme rufen: »Hey, Lili«, und als ich mich umschaute, erkannte ich William. Er saß auf einer umgedrehten Milchkiste an der Mauer eines kleinen Durchgangs, der seitlich ums Haus führte. Zu seinen Füßen stand eine halb volle Flasche Wein und er hielt einen halb gerauchten Joint in der Hand.

»William!«, sagte ich, unfähig, das hörbare Ausrufezeichen zu unterdrücken. »Was machst du hier?«

»Nichts Bestimmtes«, antwortete er lächelnd. »Ich sitz einfach bloß rum, weißt du …«

»Ich war mir gar nicht sicher, ob du überhaupt kommen würdest«, antwortete ich. »Auf die Party, meine ich.«

»Doch, ich bin hier.«

Ich lächelte und fühlte mich ein bisschen dämlich, weil ich nicht wusste, was ich sagen sollte.

»Lass dich von mir nicht aufhalten«, fuhr William fort. »Ich meine, wenn du wieder reinwillst –«

»Nein … nein, ist schon okay. Ich hab nur …«

»Den Mond angeschaut?«

Ich lachte. »So was Ähnliches.«

Er schaute nach oben. »Schöner Mond heute.«

»Ja, stimmt.«

Er sah wieder mich an. »Magst du dich setzen?«

»Na gut«, sagte ich und ging zu ihm.

Er zog einen zweiten Milchkasten heran und ich setzte mich neben ihn. Er fischte ein Feuerzeug aus der Tasche, zündete den Joint wieder an und nahm einen Zug.

»Ich dachte, du rauchst nicht«, sagte ich, während ich ihn betrachtete. »Dope, meine ich. … ich dachte, du nimmst keine Drogen.«

Er zuckte die Schultern. »Ich hab jemanden nach einer Zigarette gefragt und er hat mir das gegeben.« Er schaute zweifelnd auf den Joint. »Ist zumindest besser als nichts …«

»Kaufst du dir auch mal selbst Zigaretten?«, fragte ich.

Er lächelte. »Willst du mir sagen, ich bin geizig?«

»Nein …« Ich sah ihn an. »Na ja, eigentlich … doch, ja, genau das.«

Er lachte.

Ich nahm einen kleinen Schluck aus der Bierdose, die ich aus dem Kühlschrank geholt hatte.

»Willst du was hiervon?«, fragte William und bot mir den Joint an.

Ich schüttelte den Kopf und schluckte das Bier runter. »Ich bin schon allein von der Luft da drinnen leicht stoned«, erklärte ich ihm und deutete auf das Haus. »Das ist auch ein Grund, weshalb ich rauswollte. Um wieder den Kopf freizukriegen.«

»Ja, ich weiß, was du meinst.«

Ich nahm noch einen Schluck Bier. »Bist du allein hier?«

»Was – hier draußen?«

Ich sah ihn an. »Wieso beantwortest du eigentlich jede Frage mit einer Gegenfrage?«

»Tu ich das?«

»Da, schon wieder.«

»Ehrlich?«

Ich sah ihn streng an.

»Okay«, sagte er mit einem Lächeln. »Wie lautete noch mal die Frage?«

»Ich wollte wissen, ob du allein zur Party gekommen bist, mehr nicht.«

»Ja, bin ich.«

»Du hast keine Freunde mitgebracht oder so?«

»Nein, ich hab keine Freunde mitgebracht.«

Ich lächelte. »*Hast* du überhaupt Freunde?«

»Ein, zwei.«

»Was ist mit Freundin?«

»Nein.«

»Wirklich?«

»Ja, wirklich.«

»Fällt mir schwer, das zu glauben.«

Er zuckte nur mit den Schultern.

»Hast du zu Hause jemanden?«, fragte ich. »Ist es deswegen? Weil du eine Freundin in Belfast hast und dich für sie aufhebst –«

»Du stellst aber eine Menge Fragen«, sagte er.

»Ich bin nur neugierig, das ist alles.«

»Wieso?«

»Weil ... keine Ahnung. Ist nur ... na ja, ich weiß überhaupt nichts von dir.«

Er sah mich an. »Ich weiß auch nichts von *dir*.«

»Bist *du* denn nicht neugierig?«

Er sagte eine Weile nichts, sondern sah mich nur immer weiter an, die Augen fast golden im Mondlicht, und ich hatte beim besten Willen keine Ahnung, was er dachte. Sein Gesicht war eine Maske, sein Herz und seine Seele waren undurchschaubar. Nach ein, zwei Minuten – so kam es mir jedenfalls vor, obwohl es vielleicht nur ein paar Sekunden waren – bemerkte ich, wie sein Blick nach rechts schoss, von irgendwas im Hinterhof angezogen, dann lächelte er mich an und sagte: »Warte mal einen Moment.« Er stand auf und ging zu dem Punk mit den traurigen Augen bei dem schwelenden Baum. Der Punk rauchte eine Zigarette. Ich begriff, dass William gerade gesehen hatte, wie er sie anzündete, und jetzt fragte er ihn, ob er eine kriegen könne. Der Punk gab ihm zwei. William bedankte sich, steckte sich eine hinters Ohr, zündete die zweite an und kam wieder zurück.

»Okay«, sagte er und setzte sich. »Was willst du wissen?«

»Wie bitte?«

»Du hast gesagt, du weißt nichts von mir …«

»Ach so, ja …«

»Was also willst du wissen?«

»Na ja… irgendwas eben«, murmelte ich, überrascht von der plötzlichen Freimütigkeit. »Egal … was immer du erzählen magst über … deine Familie, dein Zuhause, warum du nach England gekommen bist …«

»Okay«, sagte er. »Ich erzähl dir so viel ich kann … aber unter zwei Bedingungen.«

»Und die sind?«

»Erstens, dass du mit niemandem darüber sprichst, was ich dir gleich erzähle.« Er sah mich todernst an. »Kein Sterbenswort, okay?«

»Ja, klar.«

»Das hier ist etwas nur zwischen dir und mir. Hast du verstanden?«

»Ja, verstanden. Und die zweite Bedingung?«

»Du musst mir auch alles über *deine* Familie erzählen.«

»Kein Problem«, sagte ich und streckte ihm meine Hand entgegen. »Abgemacht.«

Er sah mich mit einer Spur von Traurigkeit in den Augen an und einen Moment lang fürchtete ich, er würde seine Meinung wieder ändern. Und ich überlegte schon kurz, ob ich das Richtige tat – zwang ich ihn zum Reden? –, und dachte, dass es vielleicht am besten wäre, wenn er *tatsächlich* seine Meinung änderte. Doch dann nahm er meine Hand, schüttelte sie kurz, und bevor ich noch etwas sagen konnte, fing er an, mir seine Geschichte zu erzählen.

19

William wurde im Falls-Road-Bezirk, einer streng katholischen Gegend im Westen von Belfast geboren, wo er auch aufwuchs. Sein Vater, Joseph, war Arbeiter. Seine Mutter, Catherine, hatte eine Teilzeitstelle in der örtlichen Bücherei. Williams Bruder Joseph – in der Familie Little Joe genannt – war drei Jahre jünger als er.

»Wir waren wirklich eine ziemlich normale Familie«, erzählte mir William. »Meine Eltern haben beide hart gearbeitet, sonntags sind wir zur Messe gegangen und die Sommer verbrachten wir meistens auf der Farm meiner Großeltern in der Nähe von Antrim. Ich meine, wir hatten nie viel Geld, aber so ging es allen, verstehst du? Es war immer genug zu essen da und uns fehlte auch sonst nicht viel …« Er zuckte die Schultern. »Na ja, manchmal war es schon schwer … aber irgendwie sind wir zurechtgekommen.« Er unterbrach sich kurz, starrte nachdenklich zu Boden und sprach dann weiter. »Und ich glaube, genau das taten wir, als es passiert ist – wir bemühten uns, zurechtzukommen und unser Leben zu leben.«

Es war Januar 1970 und der Nordirlandkonflikt spitzte sich immer mehr zu. Englische Truppen patrouillierten durch die Straßen von Belfast, fast jede Nacht waren Schüsse zu hören und es gab ständig Unruhen zwischen katholischen Republikanern und protestantischen Loyalisten. So wie die meisten Familien in der Nachbarschaft versuchte auch Williams Familie, weiterzuleben wie gewohnt und sich nicht hineinziehen zu lassen, aber das war einfach unmöglich. Sie waren katholisch, sie lebten in einer republikanischen Gegend, in der alle zueinanderhielten ... das heißt, sie waren automatisch Zielscheiben für die Gewalt der Loyalisten. Und in der umgekehrten Richtung lief es genauso. Normale protestantische Familien, die in Loyalistenbezirken wohnten, wurden zur Zielscheibe für den Hass der Republikaner. Also wurden jede Nacht die Schlachtlinien gezogen – behelfsmäßige Barrikaden aus Wellblech und ausgebrannten Autos –, Straßen wurden dichtgemacht und dann ging der Aufruhr los. Kinder warfen Steine und Flaschen, Molotowcocktails flogen durch die Luft, Schüsse fielen, der Mob auf beiden Seiten schwoll an, die Grausamkeit wuchs ... Manchmal tauchten dann die Sicherheitskräfte auf – englische Soldaten oder die Royal Ulster Constabulary, also die britische Polizei – und versuchten, die Lage auf den Straßen unter Kontrolle zu kriegen und die Situation zu entschärfen. Und manchmal hatten sie auch Erfolg damit – der Aufstand beruhigte sich langsam, die Kämpfer zogen sich in die Dunkelheit der Straßen zurück und alles war wieder ruhig ... bis zur nächsten Nacht.

Doch so, wie es William schilderte, gab es auch Zeiten, in denen die Sicherheitskräfte alles andere taten als die Situation zu entschärfen und für Ruhe zu sorgen.

»Ich hatte das auch vorher schon erlebt«, erzählte mir William. »Wie die scheiß Polizisten herumstanden und gar nichts taten, als der Loyalisten-Mob durch die Barrikaden brach und eine ganze verdammte Straße durchkämmte. Verstehst du, die haben den Leuten die Scheiße aus dem Leib geprügelt, sie aus ihren Häusern gezerrt ... ganze Familien, kleine Kinder und so ... und die Polizei stand bloß dabei und guckte zu.«

»Wieso?«, fragte ich. »Wieso hat die Polizei das gemacht?«

Er sah mich an. »Weil es eben so ist ... das war schon immer so. Du bist entweder dies oder das – Protestant oder Katholik, Rangers- oder Celtic-Fan, Punk oder Skinhead, schwarz oder weiß, orange oder grün ... es spielt keine Rolle, was dahintersteckt, wofür etwas steht, wichtig ist bloß, auf welcher Seite du bist.«

»Und du sagst, die Polizei in Belfast ist auf der Seite der Loyalisten?«

»Ich sage nur, was ich weiß und was ich gesehen habe ... was ich selbst in der einen Nacht gesehen habe.«

William wohnte mit seiner Familie in einem kleinen Reihenhaus in einer engen Straße auf der Nordseite der Falls Road. Die Krawalle waren in jener Nacht besonders brutal gewesen und es hatte eine Reihe von Scharmützeln zwischen den Bewohnern und randalierenden Loyalisten gegeben.

»In der Nacht waren ein paar Leute vom radikalen Flügel der IRA bei uns in der Straße«, sagte William. »Manche hatten Maschinengewehre dabei. Die meisten Kämpfer kamen aus unserer Gegend, aber die mit den Gewehren waren ein paar von den ganz Großen, die aus dem Norden runtergekommen waren, um uns zu helfen ... was letztlich alles nur noch schlimmer machte ...« William seufzte. »Jedenfalls hatten wir am Ende unserer Straße eine Barrikade errichtet, die auch zu funktionieren schien, und obwohl jede Menge Leute von der Royal Ulster Constabulary da waren, mischten die sich nicht wirklich ein. Die Polizisten hingen nur so im Hintergrund rum – nah genug, um die Situation im Auge zu behalten, aber nicht so nah, um einen von den Molotowcocktails abzukriegen. Eine Weile schien es also, als ob nicht viel passieren und das Ganze mal wieder in der üblichen Pattsituation enden würde. Doch irgendwann gegen Mitternacht tauchten ein paar Typen von der Protestantenmiliz in einem JBC auf – du weißt schon, so einem von diesen großen Straßenbaufahrzeugen mit Frontschaufel – und fuhren mit dem Teil voll durch die Barrikade, und danach brach die Hölle los.«

William saß jetzt ganz still da. Seine Augen waren blind auf die Steinmauer des Durchgangs gerichtet und sein Gesicht war bleich und leer. Als er weiterredete, war seine Stimme die des fassungslosen Zehnjährigen, der er in jener Nacht gewesen war.

»Sie drangen einfach ein ... rammten nur die Tür nieder, stürmten in unser Haus und fingen an, alles zu zerstören. Ich war mit Joe oben in meinem Zimmer ... wir hörten es alles geschehen – die stampfenden Stiefel, das Brüllen und Krachen, meinen Dad, der sie anschrie aufzuhören ... und Joes Weinen. Ich versuche ihn zu beruhigen, aber dann hören wir Mums schluchzende Stimme unten – *»Lasst ihn in Ruhe!«* – und auf einmal rennt Joe aus dem Zimmer, ruft nach unserer Mum und ich lauf hinter ihm her und brülle, er soll zurückkommen, aber da ist er schon die Treppe runter ... und als ich hinter ihm herrase, sehe ich all diese Männer in unserem Haus – große Männer mit Mützen und schwarzen Mänteln – und ein paar von denen haben Hämmer und Knüppel dabei, Holzknüppel, Äxte, und sie schlagen alles kurz und klein – Möbel, Fenster, Lampen ...«

William schwieg einen Moment und schluckte schwer, dann sprach er weiter. »Sie standen im Wohnzimmer, die beiden Männer von der RUC. Sie hatten schwere Mäntel an, aber ich konnte die Polizeiuniform darunter sehen. Einer von ihnen hatte so einen Axtstiel, der andere eine Pistole. Als ich ins Zimmer kam, war Joe schon zu Mum gelaufen und sie drückte ihn ganz fest an sich. Beide haben geweint wie verrückt, als sie mitbekamen, wie der Polizist mit der Pistole auf Dad einschlug. Dad wurde von zwei Loyalisten im Rücken festgehalten und der RUC-Typ brüllte ihm Fragen ins Gesicht – »*WO SIND SIE? LOS, SAG SCHON, DU IRISCHES ARSCHLOCH! VERDAMMTE SCHEISSE, WO SIND SIE?*« Dads Gesicht war total kaputt, Blut rann ihm aus der Nase, und als der Cop wieder anfing, auf ihn einzubrüllen, schniefte Dad schwer, zog den Kopf zurück und spuckte dem Kerl Blut ins Gesicht. Da drehte der Cop durch, rammte seine Pistole immer wieder in Dads Kopf – und das war der Moment, als Mum auf ihn losging. Sie stieß einen stechenden Schrei aus, schnappte sich einen schweren Kerzenständer vom Kaminsims, stürzte damit auf den Cop zu, der Dad schlug, und schwang den Kerzenständer gegen seinen Schädel ... doch der andere Cop, der mit dem Axtstiel, der wartete nur auf sie. Zuerst hat er sie bloß aus dem Weg gestoßen, sie einfach nur gepackt und nach hinten gegen die Wand geworfen, doch das hielt sie nicht auf. Ich meine, sie war stark, meine Mum ... sie war eine Kämpferin. Sie stand ... sie stand einen Moment lang bloß da, schüttelte sich die Benommenheit aus dem Kopf und dann ging sie wieder auf die beiden los, schrie wie am Spieß und schwang den Kerzenständer über dem Kopf ... und plötzlich ... dieser Cop ... das Arschloch, das sie weggestoßen hatte ...« William schluckte wieder und wischte sich eine Träne aus dem Auge. »Er hat auf sie eingedroschen, einfach so. Dieses widerliche *Arsch-*

loch … hat den Axtstiel geschwungen wie einen Baseballschläger und ihn in ihren Kopf gerammt … und ich hab es gehört … verdammte Scheiße, ich *hörte* es, … dieses schreckliche *knackende* Geräusch … und Mum … sie … sie stürzte zu Boden, verstehst du? Wie ein Sack … sie stürzte zu Boden, der Schädel ganz aufgeplatzt … und es war einfach nichts mehr da. Kein Leben … einfach so …«

William schwieg danach eine Weile, saß nur stumm da, atmete, dachte nach … versunken in seine Erinnerungen. Und ich wusste nicht, was ich tun sollte. Ich wusste nicht, was ich sagen sollte. Was konnte ich schon sagen? Es gab nichts, das von Bedeutung gewesen wäre. Deshalb saß ich nur da und teilte mit ihm das Schweigen.

Schließlich, nach ein, zwei Minuten, richtete William sich auf, nahm die Zigarette, die er hinters Ohr gesteckt hatte, und zündete sie an. »Die haben sie umgebracht, Lili«, sagte er leise. »Einfach so …« Er schnippte mit den Fingern. »Die haben sie umgebracht … *und* sie sind nicht mal bestraft worden dafür.«

»Sie sind nicht bestraft worden?«, fragte ich.

Er nickte. »Sie haben gesagt, sie wär die Treppe runtergefallen … weißt du, es gab nicht mal eine richtige Untersuchung. Die Polizei behauptete, sie hätten Infos gehabt, dass wir Terroristen verstecken, und bei der Durchsuchung unseres Hauses hätte meine Mum einen RUC-Polizisten angegriffen. Als er sich verteidigen wollte, sei sie dann gestolpert und die Treppe runtergefallen … und das war's.«

»Aber es gab doch Zeugen.«

»Nein, gab es nicht. Nach Angaben der Polizei waren nur die zwei RUC-Polizisten und wir dabei gewesen, als es geschah. Und keiner von ihnen sei bewaffnet gewesen. Sie haben sogar behauptet, sie hätten im Haus eine geladene Pistole gefunden.« William sah mich an. »Sie behielten meinen Dad zwei Tage in Haft, prügelten ihn fast zu Tode und sagten, sie würden ihn für Jahre wegsperren, wenn er über das, was passiert war, nicht sein Maul hielte, und Joe und ich kämen ins Heim.«

»Heilige Scheiße …«, flüsterte ich. »Und was hat er gemacht?«

»Sein Maul gehalten«, sagte William lapidar. »Was hätte er sonst tun sollen? Er kam zurück, räumte das Haus auf … redete stundenlang mit Joe und mir, kümmerte sich um uns … und eine Woche später gingen wir alle zu Mums Beerdigung.« William zog an seiner Zigarette. »Und in dieser Nacht, direkt nach der Beerdigung, schloss sich Dad der Provisorischen IRA an.«

In den nächsten Jahren, erzählte William weiter, verknüpfte sich das Leben seines Vaters immer enger mit der IRA. Zuerst gehörte er nur zu den Unterstützern – er nahm an Treffen teil, sammelte Informationen und reichte sie weiter, machte Botengänge, versteckte Waffen –, doch mit der Zeit wurden seine Fähigkeiten deutlich und er stieg langsam immer weiter nach oben, und 1974 wurde er aktives Mitglied auf operativer Ebene in einem der drei Bataillone, die die Belfast Brigade bildeten. Die IRA war sein Leben geworden.

»Was genau bedeutet ›auf operativer Ebene‹?«, fragte ich William.

»Organisation von und Teilnahme an Operationen.«

»Okay, verstehe. Und mit ›Operationen‹ meinst du …?«

»Alles«, sagte William. »Bombenanschläge, Erschießungen … nenn's, wie du willst.«

»Menschen töten?«

William sah mich an. »Es ist ein Krieg, Lili … sie gegen uns. Entweder liegst du am Boden und lässt zu, dass sie dich niedertrampeln, oder du stehst auf und wehrst dich.« Er zuckte die Schultern. »Es ist ein Krieg … Menschen sterben nun mal in Kriegen.«

»Und du meinst, damit ist es okay?«

»Es geht nicht darum, ob es okay ist. Es ist einfach so. Wenn du in der Armee bist und dein Land ist im Krieg, ist es deine Aufgabe, Menschen zu töten.«

»Ja, aber die IRA ist keine *richtige* Armee.«

»Doch, ist sie. Sie ist die Irisch-Republikanische Armee. Die Provos haben sich 1969 doch nur von der alten IRA abgespalten, weil die ihre Aufgabe nicht erfüllt hat – sie hat ihre Leute nicht mehr verteidigt. Und das ist es, was eine Armee *tut.*«

Ich war inzwischen ziemlich verwirrt von dem Ganzen. Ich wusste nicht viel über die Geschichte des Nordirlandkonflikts. Ich hatte keine Ahnung, wann er begonnen hatte oder warum … ich verstand nicht mal richtig, worum es dabei überhaupt ging. Ich wusste nur, dass es in den Fernsehnachrichten fast jeden Abend Berichte über einen neuen Bombenanschlag, eine weitere Schießerei, einen weiteren Terrorangriff gab … und jetzt plötzlich war ich mit der Tatsache konfrontiert, dass Williams Vater persönlich in solche abscheulichen Gräuel verwickelt war. Und das war erst recht beunruhigend. Aber gleichzeitig konnte ich *irgendwie* verstehen, warum er es tat. Ich hatte, in gewissem Maß, Verständnis für seinen Hass auf die Sicherheitskräfte und seinen Wunsch nach Rache für den Mord an seiner Frau …

Aber trotzdem …

In meinem Innern wusste ich, dass es *falsch* war. Es ist falsch, Menschen zu töten, egal warum. Es ist einfach falsch.

Ich sah William an. »Was macht er inzwischen?«, fragte ich. »Dein Vater … ich meine, ist er immer noch –?«

»Er ist tot.«

Joseph Bonney begegnete Nancy Dougan im November 1974. Sie war in Belfast geboren und aufgewachsen und arbeitete am Royal Victoria Hospital. Als Joseph eines Nachts mit akuter Blinddarmentzündung in die Notaufnahme gebracht wurde, war Nancy das erste Gesicht, das er sah, als er aus der Narkose erwachte.

Für Joseph war es Liebe auf den ersten Blick.

Aber Nancy hatte andere Vorstellungen.

Sie kam auch aus dem Falls-Road-Bezirk, sie hatte dort ihr ganzes Leben verbracht, deshalb kannte sie sich aus … das heißt, sie wusste auch alles über Joseph Bonney. Sie wusste, was er war und was er tat, und es gefiel ihr ganz und gar nicht. In ihrem Job sah sie täglich die blutigen Folgen der paramilitärischen Aktionen. Sie sah die abgerissenen Gliedmaßen, die zerfetzten Kniescheiben, die verbrannten Gesichter … sie sah das alles. Und sie wollte nichts mit einem Mann zu tun haben, der solchen Schmerz und solches Leid verursachte.

Also kümmerte sie sich um Joseph, pflegte ihn, sie war sogar verhältnismäßig freundlich zu ihm, denn das war ihr Job. Aber mehr war da nicht. Sie reagierte nicht auf sein vorsichtiges Lächeln, seine kleinen Scherze, seine liebenswürdige Art. Sie ließ sich durch sein stilles Wesen, seine Freundlichkeit und Nachdenklichkeit nicht bezaubern. Sie ließ auch nicht zu, dass seine erdrückende Traurigkeit ihren Blick vernebelte auf das, was er war … zumindest am Anfang nicht. Doch nach und nach, während er sich von der Operation – und einer Entzündung, die zu Komplikationen im Heilungsprozess führte – erholte, spürte Nancy, wie sie sich immer stärker zu ihm hingezogen fühlte. Sie *wollte* nicht, dass er ihr gefiel, und sie versuchte, sich dagegen zu wehren, aber es ging nicht. Und bis Joseph wieder vollends gesund war und seine Entlassung anstand, hatten Nancy und er unzählige Stunden miteinander geredet, oft spät in der Nacht, und sie wussten beide tief im Herzen, dass sie trotz all der scheinbar unüberwindlichen Schwierigkeiten füreinander *bestimmt* waren.

So simpel war das.

Sie gehörten einfach zusammen.

Und als Joseph schließlich entlassen wurde, gingen sie daran, es möglich zu machen.

Die erste Hürde war Josephs Mitgliedschaft in der IRA.

»Ich kann nicht mit dir zusammen sein, wenn du bei denen bleibst, Joe«, erklärte ihm Nancy unumwunden. »Ich kann nicht mit einem Menschen zusammen sein, der willentlich andere verletzt und verstümmelt … ich kann nicht mit einem Mörder leben. Das geht einfach nicht. Und egal, welche Gründe es gibt, egal, welche Rechtfertigung du zu haben glaubst, ob richtig oder falsch … für oder gegen wen und was du kämpfst, es macht keinen Unterschied. Ich würde genauso empfinden, wenn du bei den protestantischen Milizen wärst … sie sind im Grunde alle gleich. Sie alle versuchen, Probleme mit Gewalt zu lösen. Und ich sage nicht, dass das grundsätzlich falsch ist, denn ich glaube, das kann man von nichts sagen, aber für *mich* ist es nicht richtig. Ich meine, ich weiß, dass Gewalt nie aufhören wird, und es gibt nichts, was daran etwas ändern kann, aber *ich persönlich* habe eine Wahl. Ich kann entscheiden, was in *meinem* Leben richtig und falsch ist. Verstehst du, was ich sage?«

Joseph nickte.

Nancy sah ihn an. »Ich kann dich nicht in meinem Leben haben, wenn du das tust, was du tust. Das ist ganz einfach. Du kannst entweder mich haben ... oder du bleibst, wie du bist. Es ist deine Entscheidung.«

Joseph antwortete nicht, sondern lächelte nur – ein Lächeln aus tiefstem Herzen –, dann nahm er sie in die Arme und küsste sie.

Das nächste Hindernis, das es zu überwinden galt, war das ungeschriebene Gesetz der IRA, nach dem galt: »Einmal dabei, immer dabei« – was bedeutete, wenn du Mitglied der IRA wurdest, kamst du nie wieder raus. Egal wie viel du für die Sache erreicht oder geopfert hattest, ein Rückzug stand nicht zur Debatte. Deshalb wusste Joseph, dass er nicht einfach ein Treffen mit seinem Brigadekommandanten vereinbaren und ihm erklären konnte, er wolle aussteigen, denn nicht nur würde sein Anliegen abgelehnt werden, sondern er würde von da an auch als potenzielles Sicherheitsrisiko gelten. Und Joseph wusste genau, wie die IRA mit solchen Risiken umging.

Also bestand seiner Ansicht nach nur die Möglichkeit, über seinen Gesundheitszustand zu lügen. Und genau das tat er. Er behauptete, die kürzliche Blinddarmoperation bereite ihm immer noch ernste Probleme. Die Entzündung sei wieder aufgeflammt, sie habe sich in den Dünndarm ausgebreitet, er habe gelegentlich so starke Schmerzen, dass er kaum gehen könne ... er könne deshalb einfach noch nicht in den operativen Dienst zurückkehren. Auf jeden Fall wäre er eine Belastung – ein Risiko für seine Kollegen und für die geplante Aktion.

»Und hat es geklappt?«, fragte ich William. »Haben sie ihm das abgenommen?«

»Die meisten ja … eine Zeit lang zumindest. Es sprach ja auch nichts dagegen. Das Problem war nur, es gab einen Typen in Dads Bataillon, der es schon lange auf ihn abgesehen hatte, ein wirkliches Arschloch namens Frank Hughes. Es tauchten immer wieder Gerüchte auf, dass Franky ein V-Mann sei, und er bildete sich ein, dass mein Dad hinter all diesen Gerüchten steckte, was gar nicht stimmte. Deshalb suchte er dauernd nach einer Möglichkeit, es ihm heimzuzahlen. Und als Dad aus dem Krankenhaus kam und anfing sich herauszureden, beschloss Franky, ihn zu überprüfen, nur um sicherzugehen, ob er wirklich so krank sei, wie er behauptete. Und natürlich merkte er nicht nur, dass das nicht stimmte, sondern er fand auch heraus, dass Dad sich mit Nancy traf.«

»Wieso spielte das eine Rolle?«, fragte ich. »Ich meine, ich versteh ja, dass es für diesen Franky-Typen etwas Schlimmes war, als er herausfand, dass dein Dad log, aber was war so schlimm daran, dass er sich mit Nancy traf? Was hatte das mit dem Ganzen zu tun?«

»Nancy war Protestantin«, sagte William.

»Ach so … ich verstehe.« Obwohl ich es ehrlich gesagt nicht verstand. Jedenfalls nicht richtig. »War das also der Grund, warum sie deinen Dad gezwungen hat, sich von der IRA loszusagen? Weil sie Protestantin war und er –«

»Er hat sich nicht von der *IRA* losgesagt«, korrigierte mich William. »Er hörte nicht auf, an die Sache zu glauben. Er hörte nur damit auf, *selbst* Gewalt auszuüben, sonst nichts.

Und Nancy hat ihn auch nicht *gezwungen*, sie hat ihn nur vor die Wahl gestellt. Und das hatte nichts mit ihrer Religion zu tun, sondern allein mit ihr.«

»Okay …«, sagte ich. »Tut mir leid. Ich wollte dich nicht –«

»Ja, ich weiß«, sagte er mit einem halben Lächeln. »Tut mir leid. Schon gut, es hat nur … es liegt an mir.« Er schüttelte den Kopf. »Ich kann nichts dagegen machen. Immer wenn ich an dieses Arschloch Franky Hughes denke …«

»Was hat er getan?«, fragte ich.

William seufzte. »Er hat auf den rechten Moment gewartet, sich Zeit genommen … Dad beschattet, ist ihm gefolgt, hat Beweise gesammelt …«

»Beweise wofür?«

»Na ja, *einiges* war echt. Der Beweis, dass Dad nicht krank war – Fotos, die zeigten, dass er völlig gesund war, Bilder von ihm unterwegs mit Nancy, lachend … aber der Rest, das Zeug, das Dad *wirklich* das Genick gebrochen hat, war gefälscht. Franky hatte das alles erfunden.«

»Was meinst du mit Zeug?«

»Also, es stellte sich heraus, dass Franky tatsächlich ein V-Mann war. Er hatte jahrelang Informationen an einen MI5-Agenten weitergegeben, deshalb wusste er besser als jeder andere, welche Dokumente es brauchte, um zu beweisen, dass jemand ein Informant ist, und dann musste er sie nur noch liefern. Ich bin nicht ganz sicher, wie er es schaffte – obwohl mich nicht wundern würde, wenn er Unterstützung vom MI5 hatte –, doch ein paar Monate später ging er zu dem Brigadekommandanten und unterbreitete ihm genügend Dokumente, die anscheinend zweifelsfrei bewiesen, dass Dad für den britischen Geheimdienst arbeite und Nancy seine Kontaktperson sei. Es gab gefälschte Unterlagen, getürkte Aufzeichnungen, bearbeitete Fotos, Abschriften nie geführter Telefonate …« William seufzte erneut. »Dad hatte überhaupt keine Chance.«

»Was ist passiert?«, fragte ich leise.

»Sie haben ihn umgebracht … sie haben sie beide umgebracht, Franky und Dad.« Williams Stimme klang kalt und leer. »Ihre Leichen wurden auf einer Brache ungefähr zwei Kilometer von unserer Straße entfernt gefunden. Ihre Hände waren auf dem Rücken gefesselt, die Augen mit Klebeband geschlossen und man hatte beide mit einem Schuss in den Hinterkopf exekutiert.«

»O Gott, William …«, flüsterte ich.

»Er wollte nur Fish'n'Chips holen«, fuhr William mit einem Kopfschütteln fort. »Joe und ich waren gerade aus der Schule gekommen und Dad hatte keine Zeit gehabt, für uns was zu essen zu machen, also wollte er schnell zur Pommesbude … und kam nie zurück. Zuerst dachte ich … keine Ahnung. Vielleicht glaubte ich, er wär noch auf einen Drink in den Pub gegangen, aber als er um sieben immer noch nicht zurück war, rief ich Nancy an, um zu fragen, ob sie wisse, wo er war, doch sie hatte ihn den ganzen Tag nicht gesehen. Als ich ihr erzählte, dass er seit Stunden weg war, begriff sie sofort, dass etwas nicht stimmte. Sie kam zu uns rüber und wir telefonierten die nächsten paar Stunden herum und versuchten herauszufinden, ob ihn jemand gesehen hatte. Dann, gegen zehn Uhr, tauchte die Polizei bei uns auf. Da wussten wir alle Bescheid … in dem Moment, als wir sie sahen, wussten wir, was passiert war.« William schüttelte den Kopf. »Sie sagten, wir sollten nach oben gehen«, fuhr er fort und seine Stimme klang jetzt belegt vor lauter Verbitterung. »Die Polizei … sie wollten nicht, dass

Joe und ich dabei waren, als sie Nancy die Nachricht überbrachten, deshalb schickten sie uns nach oben, wo wir im Schlafzimmer warten sollten. Aber das taten wir nicht. Wir gingen nach oben, schlichen uns dann wieder runter und horchten hinter der Tür. Die Polizei wusste anhand der Art, wie die Leichen gefunden wurden, dass es eine IRA-Hinrichtung gewesen war. Und nachdem sie Nancy gesagt hatten, was passiert war, fingen sie sofort an, jede Menge Fragen über Dad zu stellen … sie warteten nicht mal, bis sie aufhörte zu weinen, diese Arschlöcher. Und da drehte ich durch. Ich jagte ins Zimmer, brüllte sie an und sagte, sie sollten verschwinden und uns in Ruhe lassen … und dann kam Joe reingerannt und fiel auch über sie her …« William lächelte traurig. »Er hat dem einen sogar ins Bein gebissen … ist einfach auf den Scheißkerl los und hat ihn *gebissen*. Danach sind sie nicht mehr lange geblieben.«

Er schwieg einen Moment, nahm einen Schluck aus der Weinflasche, dann seufzte er wieder tief und erzählte weiter.

»Auch wir sind nicht mehr lange geblieben. Sobald die Polizei weg war, setzte sich Nancy mit Joe und mir hin und wir heulten uns erst eine Weile aus, aber dann, als die Tränen langsam zu trocknen begannen, tat Nancy, was sie tun musste.«

Obwohl Joseph nicht wusste, dass Franky Hughes ihm etwas anhängen wollte, war er sich doch im Klaren gewesen, dass die IRA irgendwann nicht nur die Sache mit seiner Gesundheit rausfinden würde, sondern auch seine Beziehung zu einer protestantischen Frau, und auch wenn das allein wohl nicht reichen würde, um sein Leben zu gefährden, war er sich doch des Risikos stets bewusst.

»Und wenn sie irgendwann den Verdacht haben, dass ich sie betrüge«, hatte er Nancy erklärt, »werden sie garantiert unterstellen, dass du etwas damit zu tun hast. Und du weißt, was das heißt.«

Nancy nickte. Sie wusste genau, was das hieß.

»Vielleicht wird es ja nie so weit kommen«, fuhr Joseph fort, »aber für den Fall, dass mir irgendwas zustößt, musst du mir ein Versprechen geben.«

Nancy nickte bloß wieder.

»Du musst mir versprechen, Belfast so schnell wie möglich zu verlassen, ja? Halt dich nicht mit Packen oder Verabschieden auf, warte nicht ab, sondern verlass nur so schnell wie möglich das Land. Okay?«

»Aber –«

»Kein Aber, tu's einfach. Versprichst du mir das?«

»Ja ... ja, ich versprech's.«

»Und ich will, dass du William und Joe mitnimmst.«

»Warum?«, fragte Nancy. »Die IRA wird doch *ihnen* nichts antun.«

»Darum geht es nicht.«

»Worum dann?«

»Um William«, sagte er. »Wenn sie mich töten und er bleibt hier, kann es gut sein, dass er *denen* was antut. Und wenn er das macht, endet er mit einer Kugel im Hinterkopf. Und dann wächst Little Joe in dem Wissen auf, dass sein Vater *und* sein Bruder von der IRA umgebracht wurden ... verstehst du, was ich meine? Ich will nicht, dass meine Söhne so enden wie ich.«

»Das werden sie nicht«, sagte Nancy.

»Versprichst du es mir? Dass du sie mitnimmst?«

Sie nickte. »Ich hab eine Freundin, die in –«

»Erzähl's mir nicht«, unterbrach sie Joseph. »Erzähl's niemandem. Wenn es je so weit kommt und du gehen musst, dann geh einfach.«

»Okay ...« Sie lächelte. »Aber so weit wird es nicht kommen ... oder, Joe?«

»Nein«, versicherte er ihr. »Alles wird gut.« Er erwiderte ihr Lächeln. »Ehrlich, es würde mich nicht wundern, wenn wir zwei ewig leben.«

Am Morgen, nachdem Williams Vater getötet worden war, nahmen Nancy und die beiden Jungs die erste Fähre nach Liverpool, die sie erreichen konnten. Von Liverpool aus fuhren sie mit dem Zug nach London und saßen am späten Nachmittag in der Küche einer Sozialwohnung in einem Hochhausblock der Cranleigh-Farm-Siedlung an der West Green Road. Die Wohnung gehörte einer alten Freundin von Nancy aus der Schwesternschülerinnenzeit, einer Frau namens Rhoda Devlin. Rhoda war mit Nancy zusammen aufgewachsen, sie hatten als Kinder zusammen in den Straßen gespielt. Also wusste sie über die Probleme in Belfast Bescheid. Sie verstand, wie die Milizen vorgingen. Und sobald Nancy erklärt hatte, was passiert war und wieso sie hatte fortgehen müssen, zögerte Rhoda nicht lange und brachte sie und die Jungs in der Wohnung unter. Wie sich herausstellte, hatte sie ohnehin überlegt, mit ihrem Freund zusammenzuziehen, doch es hatte so lange gedauert, die Sozialwohnung zu bekommen, dass es sie ärgerte, sie jetzt einfach so aufzugeben.

»Aber wenn *du* hierbleiben willst«, erklärte sie Nancy. »Du und die Jungs ... na ja, dann könnte ich ja mit Derren zusammenziehen *und* die Wohnung hier auf meinen Namen behalten. Ist vielleicht gar nicht schlecht, falls es mit Derren doch nicht so klappt ... was bei *meinem* Glück mit Männern durchaus sein kann. Aber egal, was meinst du?«

»Müsste ich dann so tun, als ob ich du wär?«, fragte Nancy.

»Nur gegenüber dem Sozialamt. Und solange die Miete bezahlt wird, kümmert sich eigentlich niemand darum, wer du bist.«

Damit war das schon mal so gut wie geregelt. Rhoda zog eine Woche später aus und für William und Joe fing mit Nancy ein vollkommen neues Leben an. Neues Leben, neues Zuhause, neue Stadt, neues Land, neue Mutter.

»Nicht dass sie uns je gedrängt hätte, sie als unsere Mutter anzusehen«, sagte William. »Sie war einfach ... keine Ahnung. Einfach Nancy, denke ich mal. Sie war alles, was wir noch hatten ... ist sie noch heute.« Er sah mich an. »Sie ist alles für uns – Mutter, Vater, große Schwester ...«

»Sie muss eine bemerkenswerte Frau sein«, sagte ich.

»Ja, das ist sie.«

»Wie kriegt sie das hin?«, fragte ich. »Finanziell, meine ich. Arbeitet sie weiter als Krankenschwester?«

William schüttelte den Kopf. »Ist noch immer ein bisschen schwierig ... sie kann eigentlich keinen richtigen Job annehmen, solange sie keinen neuen Ausweis hat, denn wenn sie ihren richtigen Namen und ihren richtigen Ausweis benutzt ... na ja, wir müssen einfach sehr vorsichtig sein, verstehst du?«

»Glaubst du wirklich, die IRA sucht nach ihr?«

»Ich *weiß* es.«

»Woher?«

Er zuckte die Schultern. »Beziehungen, Leute zu Hause, die etwas hören ... ist eine kleine Welt dort drüben.«

»Aber eine große hier.«

Er lächelte. »Ja …«

»Gibt es denn keine Möglichkeit, wie du die Dinge mit der IRA in Ordnung bringen kannst?«, fragte ich. »Ich meine, wenn sie die Wahrheit wüssten, wenn sie wüssten, dass Franky Hughes deinem Dad und Nancy eine Falle gestellt hat –«

Er schüttelte den Kopf. »Es würde nichts nützen. Sie geben keine Fehler zu – das wär ein Zeichen von Schwäche. Die Wahrheit spielt keine Rolle, die Wahrheit ist unwichtig. Das Einzige, was für sie zählt, sind ihre Ehre und ihr Ansehen.«

»Ihre *Ehre*?«

Er zuckte nur mit den Schultern.

Da rastete ich einen Moment lang fast aus. Ich verstand nicht, wie er so eine lächerliche, verdrehte Moral einfach hinnehmen konnte. Natürlich wusste ich, dass er dieser Moral selbst nicht anhing und dass das Hinnehmen nichts anderes war als ein resigniertes Akzeptieren der gegebenen Situation …

Aber trotzdem …

Ich glaube, ich wollte einfach, dass er irgendwie Hass auf die IRA zeigte.

Was nur beweist, wie unglaublich naiv ich zu der Zeit war.

»Aber wenn Nancy keine Arbeit annehmen kann«, sagte ich zu ihm, »wie schafft ihr es dann?«

»Sie kann schon arbeiten, sie darf nur nichts Offizielles machen, solange sie keinen gefälschten Ausweis hat. Aber ein gefälschter Ausweis kostet viel Geld, an das sie nicht rankommt, weil sie ja keinen richtigen Job annehmen kann, solange sie keinen gefälschten Ausweis *kriegt* … das heißt, sie kann im Moment nur Jobs machen, die bar auf die Hand bezahlt werden, aber die bringen nicht viel. Trotzdem kommen wir zurecht, weißt du? Und ich versuche ihr zu helfen, so gut es geht …«

»Das heißt, *du* hast einen guten Job?«

»Nein«, sagte er grinsend. »Ich klau einfach.«

»Stimmt …«

Er sah mich an. »Manchmal musst du eben das tun, was nötig ist.«

Ich sagte nichts, sondern sah ihn nur an. Und während ich tief in seine ruhelosen Augen blickte, dachte ich an all das, was er durchgemacht hatte – den Tod seiner Mutter, das Leben seines Vaters in der IRA, den Mord an seinem Vater *durch* die IRA –, und ich versuchte mir vorzustellen, wie es für ihn gewesen sein, welche Gefühle es in ihm ausgelöst haben musste … doch es gelang mir nicht. Ich wusste ja nicht mal, welche Gefühle es in *mir* auslöste. Aber ich *fühlte* etwas – daran bestand kein Zweifel –, und was immer es war, es bewegte mich so stark, dass ich William in den Arm nehmen und nie wieder loslassen wollte.

Aber das hier war die reale Welt – Samstagnacht, Sonntagmorgen, der Hinterhof eines Hauses in Seven Sisters, die brutale Schönheit der Musik von den Ramones, die aus den weit offenen Fenstern dröhnte – und ich wusste, dass ich in dieser *realen* Welt William nicht in den Arm nehmen und ihn für immer festhalten konnte …

Doch ich konnte ihn zumindest für einen Moment in den Arm nehmen.

Und als ich es tat – ohne ihn *zu* fest an mich zu drücken und ohne etwas zu sagen –, fühlte es sich für mich so richtig, so absolut perfekt an, dass ich mir wünschte, wir wären in einer anderen Welt, einer Welt, die *nicht* real war, einer Welt, in der wir uns für immer festhalten konnten.

Und obwohl es nicht mehr war – nur eine simple Umarmung und nichts sonst –, war es für mich ein unglaublich intimer Moment, und zum ersten Mal in meinem Leben wusste ich, wie es sich anfühlte, *eins* mit jemandem zu sein. Ich fühlte mich vollständig, zufrieden … ich brauchte nichts weiter. Nur dies.

Ich fühlte mich außerdem *befreit*. Es gab keine Erwartungen, keine Regeln, nichts, was mich verlegen machen könnte. Es war absolut in Ordnung zu schweigen und gleichzeitig wusste ich, wenn ich den Wunsch hätte, etwas zu sagen, egal was, könnte ich es tun. Ich musste nicht *überlegen*, was ich tun sollte. Und als ich spürte, wie sich in mir eine Frage bildete, hielt ich sie nicht zurück, um zu überlegen, ob ich sie stellen sollte oder nicht, sondern öffnete einfach den Mund und ließ die Worte heraus.

»Macht es dir was aus, wenn ich dich noch etwas frage?«, murmelte ich.

»Geht es um Märchen?«

Ich lächelte bei der Erinnerung an die Nacht der Valentinsparty. »Nein« sagte ich genau wie damals. »Nein, es geht nicht um Märchen.«

»In dem Fall, nein … es stört mich nicht.«

»Ist William Bonney dein richtiger Name?«

Eine Weile schwieg er, hielt mich nur weiter fest, dann ließ er mich vorsichtig los – ohne sich von mir zu entfernen – und schaute mir in die Augen. Und ich sah, in seinen Augen standen Tränen. Doch sein Lächeln war wohlwollend – ein Lächeln, das von Herzen kam.

Gerade als er meine Frage beantworten wollte – oder zumindest irgendwas sagen wollte –, drang ein schrecklicher kreischender Laut aus dem Haus. Plötzlich stoppte die Musik und wir beide hörten den unverkennbaren Lärm eines Kampfes – erregte Stimmen, Körper, die zusammenprallten, Schreie und Flüche. Der Lärm kam aus dem Raum unten, wo die Leute getanzt hatten.

»Verdammt, was –?«, fing ich gerade an.

»Hör mal hin«, sagte William.

Ich schwieg einen Moment und dann hörte ich es. Eine allzu vertraute betrunkene Stimme, wütend, beduselt und außer Kontrolle: »Dann komm doch, du Arschloch! Na *komm*!«

Ich sah William an.

»Curtis?«, fragte er.

Ich seufzte. »Wer sonst?«

20

Die Schlägerei auf der Party in jener Nacht hatte von draußen weitaus schlimmer geklungen, als sie es war. Genau genommen waren Curtis und der andere Typ – ein Punk namens Andy – beide so stoned, dass sie sich gar nicht richtig prügelten, es gab nur ein großes Gezerre und Geschubse, viel Gebrüll und Gefluche, dazu allerlei Hinfallen und Sich-am-Boden-Wälzen. Als ich Curtis später fragte, worum es bei dem Streit gegangen sei, meinte er, um nichts. »Einfach nur so, du weißt schon …« Und als ich weiterbohrte, behauptete er, Andy hätte Naked schlechtgemacht.

»Er hat gesagt, wir wären *Bonzenkinder*, Scheiße noch mal… *Möchtegern-Punks*. Ich meine, was soll *das* denn heißen, verdammt?«

Ich weiß nicht, ob Andy das wirklich gesagt hatte – obwohl es mich nicht wundern würde –, aber ich bezweifle, dass das der wahre Grund für den Kampf war, denn ein paar Wochen später erfuhr ich, dass Andy mit Charlie Brown ging – die in der Nacht nicht da war –, und wahrscheinlich kam es eher deshalb zum Streit, weil Curtis zu Andy irgendwas über Charlie sagte oder Andy zu Curtis …

Was auch immer los gewesen war, das Ganze wirkte jedenfalls reichlich armselig.

Aber ehrlich gesagt wirkte vieles armselig, nachdem ich in jener Nacht die Geschichte von Williams Leben gehört hatte. Im Vergleich zu dem, was er durchgemacht hatte – und immer noch durchmachte –, schien das meiste plötzlich so trivial und unbedeutend. Curtis und ich, die Band, Schule, Musik … ich sah das alles mit einem völlig neuen Blick. Bei nichts davon ging es um Leben und Tod. Nichts davon war *wirklich* wichtig. Selbst die fortwährenden Probleme meiner Mutter schienen im Lichte dessen, was Williams Eltern widerfahren war, nicht mehr so richtig erschütternd. Ich meine, immerhin lebte meine Mutter noch – und mein Vater auch. Natürlich will ich damit nicht sagen, dass ich plötzlich merkte, wie wunderbar mein Leben war oder so … ich begriff nur, dass es leicht viel schlimmer hätte sein können.

21

Ende Mai kühlte es draußen ein bisschen ab, doch im Juni wurde es wieder warm und gegen Ende des Monats lag das ganze Land in brütender Hitze unter einem strahlend blauen Himmel. Im heißesten Sommer seit Beginn der Wetteraufzeichnungen stiegen die Temperaturen tagelang auf 27, manchmal sogar auf über 32 Grad Celsius. Den ganzen Juni und Juli und bis in die ersten Wochen des Augusts knallte die Hitze erbarmungslos nieder. Es gab keine Unterbrechung – keinen Regen, keinen kühlen Wind – und selbst nachts sanken die Temperaturen kaum. Manche Nächte waren so heiß, dass die Leute auf den Dächern schliefen. Und im Verlauf des Sommers zeigten die endlose Hitze und der anhaltende Regenmangel ihre Folgen – Bürgersteige platzten auf, der Teer der Straßen schmolz, Flüsse trockneten aus und die Wasserversorgung musste rationiert werden. Es gab verheerende Waldbrände, Marienkäferplagen, massive Ernteausfälle, alle möglichen Schwierigkeiten in Wirtschaft und Industrie … doch um ehrlich zu sein, nichts davon tangierte mich. Und allen anderen, die ich kannte, ging es genauso. Es gab nur unsere eigene Welt – unsere Straßen, unsere Häuser, unsere Tage, unsere Nächte –, das Ganze außerhalb davon, das heißt so gut wie alles auf diesem Planeten, interessierte uns nicht. Wir interessierten uns nicht für Politik, wir beschäftigten uns nicht mit der Weltlage – Atomwaffen, dem

Vietnamkrieg oder sonst was, das die Welt für wichtig erachtete, sie existierten für uns nicht. Und wenn es auch stimmte, dass William wesentlich mehr vom Leben – und Tod – wusste als wir alle zusammen, lebte sogar er ohne Bezug zum Rest der Welt.

Natürlich merke ich heute, wie engstirnig und egoistisch das klingt, aber so war es damals eben. Wir schauten nicht fern, wir lasen keine Zeitung … wir lebten bloß unser Leben.

Der Sommer damals war für uns schlicht *unser* Sommer; wir genossen die Hitze, wir verfluchten die Hitze, wir schwitzten, wir glühten … wir taten, was wir wollten. Wir hingen tagsüber in der Sonne rum oder probten im Lagerhaus und an den Abenden hingen wir entweder weiter rum, gingen in einen Pub oder fuhren – meistens – durch London zu unserem nächsten Auftritt.

Mit unseren Auftritten ging es jetzt Schlag auf Schlag. Zwei, manchmal drei Gigs die Woche … die Veranstaltungsorte wurden immer besser, das Publikum immer größer und der Wirbel um den Punk immer lauter. Die Londoner Szene legte allmählich so richtig los, mit ständig neuen Bands. Anfang Juli spielten die Ramones zwei Abende lang im Roundhouse und an dem Abend, als wir hingingen, waren alle, die irgendwas darstellten, ebenfalls dort, und dazu so gut wie alle Londoner Musikjournalisten. Im selben Monat gab es die Debüt-Auftritte von The Clash, The Damned und von den Buzzcocks. Die Musikpresse war noch immer geteilter Meinung, wie gut diese neuen Bands wirklich waren – einige Blätter hassten sie, andere begeisterten sich schnell –, aber so oder so, die Punkmusik bekam langsam richtig viel Aufmerksamkeit von den Medien. Besonders die Gigs der Ramones waren *riesige* Events. In der Folge zeigten auch die Plattenfirmen allmählich echtes Interesse an Punk … und einiges davon lief in unsere Richtung.

Es war noch nicht wild – das Ganze bestand mehr aus Gerüchten und ansatzweise verheißungsvollen Überlegungen. Jake erzählte uns dauernd, dass er mit dem und dem von Polydor oder A&M und sonst wem gesprochen habe und dass sie »ernsthaft« an uns interessiert seien oder zu unserem nächsten Auftritt kommen wollten oder dass der Vertrag »nur noch unterschrieben werden« müsse …

Rausgekommen war bisher allerdings nichts.

In der Musikpresse wurde inzwischen auch einigermaßen regelmäßig über *uns* berichtet – es gab Kritiken, Porträts und Interviews – und unter den Journalisten herrschte das allgemeine Gefühl, dass wir zwar eine echte Punkband an vorderster Front der aufkeimenden neuen Szene waren, aber doch nicht ganz das Gleiche machten wie alle anderen Bands. Ja, wir waren laut und manchmal sehr schnell. Und ja, wir verkörperten die Gefühlswelt des Punk. Doch wir spielten nicht einfach das 1-2-3-4-Muster, dieses bloße Bam-bam-bam. Und wenn das auch manchmal zum Vorwurf führte, Naked sei eigentlich überhaupt keine Punkband – was ich immer ziemlich albern fand –, war das doch meistens ein Vorteil für uns.

»Wenn man auffallen will«, sagte Jake einmal, »ist es nicht gut, genau wie alle andern zu sein, man muss sich unterscheiden. Man muss aus der Masse herausragen.«

Wir waren auch deutlich länger zusammen als die meisten anderen Bands – außer den Pistols natürlich –, was musikalisch ebenfalls Vorteile hatte. Wir wussten, was wir taten. Wir bildeten eine Einheit. Wir waren *gut*.

Was konnte eine Plattenfirma mehr verlangen?
Wir hatten super Songs.
Einen eindeutigen Sound.
Wir hatten Curtis, den geborenen Rock-'n'-Roll-Star.
Und wir hatten William.

Auch wenn Naked immer die Band von Curtis gewesen war – er war der Songwriter, Frontman, Sänger, Leadgitarrist – und auch wenn immer noch sein Name, seine Stimme, sein Foto die Presseberichte dominierte, war doch inzwischen ein wachsendes Interesse an William zu spüren. Die Kritiken und Artikel über uns konzentrierten sich allmählich nicht mehr ausschließlich auf Curtis, sondern immer mehr auch auf William ... oder Billy the Kid, wie er von Anfang an immer genannt wurde. Sie priesen sein Gitarrenspiel, seinen Gesang, sein Aussehen ... selbst seine Bewegungen auf der Bühne wurden überschwänglich gelobt. Billy the Kid, so lautete die einhellige Meinung, war ein außergewöhnlich cooler Typ.

William hatte keine Lust, all diese Musikblätter zu lesen. Ihn interessierte die Meinung anderer Leute nicht, weder über die Band noch was seine eigene Person betraf. Auch an Interviews hatte er kein Interesse. Es reichte ihm völlig, nur wie wir andern dabei zu sein. Er war nicht unfreundlich oder abweisend zu Journalisten, er sprach nur einfach nicht mit ihnen. Sagte nichts, äußerte keine Meinung, beantwortete nie eine Frage. In der ganzen Zeit, die ich ihn kannte, waren die einzigen Worte, die ich ihn je an einen Interviewpartner richten hörte: »Sie haben nicht zufällig eine Zigarette für mich?«

Jake versuchte ihn immer wieder zu überreden, wenigstens ein bisschen was zu sagen, doch William lehnte jedes Mal klipp und klar ab.

»Ist doch nur Musik«, war seine Antwort. »Was gibt es da groß drüber zu reden?«

Was irgendwie merkwürdig war, denn ich erinnerte mich, wie Curtis mir, kurz nachdem wir uns kennenlernten, etwas ganz Ähnliches gesagt hatte. »Songs sind Songs. Sie brauchen keine Erklärung.« Doch jetzt, ein Jahr später, erklärte er seine Musik öffentlich – frank und frei und äußerst wortreich bei jeder sich bietenden Gelegenheit. Nicht dass ich ihm das zum Vorwurf machte oder so, mir fiel damals nur auf, wie schnell sich die Dinge ändern können ... positiv oder negativ.

Dinge ändern sich.

Nur William änderte sich nie. Er sagte weiterhin nichts und behielt seine Gedanken für sich. Ich glaube, er ging einfach davon aus, dass sich die Medien mit der Zeit dran gewöhnen und ihn in Ruhe lassen würden, aber das taten sie natürlich nicht. Vielmehr steigerte die Weigerung, ihr Spiel mitzuspielen, nur das Interesse an ihm. Sie verstärkte seine »Coolness«. Sie gab ihm etwas Geheimnisvolles und Faszinierendes. Und nichts lieben die Medien mehr als das Geheimnisvolle.

Natürlich war ich die Einzige, die wusste, dass Williams Wunsch, so wenig wie möglich von sich preiszugeben, nicht einfach eine persönliche Entscheidung war. Es ging dabei vielleicht um Leben und Tod. In dieser Zeit vertraute mir William an, dass er ernsthaft überlegt habe, die Band zu verlassen, weil seine Präsenz in den Medien Nancy und Little Joe gefährden könne.

»Ich weiß, das Risiko ist gering«, erklärte er mir. »Ich meine, es ist ziemlich unwahrscheinlich, dass die IRA mich aufspürt, weil sie ausgerechnet den *NME* liest, verstehst du?

Und selbst wenn jemand dort ein Foto der Band sähe, würden sie mich wohl kaum erkennen.«

»Stimmt«, sagte ich, »du schaffst es immer gut wegzugucken, wenn jemand ein Foto von uns macht.«

Er grinste. »Ist dir das aufgefallen?«

Ich nickte. »Ich glaube, ich kenne kein Foto der Band, auf dem dein Gesicht richtig zu sehen ist.«

»Bestens ... ich meine, ich seh natürlich inzwischen anders aus als zu der Zeit in Belfast. Ich bin größer, meine Haare sind länger, ich bin zwei Jahre älter ... deshalb bezweifle ich, dass mich überhaupt jemand wiedererkennen würde, aber trotzdem ...«

»Du kannst nicht vorsichtig genug sein.«

»Genau.«

»Außerdem ist die IRA ja gar nicht hinter *dir* her? Die suchen doch *Nancy.*«

»Ja, schon, aber sie wissen, dass ich bei ihr bin. Das heißt, wenn sie mich finden, finden sie auch sie.«

»Und du bist sicher, dass sie sie tatsächlich immer noch suchen?«

»Na ja ...«, sagte er vorsichtig, »das ist es eben. Ich weiß, dass sie sie gern finden würden und von der Bildfläche verschwinden ließen, aber soweit ich gehört habe, steht der Wunsch im Moment nicht ganz oben auf ihrer Liste. Ich meine, wenn sie zufällig rausfinden, wo sie steckt, wenn sie ihnen auf dem Präsentierteller serviert wird, okay – dann werden sie sich auf jeden Fall darum kümmern. Aber nach den Kontakten, die ich habe, wird sie nicht mehr aktiv gesucht.«

»Das ist doch gut, oder?«

»*Gut* würde ich das nicht gerade nennen ...«

»Ja, schon, aber wenn sie nicht mehr so richtig dran interessiert sind, sie zu suchen, musst du doch auch nicht die Band verlassen, oder?«

»Genau das Gleiche hat Nancy gesagt.«

Ich sah ihn an. »Du hast ihr davon erzählt?«

»Ja.«

»Und was meint sie?«

»Sie sagt, ich soll weitermachen. Ihrer Meinung nach ist die Gefahr, dass ich erkannt werde, so gering, dass es kaum lohnt, drüber nachzudenken. Und solange mein Gesicht nicht von der Titelseite der *Sun* prangt, soll ich mir keine Gedanken machen.« Er zündete sich eine Zigarette an. »Nancy ist sowieso der Ansicht, es tut mir gut ... du weißt schon, dass ich in einer Band spiele. So bin ich beschäftigt, die Band hält mich vom Grübeln ab ... und außerdem bringt das Ganze auch noch ein bisschen Geld, was immer willkommen ist.« Er warf mir einen leicht verlegenen Blick zu. »Noch dazu ist es so eine Art Familiending ... das mit der Musik. Meine Großeltern haben immer Musik gemacht, mein Dad war ein ganz brauchbarer Geiger ... in gewisser Weise folge ich also nur einer Familientradition.« Er lächelte. »Findet Nancy zumindest. Sie meint, meine Mum und mein Dad wären stolz auf mich.«

Ich sah ihn mit einem wohligen Lächeln an.

Und er sagte: »Na ja, ich muss wahrscheinlich abwarten, wie es wird. Wenn das Ganze anfängt, größer für uns zu werden ... tja, dann muss ich vielleicht noch mal neu drüber nachdenken. Aber im Moment mache ich mit der Band wohl erst mal weiter.«

»Gut«, sagte ich und nickte ein bisschen zu heftig – der Versuch, meine tiefe Erleichterung zu überspielen, misslang kläglich. »Das ist … hm, das ist wirklich gut …« Ich lächelte ihn wieder an. »Und außerdem ist es ja nicht so, dass in der Zeitung jemand auf deinen richtigen Namen stoßen würde, oder?«

Er sah mich an. »Du meinst die ganze Geschichte mit Billy the Kid?«

»Nein«, sagte ich und hielt seinem Blick stand. »Du weißt genau, dass ich das nicht meine.«

»Weiß ich das?«

Ich schüttelte den Kopf. »Du tust es schon wieder.«

»Was tu ich schon wieder?«

»Fragen mit einer Gegenfrage beantworten.«

Er lächelte. »Tja, du kennst mich doch … Mr Mysterious.«

»Ist er das?«

»Was?«

»Mr Mysterious – ist *das* dein richtiger Name?«

»Verdammt«, sagte er lachend. »Jetzt hast du mich erwischt.«

Die Aufmerksamkeit, die William langsam auf sich zog, war für Curtis nicht leicht zu ertragen. Er bewunderte und respektierte William noch immer und brachte ihm – auch wenn er das nie zugegeben hätte – etwas entgegen, das fast an Verehrung grenzte, doch als deutlich wurde, dass andere Leute anfingen, ihn zu bewundern und zu verehren … also, das war für Curtis etwas anderes. Das war nicht so, wie es sein sollte. *Er* war der Star, der Anführer, das Genie, und so sehr *er* von William schwärmen durfte, so sehr widerstrebte es ihm, dass William von anderen bewundert wurde.

Im Grunde genommen war Curtis eifersüchtig.

Es gefiel ihm einfach nicht.

Auch das hätte er natürlich nie zugegeben und er versuchte, seine wahren Gefühle immer für sich zu behalten, doch es war ganz offensichtlich – jedenfalls für mich –, dass Williams wachsende Beliebtheit ihn innerlich zerriss. Und was es noch schlimmer machte: Curtis wusste, wie wichtig William für die Band war und dass wir ohne ihn – ohne alles, was er uns gab – wahrscheinlich nicht halb so viel Aufmerksamkeit von der Presse und den Plattenfirmen erfahren hätten.

Das heißt, einerseits half William Curtis, seinen Traum zu erreichen ... doch gleichzeitig stahl er ihm die Show. Was Curtis natürlich sehr irritierend fand. Doch auch wenn ich die Irritation verstand und akzeptierte, half mir das nicht, mit der Situation fertig zu werden. Ich meine, Curtis war schon in ausgeglichenem Zustand schwierig genug – aber ein innerlich aufgewühlter Curtis, der ständig mit sich im Clinch lag?

Nein, das war echt nicht einfach.

Er war sehr gut darin, seine Gefühle für sich zu behalten, wenn er musste. Die einzigen Male, bei denen er sich vor anderen feindselig gegenüber William zeigte, waren die paar Gelegenheiten, an denen William zu spät zur Probe kam und, als er endlich auftauchte, keine Erklärung gab. William sagte nur: »Tut mir leid, ich bin aufgehalten worden.« Aber selbst da zog Curtis nicht vom Leder oder so, sondern schaute nur den ganzen Abend finster. Erst als William eine Probe vollständig verpasste, brüllte ihn Curtis an.

Es war gegen Ende Juli, wenn ich mich richtig erinnere. Der Tag war wieder stickig heiß gewesen, weit über 30 Grad, und selbst um sieben Uhr abends war das Lagerhaus der reinste Backofen. Weil wir inzwischen mehrmals die Woche

Auftritte hatten, mussten wir nicht mehr ganz so regelmäßig proben, doch Curtis hatte vor Kurzem ein paar neue Songs geschrieben, die er unbedingt ins Set einbauen wollte; deshalb hatten wir das Lagerhaus für zwei aufeinanderfolgende Abende gebucht, um genügend Zeit zu haben, sie einzustudieren.

Um halb acht war immer noch nichts von William zu sehen.

Wir saßen da, warteten ... schwitzten ...

Es wurde acht Uhr.

Halb neun ...

»Bis neun geben wir ihm noch«, sagte Curtis. »Wenn er dann nicht da ist ...«

Er war nicht da.

»*Scheiße,* verdammt«, fauchte Curtis. »Was bildet sich dieser *Wichser* eigentlich ein?«

Am nächsten Abend erschien William pünktlich um sieben im Lagerhaus. Als er zur Tür hereinkam, sagte er kein Wort, sondern ging einfach dorthin, wo das ganze Equipment aufgebaut war, und legte seinen Gitarrenkoffer ab. Er wirkte ein bisschen fahrig, als wäre er mit irgendwas anderem beschäftigt, und ich glaube, er registrierte Curtis nicht. Dass der ihn wütend anstarrte, bekam William erst recht nicht mit, was Curtis natürlich umso mehr in Rage versetzte.

»Ist ja mal wieder typisch«, höhnte er.

William sah ihn an. »Was ist?«

»Du kommst hier einfach reinspaziert, ohne ein Wort zu sagen. Scheiße, verdammt –«

»Was?«

»Wo warst du, Mann?«

»Wann?«

»Scheiße, was glaubst du wohl, wann?«

»Ach so, gestern Abend«, sagte William lässig. »Ja, tut mir leid. Ist was dazwischengekommen.«

»Ja, das wette ich, Scheiße verflucht«, sagte Curtis kopfschüttelnd. »Es ist immer dasselbe mit dir. *›Mir ist was dazwischengekommen … ich bin aufgehalten worden …‹*« Er machte jetzt wieder Williams Akzent nach. »*›Ach ja, tut mir leid …‹*« Curtis starrte William an. »Ich meine, was ist das mit dir? Glaubst du, du bist was *Besseres*? *Wir* müssen alle pünktlich sein, aber *du* kannst dir aussuchen, wann du Lust hast, hier aufzukreuzen? Und wenn es gerade nicht passt … dann eben nicht, auch egal, ja? Wir entschuldigen das ja, weil du so super toll bist, Scheiße, verdammt.«

William antwortete nicht, sondern starrte nur zurück.

»Weißt du, was dein Problem ist?«, schimpfte Curtis weiter. »Dir steigt die Kacke in den Zeitungen zu Kopf … du *glaubst* echt an die Scheiße. Du fühlst dich als Billy, das Wunderkind, und meinst, du kannst machen, was du willst –«

»Okay«, sagte William ruhig. »Es reicht.«

»Nein, du Arschloch, du hörst mir jetzt zu –«

»Du hast deine Meinung gesagt, Curtis«, fuhr William fort und seine Stimme klang jetzt etwas härter. »Aber treib's nicht zu weit, okay?«

»Sonst?«

William seufzte. »Hör zu, es tut mir leid wegen gestern Abend, okay? Es tut mir leid, dass ich nicht kommen konnte, und es tut mir leid, dass dich das angepisst hat. Aber ich hatte was zu erledigen –«

»Ja? Und was war das? Was war das so Lebenswichtiges, das du unbedingt erledigen musstest?«

»Das ist meine Sache.«

Curtis schüttelte den Kopf. »Wir haben hier zwei Stunden gesessen und auf dich gewartet, Mann. Das Mindeste, was du uns schuldest, ist eine Erklärung.«

»Ich schulde euch gar nichts.«

»Nein?«

William starrte ihn nur eine Weile an und ich sah in seinen übernächtigten Augen, dass es ihm reichte. Ich glaube nicht, dass er sich sonderlich ärgerte über Curtis, und ganz sicher war er nicht wütend auf ihn, es reichte ihm nur einfach. Und während ich abwartend zusah, rechnete ich voll damit, dass sich William gleich umdrehen und gehen würde. Ich wusste, genau das würde er tun … ich *wusste* es einfach. Und ich spürte schon die Leere in meinem Herzen.

Doch ich irrte mich.

Er ging nicht.

Stattdessen schaute er einen Moment zu Boden, seufzte leise, sah danach wieder Curtis an und sagte: »Willst du, dass ich gehe?«

»Was?«, fragte Curtis.

»Wenn du willst, dass ich gehe, dann sag's mir. Und du siehst mich nie wieder.«

Curtis schaute irritiert. »Was soll das?«

William seufzte wieder und nahm seinen Gitarrenkoffer. »Was willst du von mir?«

»Bleib«, hörte ich mich plötzlich sagen.

Curtis schaute mich an, einen Augenblick lang schockiert, dann wütend, dann verwirrt … und für eine Sekunde sah ich auch eine Verbitterung aufblitzen und etwas Kaltes, Berechnendes … doch es war alles so verworren, so chaotisch und kurz, dass Curtis schon längst wieder wegsah und William ziemlich aufrichtig anlächelte, bevor ich das Ganze richtig begriff.

»Hey, komm schon, Billy«, sagte er locker. »Entspann dich. Verdammt. Ich war nur ... du weißt schon ... wie du gesagt hast, ich war einfach angepisst, das ist alles. Keine große Sache ... okay?«

William sah ihn einen Moment an und ließ ihn warten, dann – ohne jeden Ausdruck im Gesicht – nickte er einfach.

»Okay«, sagte Curtis und versuchte mit aller Macht, fröhlich zu klingen, was ihm jedoch nicht so richtig gelang. »Dann lass uns weitermachen. Ich will wissen, ob wir die neuen Songs bis Freitag hinkriegen ...«

Seit der nächtlichen Party, auf der mir William alles über sein Leben erzählte, hatten wir wenig Gelegenheit gehabt, miteinander zu sprechen. Jedenfalls nicht allein. William suchte nicht oft den Kontakt mit uns. Manchmal blieb er zwar nach einem Gig oder einer Probe noch da und trank ein paar Bier mit uns, aber meistens packte er, wenn der Auftritt oder die Probe vorbei war, seine Gitarre ein und verschwand. Und selbst wenn er noch mit uns abhing, war ich immer mit Curtis zusammen, sodass wir wirklich nur sehr selten allein waren. Nichtsdestotrotz verschwand die Nähe, die in jener Nacht zwischen uns entstanden war, nie richtig aus meinem Kopf oder Herzen und ich musste gar nicht mit William allein sein, um zu wissen, dass es ihm genauso ging. Die Nähe zwischen uns, eine Art unschuldige Zärtlichkeit, sie war immer da ... in jedem Blick, jedem flüchtigen Lächeln, jedem wissenden Schweigen.

Es war ein gutes Gefühl.

Aber nicht in Ordnung.

Wie eine Reinheit, die mit Sünde befleckt ist.

Als wir an jenem Abend bei der Probe eine Pause einlegten, wartete ich, bis Curtis auf dem Klo war, dann ging ich hinüber und sprach mit William.

»Alles in Ordnung mit dir?«, fragte ich ihn.

»Ja …«

»Tut mir leid wegen Curtis …«

»Kein Problem«, sagte er und lächelte mich an. »Danke, dass du für mich eingetreten bist.«

Ich zuckte die Schultern. »Curtis hätte dich sowieso nie gehen lassen.«

»Meinst du?«

Ich lächelte. »Du bist doch sein Held.«

»Ja, richtig«, sagte er lachend. »Billy, das Wunderkind …«

Ich warf einen Blick durch das Lagerhaus, um zu sehen, ob Curtis schon zurückkam. Er war noch nicht da. Ich drehte mich wieder zu William um und senkte die Stimme. »Ist alles in Ordnung? Du weißt schon, mit Nancy und so …?«

»Ja, alles okay.«

»Und gestern Abend …? Ich meine, hatte das irgendwas mit dem Ganzen –?«

»Nein.« Er sah mich an. »Nein … war nur …«

»Etwas, was du erledigen musstest?«

»Genau.«

In der Nacht war es so stickig heiß und schwül, dass man überhaupt nicht schlafen konnte. Nach der Probe war William sofort verschwunden und ich noch mit Curtis, Stan und Chief in den Pub gegangen. Wir hatten es bis zur Sperrstunde ausgehalten, dann waren Curtis und ich in das besetzte Haus zurückgekehrt und saßen eine Weile einfach nur im Zimmer – hörten Musik, lasen und redeten nicht viel miteinander. Es war zu heiß zum Reden. Es war zu heiß für *alles.* Das Fenster stand weit offen und wir hatten einen kleinen Ventilator laufen – Curtis hatte ihn vor einer Weile in einem Container gefunden –, doch die Luft war so schwer, dass nichts richtig half. Curtis trank Bier und rauchte einen Joint nach dem andern, und als er zum Schreibtisch ging und anfing, in sein Notizbuch zu schreiben, beschloss ich, mich hinzulegen in der Hoffnung, vielleicht doch noch schlafen zu können. Ich zog mich aus und legte mich auf das Laken, schloss die Augen und versuchte an irgendwas Kühles zu denken. Ich stellte mir vor, an einem Bergbach zu sitzen und meine bloßen Füße in das eiskalte Wasser zu tauchen. Es war Frühling, malte ich mir aus, ein frischer Nachmittag im April. Die Luft war klar und roch nach Gras, alles war still und von den Bergen wehte eine erfrischende Brise herab und kühlte mir den Nacken …

Das Ganze funktionierte natürlich nicht.

Ich lag bloß da, schweißgebadet, und war mir nur allzu bewusst, dass ich garantiert nicht barfuß an einem Bergbach saß, sondern in der stickigen Luft eines schäbigen kleinen Zimmers im Norden Londons auf einem durchgeschwitzten Bett lag.

Ich weiß nicht, wie spät es war, als ich schließlich doch einschlief, und ich weiß auch nicht, was mich irgendwann wieder weckte. Ich weiß nur, als ich groggy die Augen aufschlug und mich im Bett aufrichtete, saß Curtis in einem Sessel am Fenster, zu mir gebeugt, die Arme auf seine Knie gestützt, und starrte mir konzentriert in die Augen. Er saß mit nacktem Oberkörper da, die Haut glänzte von Schweiß und sein Gesicht wirkte in der Dunkelheit so grausam, so *fremd*, dass ich ihn einen Augenblick lang gar nicht erkannte. Ich zweifelte nicht, dass es Curtis *war*, ich zweifelte nur daran, dass ich ihn je richtig gekannt hatte. Er war wie ein Fremder in Curtis' Haut.

»Curtis …?«, murmelte ich verschlafen, rieb mir die Augen und schaute zur Uhr. »Was ist los? Es ist vier Uhr morgens.«

»Was hältst du von ihm?«, fragte er leise und starrte mich weiter an.

»Was?«

»Billy … William … was hältst du von ihm?«

Ich rieb mir erneut die Augen. »Ich versteh nicht … was meinst du?«

Er beugte sich noch weiter zu mir vor und sprach ganz langsam: »Was … hältst … du … von … ihm?«

»Keine Ahnung …«, murmelte ich und bekam allmählich etwas Angst. »Er ist in Ordnung, ja … du weißt schon … er ist okay …«

Curtis lächelte frostig. »Er ist okay?«

»Was soll das Ganze, Curtis? Wieso bist du –?«

»Du findest also, er ist *okay*, ja?«

»Ja«, seufzte ich. »Ist das ein Problem?«

»Ein Problem?«, sagte er schnell und lehnte sich in seinen Sessel zurück. »Wieso sollte es?«

Als sein Körper zur Seite kippte und er sich wieder gerade hinzusetzen versuchte, was ihm jedoch nicht gelang, begriff ich plötzlich, dass er nicht einfach auf die gleiche Art zugedröhnt war wie sonst – er musste sich geradezu *betäubt* haben. Er konnte nur noch in seinem Sessel zusammengesunken dasitzen, wie eine Marionette ohne Fäden.

»Und was denkst du über mich?«, fragte er.

»Ich denke, du solltest ins Bett gehen. Du bist ja total fix und fertig.«

»Liebst du mich?«

»Ja, ich liebe dich«, log ich. »Was hast du heute Nacht genommen?«

»Es ist eine *begründete* Verwirrung ... alle Schattierungen von Liebe, Leiden und Wahnsinn ...« Er seufzte schwer. »Gott, bin ich müde.«

»Hör zu, Curtis«, sagte ich, stand auf und ging zu ihm rüber. »Du musst jetzt wirklich ins Bett. Komm, gib mir deine Hand ... Curtis?«

Als er nicht antwortete, beugte ich mich zu ihm runter und sah ihn an. Die Augen waren geschlossen.

Er war im Sessel eingeschlafen.

22

Es hatte schon länger Gerüchte gegeben, Malcolm McLaren würde versuchen, irgendwann im August ein großes Event aufzuziehen, um die Sex Pistols zu präsentieren, und als er schließlich bekannt gab, dass sie am 29. August im Screen-on-the-Green-Kino spielen würden, unterstützt von den Buzzcocks, The Clash und Naked, waren Curtis und Jake absolut überzeugt, dass das die Chance war, auf die wir gewartet hatten.

»Das wird *gigantisch*«, sagte Jake aufgeregt. »*Alle* werden da sein – Journalisten, Fotografen, die ganzen Plattenfirmen ... das wird einfach *riesig.*«

»Ja«, stimmte Curtis zu. »Aber ich finde immer noch, dass uns Malcolm hätte weiter nach oben auf der Liste setzen müssen. Ich meine, wieso spielen wir ausgerechnet als *Erste,* verdammte Scheiße. Die Buzzcocks sollten den Anfang machen, dann The Clash, *dann* wir und danach die Pistols.«

»Ja, ich weiß«, sagte Jake. »Aber du kennst doch Malcolm ... der macht immer hintenrum irgendwelche Deals, alle möglichen Schweinereien. Als er endlich bereit war, uns mitmachen zu lassen, gab's keine Alternative – entweder als Erste oder gar nicht.«

»Na gut«, murmelte Curtis, »dann fetzen wir eben die andern einfach von der Bühne, was?«

»Genau.«

Ein paar Tage später wurde die Bedeutung des Screen-on-the-Green-Gigs noch größer, denn Jake erzählte uns, er käme gerade von einem weiteren Treffen mit Polydor – die schon seit einer Weile großes Interesse an uns zeigten – und die Plattenbosse seien kurz davor, uns endlich einen Vertrag anzubieten.

»Was heißt ›kurz davor‹?«, fragte Curtis.

»Na ja, sie halten sich immer noch eher bedeckt, deshalb kann ich es nicht konkret sagen, aber ich hab den Eindruck, dass sie die endgültige Entscheidung nach dem Auftritt in Islington treffen wollen. Die meisten von ihnen werden da sein und ich glaube, sie wollen uns noch ein letztes Mal sehen, ehe sie sich entscheiden.«

»Überhaupt kein Druck also«, sagte Curtis.

Jake grinste. »Wie du gesagt hast, ihr müsst nur einfach alle andern von der Bühne fetzen … wenn ihr das hinkriegt, haben wir's geschafft.«

Das Konzert war als »Midnight Special« angekündigt – mit Filmen bis Mitternacht und danach Live-Musik bis frühmorgens. Das heißt, selbst als erste Gruppe würden wir erst kurz nach zwölf auf der Bühne stehen. Aber Curtis bestand darauf, dass wir wesentlich früher dort sein sollten.

»Alles muss absolut perfekt sein«, erklärte er. »Soundcheck, Beleuchtung, Equipment … wir können uns keinen Fehler leisten. Es steht zu viel auf dem Spiel. Deshalb bin ich der Meinung, wir sollten spätestens um sieben dort sein.«

»Das ist *fünf Stunden*, ehe wir frühestens dran sind«, machte ich ihm klar.

»Ja und?«

»Na ja, ist ziemlich lang, um die ganze Zeit rumzuhängen.«

»Besser, als wenn wir zu spät kommen und die Sache versauen.«

Der eigentliche Grund, warum Curtis so früh dort sein wollte, war aber ein ganz anderer, da war ich mir sicher. Es sollte auf keinen Fall irgendwas ohne ihn laufen. Alle großen Namen würden dort sein – die Pistols, The Clash, die Buzzcocks … Rotten, Strummer, Devoto – und um keinen Preis würde Curtis zulassen, dass man ihn dabei vergaß. Und wenn das bedeutete, fünf Stunden vor dem Auftritt dort zu sein … dann war es eben so.

Der Plan lautete also, dass Chief und Stan uns am Sonntagabend um halb sieben am besetzten Haus abholen sollten.

»Das heißt, wenn du anpeilst, ungefähr eine Stunde vorher hier zu sein«, sagte Curtis zu William, »können wir schon unseren ganzen Krempel bereitstellen –«

»Ist für mich einfacher, wenn ich dort zu euch stoße«, sagte William.

»Wo?«

»Am Screen on the Green.«

Curtis sah ihn an. »Wieso?«

»Am Sonntag hat mein kleiner Bruder Geburtstag. Am Nachmittag gehen wir in den Zoo und danach feiert er eine Geburtstagsparty.«

»Eine *Geburtstagsparty*?«, fragte Curtis und schüttelte ungläubig den Kopf. »Du kommst zu spät zu unserem Gig, weil du eine scheiß *Geburtstagsparty* feierst?«

»Hab ich gesagt, dass ich zu spät komme?«

»Äh, nein –«

»Und es ist auch nicht *irgendeine* Geburtstagsparty, es ist die Geburtstagsparty meines Bruders. Ich hab ihm versprochen, da zu sein.«

»Ach so«, sagte Curtis sarkastisch. »Dann ist das natürlich was anderes.«

»Ja«, sagte William und starrte ihn an. »Genau.«

Curtis war sichtbar unzufrieden, dass William auf eigene Faust zum Auftritt kommen wollte, aber ihm war wohl klar, dass er nicht viel dran ändern konnte. Er konnte ja William nicht *zwingen*, seinen Plan zu ändern. Und wenn Curtis die eigene Planung änderte – wenn er William anbot, doch im besetzten Haus auf ihn zu warten, obwohl er schon festgelegt hatte, dass wir um halb sieben dort aufbrechen würden –, dann wäre das für ihn ein Zeichen von Schwäche gewesen. Und auf gar keinen Fall wollte er vor William schwach erscheinen.

»Mach dir keine Sorgen«, sagte William zu ihm. »Ich bin um halb acht da, okay?«

»Halb acht?«

»Acht Uhr spätestens.«

Es wurde nicht einfacher für Curtis, als ich am Samstagabend vor dem Auftritt mit der Nachricht von der Telefonzelle zurückkam, dass ich so schnell wie möglich nach Hampstead zurückmüsse, weil meine Mutter offenbar eine Art Zusammenbruch hatte.

»Was meinst du damit?«, fragte er. »Was denn für einen Zusammenbruch?«

»Ich weiß nicht genau«, sagte ich, während ich schnell meinen ganzen Krempel zusammensuchte. »Laura, eine Freundin von ihr, war am Telefon. Sie ist übers Wochenende zu Besuch und die beiden wollten eigentlich heute Abend ausgehen. Aber dann hat sich meine Mum anscheinend auf einmal ganz merkwürdig verhalten … als wäre jemand hinter ihr her –«

»Hinter ihr *her*?«

»Hat Laura gesagt. Mum scheint zu glauben, dass jemand sie holen will.«

»Wer denn?«

»Hat sie nicht gesagt … sie ist nur plötzlich durchgedreht, hat die Kontrolle verloren und sich im Badezimmer eingeschlossen. Seither kommt sie nicht mehr raus. Laura hat gesagt, Mum hat Angst … sie weint und schreit –«

»Wahrscheinlich ist sie nur stoned.«

Ich sah ihn an. »Was?«

Er zuckte die Schultern. »Kann bei Cannabis manchmal vorkommen, dass du dich total paranoid fühlst.«

»Ja, vielleicht … wie auch immer, ich muss jedenfalls los.«

»Kommst du heute Nacht noch zurück?«

»Keine Ahnung, Curtis«, sagte ich ungeduldig und ging zur Tür. »Wahrscheinlich nicht, okay?«

»Was ist mit morgen?«

»Ruf mich an«, sagte ich im Hinausgehen. »Ich sag dir Bescheid.«

Bis ich zu Hause ankam, hatte Laura schon Mums Hausarzt angerufen, der auch bereits da war und ihr etwas gegeben hatte, »um sie zu beruhigen«. Dr. Samaros – oder Doc Sam, wie er sich gern nennen ließ – hatte eine Privatpraxis mit einer sehr ausgewählten Klientel und Mum war schon jahrelang bei ihm. Ich persönlich mochte ihn nicht besonders und traute ihm nie so ganz – zum Teil, weil er selbst schrecklich ungesund wirkte und ich fand, wenn er noch nicht mal schaffte, auf sich persönlich aufzupassen, konnte er ja wohl kaum andere Menschen heilen. Doch der Hauptgrund, weshalb ich Dr. Samaros nicht mochte und ihm misstraute, war, dass er Mum immer nur Pillen verschrieb. Egal, worunter sie angeblich gerade litt, seine Antwort war stets die gleiche: Nimm diese Tabletten. Weiß der Himmel, was er ihr in all den Jahren schon verabreicht hatte – Aufputschmittel, Beruhigungsmittel, Schlankheitspillen, Schmerztabletten ... Pillenschachteln, Pillenfläschchen, ganze Kartons voller Pillen – er teilte sie aus wie Bonbons. Und Mum, wie sie nun einmal war, fragte nie nach. Sie war heilfroh über alles, was er ihr gab.

Ihr Medizinfach hatte die Größe eines kleinen Kleiderschranks.

Als ich an diesem Abend nach Hause kam, wollte Dr. Samaros gerade gehen.

»Sie schläft jetzt«, erklärte er mir, während er seine Tasche zuklappte. »Ich habe ihr ein leichtes Neuroleptikum gegeben und etwas, das sie zur Ruhe kommen lässt. Den Rest der Nacht sollte sie jetzt eigentlich stabil sein.«

»Ein Neuroleptikum?«, fragte ich etwas alarmiert.

Er lächelte. »Keine Sorge, Lili, ist nur eine Vorsichtsmaßnahme. Deine Mutter ist wahrscheinlich ein bisschen überlastet, nichts weiter ... du weißt doch, wie sie dann wird.«

»Ja, aber –«

»Wenn sie die Nacht gut schläft, ist sie morgen wieder in Ordnung, mach dir keine Sorgen.«

»Ich mach mir aber Sorgen.«

Er lächelte wieder und wuschelte mir durch die Haare wie einem sechsjährigen Kind. »Ich ruf morgen früh wieder an, okay?«

Und mit diesen Worten verschwand er.

Ich umarmte Laura kurz und dankte ihr, dass sie den Arzt angerufen hatte, dann ging ich nach oben in Mums Schlafzimmer, um zu schauen, wie es ihr ging. Alle Lampen waren ausgeschaltet, sie lag zusammengerollt im Bett, die Knie fest an die Brust gedrückt und die Hände über dem Kopf verschränkt.

»Mum?«, fragte ich leise und setzte mich neben sie aufs Bett. »Mum …?«

Sie schlief ganz fest.

Ich legte meine Hand auf ihre Schulter und flüsterte wieder, doch sie zeigte keine Reaktion. Nichts, keine Bewegung, keinen Laut … Sie schlief nicht einfach nur fest, sie war so gut wie bewusstlos. Auf ihrem Nachttisch stand ein offenes Pillenfläschchen. Ich nahm es in die Hand und versuchte das Etikett zu lesen, doch die Schrift war nicht zu entziffern. Ich seufzte, schraubte den Deckel wieder drauf, ließ das Fläschchen in meine Tasche gleiten und ging nach unten.

Laura erzählte mir ein bisschen mehr über das, was passiert war. Sie hatten sich zum Ausgehen fertig gemacht, sagte sie, und sich gegenseitig beraten, was sie anziehen sollten. Alles schien in Ordnung zu sein.

»Wir hatten Spaß«, versicherte sie mir. »Du weißt schon, wir haben gelacht und uns aufs Weggehen gefreut. Aber dann, ganz plötzlich, ist die Stimmung deiner Mum irgendwie gekippt. Sie ging ins Bad und ich hab mich weiter angezogen, doch als sie zurückkam, fing sie an zu schreien und zu toben …« Laura schüttelte den Kopf. »Es schien, als ob sie auf einmal ein anderer Mensch wäre.«

»Worüber hat sie so geschrien und getobt?«

»Sie sagte immer wieder, dass unten jemand wäre, ein Mann ... sie könnte ihn herumlaufen hören. Sie hat behauptet zu wissen, wer der Mann ist. Er wäre schon seit Wochen hinter ihr her, aber seinen Namen konnte sie mir nicht sagen. Und als ich sie gefragt habe, *warum* der Mann denn hinter ihr her ist, meinte sie, er will sie töten.«

»Und hast *du* irgendwas gehört?«

»Nein«, sagte Laura und schüttelte den Kopf. »Da war niemand. Ich bin runtergegangen und hab nachgeschaut. Als ich wieder nach oben kam, hatte sich deine Mum im Bad eingeschlossen. Sie war außer sich vor Angst.«

»Hatte sie vorher irgendwas genommen? Du weißt schon, irgendwelche Drogen, Pillen?«

»Wir haben ein paar Gläser Wein getrunken ...«

»Sonst nichts?«

»Nicht dass ich wüsste ...«

Plötzlich schaute sie weg und ich war mir ganz sicher, dass sie log. Ich wusste, wie das ablief, wenn Mum und sie zusammen loszogen – ein paar Linien Koks, um sich in Stimmung zu bringen, eine Flasche Wein, ein paar Joints ...

Und vielleicht hatte Curtis ja recht, vielleicht hatte Mum wirklich schlecht auf das Dope oder Kokain oder was auch immer reagiert ... vielleicht steckte mehr gar nicht dahinter. Sie verlor nicht den Verstand, sie hatte bloß einen miesen Trip ...

Ich hoffte, dass es so war.

Aber ich wusste es besser.

»Hat sie das schon mal gehabt?«, fragte Laura.

»Nein ...«, sagte ich verhalten. »Ich meine, nicht *das* ... aber ... na ja, du weißt schon ...«

Laura nickte. »Sie hat viel durchgemacht.«

»Ja …«

Wir saßen die nächsten paar Stunden da und redeten … hauptsächlich über Mum. Laura erzählte mir jede Menge Geschichten über »die alten Zeiten«, sie lachte und scherzte über die vielen verrückten Sachen, die sie gemacht hatten, bevor Mum heiratete. Die meisten Geschichten kannte ich schon, aber es störte mich nicht, sie noch mal zu hören. Es war schön, mir vorzustellen, dass Mum glücklich gewesen war. Später fragte Laura mich, wie es mir ginge – mit Schule, Freund, Band –, und es gelang mir, die Themen Schule und Curtis zu vermeiden, indem ich mich ganz auf Naked konzentrierte. Auf die äußeren Fakten … die Musik, die Punkszene, die Auftritte …«

»Habt ihr schon an Orten gespielt, die ich kenne?«, fragte sie.

Ich nannte ein paar, aber sie sagten ihr alle nichts.

»Was ist mit dem Screen on the Green?«, fragte ich. »Kennst du das?«

Sie nickte. »Das ist doch ein Kino, stimmt's? In Islington.«

»Ja, da spielen wir morgen Abend zusammen mit den Sex Pistols und ein paar anderen Bands …«, fing ich an zu erzählen, doch dann erinnerte ich mich an Mum. »Also, wir *sollen* da morgen Abend spielen, aber wenn es Mum nicht besser geht …«

»Ich bin sicher, sie ist morgen wieder in Ordnung«, sagte Laura. »Und ich bleib sowieso da – mindestens bis Montag. Das heißt, du musst dir keine Sorgen machen …« Sie lächelte. »Ich babysitte für dich.«

Bevor ich ins Bett ging, schaute ich noch mal zu Mum rein, doch sie war noch immer vollkommen weggetreten. Ich deckte sie zu und zog das Bettzeug zurecht, holte ihr noch ein Glas Wasser, falls sie in der Nacht aufwachte, und ging dann selbst schlafen.

Als ich ihr am nächsten Morgen eine Tasse Kaffee brachte, war Mum schon wach und aufgestanden. Sie war noch nicht angezogen oder so, sondern saß noch im Nachthemd in einem Korbstuhl am Fenster, las in einem Buch und rauchte eine Zigarette.

»Hallo, Schatz«, sagte sie, überrascht, mich zu sehen. »Was machst du denn hier?«

»Ich bin gestern Abend vorbeigekommen«, erklärte ich ihr, während ich den Kaffee auf dem Fensterbrett abstellte. »Wie fühlst du dich, Mum?«

»Gut«, sagte sie. »Mir geht's gut ... Stimmt was nicht? Du hattest doch nicht etwa Streit mit Curtis, oder?«

»Nein ... wieso?«

Sie lächelte. »Na ja, normalerweise kommst du samstagabends nicht nach Hause ...«

»Ich hab mir Sorgen um dich gemacht.«

Sie runzelte die Stirn. »Wieso das?«

»Na ja, gestern Abend ... weißt du ...«

Sie schüttelte ratlos den Kopf. »Was *ist* mit gestern Abend?«

»Laura hat mir erzählt, was passiert ist, Mum.«

»Tut mir leid, Schatz, aber ich weiß wirklich nicht, wovon du redest.«

»Du hattest Angst ...«

»Angst wovor?«

»Du hast geglaubt, es wär jemand im Haus.«

»Wer denn?«

»Keine Ahnung ... ein Mann. Du hast Laura erzählt, dass er hinter dir her wäre, dass er dir wehtun wolle.«

Mum lachte. »Niemand ist hinter mir her ... wie kommt Laura denn darauf?«

»Ist es Dad?«

»Dein *Vater*?«

»Ja ... ich meine, hast du geglaubt, dass er gestern im Haus war?«

Sie schüttelte bestürzt den Kopf. »Verdammt, wieso soll ich das geglaubt haben?«

»Keine Ahnung.«

»Hat *Laura* dir erzählt, dass Rafa hier war?«

»Nein, sie hat sich nur Sorgen um dich gemacht.«

»Wieso denn?«

»Du hattest vor irgendwas Angst.«

»Sei nicht albern«, sagte sie und lachte wieder.

»Du hast dich im Badezimmer eingeschlossen, Mum.«

»Nein, hab ich nicht.«

»Du hast geweint.«

»Das ist lächerlich.«

»Erinnerst du dich, dass Doc Sam hier war?«

»Wann?«

»Gestern Abend. Er hat dir Tabletten gegeben.«

»Das war letzte Woche.«

»Erinnerst du dich, wie du ins Bett gegangen bist?«

Sie sah mich an, blinzelte rasch mit den Augen und versuchte sich zu erinnern ... aber es gelang ihr nicht. Oder vielleicht wollte sie auch nur nicht.

»Ist Laura noch da?«, fragte sie plötzlich.

»Ja.«

»Wie spät ist es?«

»Kurz vor zehn …«
»Ist Laura noch da?«

Etwas später kam Dr. Samaros vorbei und wie immer bestand er darauf, Mum alleine in ihrem Schlafzimmer aufzusuchen … ganz privat, nur die beiden. Ich versuchte mit ihm zu diskutieren und ihm klarzumachen, dass ich dabei sein sollte, dass sie schließlich meine Mutter sei, doch er tat nur, was er immer tat – er lächelte mich herablassend an und erklärte, er folge bloß den Anweisungen meiner Mutter.

»Wenn du sie fragen willst …«, sagte er.

Ich schüttelte den Kopf, da ich genau wusste, wie die Antwort aussehen würde, und ließ die beiden allein.

Eine halbe Stunde später, als Doc Sam aus Mums Schlafzimmer kam, sagt er knapp: »Es geht ihr gut.«

»Aber sie erinnert sich an nichts von gestern Abend«, gab ich zu bedenken.

»Na ja, dass ist nicht ungewöhnlich … kein Grund zur Sorge. Ehrlich gesagt ist es wahrscheinlich sogar besser, wenn sie sich *nicht* erinnert.«

»Ja, aber –«

»Tut mir leid, Lili«, sagte er und schaute auf seine Uhr. »Ich muss jetzt wirklich gehen.« Er lächelte wieder auf seine gönnerhafte Art. »Wenn sie noch einmal Probleme macht, ruf mich einfach an, okay?«

Der Rest des Morgens verlief weitgehend friedlich. Mum schien wieder ganz okay zu sein. Ein bisschen weggetreten vielleicht, nicht ganz *da* … doch das war nicht ungewöhnlich bei ihr. Ohne uns wirklich abzusprechen, beschlossen Laura und ich, den letzten Abend nicht zu erwähnen. Wir taten einfach so, als ob nichts passiert wäre. Wir aßen zusammen zu Mittag, tranken Kaffee, saßen beieinander und redeten …

Und dann rief Curtis an.

Ich nahm den Anruf am Telefon auf dem Flur entgegen.

»Wie geht's ihr?«, fragte er.

»Im Moment nicht so schlecht«, sagte ich mit gedämpfter Stimme. »Sie ist einfach ein bisschen … keine Ahnung. Ist schwer zu erklären.«

»Kommst du heute Nachmittag zurück?«

»Ich weiß nicht, Curtis … ich glaube, es ist besser, wenn ich noch eine Weile bleibe, nur für den Fall –«

»Aber du hast doch gesagt, es geht ihr gut.«

»Nein … ich hab gesagt, es geht ihr nicht so schlecht.«

»Das ist doch dasselbe.«

»Ist es nicht.«

»Wie auch immer …«

»Lili?«

Ich drehte mich um, als ich Mums Stimme hörte. Sie stand am Ende des Flurs und starrte mich wütend an. Ihr Körper war ganz steif, das Gesicht verkrampft.

»Mit wem sprichst du?«, blaffte sie.

»Ist nur Curtis –«

»*Lüg* mich nicht an.«

»Tu ich nicht –«

»Lili?«, hörte ich Curtis sagen. »Was ist los?«

»Warte mal kurz«, sagte ich in den Hörer.

»Das ist *er*, nicht?«, fauchte Mum.

»Mum –«

»Ich weiß, was du tust!«

»Mum, bitte –«

»Gib mir den Hörer!«, schrie sie und griff nach ihm.

Als ich ihn instinktiv von ihr wegriss, zuckte sie plötzlich zusammen und wandte den Kopf ab, als wollte ich sie schlagen.

»Nein …«, murmelte sie. »Bitte …«

»Ist gut, Mum«, sagte ich und streckte den Arm aus, um sie zu beruhigen. »Ich tu dir doch –«

»Fass mich nicht an!«

Ich zog meine Hand zurück.

Mum starrte mich ein paar Sekunden an, ihre Lippen bewegten sich, aber es kam kein Laut heraus … und ich begriff – ich *merkte* es einfach –, dass sie einen Moment lang nicht wusste, wer ich war.

»Ist gut, Mum«, sagte ich leise. »Ich bin's … Lili … alles in Ordnung.«

»Lili?«, fragte Curtis durchs Telefon.

Mum starrte auf den Hörer, den Kopf zur Seite gelegt.

»Was macht sie?«, fragte Curtis.

Mum riss die Augen auf und schlug auf einmal in panischer Angst die Hände vor den Mund.

»Es ist *Curtis,* Mum«, sagte ich. »Bloß Curtis.«

»Sag ihm nichts«, flehte sie mich an, die Stimme nur noch ein leises Flüstern. »Bitte … sag ihm nicht, dass ich da bin …«

»Bist du noch dran?«, hörte ich Curtis fragen.

Mum drehte sich um und lief los, sie polterte hysterisch die Treppe hoch und wäre in ihrer Panik fast hingefallen.

»Mum!«, rief ich hinter ihr her. *»Mum!«*

Ich hörte, wie die Badezimmertür aufgerissen wurde und dann zuschlug … und schließlich war da nur noch ein gedämpftes Schluchzen. Eine Weile konnte ich mich nicht rühren. Ich stand nur da, starrte verzweifelt die Treppe an.

Mein Herz pochte und meine Augen füllten sich mit Tränen …

»Lili …?«, hörte ich Curtis wieder fragen. »Bist du noch da? Lili?«

Ich hob den Hörer langsam ans Ohr. »Ja, ich bin noch da.«

»Scheiße, was ist denn los?«

»Jetzt nicht, Curtis«, sagte ich leer. »Ich erzähl's dir später.«

»*Wann* später?«, fragte er wütend. »Wann kommst –?«

»Ruf mich nachher einfach noch mal an.«

»Ja, aber –«

Ich legte auf.

Es dauerte zwei oder drei Stunden, ehe Mum aufhörte zu weinen und aus dem Bad kam. Während sie drin war, hatte ich mindestens ein Dutzend Mal versucht, Dr. Samaros anzurufen, doch entweder war er unterwegs oder er ging nicht ans Telefon. Mum wirkte erschöpft, als sie schließlich herauskam – die Augen rot und geschwollen, die Haut totenbleich, die Bewegungen langsam und schwer.

»Ist alles okay, Mum?«, fragte ich sie.

»Müde«, murmelte sie vor sich hin. »Nur müde …«

Laura half mir, sie ins Bett zu bringen, und dann … tja, dann saß ich stundenlang bei ihr. Sie schlief unruhig – wälzte sich herum, zuckte und zitterte … murmelte ab und zu etwas vor sich hin … flüsterte Worte des Wahnsinns.

Ich saß bloß da.

Laura versuchte noch immer, Dr. Samaros zu erreichen, und jedes Mal, wenn sie den Hörer hochnahm und wieder auflegte, machte das Telefon auf Mums Nachttisch ein leises klingelndes Geräusch.

Kling …

Die Vorhänge waren zugezogen und das gedämpfte Nachmittagslicht wirkte alt und schwer. Die Luft war heiß und schwül und durch einen schmalen Spalt im Vorhang sah ich dunkle Wolken, die sehr tief hingen. Ab und zu hörte ich in der Ferne ein leises Donnergrollen.

Ich saß nur da.

Kling …

Gegen fünf brachte mir Laura eine Tasse Kaffee.

»Ich hab ihn endlich erreicht«, erzählte sie mir. »Den Arzt … er hat gesagt, er kommt in ungefähr einer Stunde.«

»Danke«, sagte ich und nahm ihr den Kaffee ab.

Laura sah zu Mum. »Wie geht's ihr?«

Ich zuckte die Schultern. »Schwer zu sagen … sie schläft nur …«

»Und dir?«

»Na ja … weißt du …«

»Wann ist dein Konzert heute Abend?«

»Na ja, um sieben sollen wir dort sein, aber –«

»Du musst nicht hierbleiben, Lili«, sagte sie freundlich. »Ich kann auch bei deiner Mum sitzen.«

»Nein, schon gut, danke. Ich werde hier –«

Das Telefon klingelte.

Ich nahm ab. »Hallo?«

»Lili? Hier ist Curtis. Wie sieht's aus?«

»Der Arzt kommt in einer Stunde«, erklärte ich ihm.

»In einer *Stunde*? Es ist schon nach fünf.«

»Ja, ich weiß.«

»Und wann kommst du?«

»Hör zu, Curtis, ich weiß nicht, ob ich es heute Abend schaffe –«

»*Was?*«

»Mum ist sehr krank –«

»Das kannst du nicht *machen*, Lili«, sagte er wütend. »Scheiße, du kannst doch die Sache nicht plötzlich schmeißen … nicht heute Abend.«

»Tut mir leid, Curtis, aber ich kann sie nicht einfach allein lassen.«

»Ja, äh, das wirst du aber wohl müssen.«

»Nein.«

»Dann bring sie eben mit.«

»Was?«

»Wenn du sie nicht allein lassen kannst, dann bring sie eben mit.«

»Sei nicht albern.«

»Verdammte Scheiße, Lili«, schrie er. »Was ist denn los mit dir? Das hier ist wichtig. Kapierst du das nicht? Das hier … ist … *verdammt noch mal … wichtig*!«

»Das hier auch«, antwortete ich leise und legte auf.

Ich schaute zu Mum … auf ihr leidendes Gesicht, ihre abgekämpfte Schönheit …

Dann blickte ich Laura an. Sie lächelte mitleidig.

Wieder klingelte das Telefon.

Ich nahm ab. »Ja?«

»Hör zu, Lili«, sagte Curtis schnell. »Tut mir leid, ja? Tut mir *echt* leid – ich wollte dich nicht anschreien, es war nur –«

»Ich komm, wenn ich's schaffe«, erklärte ich ihm.

»Ja?«

»Wenn ich nicht um sieben bei dir bin, und so wird es wahrscheinlich sein, dann fahrt ohne mich los.«

»Na gut, aber –«

»Halt jetzt mal einfach die Klappe und hör mir zu, Curtis.«

»Ja, ja, klar.«

»*Wenn* ich der Meinung bin, ich kann Mum allein lassen«, sagte ich müde, »dann komm ich, so schnell ich kann, auf eigene Faust nach Islington. Aber ich kann's nicht versprechen, hast du verstanden?«

»Ja ...«

»Wenn ich bis elf nicht da bin, kannst du davon ausgehen, dass ich's nicht mehr schaffe, und ihr müsst eben ohne mich klarkommen.«

»Wir können nicht –«

»William kann Bass spielen ... oder du.«

»Ja, aber –«

»Schluss, Curtis«, sagte ich entschlossen. »Ich diskutier das nicht mit dir. Hast du verstanden?«

»Ja ...«

»Dann, wenn ich's schaffe, bis nachher.«

Um acht Uhr war Dr. Samaros wieder weg und Mum schlief tief und fest.

»Ich habe ihr was gegeben, das sie mindestens zwölf Stunden schlafen lässt«, hatte mir Doc Sam erklärt. »Kann sein, dass sie ein bisschen wirr ist, wenn sie wieder aufwacht, aber mit etwas Glück schafft ein tiefer, langer Schlaf Ordnung im Kopf und sie bekommt keine solchen Zustände mehr.«

»Mit etwas Glück?«, fragte ich.

»Ruf mich morgen an«, sagte er, meinen Sarkasmus überhörend. »Und erzähl mir, wie es ihr geht.«

Nachdem er gegangen war, setzte ich mich wieder eine Weile zu Mum ... ohne so recht zu wissen, was ich tun oder wie ich mich fühlen sollte ... Ich saß nur da, hörte das Rumpeln des fernen Gewitters ... zu müde, um etwas zu tun, und zu aufgedreht, um zu schlafen ...

Irgendwann kam Laura herein und drückte mich stumm an sich.

»Du kannst ruhig gehen, Lili«, sagte sie leise.

»Wie bitte?«

»Zu deinem Konzert ... ich meine, wenn du willst, kannst du ruhig gehen. Es gibt doch keinen Grund hierzubleiben. Deine Mum wird die ganze Nacht durchschlafen, das heißt, du kannst nichts für sie tun. Wenn du bleibst, machst du dir nur die ganze Nacht Sorgen und sonst passiert gar nichts.« Sie lächelte mich an. »Wird schon alles gut gehen ... ich schlafe hier im Zimmer, für den Fall, dass sie doch mal aufwacht. Und wenn nötig, kann ich dich jederzeit im Kino anrufen ... im Screen on the Green, stimmt doch, oder?«

»Ja ...«

Sie grinste. »Und ich glaube, Curtis wird glücklich sein, wenn er dich sieht.«

Ich erlaubte mir ein kleines Lächeln. »Wenn du ihn kennen würdest, wärst du anderer Ansicht.«

»Wirklich?«

Ich nickte. »Er ist einfach kein Mensch, der glücklich sein kann.«

»Mehr der dunkle, grübelnde Typ?«

»Ja, kann man wohl sagen.«

Wenn es an dem Abend nur um *irgendeinen* Auftritt gegangen wäre, hätte ich mich wahrscheinlich nicht aufgerafft, aber es war nicht irgendein Auftritt. Es war der Auftritt, der unser Leben für immer verändern konnte. Und auch wenn *mir* die Aussicht, einen Plattenvertrag zu bekommen, nicht so viel bedeutete – für Curtis bedeutete sie alles. Sie war das Tor zu allem, was er wollte. Und egal, was ich in dem Moment für ihn empfand, egal, wie viel er mir noch bedeutete, ich konnte ihn nicht einfach im Stich lassen. Ich konnte doch nicht seinen Traum zerstören.

Und so sagte ich mit gemischten Gefühlen – und der Hosentasche voll Geld aus dem Portemonnaie meiner Mum – zu Laura, ich würde sie später anrufen, küsste Mum noch zum Abschied und ging los, ein Taxi suchen.

23

Es war nach neun, als ich am Screen on the Green ankam. Die Straßenbeleuchtung war eingeschaltet, die Luft immer noch heiß und der Abendhimmel von schweren Wolken überzogen. Nachdem ich eine Weile im Kino herumgeirrt war, weil ich nicht wusste, wo ich hinmusste, fand ich Curtis backstage in einem verrauchten kleinen Raum. Es standen jede Menge Leute und ziemlich viel Equipment dort – Gitarren, Verstärker, Lautsprecherboxen, Schlagzeuge –, sodass ich kaum durch die Tür kam. Bei den meisten Leuten hatte ich keine Ahnung, wer sie waren. Einige mussten Roadies sein, andere vielleicht Freunde der Bands oder Leute, die sich für Freunde hielten. Steve Jones und Paul Cook von den Pistols waren da und teilten mit ein paar spärlich bekleideten Punkgirls ein Flasche Wodka. Und drüben in der Ecke sah ich Jake, der sich gerade einen Joint drehte und mit einem älteren Anzugtypen, den ich noch nie gesehen hatte, über irgendwas lachte. Ich brauchte eine Weile, bis ich Curtis entdeckte, doch schließlich sah ich ihn – er saß am Rand auf dem Boden und unterhielt sich angeregt mit Mick Jones und Paul Simonon von The Clash.

Anstatt mich zwischen den Menschen durchzuschlängeln, rief ich von der Tür aus seinen Namen. Und als er hochschaute, sah ich an seinen Augen – die ihm förmlich aus dem Kopf knallten –, dass er jede Menge Speed genommen hatte.

»Lili«, rief er und sprang auf die Beine. »Gott sei Dank, dass du da bist.«

Als er durch den Raum auf mich zustürmte und seine Amphetamin-Augen wild in der Gegend umherzuckten, wurde mir plötzlich bewusst, dass ich binnen einer halben Stunde von einem Extrem ins nächste geraten war. Von Mum zu Hause, die sich vor lauter Beruhigungsmitteln kaum mehr rühren konnte, zu Curtis, der vom Speed total überdreht war.

Und wozu das alles?, fragte ich mich.

Ehe ich darüber nachdenken konnte, kam Curtis auf mich zugetaumelt, packte mich am Arm, sagte: »Ich muss mit dir reden«, und schleppte mich raus auf den Flur.

»Okay«, sagte ich. »Ganz ruhig. Kein Grund zur –«

»Hast du eine Ahnung, wo er wohnt?«

»Wer?«

»Billy ... ob du weißt, wo er wohnt?«

»Wieso?«

»Scheiße, er ist nicht *da*, kapierst du? Es ist nach neun und das kleine Arschloch ist immer noch nicht hier.« Curtis schüttelte den Kopf. »Ich *wusste*, dass man ihm nicht trauen kann ... verdammt, ich *wusste* es.«

»Ich bin sicher, es ist alles in Ordnung«, sagte ich. »Er ist wahrscheinlich nur –«

»Nein«, sagte Curtis wütend. »*Gar* nichts ist in Ordnung. Er hat gesagt, spätestens um acht ist er hier.«

»Und er hat auch nicht angerufen?«

»Das hätte ich dir doch *gesagt*, oder?«

»Okay«, antwortete ich und versuchte ruhig zu bleiben. »Ich wollte nur –«

»West Green Road, stimmt's? Da wohnt er doch – irgendwo an der West Green Road.«

»In Cranleigh Farm«, sagte ich.

Curtis sah mich an.

»Das ist eine Siedlung an der West Green Road«, erklärte ich ihm.

»Und da wohnt Billy?«

Ich nickte. »Also, ich weiß natürlich nicht, wo da, in welcher Wohnung oder so –«

»Woher weißt du, dass er dort wohnt?«

»Er hat's mir erzählt.«

»Wann?«

»Keine Ahnung«, sagte ich, nicht ganz sicher, weshalb ich log und mir schuldig vorkam. »Er hat es mal erwähnt, das ist alles … ich weiß nicht mehr, *wann* …« Ich sah Curtis ins Gesicht. »Ist das wichtig?«

Er zuckte mit den Schultern und zündete sich eine Zigarette an.

»Wie auch immer«, sagte ich. »Ich bin sicher, er taucht bald auf. Ich meine, es ist erst gerade halb zehn. Solange er vor Mitternacht da ist –«

»Und was, wenn nicht?«

»Dann müssen wir eben ohne ihn spielen. Das haben wir doch schon einmal gemacht … als Trio spielen. Dann machen wir es eben wieder so.«

»Ja«, sagte Curtis. »Aber es ist nicht dasselbe. Ich meine, ohne Billy …« Er zögerte, paffte an seiner Zigarette. Was er da sagen wollte, behagte ihm gar nicht. »Wir brauchen ihn doch, oder?«

»Das muss dir nicht peinlich sein«, sagte ich.

»Was?«

»Was du empfindest.«

»Was ich empfinde?«

»Wegen William … ich meine, nur weil er dich nervt –«

»Das Einzige, was mich im Moment interessiert, ist der Gig, klar? Alles andere ist irrelevant.«

»Hast du mich deshalb auch nicht nach meiner Mum gefragt?«

»Was ist?«

»Meine Mum ... sie ist sehr krank, du erinnerst dich?«

»Ja, ich weiß.«

»Du hättest wenigstens so tun können, als ob es dich interessiert.«

»Es interessiert mich ja.«

»Nein, tut es nicht. Du hast noch nicht mal gefragt, wie es *mir* geht.«

»Ja, ich weiß, aber ...« Er blies die Luft aus den Wangen. »Ich hab überhaupt keine Zeit gehabt nachzudenken.«

»Genug Zeit, dir haufenweise Speed reinzuziehen, hattest du aber schon.«

»Na ja ... ich muss ja auch alles allein organisieren.«

»Du Ärmster.«

Das mochte er gar nicht und für einen Moment fürchtete ich, er würde die Beherrschung verlieren, doch es gelang ihm, sich einigermaßen im Zaum zu halten.

»Du solltest ab und zu vielleicht mal versuchen, nicht bloß an dich zu denken«, sagte ich. »Du bist nämlich nicht der Einzige, der Probleme hat, verstehst du?«

Er senkte demonstrativ den Blick, um mir zu zeigen, wie zerknirscht er war.

Es war erbärmlich.

Und für einen Moment war mir echt danach, ihm eine runterzuhauen.

Doch dann, ganz plötzlich, merkte ich, dass es mir nicht mehr wichtig war. Er war Curtis, er war so, wie er war. Und mehr gab es dazu nicht zu sagen. Ich konnte ihn entweder nehmen, wie er war … oder ich konnte Schluss machen.

»Okay«, seufzte ich. »Was willst du wegen William unternehmen?«

So wie Curtis die Lage sah, brachte es nichts, wenn wir alle vor Ort blieben und darauf hofften, dass William irgendwann aufkreuzte. Einer von uns sollte lieber zur West Green Road fahren und schauen, ob er ihn irgendwo fand.

»Ich weiß, es ist ziemlich aussichtslos«, sagte Curtis, »und wahrscheinlich vergeuden wir nur unsere Zeit … aber wie gesagt, wir müssen ja nicht *alle* hier rumhängen.«

»Sicher nicht …«

»Und wenn du jetzt gleich mit Chief losfährst –«

»Ich?«

»Ja …«

»Wieso ich?«

»Weil …«

»Weil was?«

»Weil … wenn ich fahre und ihn finde und es stellt sich heraus, er hatte bloß keinen Bock, rechtzeitig herzukommen, oder womöglich hat er das Ganze vergessen und so … du weißt doch, wie ich bin. Wahrscheinlich brüll ich ihn an und er wird sauer …« Curtis sah mich an. »Aber dich mag er, Lili. Auf dich hört er.«

Einen Moment lang war ich sprachlos. Ich hatte Curtis noch nie so erlebt … was immer *so* hieß. Es schien fast, als würde er sich wie ein normaler Mensch verhalten – vernünftig, ehrlich, sich seiner Fehler bewusst. Natürlich konnte es auch sein, dass er sich nur so gab, wie ich ihn seiner Vorstellung nach haben wollte, um an sein Ziel zu kommen …

»Und, was hältst du davon?«, fragte er mich und schaute auf seine Uhr. »Wenn ihr jetzt losfahrt, müsstet ihr gegen zehn in der West Green Road sein. Es kann ja nicht allzu schwer sein, dieses scheiß Cranleigh-Farm-Dingsbums zu finden, und dann braucht ihr ja bloß noch rumzufragen, ob irgendwer weiß, wo Billy wohnt –«

»Und was ist, wenn wir's nicht rauskriegen?«

»Dann sind wir immer noch nicht schlechter dran als jetzt, oder? Ich meine, solange ihr gegen elf dort wieder aufbrecht, seid ihr etwa um halb zwölf wieder hier, und wenn er bis dahin immer noch nicht aufgekreuzt ist ... na ja, dann müssen wir eben wirklich ohne ihn spielen.« Curtis sah mich an. »Aber ich finde, den Versuch ist es wert.«

Ich hatte einen langen, ermüdenden Tag hinter mir und fühlte mich ausgelaugt und leer. In einem beschissenen alten Ford Transit durch London zu kurven war das Letzte, was ich in dem Moment wollte ... doch ich musste Curtis recht geben. Wahrscheinlich würde ich William zwar nicht finden, aber es leuchtete mir ein, dass wir nichts unversucht lassen durften. Und abgesehen davon hieß die Alternative, die nächsten paar Stunden mit Curtis und Jake in einem Raum voller Roadies, Möchtegerns, Sex Pistols, halb nackter Punkgirls und gruseliger Männer in Anzügen zu verbringen ...

»Okay«, sagte ich zu Curtis. »Ich versuch's.«

Während Curtis losging, um Chief zu suchen, rief ich von einem Münztelefon im Flur zu Hause an. Mum schlief noch, sagte mir Laura, alles sei okay ... kein Grund zur Sorge. Ehrlich gesagt reichte es mir langsam, andauernd zu hören, ich hätte keinen Grund zur Sorge, doch ich wusste, dass Laura es gut meinte und dass ich nur gereizt war, deshalb bedankte ich mich bei ihr, sagte, ich würde in etwa einer Stunde noch mal anrufen, und legte auf.

Als ich mich umdrehte, stieß ich fast gegen Chief. Er stand so dicht vor mir, dass ich einen Schritt zurück machen musste, um nach oben in sein Gesicht zu sehen.

»Hi«, sagte er.

»Hi, Chief«, antwortete ich und schaute mich nach Curtis um. »Wo ist Curtis?«

Chief zuckte nur mit den Schultern. »Der Wagen steht hinten.«

»Okay ...«

Er sah mich einen Moment an, dann nickte er und ging los.

Ich folgte ihm, den Flur entlang, durch eine Doppeltür und durch weitere Gänge – bis wir endlich zu einer alten Brandschutztür kamen, die aus dem Gebäude rausführte. Die Nachtluft war immer noch warm, doch es fing gerade an zu regnen, und als wir zu dem Transit hinüberliefen, krachte ein Donnerschlag los und fast im selben Moment klatschte auch schon der Regen runter. Ich hatte keine Jacke an – nur ein T-Shirt und Jeans –, und bis wir den Wagen erreichten, war ich nass bis auf die Haut. Chief schien eine Ewigkeit zu brauchen, um die Tür aufzuschließen, und als ich nachschaute, wieso, sah ich ihn neben dem Wagen stehen und zu Boden schauen.

»Komm schon, Chief«, rief ich durch den Regen. »Mach endlich die Tür auf. Ich bin schon ganz nass.«

Er schaute langsam zu mir hoch und schüttelte den Kopf.

»Was ist los?«, fragte ich. »Was hast du?«

»Platt.«

»Was?«

»Der Reifen.«

Ein Blitz erhellte die Nacht, Sekunden später von krachendem Donner gefolgt. Diesmal viel lauter, viel näher.

»Hast du einen Ersatzreifen?«, brüllte ich.

Er schüttelte den Kopf. »Platt.«

»Einen *Ersatz*reifen«, schrie ich. »Ob du einen Ersatzreifen hast?«

»Ist platt.«

»Der Ersatzreifen ist auch platt?«

Er nickte.

»Scheiße.«

Chief schien sich wenig draus zu machen, er stand nur im strömenden Regen, sagte nichts, tat nichts ... und empfand offenbar auch nichts. Er war einfach irgendwie *da*, akzeptierte den Moment so, wie er war – was er eigentlich immer tat –, und auf einmal kam es mir gar nicht schlecht vor, so sein Leben zu leben. Ohne Komplikationen, ohne Katastrophen, ohne unseliges Auf und Ab ...

Ich schüttelte den Kopf.

»Hey, Chief!«, schrie ich. »Mach bitte trotzdem die Tür auf, ja? Dann sind wir wenigstens einen Moment aus dem Regen.«

»Hä?«

Ich machte mit der Hand eine Drehbewegung. »Schließ die Tür auf!«

»Ist auf.«

»Was?«

»Ist schon auf.«

Das Prasseln des Regens auf dem Dach des Lieferwagens hatte etwas merkwürdig Beruhigendes an sich. Irgendwie gab es mir ein Gefühl von Obhut, Sicherheit, fast Behaglichkeit. Und ich hätte nichts dagegen gehabt, eine Weile einfach so sitzen zu bleiben – zuzusehen, wie der Regen die Windschutzscheibe hinabrann, auf den nächsten Blitz zu warten, den nächsten Donner …

Aber ich musste handeln.

Ich drehte mich zu Chief um, der neben mir auf dem Fahrersitz saß und gelassen eine Zigarette rauchte. »Dann werd ich mir mal lieber ein Taxi suchen«, sagte ich. »Kannst du Curtis Bescheid geben?«

Er nickte.

Ich fasste in meine Tasche, zog das Geld raus, das ich aus dem Portemonnaie meiner Mum genommen hatte, und schaute nach, ob es für ein Taxi reichte. Es war eindeutig mehr, als ich gedacht hatte, über £100.

»Sag ihm, ich hätte ein Taxi nach Cranleigh Farm genommen«, erklärte ich Chief. »Und dass ich auch mit dem Taxi wieder zurückkomme, okay?«

Chief nickte noch einmal.

Und ich sagte: »Bis halb zwölf bin ich allerspätestens wieder hier.«

»Geht klar … halb zwölf.«

»Okay«, sagte ich und spähte durch die Windschutzscheibe. »Sieht nicht so aus, als ob es bald aufhören würde zu regnen. Dann mach ich mich mal lieber auf.«

»Warte«, sagte Chief und fasste über die Rückenlehne. »Hier … nimm die.« Er reichte mir eine Jacke, eine dicke schwarze Donkeyjacke, so ein Teil, wie es Arbeiter tragen. »Ist nicht schön«, sagte er. »Aber hält dich trocken.«

»Danke, Chief«, sagte ich und lächelte ihn an.

»Und die …«, ergänzte er und reichte mir eine verstaubte Bikerkappe.

Ich setzte mir die Kappe auf und lächelte Chief weiter an. »Wie seh ich aus?«

»Toll«, sagte er und zum ersten Mal in meinem Leben sah ich ihn lächeln.

Ich beugte mich zu ihm rüber und küsste ihn auf die Wange. »Bis später, Chief.«

Er grinste. »Oder früher, Lili.«

Ich lächelte ihn wieder an, dann öffnete ich die Wagentür, zog die Donkeyjacke an und huschte in den Regen davon.

24

Cranleigh Farm war nicht die schlimmste Sozialsiedlung im Norden Londons und vermutlich auch nicht die größte, doch für jemanden wie mich – eine Privatschülerin aus reicher Familie mit einem großen Haus in Hampstead – war es eine völlig andere Welt. Und als ich in der Mitte des Betonplatzes stand, an dem mich der Taxifahrer rausgelassen hatte, und um mich herum die Hochhaussilos, demolierten Spielplätze, rostigen Eisengeländer und mit Graffiti beschmierten Wände sah ... stieg in mir unwillkürlich die Frage hoch, was ich hier eigentlich tat.

Das hier war nicht meine Welt ...

Ich gehörte hier nicht hin ...

Die Gegend machte mir Angst.

Das Gewitter hatte sich inzwischen verzogen, doch es regnete noch immer in Strömen, weshalb es mich nicht überraschte, kaum Menschen zu sehen. Ein dunkelhäutiger Alter führte seinen Hund über den Platz und am Eingang von einem der Hochhausblocks lungerten ein paar Jugendliche herum, ansonsten wirkte die Siedlung wie ausgestorben. Auch wenn ich natürlich wusste, dass sie nicht ausgestorben *war*. Ich hörte von irgendwo Musik – die Bee Gees – und von woanders den Sound von Alice Cooper. Ich hörte den Motor von einem Auto aufheulen und Stimmen in der Ferne ... jemand lachte, jemand schrie. Und ich *spürte*, wie ich beobachtet wurde. Menschen in den Hochhausblocks, die mich von ihren Fenstern aus beobachteten … sich fragten, wer ich wohl war und was ich hier wollte …

Ich fühlte mich ziemlich unwohl.

Ich wollte mich nicht unwohl fühlen. Ich wollte mich fühlen, wie ich glaubte, mich fühlen zu *sollen* – nicht ängstlich, nicht überfordert, nicht wie ein verzogenes reiches Mädchen, das hochmütig vor dem Schmutz die Nase rümpft …

Aber ich war nun mal die, die ich war.

Und ob es mir gefiel oder nicht, es ließ sich nun mal nicht ändern.

Ich schaute auf meine Uhr. Es war 22.05 Uhr. Ich zog den Kragen der Jacke hoch, stopfte mir die Haare unter die Kappe und ging zu den Jugendlichen am Eingang des Hochhausblocks.

Es waren vier – drei Jungs und ein Mädchen, alle so um die siebzehn, achtzehn – und sie hatten mich die ganze Zeit beobachtet, seit ich aus dem Taxi gestiegen war. Der eine war ein ziemlich hardcoremäßig wirkender Schwarzer mit dunkler Lederjacke und Plateauschuhen, die andern zwei Jungs waren Weiße und schienen ein wenig jünger. Beide hatten längere, in der Mitte gescheitelte Haare und beide trugen Hemden mit rundem Kragen und ausgestellte Jeans. Das Mädchen hatte eine Feather-Cut-Frisur und trug Tanktop, Minirock und hohe braune Stiefel.

Ich hatte keine Ahnung, ob sie mir wohlgesinnt waren oder nicht, doch ich war froh, dass ich mich nicht umgezogen hatte, bevor ich aufgebrochen war, denn dadurch trug ich nicht die Sachen, die ich bei unseren Auftritten anhatte. Wenn ich irgendwas auch nur ansatzweise Punkiges angehabt hätte … also, zu der Zeit damals und an so einem Ort wäre das sicher keine gute Idee gewesen. Doch in T-Shirt und Jeans und mit Donkeyjacke und Kappe war ich mir einigermaßen sicher, dass ich nicht allzu merkwürdig wirkte. Und selbst wenn ich ein *bisschen* merkwürdig aussah – was wahrscheinlich der Fall war, wenn ich so drüber nachdenke –, dann zumindest nicht auf eine eindeutig identifizierbare Weise. Solange mich niemand ansah und dachte: *Die ist ein Punk,* war vermutlich alles in Ordnung.

Hoffte ich jedenfalls.

»Entschuldigung«, sagte ich und trat auf die vier Jugendlichen zu. »Ich suche einen Jungen –«

»Tun wir das nicht alle?«, sagte das Mädchen grinsend.

Ich lächelte.

Sie hörte auf zu grinsen.

Der schwarze Junge fragte: »Hast du Zigaretten?«

»Äh ... nein, tut mir leid.«

»Weißt du, wie spät es ist?«

Ich schaute auf meine Uhr. »Gleich zehn nach –«

»Hübsch ...«

»Wie bitte?«

»Die Uhr ... sehr hübsch.« Er schaute zu einem der beiden andern Jungs. »Sieht so aus wie deine, nicht, Dave?«

»Ja.«

Der Schwarze schaute wieder zu mir. »Dave hat nämlich seine verloren ... hat ihm jemand geklaut. Sah genau aus wie deine.« Er bewegte sich lächelnd auf mich zu. »Wo hast du die her?«

»Das ist meine«, sagte ich und wich zurück. »Hör zu, ich will keinen –«

»Was?«, fragte er und blieb plötzlich stehen. »Du glaubst, ich *beklau* dich?«

»Nein –«

»Wie kommst du denn *darauf*?«, fragte er grinsend.

Ich wusste nicht mehr, was ich sagen sollte. Ich hatte Angst, ich war durcheinander … nicht sicher, ob meine Angst begründet war oder nicht …

»Was willst du?«, fragte der schwarze Junge und grinste jetzt nicht mehr.

»Ich suche jemanden.«

»Wen?«

»William Bonney. Er wohnt irgendwo hier in der Siedlung.«

»Bonney?«

»Ja«, sagte ich und merkte, wie sie mich alle anstarrten. Ihr Verhalten hatte sich schlagartig verändert. Es war, als ob sie durch die bloße Nennung von Williams Namen alle kleiner, weniger selbstbewusst … weniger Angst einflößend geworden wären.

»Kennt ihr ihn?«, fragte ich.

Der schwarze Junge schüttelte den Kopf. »Nein …«

Als ich zu den andern schaute, sah ich, wie einer der Jungs kurz zu dem Wohnblock auf seiner Rechten sah.

»Wohnt William da?«, fragte ich ihn.

»Hä?«

»Weißt du, in welcher Wohnung?«

Der Junge schüttelte den Kopf. »Ich kenn keinen, der Bonney heißt.«

Es war klar, dass er log.

Aber nicht klar, wieso.

Und als ich den andern Jungen und das Mädchen fragte, ob sie was von William wüssten, verhielten sie sich beide genauso ausweichend – murmelten nur in sich hinein, schüttelten den Kopf und vermieden jeden Blickkontakt. Ich wandte mich wieder an den schwarzen Jungen. Er hatte sich eine Zigarette angezündet und bewegte sich von mir weg.

»Ich bin eine Freundin von William«, erklärte ich ihm. »Ihr müsst keine Sorge haben –«

»Hörst du nicht zu?«, sagte er. »Wir kennen ihn nicht, okay?«

»Ja, aber –«

»Du fängst an mich zu nerven, Mädchen«, sagte er und starrte mich scharf an. »Und das willst du bestimmt nicht, hast du kapiert?«

»Ja, schon.«

»Gut. Dann hau ab und verpiss dich dahin, wo du herkommst, klar?«

Wir starrten uns noch eine Weile an und ich merkte – irgendwie überrascht –, dass ich gar nicht so große Angst vor ihm hatte. Ich fühlte mich zwar noch immer nicht selbstbewusst genug, ihn wegen William zu bedrängen, aber auch nicht mehr bedroht.

»Also dann«, sagte er, mich weiter anstarrend.

Ich hielt seinem Blick noch ein wenig stand, dann nickte ich, drehte mich um und ging ruhig fort.

Ich sah mich erst um, als ich den Platz halb überquert hatte und Richtung West Green Road ging. Alle vier standen noch da und beobachteten mich, deshalb schaute ich wieder nach vorn und ging weiter. Der Regen hatte jetzt nahezu aufgehört, doch die Luft war schwer und stickig und ich hatte das deutliche Gefühl, dass das Gewitter noch nicht vorbei war.

Ich ging durch das Tor der Siedlung, wandte mich nach rechts und folgte eine Weile dem Gehweg. Als ich im Schutz einer alten Platane stehen blieb und zur Siedlung zurückschaute, sah ich die vier Jugendlichen über den Platz zu dem Wohnblock gehen, zu dem der eine Junge geschaut hatte.

Ich trat hinter den Baum und sorgte dafür, dass ich einen guten Blick auf die Jugendlichen und den Wohnblock hatte, dann schaute ich einfach und wartete.

Ich sah sie in den Wohnblock gehen.

Ich wartete.

Ich hielt die Fenster des Wohnblocks im Auge und suchte sie nach irgendeiner plötzlichen Bewegung ab – einem Gesicht am Fenster, einem Licht, das anging, einem Licht, das ausging …

Ich wusste, dass es wahrscheinlich vergeudete Zeit war. Schließlich war die Reaktion von dem einen Jungen der einzige Hinweis darauf, dass William in dem Block wohnte. Und selbst wenn meine weiteren Annahmen stimmten – dass die Jugendlichen William erstens kannten, und zwar so gut, dass sie mir verschwiegen hatten, wo er wohnte, und dass er zweitens sofort Bescheid wissen wollte, wenn jemand nach ihm fragte, selbst wenn sie ihn also tatsächlich gerade über mich informierten –, war die Chance, ihn zu entdecken, ziemlich gering. Falls er überhaupt zu Hause war und auch noch aus dem Fenster schaute. Vielleicht wohnte er ja in einer der Wohnungen, in denen kein Licht brannte, vielleicht wohnte er auf der anderen Seite des Blocks, vielleicht war er gar nicht zu Hause …

Doch ich schaute trotzdem.

Und nach ein, zwei Minuten *sah* ich etwas.

Es war nicht Williams Gesicht, es war das Gesicht einer Frau. Ich sah es nur kurz – ein knappes Zucken des Vorhangs, ein Gesicht, das nach draußen schaute und die Straße absuchte ... es hätte jeder sein können. Doch dann, gerade als sich der Vorhang wieder schloss, sah ich noch jemanden am Fenster, jemanden, der hinter der Frau stand, mit ihr sprach und nach unten auf den Platz zeigte ...

Das Mädchen in dem Tanktop.

Der Vorhang schloss sich, aber ich hielt den Blick weiter auf das Fenster gerichtet, fixierte die Lage in meinem Kopf: siebter Stock, letztes Fenster links ... von *mir* aus links. Ich murmelte es immer wieder vor mich hin – *siebter Stock, letztes Fenster links ... siebter Stock, letztes Fenster links* –, bis ich mir ganz sicher war, es nicht mehr zu vergessen, und danach wartete ich einfach.

Es dauerte nicht lange.

Nach zehn Minuten kamen die vier Jugendlichen aus dem Wohnblock und liefen zurück über den Platz. Als sie den andern Block erreichten, den, vor dem sie gestanden hatten, gingen die beiden Jungs und das Mädchen hinein und der schwarze Junge lief ohne sie weiter. Ich beobachtete ihn, wie er sich durch die Siedlung entfernte, vermutlich zu dem Block, in dem *er* wohnte, und wartete, bis er verschwunden war. Danach wartete ich noch ein paar Minuten länger, um sicher zu sein, dass er nicht wieder zurückkam, dann trat ich hinter der Platane vor und machte mich auf die Suche nach der Frau, die ich am Fenster gesehen hatte.

Es war niemand in der Nähe, als ich den Wohnblock betrat und in den Aufzug stieg. Ich drückte den Knopf für den siebten Stock, wartete, dass sich die Türen schlossen, und schüttelte den Regen aus der Jacke, so gut es ging. Während der Aufzug ächzend und klappernd nach oben fuhr, betrachtete ich alles um mich herum – die mit Graffiti beschmierten

Wände, die Reihe von Knöpfen, die gedruckten Anweisungen, was im Notfall zu tun war –, aber erst als der Aufzug den siebten Stock fast erreicht hatte, wurde mir klar, was ich tat. Ich schaute nicht einfach nur alles an, ich versuchte Williams Gegenwart zu spüren. Ich versuchte mir vorzustellen, wie er jeden Tag mit dem Aufzug rauf- und runterfuhr, versuchte mir sein Gesicht vorzustellen, seine Augen, seine Gedanken, seine Gefühle …

Der Aufzug machte *ping*.

Und blieb stehen.

Siebter Stock.

Die Tür ging auf und ich trat hinaus auf den Flur. Er war leer. Eine einsame Stille lag in der Luft, und als ich mich nach rechts wandte und den Flur entlangging, war es, als läge im Widerhall meiner Schritte auf dem harten Linoleumboden die Erschöpfung uralter Echos.

Vor der Tür am Ende des Flurs blieb ich stehen und ging im Kopf noch einmal durch, ob ich hier richtig war. Das Fenster war das letzte zu meiner *Linken* gewesen, als ich mit dem Blick zum Hochhaus stand, dann musste es jetzt, da ich im Haus war und in die andere Richtung schaute, die letzte Tür rechts sein.

Stimmte das?

Ich war mir ganz sicher.

Ich hob die Hand, um zu klopfen, dann zögerte ich …

Was, wenn ich verkehrt lag? Wenn es nicht die rechte Wohnung war? Oder was, wenn es die rechte Wohnung *war*, ich mich aber in allem anderen geirrt hatte? Wenn das Mädchen im Tanktop, das ich am Fenster gesehen hatte, gar nicht *das* Mädchen im Tanktop war, sondern irgendein anderes Mädchen in einem Tanktop? Oder was, wenn sie zwar das Mädchen im Tanktop *war*, sie aber bloß die Frau besucht hatte, die hier wohnte … wenn die Frau, die hier wohnte, gar nicht Nancy war, sondern irgendeine andere Frau, die nur zufällig aus dem Fenster geschaut hatte, um zu sehen, ob es noch regnete oder so? Und was, wenn …?

»Hör *auf*«, sagte ich leise zu mir. »Verdammt noch mal, hör jetzt auf und beeil dich.«

Ich holte tief Luft, atmete langsam wieder aus und klopfte.

»Wer ist da?«

Es war eine Frauenstimme, ein nordirischer Akzent.

Ich beugte mich dicht an die Tür und sagte: »Ich heiße Lili, ich bin eine Freundin von William. Wir spielen zusammen in der Band –«

»Wie heißt du mit Nachnamen?

»Wie bitte?«

»Dein Nachname, wie du mit Nachnamen heißt?«

»Garcia.«

»Wie heißt die Band?«

»Naked.«

»Welches Instrument spielst du?«

»Bass. Ist William –?«

»Nenn mir einen eurer Songs.«

»Was?«

»Nenn mir den Titel von einem eurer Songs.«

»Äh … einer heißt *Heaven Hill*. Und ein anderer –«

»Ist gut, einen Moment.«

Ich hörte, wie jede Menge Sperren gelöst wurden – Riegel, Ketten, Schlösser –, dann flog die Tür auf und ich stand direkt vor der Frau, die ich am Fenster gesehen hatte. In meinem Kopf gab es kaum Zweifel mehr, dass sie Nancy war – wer sonst hätte mir all diese Fragen gestellt? –, und das Lächeln in ihrem Gesicht, als sie die Tür aufmachte, reichte aus, um auch die letzte Unsicherheit aus meinen Gedanken zu verscheuchen. Es war ein wohlwollendes Lächeln – freundlich, herzlich und offen –, doch es lag auch Besorgnis darin. Ein müdes, trauriges Lächeln ... das Lächeln einer erschöpften Seele.

»Hallo, Lili«, sagte sie. »Wie schön, dich endlich kennenzulernen. William hat mir alles über dich erzählt. Ich bin übrigens Nancy.«

Ich nickte, auf einmal unsicher, was ich sagen sollte.

Nancy lächelte wieder. »Willst du nicht reinkommen?«

»Äh ... nein«, murmelte ich. »Nein, danke ... ich ... ich hab nur –«

»Du bist ja *klatsch*nass«, sagte sie und sah mich an. »Wieso kommst du nicht kurz rein und machst dich trocken?«

Sie trat einen Schritt zurück und öffnete die Tür, um mich reinzulassen.

Ich zögerte einen Moment, nicht ganz sicher, *wieso* ich eigentlich zögerte, aber dann trat ich mit einem verlegenen Lächeln ein.

Bevor ich sie nach William fragen konnte – der offensichtlich nicht da war –, führte mich Nancy schon ins Badezimmer, gab mir ein Handtuch und verschwand, um trockene Sachen für mich zu holen. Ich versuchte ihr zu sagen, sie solle sich keine Mühe machen, mit mir sei alles in Ordnung, doch sie bestand darauf.

»Hier«, sagte sie, als sie mit einem T-Shirt und einer Jeans zurückkam. »Ich denke, die müssten dir passen. Wir haben ja fast dieselbe Größe.«

»Danke …«

Sie lächelte. »Ich geh dann mal und mache uns Tee, ja?«

»Ja.«

Die Sachen waren mir ein bisschen zu weit, doch es war schön, endlich wieder was Trockenes anzuhaben. Und obwohl sie mir nicht ganz passten und außerdem einer Frau gehörten, die mindestens doppelt so alt war wie ich, sahen das T-Shirt und die Jeans gar nicht schlecht aus. Eine ausgeblichene Jeans mit schmalen Beinen und geflickten Knien, ein kurzärmeliges schwarzes T-Shirt mit einem aufgedruckten Fragezeichen vorn.

Nancy war eine ziemlich coole Person, beschloss ich.

Sie war jünger, als ich gedacht hatte – Mitte bis Ende dreißig –, und sah auch anders aus, als ich es mir ausgemalt hatte. Aus irgendeinem Grund hatte ich sie mir immer blond, mit blasser Haut, schmaler Figur und einem ziemlich strengen Gesicht vorgestellt. Stattdessen hatte sie schulterlange dunkelrote Haare, war eher füllig als schmal und besaß ein klassisch schönes Gesicht. Und statt der traditionellen Schwesterntracht, in der ich sie mir schwachsinnigerweise immer vorgestellt hatte, trug sie, geradezu hippiemäßig, eine Jeans-Latzhose über einem weißen, ärmellosen Spitzenhemd.

Für einen Moment musste ich an *meine* Mum denken …

Und dann musste ich mich daran erinnern, dass Nancy gar nicht Williams Mum war …

Außerdem …

Ich schaute auf meine Uhr.

Es war 22.45 Uhr, viel später, als ich gedacht hatte.

Ich trocknete mir schnell die Haare mit einem Handtuch, hing meine nassen Sachen auf einen Wäscheständer und trat hinaus, um zu Nancy zu gehen.

»Tut mir leid, Lili«, sagte sie. »Ich weiß wirklich nicht, wo William steckt.«

Wir saßen jetzt im Wohnzimmer und tranken aus unseren Bechern dampfend heißen, sehr starken Tee. Ich hatte Nancy kurz die Situation erklärt – das mit dem Auftritt und William und so –, doch leider wusste auch sie keinen Rat. William hatte ihr nichts von dem Auftritt erzählt, sagte sie, und sie hatte ihn nicht mehr gesehen, seit er die Wohnung gegen sechs Uhr verließ. Ich spielte mit dem Gedanken, sie nach Joes Geburtstagsparty zu fragen, aber ich hatte mich schon kurz im Wohnzimmer umgeschaut und keine Hinweise auf einen Geburtstag oder eine Party entdeckt. Keine Glückwunschkarten, keine Kuchen, keine Luftballons, keine Geschenke. Das heißt, wenn Little Joes Party nicht die un-partyhafteste Party gewesen war, die man sich vorstellen konnte, musste ich wohl davon ausgehen, dass William gelogen hatte.

»Hat er gesagt, wo er hinwollte?«, fragte ich Nancy.

Sie schüttelte den Kopf. »Das macht er selten.«

»Und wann er zurückkommt? Hat er da irgendwas angedeutet …?«

»Nein …« Sie sah mich an. »Wenn ich genau drüber nachdenke, hatte er auch gar keine Gitarre dabei, als er ging.«

»Nein, das ist klar«, sagte ich. »Er hat sie gestern bei Curtis gelassen.«

»Ach so …« Sie trank einen Schluck. »Vielleicht weiß ja Joe was … ich ruf ihn mal schnell.«

»Aber weck ihn nicht auf, wenn er schläft«, sagte ich.

»Schläft?« Sie lachte. »Der Junge schläft *nie.*« Sie drehte sich zu einer Tür am anderen Ende des Zimmers um. »Joe!«, rief sie. »Kannst du bitte mal kommen?«

Fast im selben Moment ging die Tür auf und Little Joe trat ins Zimmer. Bis auf die Tatsache, dass er ein paar Zentimeter kleiner als William war – und eindeutig ein paar Jahre jünger –, sah er genauso aus wie sein Bruder. Das gleiche Gesicht, die gleichen Haare, die gleichen Augen ... selbst seine Körperhaltung war ein perfektes Abbild.

»Das ist Lili«, erklärte ihm Nancy. »Sie sucht William. Weißt du, wo er ist?«

Joe sah mich an, dann schaute er wieder zu Nancy und schüttelte den Kopf.

»Wann hast du ihn zuletzt gesehen?«

»Kurz bevor er gegangen ist.«

»Hat er dir gesagt, wo er hinwollte?«

»Nein, er ist einfach gegangen.«

»Okay ...« Sie lächelte ihn an. »Lili spielt in Williams Band.«

Er sah mich an. »Du spielst bei Naked?«

»Ja.«

»Ich überlege, auch eine Band zu gründen.«

»Echt?«

Er nickte. »Ich werd der Sänger.«

Ich lächelte. »Gute Wahl.«

»Ja, ich weiß.« Er schaute zu Nancy. »Ist William in Schwierigkeiten?«

»Nein, Schatz, er ist nicht in Schwierigkeiten ... wir wollen nur rausfinden, wo er steckt, das ist alles.«

Joe nickte bloß.

Nancy lächelte ihn wieder an. »Dann bis gleich, ja?«

Nach einem weiteren kurzen Nicken und einem schnellen Blick zu mir verschwand Joe durch die Tür und schloss sie leise.

»Wow«, sagte ich halblaut. »Der ist ja William wie aus dem *Gesicht* geschnitten.«

»Ich weiß«, sagte Nancy lächelnd. »Und er wird ihm mit jedem Tag ähnlicher.«

»Wie alt ist er?«

»Im Juni ist er dreizehn geworden.«

Also hatte ich recht mit der Geburtstagsparty. William hatte tatsächlich gelogen.

Ich schaute auf meine Uhr. 23.05 Uhr.

»Schaffst du's noch?«, fragte Nancy.

»Na ja, ich mach mich jetzt lieber auf, wenn das okay ist.«

»Natürlich.« Sie erhob sich. »Was soll ich William sagen, wenn er doch noch heute Abend zurückkommt?«

»Du könntest ihm vielleicht eine knallen von mir, wie wär's damit?«

Sie lachte. »Kein Problem.«

»Nein, ehrlich«, sagte ich und stand auf. »Du weißt doch, wie es sein wird.«

Nancy nickte. »Er wird längst im Kino sein, wenn du zurückkommst.«

»Genau.«

»Er wird dasitzen, ruhig wie nur was, eine Zigarette rauchen, Bier trinken und sich wundern, was der ganze Aufruhr soll.«

»Yep.«

»Und dann kommst du rein, zum zweiten Mal klatschnass und stinksauer –«

»Und *ich* knall ihm eine.«

»Genau«, sagte sie und wir mussten beide laut lachen.

Auf dem Weg zur Tür dankte ich Nancy für das T-Shirt und die Jeans und sagte, ich würde sie schnellstmöglich waschen und William mitgeben.

»Wieso bringst du sie nicht selbst vorbei?«, schlug sie vor. »Es eilt nicht, aber es wär doch schön, dich wiederzusehen. Und wenn du schon da bist, kannst du auch gleich *deine* getrockneten Sachen mitnehmen.«

»Ja, okay«, sagte ich. »Das wär schön.«

»Gut.« Sie lächelte mich an. »Na, dann hoffe ich, dass heute Nacht doch noch alles gut geht.«

»Ganz bestimmt.«

Sie löste sämtliche Riegel und Ketten an der Wohnungstür, wollte sie gerade öffnen, aber dann stockte sie plötzlich. Nach einem kurzen Schweigen drehte sie sich zu mir um und sah mir in die Augen.

»William hat ein gutes Herz«, sagte sie leise. »Er tut zwar nicht immer das Richtige – und dafür gibt es auch keine Entschuldigung – und manchmal erweckt er sogar den Anschein, als wären ihm die Gefühle anderer egal. Aber tief drinnen, in seinem Herzen, ist er der selbstloseste und fürsorglichste Mensch, den ich kenne.« Sie lächelte traurig. »Das ergibt wahrscheinlich überhaupt keinen Sinn, oder?«

»Doch«, sagte ich. »Das ergibt sehr viel Sinn.«

25

Es fiel mir erst auf, als ich das Hochhaus verließ und über den Platz zur West Green Road lief, dass Nancy mir gar nicht erklärt hatte, wieso sie so viele Details von mir wissen wollte, bevor sie mich reinließ. Ich *brauchte* natürlich auch keine Erklärung, ich wusste ja, dass sie nur prüfen wollte, ob ich tatsächlich die war, für die ich mich ausgab, und mir war schon klar, warum sie es tat. Doch das konnte *sie* ja nicht wissen. Oder vielleicht doch? Hatte ihr William erzählt, dass er sich mir anvertraut hatte ... und war das vielleicht auch der Grund, wieso sie nichts über die vier Jugendlichen gesagt oder mich gefragt hatte, wie ich eigentlich dahintergekommen war, wo sie wohnte?

Aber womöglich hatte sie auch nur einfach nicht über das alles sprechen wollen.

Nicht dass das eine Rolle spielte.

Sie war nett, das war die Hauptsache.

Und ich mochte sie.

Es goss jetzt wieder in Strömen und eine gewittrige Stille lag in der Luft, als ob es jeden Moment von Neuem losgehen würde. Ich eilte hinaus auf die West Green Road und hoffte, nicht lange auf ein Taxi warten zu müssen. Genauso war es. Gerade als es schien, als würde sich der Nachthimmel auf die Erde niedersenken und die regennasse Straße verdunkeln, genau in dem Moment, als ein erstes schwaches Donnergrollen die Luft erfüllte, sah ich das freundliche gelbe Licht eines schwarzen Taxis auf mich zukommen.

Ich streckte die Hand aus, trat zurück, als das Taxi hielt, und stieg hinten ein.

Es war inzwischen zwanzig nach elf, und während das Taxi die Green Lanes entlangrumpelte, überlegte ich, ob ich den Fahrer bitten sollte, an einer Telefonzelle zu halten, damit ich Curtis anrufen und ihm sagen konnte, wo ich war und wie der Stand der Dinge war. Ich hatte auch überlegt, ihn von Nancys Wohnung aus anzurufen, doch dann war mir eingefallen, dass sie gar kein Telefon hatten. Ich schaute durch die regennasse Windschutzscheibe, sah auch weiter vorn den verschwommenen roten Schimmer einer Telefonzelle und wollte den Fahrer schon gerade bitten, davor anzuhalten … doch dann entschied ich mich anders. Islington war jetzt nicht mehr weit. Auf den Straßen herrschte kein Verkehr. In weniger als einer Viertelstunde würde ich da sein. Und was würde es denn bringen, wenn ich Curtis jetzt anrief? Wenn William da war, war er da. Wenn nicht, dann nicht.

Ich setzte mich wieder zurück und betrachtete die vorbeiziehende Umgebung.

Trotz des Gewitters und der Tatsache, dass es Sonntagabend nach elf war, herrschte auf den Straßen immer noch Leben. Es war zwar schon Sperrstunde, aber in vielen Pubs war trotzdem noch Betrieb und selbst in manchen von denen, die geschlossen wirkten, bewegten sich Gestalten in schwach beleuchteten Hinterzimmern. Da waren Leute, die sich in Ladeneingängen vor dem Regen untergestellt hatten, Leute, die vor Kebab-Ständen und Minicar-Büros rumhingen … da waren Leute, die Joints rauchten und Red-Stripe-Dosenbier tranken …

Und da war William.

Als ich ihn sah, dachte ich zuerst, es müsste jemand anderes sein, der nur so aussah wie er. Mein Kopf spielte mir offenbar einen Streich, nichts weiter. Es war dunkel, es regnete … ich konnte nicht genau gucken, weil sich die Straßenbeleuchtung auf dem nassen Asphalt spiegelte …

Doch schon als ich die Scheibe herunterkurbelte, um besser sehen zu können, wusste ich, dass er es wirklich war.

Er war mit drei anderen Männern zusammen und sie waren aus einem schäbigen kleinen Pub namens Black Horse an der Ecke einer Seitenstraße gekommen. Jetzt entfernten sie sich die Straße entlang, fort von der Green Lanes. Ich weiß nicht, was mich davon abhielt, aus dem Fenster nach William zu rufen, aber irgendetwas war mit ihm … etwas, das mit den Männern zu tun hatte, die ihn begleiteten, etwas, das mir ein ungutes Gefühl gab. Er wirkte irgendwie *anders,* nicht wie der William, den ich kannte. Härter, älter …

Er wirkte herzlos.

Und ich hatte das Gefühl, wenn ich trotzdem seinen Namen rief, würde er mich entweder überhören oder so tun, als ob er nicht wüsste, wer ich war … oder mir sagen, ich solle mich verpissen.

»Können Sie bitte anhalten?«, sagte ich schnell zu dem Fahrer.

»Wie bitte?«

»Halten Sie hier. Ich will aussteigen.«

»Hier?«

»Ja!«, blaffte ich und schaute durchs Heckfenster.

Er hielt am Straßenrand, ungefähr dreißig Meter von dem Pub entfernt. Ich reichte ihm einen £5-Schein, sagte, er solle den Rest behalten, und raste davon, die Straße entlang auf den Pub zu.

Bis ich dort ankam, hatten William und die drei Männer bereits die Hälfte der Seitenstraße zurückgelegt und waren etwa vierzig Meter vor mir. Ich wartete an der Ecke, versteckte mich und beobachtete sie. Zwei der Männer waren Mitte zwanzig, der dritte war älter, um die vierzig. Der ältere Mann war unrasiert und trug einen dicken schwarzen Mantel, Gummistiefel und eine flache Kappe. Einer der beiden Jüngeren war blass und dünn und hatte fransig lange braune Haare, der andere hatte buschiges schwarzes Haar und einen Bart. Der Fransige trug eine ausgeblichene Jeansjacke, der Buschige einen Parka. Alle drei wirkten so, als ob sie gewohnt wären, nachts unterwegs zu sein.

Ich schaute auf meine Uhr.

Es war fast halb zwölf.

Wenn ich sofort in ein Taxi spränge, würde ich es noch bis Mitternacht nach Islington schaffen. Wenn ich William verfolgte und in ein Taxi zerrte, könnten wir *beide* noch rechtzeitig dort sein.

Ich schaute die Straße entlang.

William und die andern bogen jetzt in eine andere kleine Straße ein und ich sah, wie die drei Männer beim Abbiegen kurz über die Schulter schauten. Ich zögerte einen Moment, wusste nicht, was ich tun sollte, dann blickte ich zurück zur Green Lanes, ob von dort ein Taxi käme. *Wenn eins kommt,* sagte ich mir, *dann nehm ich's. Und wenn nicht …*

Ein schwarzes Taxi näherte sich, das gelbe Zeichen eingeschaltet.

Es holte mich ein, der Fahrer bremste ab, als er mich sah …

Dann, als ich wegguckte, fuhr er vorbei.

Ich schüttelte den Kopf und fragte mich, was ich verdammt noch mal tat, schließlich rannte ich los.

Die Straße, in die sie eingebogen waren, war schmal und schmuddelig und führte direkt an einem Bahngleis entlang. Die meisten Straßenlampen brannten nicht, der Regen peitschte noch immer herab und für einen kurzen Moment glaubte ich, ich hätte sie verloren. Ich stand an der Ecke, atmete schwer, versuchte zu erkennen, wohin sie gegangen waren … doch das Einzige, was ich in der gewittrigen Finsternis sah, waren eine Reihe verfallener Häuser, ein paar abgestellte Autos und ein Stück Brachland am Ende der Straße.

»Scheiße«, murmelte ich vor mich hin.

Ich nahm meine Kappe ab und fuhr mir mit den Fingern durch die Haare.

Ich schaute weiter.

Nichts bewegte sich.

Ich blickte auf meine Uhr. 23.35 Uhr.

»Scheiße.«

Ein Blitz zerriss den Himmel und ich glaubte zu sehen, wie sich am Ende der Straße etwas bewegte, links von der Brache. Ein vager Schatten, der über den Boden glitt. Ich hielt weiter Ausschau, wartete auf den nächsten Blitz … und dann hörte ich ein leises Knarren, das Geräusch einer Tür, die geöffnet wurde, und genau in dem Moment flackerte an der Stelle, wo ich den Schatten gesehen hatte, ein fahles Licht auf.

Es donnerte.

Das fahle Licht ging wieder aus.

Eine Tür schlug zu.

Ich setzte die Kappe wieder auf und lief die Straße entlang.

Das Bahngleis führte links von mir auf einem erhöhten Damm hinter den Häusern entlang, und als ich das Ende der Straße erreichte, sah ich, dass das Gleis über eine gemauerte Bogenbrücke lief, die am Rand der Brache vorbeiführte. Einige der Bögen unter der Brücke waren leer, doch die meisten dienten als Werkstätten. Vorn gab es große Holztüren, draußen waren schwere Maschinen abgestellt und auf den Schildern stand *UNFALLREPARATUR, TÜV, SCHROTTANNAHME.* Alle Türen waren verriegelt, überall war es dunkel und still …

Mit einer Ausnahme.

Es war von mir aus gesehen die zweite Werkstatt. Auf einem verbeulten Schild an der Außenmauer stand *WARWICK MOTORS.* Vorn gab es kein Fenster und die Doppeltür war zu, deshalb konnte ich nicht hineinschauen, aber es war eindeutig jemand drinnen. Ein schwaches Licht drang durch den Spalt unter den Türen und ich sah, wie sich in dem Schein Schatten bewegten. Ich ging ein Stück näher heran in der Hoffnung, etwas zu hören, doch bei dem prasselnden Regen und dem immer noch grollenden Donner war das unmöglich.

Ich schaute auf die Uhr.

23.40 Uhr.

Ich schaute hoch, aufgeschreckt von einem kreischenden Lärm, und sah auf dem Gleis über mir einen Güterzug vorbeirattern. Als der Zug die Bögen erreichte, erhellte der Strahl seiner Scheinwerfer die Finsternis zu beiden Seiten der Brücke und zeigte mir, dass einer der Bögen – der erste in meiner Richtung – ein Tunnel war, der auf die andere Seite der Brücke führte.

Ich wartete, bis der Zug vorbei war, dann schaute ich wieder auf die Uhr.

23.41 Uhr.

Ich schau nur ganz kurz nach, sagte ich mir und ging auf den Tunnel zu. *Wenn ich von der Rückseite reinschauen kann, wenn ich rausfinde, was William da drinnen macht … dann war's das. Ich schau nur ganz kurz und dann hau ich wirklich ab.*

Der Regen hatte den Tunnel überflutet und ich musste durch mehrere Zentimeter tiefes, schwärzliches Schmutzwasser waten, doch ich war inzwischen ohnehin schon so durchgeweicht, dass das auch nichts mehr machte. Auf der anderen Seite führte ein schmaler Weg an der Brücke entlang zu den Werkstätten unter den Bögen. In der trüben Dunkelheit konnte ich noch so eben erkennen, dass der Weg links von einem Stacheldrahtzaun begrenzt wurde, hinter dem sich ein Streifen Brachland erstreckte, das mit allem möglichen Gerümpel aus den Werkstätten übersät war – alten Reifen, verrosteten Motoren, moderigen Autositzen, leeren Kartons. Ich folgte dem Weg, schlängelte mich vorsichtig zwischen lauter Müll durch, um möglichst nicht allzu viel Lärm zu machen, und erreichte schließlich die Rückfront von Warwick Motors. Es gab eine Eisentür, die mit einem schweren Vorhängeschloss und einer Kette gesichert war, und ein kleines Fenster ganz oben in der Mauer. Ich ging zu der Tür und betrachtete sie eine Weile in der Hoffnung, einen Spalt oder sonst irgendwas zu finden, wo ich reinschauen konnte, doch sie hatte kein Schlüsselloch und war exakt in die Mauer eingepasst. Ich trat zurück und richtete meine Aufmerksamkeit auf das Fenster. Von innen war es mit Brettern zugenagelt, doch ein schwacher Lichtschein drang durch ein Loch im rechten unteren Winkel. Und wenn das Licht rauskonnte, müsste ich doch auch reingucken können, überlegte ich.

Die Frage war nur ... wie sollte ich raufkommen?

Das Fenster war mindestens 1,20 bis 1,50 Meter über meinem Kopf und die Wand eine glatte Ziegelsteinmauer – keine Simse, keine Halterungen, keine Möglichkeit, hochzuklettern. Ich schaute mich um, suchte nach irgendwas, auf das ich mich draufstellen konnte, und entdeckte ein Stück die Mauer entlang eine große Öltonne. Sie wirkte ziemlich alt und verrostet, aber sonst gab es nichts, das groß genug schien, um an das Fenster zu kommen. Ich ging hin und öffnete den Deckel in der Hoffnung, dass keine schweren Sachen in der Tonne waren und ich sie bewegen konnte. Zum Glück lagen nur zusammengeknülltes Zeitungspapier und ein paar schmutzige alte Decken drin. Ich packte die Tonne am Rand und rollte sie vorsichtig an der Wand lang, bis sie direkt unter dem Fenster stand. Schließlich schaute ich, ob der Deckel richtig auflag, drückte ihn mit dem Handballen fest, holte noch einmal tief Luft und zog mich dann auf die Tonne. Zuerst schwankte sie wie verrückt und für einen kurzen, nervenaufreibenden Moment fürchtete ich, sie würde umkippen, aber indem ich in die Hocke ging und mein Gewicht ausbalancierte, gelang es mir irgendwie, sie zu stabilisieren. Ich wartete ein paar Minuten, betete, dass niemand etwas gehört hatte, und fing dann – ganz vorsichtig – an mich aufzurichten. Die Füße am rechten und linken Rand der Tonne, erhob ich mich mit den Händen an der Wand, bis mein Kopf direkt unter dem Fenster war. Dann hielt ich einen Moment inne und schaute nach oben, um zu erkennen, wo genau der Spalt in der Abdeckung des Fensters war. Wie ich vermutet hatte, befand er sich in der unteren rechten Ecke – ein faustgroßes Loch, wo das Holz weggefault war.

Und ich konnte tatsächlich durchschauen.

Ich war noch immer ungefähr fünfzehn Zentimeter unter dem Fenster, weshalb ich bloß ein kleines Stück Ziegeldach und das Ende von einer Neonröhre sehen konnte, doch als ich mich – mit angehaltenem Atem, die Augen fest auf die Lücke im Holz gebannt – Stück für Stück weiter dem Fenster entgegenreckte, tauchte immer mehr von der Werkstatt ins Blickfeld: die gegenüberliegende Wand ... Regale voll Werkzeug, Gerätschaften, Autoteile ... Poster halb nackter Frauen, das andere Ende des Werkstattbodens ... ein ausgeschlachtetes Motorrad, die Form eines Autos unter einer Abdeckplane ...

Und dann sah ich sie. In der Mitte der Werkstatt, vier Männer, die um einen Tisch saßen. Der Mann mit der flachen Kappe, die zwei Jüngeren ... und William.

Sie redeten, aber ich hörte nicht, was sie sagten.

Ihre Gesichter leuchteten in dem flackernden Schein einer Petroleumlampe, die auf dem Tisch stand.

Es gab auch noch anderes auf dem Tisch: Papiere, Karten, Ordner, eine Flasche Whisky ... Elektroteile, Drähte und Kabel, Schalter, Schaltplatten ... abgesägte Stücke von einem Rohr, Beutel mit Nägeln ...

Und Waffen.

»Scheiße«, flüsterte ich.

Die Waffen lagen auf einem Stück Sackleinen ausgebreitet – zwei Pistolen, eine Flinte und etwas, das wie ein Maschinengewehr aussah –, und als ich durch die Lücke herabstarrte, sah ich, wie der Mann mit der flachen Kappe eine der Pistolen hochnahm und William reichte. William nahm sie entgegen, untersuchte sie und nickte. Er sagte etwas zu dem Kappentyp und die andern zwei lachten. Der mit der Kappe trank aus einem Glas, zündete sich eine Zigarette an, nahm William die Pistole wieder ab und schlug ihm dann auf die Schulter. William nahm sich eine Zigarette aus einer Schachtel auf dem Tisch, zündete sie an und trank ebenfalls einen Schluck Whisky. Wieder sagte er etwas zu dem mit der Kappe. Der Ältere schaute zu dem mit den Fransenhaaren. Der Fransige nickte, sagte etwas zu William und deutete zu einem Haufen großer Plastiksäcke, die, auf einer Palette gestapelt, an der Wand lehnten. Auf den Säcken prangte das Bild eines rotgesichtigen Bauern neben einem gepflügten Feld, darunter stand etwas, das schwer zu entziffern war: *Landwirtschaftlicher Dünger.*

Bomben, dachte ich.

Düngerbomben.

Waffen, Nägel, Rohre, Schalter …

»Heilige Scheiße«, flüsterte ich.

Und dann, gerade als ich mich auf die Zehenspitzen stellen wollte, um besser sehen zu können, erhellte ein greller Blitz den Himmel und fast im selben Moment folgte direkt über mir ein gewaltiger Donner. Der plötzliche Schlag war so laut und so nah, dass ich zusammenfuhr, und ehe ich wusste, wie mir geschah, hatte sich der Deckel der Öltonne gelöst, mein rechter Fuß war hineingerutscht und ich spürte, wie das ganze Ding wankte. Ich versuchte die Tonne wieder zu stabilisieren, zappelte mit dem rechten Fuß, um sie irgendwie am Boden zu halten, doch mein ganzes Gewicht lag jetzt auf dem anderen Bein und ich konnte nichts machen. Die Tonne kippte. Ich griff nach oben und fasste verzweifelt nach dem Fensterbrett, doch es war zu schmal und das Holz war so alt und verrottet, dass ich keinen Halt fand. Und als die Öltonne krachend und scheppernd unter mir zu Boden ging, war ich mir für den Bruchteil einer Sekunde bewusst, dass ich stürzte … stürzte … und dann – *RUMMS!* – presste mir der harte Aufprall die Luft aus der Lunge, dann lag ich da, mit dem Gesicht nach unten in einer Pfütze. Ich rang nach Atem, mir wurde schlecht.

Und die Öltonne – die, wie ich schnell merkte, meinen Sturz abgefangen hatte – trudelte jetzt über den Boden wie ein riesiger Kreisel, krachte scheppernd in den Zaun und machte so viel Lärm, dass selbst der Regen ihn nicht übertönte.

Als ich mich, noch immer nach Atem ringend, wieder hochrappelte, war mir klar, dass die Männer in der Werkstatt den Lärm mitbekommen hatten. Ich hörte, wie die Tür an der Vorderfront aufflog, ich hörte laute Stimmen, die riefen: *»Schnell! Hintenrum!«* Und dann rennende Schritte …

Ich überlegte nicht – es gab nichts zu überlegen –, ich schob die Öltonne aus dem Weg und lief los.

Ich war eine ziemlich gute Läuferin damals. Nicht *super*schnell oder so, aber doch ganz schön flink – und was viel wichtiger war, ich hatte Ausdauer. Ich konnte lange durchhalten, ohne stehen zu bleiben, und das bei halbwegs gutem Tempo. Deshalb wusste ich, als ich in jener Nacht den Weg hinter den Bögen entlanglief und mich die Männer aus der Werkstatt verfolgten, dass sie mich, wenn ich nicht hinfiel oder in eine Sackgasse rannte, wahrscheinlich nicht erwischen würden. Natürlich bedeutete das nicht, dass ich keine Angst hatte – ich war in heller *Panik* –, sondern nur, dass es Hoffnung gab. *Lauf einfach weiter,* trieb ich mich an. *Lauf weiter, schau dich nicht um, fall nicht, pass auf, wo du hinläufst …*

Es war schwer zu sagen, wohin ich lief. Es gab keine Lichter, es regnete heftig, der Himmel war pechschwarz … das Einzige, was ich wirklich sah, war der Weg direkt vor mir, und selbst der war nur schwer zu erkennen bei all den Pfützen, Schlaglöchern und dem Abfall, der überall rumlag.

Doch ich hielt den Kopf nach unten, hielt die Augen offen nach Hindernissen und lief …

Schau dich nicht um …

Fall nicht …

Lauf weiter …

Nach etwa hundert Metern hörte ich plötzlich einen scharfen Knall und einen panischen Moment lang dachte ich an einen Schuss, doch als das Echo durch den Himmel kollerte, merkte ich, dass es nur ein kurzer Donner gewesen war.

Lauf weiter …

Ich rannte langsamer und riskierte einen Blick nach vorn, um zu sehen, wohin mich der Weg führte. Die Brücke selbst schien kilometerlang weiterzulaufen – ein verschwommenes schwarzes Band, das sich leicht nach rechts schwang auf die hellen Lichter der fernen City zu –, aber ganz in der Nähe, ungefähr fünfzig Meter weiter vorn, bog der Weg nach links ab.

Schau dich nicht um …

Doch ich konnte nicht mehr widerstehen.

Ich lief noch ein bisschen langsamer und schaute über die Schulter.

Sie waren ungefähr dreißig Meter hinter mir, ein wirrer Haufen Gestalten, die durch die Dunkelheit rannten. Ich konnte nicht sehen, wie viele es waren – mindestens zwei, vielleicht drei, und es war auch zu dunkel, um zu erkennen, ob William dabei war –, aber ich wusste, dass sie nicht aufgeben würden. Sie liefen nicht mit Höchstgeschwindigkeit, sie wedelten nicht mit den Armen und brüllten mir nicht hinterher, sie rannten nur einfach … stetig, stumm, geduldig …

Sie wollten mich zur Strecke bringen.

Ich erhöhte mein Tempo …

Lauf einfach …

Ich lief.

Als ich an die Stelle kam, wo der Weg nach links abknickte, musste ich ein bisschen das Tempo verlangsamen, doch nachdem ich die rechtwinklige Kurve geschafft hatte, beschleunigte ich wieder und rannte weiter den Weg entlang. Ich lief jetzt weg von der Brücke. Die Männer, die mich jagten, waren inzwischen schräg links von mir, rechts von mir waren Häuser. Der Weg führte an den hinteren Zäunen der Häuser vorbei, sodass hier deutlich weniger Müll lag, und er verlief etwas abschüssig, wodurch es leichter war, ein gutes Tempo zu halten.

Lauf weiter …

Ich war jetzt richtig im Tritt.

Aus dem Augenwinkel sah ich, dass die Männer gerade die Kurve erreicht hatten, und ich war mir fast sicher, dass ich sie langsam hinter mir ließ. Ich musste nur weiterlaufen und eine Möglichkeit finden, den Weg zu verlassen und wieder auf eine Straße zu kommen. Straße bedeutete andere Menschen, andere Menschen bedeuteten Sicherheit … und

Straße bedeutete auch Taxi. Ich musste ein Taxi finden … ich musste nach Islington …

Zu Curtis …

O Gott …

Der Auftritt!

Denk nicht mal dran …

Ich versuchte auf die Uhr zu schauen.

NICHT!

Ich ließ die Hand wieder sinken.

Lauf einfach weiter, renn weiter, such weiter …

Weiter vorn in der Ferne entdeckte ich Lichter. Straßenbeleuchtung, Scheinwerfer … eine Hauptstraße? Ich war mir nicht sicher … aber was sollte es anderes sein?

Renn weiter, such weiter …

Dann entdeckte ich einen Fahrweg. Rechts von mir, einen schmalen Grasweg zwischen zwei Häusern, mit hohen Hecken zu beiden Seiten.

Ich verlangsamte meinen Lauf und spähte den Fahrweg entlang.

Er führte auf eine Anliegerstraße. Ein Auto parkte unter einer Laterne. Ein Haus, zwei Häuser …

Weiterrennen?

Ich schaute den Weg zurück, den ich gekommen war. Die Männer waren etwa fünfzig Meter entfernt, sie erreichten gerade die leichte Biegung, an der ein Efeudickicht den Maschendrahtzaun überwucherte. Und als sie um die Wegbiegung liefen und kurz aus dem Blickfeld verschwanden, jagte ich den Grasweg entlang.

Die Straße am anderen Ende war eine einsame Sackgasse, still und menschenleer. In manchen Häusern brannte Licht hinter den geschlossenen Vorhängen, doch die meisten waren dunkel. Es war spät, die Leute lagen in ihren Betten … schliefen und träumten …

Renn weiter!

Ich lief die Straße entlang auf das zu, was hoffentlich eine Hauptstraße war …

Und als ich hinkam und merkte, dass es tatsächlich eine Hauptstraße *war*, musste ich plötzlich heulen. Es war so eine Erleichterung, sie zu sehen – eine richtige, anständige Straße … mit zwei Spuren, Autos und Bussen … Geschäften, Straßenbeleuchtung, Menschen …

Ich hatte es geschafft.

Gott sei Dank …

Ich hatte es geschafft.

Jetzt musste ich nur noch ein Taxi finden.

Ich wischte mir die Tränen aus den Augen und schaute die Straße rauf und runter. Ich zwang mich förmlich, ein schwarzes Taxi zu sehen. Ich sah Autos, ein Motorrad … Autos …

Kein Taxi.

Ich schaute in die Sackgasse zurück. Ich zwang mich förmlich, keine rennenden Männer zu sehen …

Es war niemand da.

Ich wandte mich wieder dem Verkehr zu, schaute nach links, nach rechts, wieder nach links …

Da!

Das schwarze Taxi näherte sich auf der gegenüberliegenden Straßenseite, das gelbe Licht schimmerte durch den Regen. Ich trat vom Gehweg, hob die Hand … und sprang zurück, als ich plötzlich Bremsen kreischen hörte. Ein Wagen aus der anderen Richtung hätte mich fast überfahren, wenn der Fahrer nicht voll in die Bremsen gestiegen und ausgeschert wäre. Im Vorbeifahren hupte er und reckte wütend die Faust … aber ich war schon wieder unterwegs, lief über die Straße, winkte mit beiden Händen dem schnell entgegenkommenden Taxi zu und rief: *»Taxi! Hier drüben, bitte! TAXI!«* Ich sah, wie der Fahrer mich anblickte, bemerkte die Überraschung in seinem Gesicht und dachte einen Moment lang, er würde nicht anhalten. Ich muss wie eine Verrückte ausgesehen haben – klatschnass, verheult, verschmiert von Lehm und Öl und wer weiß was sonst noch … in einer dicken schwarzen Donkeyjacke, mit einer Bikerkappe auf dem Kopf –, deshalb verstand ich sehr wohl, dass er vielleicht keine Lust hatte, mich mitzunehmen, aber das würde ich auf keinen Fall zulassen. Nicht in diesem Moment. Nicht nach all dem, was ich durchgemacht hatte. Er *musste* mich einfach mitnehmen. Und ich war wild entschlossen, alles zu tun, was nötig war, um ihn zum Halten zu bringen, selbst wenn es bedeutet hätte, vor ihm auf die Straße zu springen, was ich tatsächlich gerade tun wollte … als ich sah, wie er nickte, dann ging der Blinker an und er hielt mitten auf der Straße, direkt neben mir.

Ich riss die Tür auf und sprang hinten rein.

»Alles in Ordnung?«, fragte er, ernsthaft besorgt.

»Ja, danke … können Sie bitte einfach nur losfahren?«

»Meine Güte, was ist passiert?«

»Bitte!«, sagte ich verzweifelt.

Er nickte, drehte sich um, warf noch einmal einen Blick in den Spiegel und fuhr los.

26

Im Taxi hatte ich nicht viel Zeit, über irgendwas nachzudenken. Die Hauptstraße, auf der ich gelandet war, erwies sich als die St. Ann's Road, die ganz in der Nähe der Seven Sisters Road lag. Von dort waren es nur ein paar Kilometer nach Islington. Das heißt, bis ich dem Taxifahrer versichert hatte, dass ich nicht verletzt war, er nicht die Polizei für mich rufen musste und ich auch nicht darüber reden wollte, was passiert war … und bis ich ihn schließlich überzeugt hatte, dass das Screen on the Green zu dieser Nachtzeit sehr wohl noch aufhaben würde … na ja, da waren wir eben schon fast da. Und das Einzige, woran ich wirklich hatte denken können, war die Zeit.

Es war 0.35 Uhr.

In fünf Minuten würde ich dort sein.

Und wenn sich der Anfang verschob, was oft der Fall war, gab es noch immer die Möglichkeit, dass das Ganze gut ausgehen würde. Auch wenn wir natürlich ohne William spielen müssten …

Meine Gedanken flogen zurück zu der Szene in der Werkstatt – William am Tisch mit den drei Männern, wie sie redeten und lachten, tranken und rauchten … William mit einer Pistole in der Hand …

Nein.

Ich konnte nicht daran denken.

Nicht jetzt.

Ich *konnte* es einfach nicht …

Das Screen on the Green war rappelvoll, als ich ankam, und obwohl ich den ganzen Weg rannte, brauchte ich trotzdem gut fünf Minuten, um in das Gebäude und zur Umkleide zu kommen. Ich hörte Musik aus dem Zuschauerraum dröhnen, doch es war keine Live-Band, die spielte, deshalb hoffte ich immer noch, der Auftritt hätte nicht angefangen.

Alles wird gut, redete ich mir ein, als ich die Tür des Umkleideraums öffnete. *Alles wird gut, alles wird gut …*

Aber nichts war gut.

Stan und Jake saßen niedergeschlagen in der Ecke und beobachteten schweigend, wie vier junge Männer in dem Raum hin und her liefen und aufgeregt miteinander redeten – mit Manchester-Akzent, deshalb nahm ich an, dass es die Buzzcocks waren. Alle vier wirkten erhitzt und außer Atem … und ich wusste sofort, dass sie gerade aufgehört hatten zu spielen. Ich kannte den Anblick nur zu gut.

Ich schaute hinüber zu Jake.

Er starrte nur zurück.

»Bin ich zu spät?«, fragte ich.

Bevor ich antworten konnte, spürte ich, wie jemand von hinten meinen Arm packte, und noch bevor ich mich umdrehte und sah, dass es Curtis war, zerrte er mich hinaus auf den Flur. Ich wehrte mich, versuchte meinen Arm loszureißen, doch sein Griff war zu stramm.

»He«, schrie ich auf. »Du tust mir –«

»Verdammte *Scheiße,* wo hast du gesteckt?«, schrie er und stieß mich gegen die Wand.

»Lass mich *los.*«

»Weißt du überhaupt, was du *getan* hast?«

»Lass mich los, Curtis«, sagte ich und sah ihm fest in die Augen.

Einen Moment lang rührte er sich nicht, sondern starrte nur zurück – die Augen traten ihm fast aus dem Kopf, die Zähne waren zusammengebissen – und ich brauchte meine ganze Beherrschung, um ruhig zu bleiben, meinen Blick weiter auf ihn zu fixieren und nicht die Fassung zu verlieren.

»Lass ... los«, wiederholte ich, langsam und leise.

»Verdammte *Hölle,* Lili«, fauchte er, warf seine Hände in die Luft und trat von mir zurück. »Ich *glaub* das einfach nicht ...«

»Was hast du?«, fragte ich.

Er starrte mich an. »Was ich habe? Du fragst *mich,* was ich habe?«

»Ich mein doch nur ... können wir nicht noch spielen heute Nacht?«

»O *ja*«, sagte er mit einem unschönen Lachen. »Na klar, überhaupt kein Problem. Ich geh einfach zu The Clash und sag ihnen, dass wir *jetzt* so weit sind. Wenn es euch nichts ausmacht, dann tragt doch bitte euer Equipment noch mal von der Bühne –«

»Können wir nicht nach ihnen spielen?«

»Nein«, sagte Curtis. »Können wir nicht.«

»Wieso nicht?«

Er sah mich an. »Willst *du* vielleicht zu Malcolm gehen und mit ihm reden? Willst *du* versuchen, ihm zu erklären, wieso wir nicht spielen konnten, als wir dran waren? Glaubst du wirklich, das interessiert ihn?«

Ich seufzte. »Hör zu, Curtis, es tut mir leid –«

»Es tut dir *leid*?«

»Ja …«

»Hey, mach dir keine Gedanken«, sagte er sarkastisch. »Ich meine, ist ja nicht so, als ob der Auftritt wichtig für uns war. Er hätte ja bloß unser Leben verändert, oder? Deshalb … Scheiße, was soll's?«

»Ich hab dir *gesagt,* es tut mir leid.«

»Dann los«, meinte er kalt und zündete sich eine Zigarette an. »Sag mir, was war. Sag mir, was dir so verdammt leidtut.«

Ich zögerte, mit einem Mal unsicher, was ich sagen sollte. Wenn ich Curtis die Wahrheit erzählte, wenn ich ihm alles über William und die drei Männer erzählte und was ich durchgemacht hatte … na ja, für Curtis würde das wahrscheinlich sowieso nichts ändern, aber wenigstens würde ich die Wahrheit sagen. Andererseits, wenn ich ihm *nicht* die Wahrheit sagte …

»Hast du ihn gefunden?«, fragte er.

»Wie bitte?«

»Scheiß Billy the Kid … ob du ihn *gefunden* hast.«

»Nein … also nicht *richtig.*«

»Was soll das heißen?«

»Ich hab rausgefunden, wo er wohnt … ich meine, ich bin zu seiner Wohnung, aber er war nicht da.«

»Echt?«, sagte Curtis und schaute an mir rauf und runter.

Ich starrte ihn an. »Wieso guckst du mich so an?«

»Nichts … ich hab nur was überlegt.«

»Was hast du überlegt?«

»Wieso du so scheiße aussiehst.«

»Tja, wenn du einfach mal *zuhören* würdest –«

»Ich meine, verdammt, Lili … schau dich doch mal an. In welchem *Zustand* du bist. Du siehst aus wie ein beschissener Penner.« Er schüttelte angewidert den Kopf. »Nicht dass das *jetzt* noch was ausmacht –«

»Willst du überhaupt wissen, was mit mir passiert ist?«, fragte ich und verlor langsam die Geduld.

Er schnupperte. »Wo hast du die Sachen her?«

»Was?«

»Du hast mich schon verstanden.«

»Ist das *wichtig*?«

»Du hast was anderes angehabt, als du von hier weg bist.«

»Ich weiß.«

»Gehören die ihm?«

»Wem?«

»Billy ...« Er starrte mich an. »Sehen wie Billys Klamotten aus.«

Ich zog die Augenbrauen zusammen. »Natürlich *nicht*... wieso sollte ich Williams Sachen anhaben?«

»Sag du's mir.«

»Das sind *nicht* Williams Sachen«, sagte ich gereizt und verwirrt. »Chief hat mir die Jacke und die Kappe geliehen ... kannst ihn ja fragen, wenn du willst. Und das T-Shirt und die Jeans –«

»Ich hab das T-Shirt schon mal gesehen.«

»Wo?«

»An Billy.«

Ich schüttelte den Kopf. »Das ist *Nancys* T-Shirt, nicht Williams. Hör zu, ich war klatschnass, als ich hinkam –«

»Scheiße, verdammt, wer ist Nancy?«

»Sie ist Williams ...« Ich seufzte wieder. »Na ja, ist ein bisschen kompliziert, so was Ähnliches wie seine Stiefmutter ...«

»So was *Ähnliches* wie seine Stiefmutter?«

»Ja.«

»Und die war also da, diese Nancy? Die war in der Wohnung?«

»Ja.«

»Klar«, sagte er und grinste mich höhnisch an. »Natürlich war sie da.«

»Glaubst du, ich lüge?«

»Ich *weiß*, dass du lügst.«

»Was?«

»Liegt doch alles ziemlich auf der Hand, Lili ... Ich meine, du warst die letzten zweieinhalb Stunden in Billys Wohnung und jetzt kommst du her und hast seine Klamotten an ...? Ist nicht *so* schwer, sich auszumalen, was ihr gemacht habt.«

Ich starrte ihn an, vollkommen sprachlos.

Er sagte: »Ich hoffe nur für dich, es hat sich gelohnt.«

»Es reicht, Curtis.«

Er lächelte mich grausam an. »War er besser als ich?«

»Hör auf.«

»Hat's Spaß gemacht?«

Ich schlug ihm ins Gesicht.

Er rührte sich nicht mal. Er sah mich nur einen Augenblick an, sein Blick kalt und leer, dann hob er die Hand und stürzte sich auf mich. Instinktiv machte ich einen Schritt zurück, drehte den Kopf zur Seite, schloss die Augen und versteifte mich in Erwartung des Schlags ... doch er kam nicht. Ich wartete, dann öffnete ich vorsichtig die Augen. Curtis stand vor mir, mit erhobenem Arm, die Hand nur Zentimeter von meinem Gesicht entfernt. Mit einem höhnischen Lächeln schob er sein Gesicht dicht an meines, starrte mir in die Augen und tätschelte mir verächtlich die Wange.

»Also weißt du, nimm's mir nicht übel ...«

»Verpiss dich, Curtis.«

Er grinste. »Ja, klar ...«

Und dann drehte er mir den Rücken zu und verschwand.

In meinem Kopf herrschte nur noch Chaos, während ich durch den Flur zurücklief. Ich wusste nicht, was ich fühlte. Ich wusste nicht, was gerade passiert war. Ich wusste nicht, was ich tat oder wo ich hinwollte ...

Ich ging nur ...

Ich war so müde.

So alles auf einmal.

Ich war nichts.

Nach einer Weile fand ich mich im Zuschauerraum wieder. The Clash standen auf der Bühne, spielten dröhnend ihre Songs, klangen richtig gut und kamen auch sonst gut rüber. Das Publikum spielte verrückt. Ich stand einen Moment lang hinten am Eingang, schaute mich um, hörte die Musik, beobachtete die Band, beobachtete die Menge ...

Alle bekannten Gesichter waren da. Jordan, McLaren, Vivienne Westwood ... Siouxsie Sioux mit nacktem Busen. Steve Jones, Bernie Rhodes ... die Punks aus Bromley, Charlie Brown ...

Blitzlichter zuckten ...

Der ganze Raum rockte ...

Das hier war es.

Das war der Traum.

Das war es, was zählte.

Es war nichts.

Und ich verließ den Zuschauerraum und trat hinaus in die vom Gewitter gebeutelte Nacht. Mein einziger Gedanke war William.

27

Am nächsten Tag schlief ich bis mittags. Als ich aufwachte, schien die Sonne – das blasse Augustlicht schimmerte durch die Vorhänge – und ich hörte Mum und Laura unten in der Küche werkeln, reden, lachen und Kaffee kochen ... und für einen Augenblick schien alles völlig normal.

Es war ein schöner, sonniger Tag.

Mum und Laura waren in der Küche.

Und ich faulenzte im Bett ...

Doch dann brach die Illusion zusammen und die Ereignisse der letzten Nacht stürzten allesamt auf mich ein – Mum und Doc Sam ... die Jugendlichen in Cranleigh Farm, Nancy und Joe ... William und die drei Männer ... die Werkstatt, die Waffen ... wie die Männer mich verfolgt hatten ...

Und danach Curtis ...

Gott ...

Ich drehte mich um, schloss die Augen und vergrub den Kopf in meinem Kissen.

Ich wollte an *nichts* davon denken, ich wollte, dass alles einfach verschwand, aber ich wusste, dass das nicht passieren würde. Nicht passieren *konnte*. Das alles war geschehen, und was geschehen ist, verschwindet nicht einfach wieder. Du kannst deinen Kopf im Kissen vergraben und so viel Tränen vergießen, wie du willst, es macht keinen Unterschied.

Es wird nichts *ändern*. Was geschehen ist, ist geschehen und wird es für immer bleiben. Irgendwann musst du damit zurechtkommen.

Du musst aufhören zu weinen …

Die Augen öffnen.

Den Kopf aus dem Kissen nehmen …

Und damit zurechtkommen.

Du musst dir Fragen stellen – die Männer, mit denen William zusammen war, das waren doch IRA-Leute, oder? Pistolen, Maschinengewehre, Material zum Bombenbauen … was sollen sie sonst gewesen sein? Und wenn sie tatsächlich in der IRA sind, was bedeutet das? Ist William einer von ihnen? Ist *er* in der IRA? War das andere alles gelogen? Das mit seiner Mutter, seinem Vater, mit Nancy … dem Grund, weshalb sie in England sind … war das alles nur Tarnung für den wahren Grund, weshalb er hier ist? Ich meine, glaubst du *tatsächlich* daran, dass William in eine IRA-Verschwörung verstrickt ist, die in London einen Bombenanschlag verüben will?

Und wenn ja, musst du dir auch die Frage stellen: Was willst *du* dagegen tun?

Ich weiß es nicht.

Und was ist mit Curtis? Was machst du mit ihm? Gehst du einfach davon aus, dass alles vorbei ist zwischen euch? *Willst* du, dass es vorbei ist? Was ist, wenn er sich entschuldigt für das, was er gesagt hat und wie er dich behandelt hat? Könntest du ihm verzeihen? *Willst* du ihm verzeihen?

Nein …

Ich weiß es nicht.

Und was ist mit der Band? Was bedeutet das Ganze mit William und Curtis in Bezug auf die Band? Ist das auch alles vorbei? Ist Naked am Ende? Und wenn ja, macht es dir etwas aus?

Ich weiß es nicht.

Was weißt du denn?

Im Moment weiß ich nur, dass ich unten meine Mum höre, dass sie ganz glücklich und zufrieden klingt, und das könnte bedeuten, dass sie zurechtkommt … und ich könnte im Moment auch gut was brauchen, womit ich zurechtkomme …

Ich stand auf, zog mich an und ging nach unten.

Es war immer schwierig zu sagen bei Mum. In der einen Minute konnte sie einigermaßen normal sein und in der nächsten total durchdrehen. Sie konnte auch wochenlang völlig okay sein und plötzlich wieder die Kontrolle verlieren. In den folgenden Wochen oder gar Monaten war dann alles möglich – dass sie trank, depressiv war, überdreht, erschreckend. Dass sie die ganze Zeit schlief, krank war, besessen, unerträglich …

Doch als ich an dem Tag runterkam und sah, wie sie mit Laura in der Küche saß, war ich mir so sicher, wie ich nur sein konnte, dass sie – im Moment zumindest – wirklich gut drauf war. Ihre Augen strahlten, sie wirkte frisch und glücklich und klang auch so, und das Lächeln, mit dem sie mich begrüßte, als ich in die Küche kam … also, das war einfach *ihr* Lächeln. Ihr *wahres* Lächeln. Und es tat so gut, dieses Lächeln zu sehen, dass ich fast wieder anfing zu weinen.

»Alles in Ordnung, Schatz?«, sagte sie und stand auf, um mich in den Arm zu nehmen. »Wie war das Konzert letzte Nacht?«

»Ja … doch, war gut, danke.«

Sie hielt mich auf Armeslänge von sich und schaute mir in die Augen. »Ist wirklich alles in Ordnung mit dir? Du siehst ein bisschen …«

»Nein, ich bin okay … wirklich. Nur etwas müde.« Ich lächelte sie an. »Und wie geht's dir?«

»Könnte nicht besser gehen«, sagte sie und lächelte zurück. »Besonders jetzt, wo du da bist. Bleibst du ein Weilchen?«

»Hm, ich weiß nicht.«

»Hast du Lust, heute Nachmittag mit Laura und mir shoppen zu gehen?«

»Shoppen?«

»Wir gehen nur nach Hampstead, weißt du … in die Läden im Viertel.« Sie nahm meine Hand und drückte sie. »Komm schon, Lili … wir haben schon eine Ewigkeit nichts mehr zusammen unternommen. Das wird lustig.«

Es war zwar nicht meine Vorstellung von lustig – den ganzen Nachmittag durch Geschäfte zu latschen, Klamotten, Schuhe und weiß der Himmel was anzugucken –, aber ich dachte, vielleicht hilft es ja, mich auf andere Gedanken zu bringen. Und eine Weile *war* es auch ganz okay. Mum hatte recht, wir hatten schon lange nichts mehr miteinander unternommen, es war einfach schön, mal wieder mit ihr zusammen zu sein – draußen in der Sonne durch die Straßen zu ziehen, Schaufenster anzugucken …

Es war schön.

Es war nicht gerade *lustig* …

Aber irgendwie ganz okay.

Und zwischendurch half es auch wirklich, mich auf andere Gedanken zu bringen. Aber es klappte immer nur kurz.

Und im Lauf des Nachmittags verloren sich selbst diese kurzen, gelegentlichen Momente, bis ich schließlich an nichts anderes mehr denken konnte als an das, woran ich nicht denken wollte.

An William.

An Lügen …

An die IRA.

An Curtis …

William.

Curtis …

Ich überlegte unentwegt, was eigentlich in ihm vorgegangen war. Wieso hatte er mich beschuldigt, mit William geschlafen zu haben? Das ergab doch gar keinen Sinn. Wieso *glaubte* er das? Die einzige Antwort, die ich fand, war: Er *glaubte* eigentlich überhaupt nicht, dass ich mit William geschlafen hatte – er hatte es nur gesagt. Er war so sauer auf William und mich gewesen, weil wir den Auftritt versaut und seinen Traum zerstört hatten, dass er einfach das Erstbeste – und *Schlimmste* – ausspucken musste, was ihm gerade einfiel. Er wusste genau, dass es nicht stimmte, aber nachdem er es nun mal gesagt hatte, konnte er nicht mehr zurück.

Aber vielleicht hatte er es ja gar nicht einfach so herausgespuckt?

Vielleicht war alles viel simpler.

Vielleicht hatte er schon die ganze Zeit Schluss machen wollen, aber statt es auf die harte Tour zu tun, unterstellte er mir einfach das Schlimmste, was er sich ausdenken konnte, in der Hoffnung, ich würde so sauer werden, dass *ich* ihn verließ, was ihm nicht nur den Ärger ersparte, *mich* zu verlassen, sondern ihm auch das Mitgefühl der anderen verschaffte.

Doch vielleicht war es auch nicht so …

Ich wusste es einfach nicht.

Und das war es, was mich total fertigmachte – dieses Nicht-Wissen.

»Mum?«, sagte ich, als wir gerade auf den nächsten schicken kleinen Schuhladen zusteuerten. »Mir ist eben was eingefallen.«

»Was denn, Schatz?«

»Ich muss los, Mum. Wir haben heute Abend Band-Meeting … tut mir leid, hatte ich ganz vergessen.«

»Oh«, sagte sie sichtbar enttäuscht.

»Tut mir echt leid.«

Sie lächelte. »Na ja, wenn du wirklich losmusst …«

»Ja, wär besser.«

»Na gut.«

Während ich sie umarmte, warf ich einen Blick zu Laura und formte mit den Lippen die Frage: »Ist das okay für dich?«

Sie nickte.

Ich ließ Mum los.

Laura fragte: »Seh ich dich morgen, Lili? Ich bleib noch ein paar Tage …«

Ich nickte zurück und zeigte ihr, dass ich verstanden hatte, dann machte ich mich auf den Weg zur U-Bahn.

Es war gegen fünf, als ich in Seven Sisters ausstieg. Die Sonne war nicht mehr zu sehen, und als ich die U-Bahn-Station verließ und in Richtung besetztes Haus ging, verdunkelte sich der Himmel immer mehr. Eine riesige schwarze Wolkenbank türmte sich auf. Kalter Wind wehte durch die Straßen und wirbelte Abfall auf. Ein würziger heißer Duft von Fast Food lag in der Luft.

Ich wusste nicht, was ich tat.

Ich wusste nicht, was ich zu finden hoffte.

Ich wusste nicht mal, was ich empfand.

Inzwischen hatte ich das Haus erreicht, und als ich den kleinen Weg zur Haustür ging, erinnerte ich mich an die Nacht der Party, als Curtis mich huckepack die Straße entlanggetragen hatte … wie er Richtung Haus gejagt war, mich auf seinem Rücken durchgerüttelt hatte und ich die Augen schloss und jauchzte wie ein aufgeregtes Kind in der Achterbahn … und wie wir dann in die Hecke gekracht und hingefallen waren und beide nur dagesessen und uns totgelacht hatten …

Ich vertrieb die Erinnerung aus meinen Gedanken und ging weiter auf die Haustür zu. Sie war wie immer offen – nur nachts wurde sie abgeschlossen –, deshalb trat ich einfach ein und ging gleich nach oben. Von überall tönte Musik – Captain Beefheart aus einem Zimmer unten, irgendein alter Bowie-Song von woanders her –, und als ich die Treppe hochging, merkte ich, wie vertraut mir der Ort inzwischen geworden war. Dieselben alten Klänge, dasselbe alte Haus, dieselbe alte Mischung von Gerüchen – nach Marihuana, Moder, ungewaschener Kleidung …

»Hi, Lili.«

Als ich die Stimme hörte, schaute ich hoch und sah in einer Tür auf der nächsten Etage ein kraushaariges Mädchen.

»Oh, hi, Sinead«, sagte ich und blieb kurz stehen.

Ich kannte Sinead nicht sonderlich gut, aber ich hatte ein paarmal mit ihr gesprochen und sie schien ganz in Ordnung. Sie entwarf ihre eigene Kleidung und verkaufte sie auf dem Kensington Market.

»Alles okay?«, fragte ich.

»Ja …«, sagte sie mit einem Lächeln.

Aber es wirkte nicht so, als ob alles okay wär. Sie schien nervös, zögernd, als ob sie nicht wüsste, was sie sagen sollte. Was ungewöhnlich für Sinead war.

»Weißt du, ob Curtis in seinem Zimmer ist?«, fragte ich.

Ihr Blick flog kurz nach oben. »Ähh … hm, ich … ich bin mir nicht …«

»Schon gut«, sagte ich und lief weiter die Treppe hoch. »Bis später.«

»Äh … ja …«, hörte ich sie vor sich hin murmeln. »Ja, bis dann …«

Curtis' Zimmer war das erste rechts auf der nächsten Etage. Ich konnte nichts hören, als ich darauf zuging, doch das war nicht ungewöhnlich. Curtis machte nicht ständig Lärm, oft saß er stundenlang still in seinem Zimmer, las oder schrieb oder dachte manchmal auch einfach nur nach. Und natürlich schlief er auch häufig tagsüber, vor allem wenn er die ganze Nacht über auf gewesen war.

Deshalb registrierte ich die Stille gar nicht richtig.

Und ich kam auch nicht auf die Idee anzuklopfen, bevor ich eintrat. Ich klopfte *nie* bei ihm an, sondern machte einfach die Tür auf und ging rein …

Wieso auch nicht?

Ich *wohnte* ja praktisch dort. Es war *unser* Zimmer. Ich meine, wer klopft denn an seine eigene Tür, ehe er reingeht?

Deshalb … nein, ich klopfte nicht an und ich rief auch nicht seinen Namen, ich erlaubte mir nicht mal, stehen zu bleiben und noch mal nachzudenken, denn ich wusste, wenn ich das tat, würde ich anfangen zu überlegen, was ich sagen sollte und wie … und das hätte mich nur noch mehr durcheinandergebracht. *Öffne einfach die Tür,* sagte ich mir, *und schau, was passiert.*

Und genau das tat ich.

Im Zimmer war es dunkel, die Vorhänge waren geschlossen, es dauerte einen Moment, bis sich meine Augen an das Dunkel gewöhnt hatten. Und als sie es taten und ich auf das Bett schaute, dauerte es noch einmal einen Moment, bis ich wirklich begriff, was ich da sah.

Ich wusste, dass es real war.

Denn ich sah es ja vor mir … ich sah *sie* vor mir, direkt vor meinen Augen.

Curtis und Charlie Brown. Schlafend, zusammen auf dem Bett.

Nackt.

Es war deutlich, dass sie beide total fertig waren. Überall standen leere Flaschen rum, die Aschenbecher quollen über von ausgedrückten Joints … Kleider waren im Zimmer verstreut, das Bettzeug lag auf dem Boden … und als Curtis schließlich die Augen halb öffnete und zu mir hochsah, war er noch so weggetreten, dass er mich zuerst gar nicht erkannte. Er lag bloß da und blinzelte mich durch die Dunkelheit des Zimmers mit einem verschwommenen Blick aus blutunterlaufenen Augen an.

»Hu …?«, murmelte er und rieb sich die Augen. »Was ist …?«

Ich warf einen Blick auf Charlie Brown. Auch sie wachte jetzt auf und mühte sich ab, hochzukommen und die Augen zu öffnen, doch als sie mich dastehen sah, wusste sie sofort, wer ich war – und es schien sie kein bisschen zu stören.

»Ups«, sagte sie, hielt sich die Hand vor den Mund und unterdrückte ein Grinsen.

»Lili …?«, hörte ich Curtis nuscheln.

Ich schaute ihn nur einen Moment an, gerade lang genug, um zu sehen, dass er noch immer nicht wusste, was los war, dann drehte ich mich um und ging.

Er kam nicht hinter mir her. Er rief nicht mal nach mir, als ich die Treppe hinunterrannte und mir die Tränen schon übers Gesicht strömten.

Oder vielleicht doch?

Wer weiß?

Ich hörte nur den Sturm in meinem Kopf, die aufbrechende Leere, die Wut, die Übelkeit … das Pochen meines dämlichen Herzens. Und während ich, blind vor Tränen, die Treppe hinuntertaumelte, spürte ich, wie mich die Wände des Hauses umzingelten, mir die Luft aus der Lunge quetschten … und ich wusste, ich *musste* raus. Meine Brust wurde immer enger … ich bekam keine Luft … ich konnte nichts sehen …

Lauf einfach weiter …

Renn weiter …

Schau dich nicht um …

Als ich die letzten Stufen hinunterpolterte und durch den Flur auf die Haustür zustürzte, sah ich mich plötzlich mit flüchtigem Blick an einem staubigen alten Spiegel vorbeilaufen, der an der Wand lehnte, und für einen Moment – einen ganz kurzen Moment – sah ich das Bild eines Mädchens, das vor sich selbst weglief. Es rannte nicht vor Curtis weg oder vor Charlie Brown … es rannte vor sich *selbst* weg. Und ich wusste – mit absoluter Sicherheit –, dass es das Mädchen im Spiegel niemals schaffen würde, vor sich selbst zu fliehen …

Ich wusste, dass sie ihr Leben lang vor sich weglaufen würde.

Doch als ich den Spiegel hinter mir ließ und die Tür aufriss, wusste ich wieder nichts.

Es regnete heftig.

Der Himmel war schwarz, mit gelben Rändern.

Lauf einfach weiter …

Ich lief den Weg entlang, wischte mir Tränen aus dem Gesicht …

Ich wandte mich nach rechts in Richtung der U-Bahn-Station. …

Und sah eine vertraute Gestalt auf mich zukommen. Dünn, nicht allzu groß, die dunkelbraunen Haare weder lang noch kurz … wie immer in abgetragener schwarzer Jacke und verwaschenem Hemd … und seine Augen …

Gott, seine Augen.

So klar und leuchtend, so voller Leben …

William lächelte, als er mich sah. Und dann, gleich als er merkte, dass ich weinte, verschwand sein Lächeln und er lief mit besorgtem Blick auf mich zu.

»Lili«, sagte er. »Alles in Ordnung mit dir? Was ist los?«

»Ich kann das nicht …«, hörte ich mich murmeln.

»Was? Du kannst was nicht?«

»Ich kann einfach nicht …«

»Lili?«

Aber ich hatte mich schon umgedreht und lief los.

28

Ich lief wieder durch den Regen, lief durch ein weiteres Sommergewitter und der Sturm in meinem Kopf tobte immer lauter, mein dummes totes Herz hämmerte immer wilder, ich war tränenblind und klatschnass, mir war übel, speiübel, in mir war nichts als Wut und Leere und die Gewissheit, dass das Mädchen im Spiegel nie vor sich selbst würde weglaufen können …

Sie würde sich selbst niemals entkommen …

Sie würde immer weiterrennen …

Ich wusste nichts mehr.

Es regnete heftig.

Der Himmel war schwarz …

Lauf einfach weiter …

Renn weiter …

Schau dich nicht um …

Renn einfach.

Ich rannte.

Ich wusste nicht mehr, wieso ich rannte. Ich wusste nicht, wovor ich weglief oder wohin … ich hatte keine Ahnung, wohin ich wollte. Ich lief nur, rannte. Ich konnte nicht aufhören. Ich wusste, wenn ich stehen blieb, und sei es auch nur für einen kurzen Moment, würde ich mich nie mehr vom Fleck rühren können … ich würde einfach auf die Knie sinken, in dem strömenden Regen hocken und das wär's. Ich würde nie wieder hochkommen. Ich würde für immer dort hocken bleiben. Und wenn ich für immer dort hocken bliebe …

Lauf einfach weiter …

Ich lief weiter.

Ich weiß nicht, wie lange der Wahnsinn in meinem Kopf anhielt, doch langsam – ganz langsam – ließ das Tosen des Sturms nach und ich kam wieder zur Besinnung. Ich spürte den Regen im Gesicht, ich spürte die Kälte. Ich spürte die Müdigkeit in den Beinen, das Seitenstechen, den Schmerz in der Lunge … ich wusste, dass ich nicht mehr weiterrennen konnte. Ich musste eine Pause machen. Und als ich langsamer wurde, stehen blieb und mich umsah, begriff ich, dass ich die ganze Strecke hinauf bis nach Stamford Hill gerannt sein musste, oben die Kreuzung überquert hatte und jetzt auf dem Weg hinunter Richtung Stoke Newington war.

Es war eine lange Strecke.

Doch endlich war ich stehen geblieben.

Ich war nicht für immer weitergelaufen.

Und das war schon mal was.

Und es gab noch etwas anderes …

Als ich auf dem Gehweg stand und keuchend die Luft einsog, fiel mir plötzlich wieder ein, *wieso* ich den ganzen Weg gelaufen war … oder zumindest, wieso ich eigentlich *los*gelaufen war.

William.

Ich war vor William davongelaufen.

Es war seltsam zu merken, dass ich etwas vergessen hatte, das vor höchstens einer Viertelstunde passiert war. Ich hatte William vor dem besetzten Haus gesehen, war umgedreht und vor ihm weggelaufen und dann ... das Nächste, woran ich mich erinnerte ...

Ich hatte nichts mehr *gewusst.*

Und jetzt ...?

Jetzt schaute ich zurück, die Straße hinauf in der verzweifelten Hoffnung, dass er mir vielleicht gefolgt sei, und auch wenn ich immer noch viel zu durcheinander war, um zu wissen, ob ich ihn tatsächlich sehen wollte, wusste ich doch in dem Moment, als ich ihn oben auf dem Hügel über die Kreuzung laufen sah, schlagartig, dass ich es nicht nur *wollte,* sondern es mir mehr als alles andere wünschte.

Was immer er war, was immer er getan hatte ...

Wie durcheinander ich auch war.

Ihn zu sehen, ließ mein Herz höher schlagen.

Als er erkannte, dass ich stehen geblieben war und auf ihn wartete, wurde er langsamer und ging die letzten fünfzig Meter in gemäßigtem Schritt. Ich versuchte noch immer, zu Atem zu kommen, und sah, dass auch William hechelte und keuchte. Und ich sah, dass er mich fest im Blick hielt, falls ich wieder losrennen würde.

Doch er hätte sich keine Sorgen machen müssen.

Ich würde nirgendwohin laufen.

Der Regen war schwächer geworden und ich fing an zu zittern. Es war eigentlich nicht kalt, aber ich hatte keine Jacke an und war klatschnass, und der Schweiß vom schnellen Rennen kühlte mich zu stark ab ...

Ich bewegte die Schultern ...

Schlang die Arme um meinen Körper.

Trampelte mit den Füßen.

Ich fühlte mich albern und hässlich und nass ...

Verlegen.

»Lili?«

Ich schaute auf, als William auf mich zutrat.

Ich *wusste* nicht, wie ich mich fühlte …

»Hier«, sagte er, zog seine Jacke aus und legte sie mir sanft um die Schultern. »Gott, du frierst dich ja zu Tode. Komm her …«

Er legte die Arme um meinen Körper, drückte mich eng an sich und gab mir von seiner Wärme ab. Ich zitterte jetzt richtig, zitterte am ganzen Leib und klapperte mit den Zähnen, und als er meinen Kopf an seine Schulter drückte, weinte ich wie ein kleines Kind.

Während wir den Hügel hinab zu einem griechischen Café liefen, das William kannte, erzählte ich ihm von Curtis und Charlie Brown. Solange ich sprach, sagte er nichts, sondern hörte nur zu, und als ich fertig war – genau genommen dauerte es nicht lange –, legte er mir bloß seine Hand auf die Schulter und meinte ganz ernsthaft, es täte ihm leid.

»Na ja«, sagte ich. »Ich hätte es wahrscheinlich kommen sehen müssen. Ich meine, ich hab ja *gewusst,* dass er auf sie steht … und dann nach dem Ganzen, was gestern Nacht los war …« Ich sah William an und begriff, dass er natürlich nicht *wusste,* was in der Nacht passiert war, denn er war ja nicht da gewesen … er hatte sich stattdessen mit drei IRA-Männern in einer Autowerkstatt unter einer Eisenbahnbrücke getroffen, einer Werkstatt voller Waffen und Sprengstoff …

»Nancy hat mir erzählt, dass du da warst und mich gesucht hast«, sagte er.

Ich antwortete nicht, sondern sah ihn nur weiter an.

»Hör zu, es tut mir leid«, sagte er. »Ich meine, es tut mir leid, wegen Joes Geburtstagsparty gelogen zu haben und so weiter, aber es …« Er seufzte. »Nun ja, ich war eben mit Leuten verabredet …«

»So? Was denn für Leuten?«

Er sah mich an. »Ich hatte nicht die *Absicht,* den Auftritt zu verpassen, Lili. Ich dachte, ich würde es rechtzeitig schaffen. Aber in letzter Sekunde ist was dazwischengekommen …«

Wieder sagte ich nichts, sondern ging nur weiter … wartete ab, ob er die Wahrheit erzählen würde oder zumindest etwas, das der Wahrheit nahekam.

»Wie ist es überhaupt gelaufen?«, fragte er mich. Ich meine … mit dem Auftritt … habt ihr ohne mich gespielt?«

»Nein.«

»Wieso nicht?«

»Weil ich es nicht rechtzeitig zurückgeschafft hab.«

Er sah mich schief an. »Aber ich dachte, du wärst kurz nach elf von mir zu Hause los? So hat es Nancy zumindest gesagt.«

»Ja, bin ich auch.«

»Und wieso bist du dann nicht rechtzeitig zum Auftritt wieder in Islington gewesen?«

Ich blieb stehen und sah ihn an. Wir hatten das Ende des Stamford Hill erreicht und standen auf dem Gehweg, gegenüber dem Eingang zum Abney-Park-Friedhof. Es hatte aufgehört zu regnen und ein Hauch von Sonne schien durch eine Lücke in den Wolken.

»Du hast meine Frage nicht beantwortet«, sagte ich zu William.

»Wann?«, fragte er und tat so, als ob er nicht wüsste, wovon ich sprach. »Welche Frage?«

»Jetzt gerade … du hast gesagt, du wärst Sonntagabend mit Leuten verabredet gewesen, und ich hab dich gefragt, mit was für Leuten.« Ich sah ihm in die Augen. »Pass auf, William, erzählst du mir die Wahrheit oder nicht? Denn wenn nicht …« Ich zuckte die Schultern. »Ich meine, es ist deine Sache, was du mir erzählen willst, und wenn du mir nicht die Wahrheit sagen willst … auch gut. Sag mir, es geht mich nichts an, dann verschwinde ich und lass dich in Ruhe. Aber wenn du nur vorhast, mich die ganze Zeit weiter anzulügen …«

»Ich hab dich nicht angelogen«, sagte er. »Ich hab dich noch nie angelogen.«

»Doch.«

»Wann?«

»Du hast mich wegen Joes Geburtstagsparty angelogen.«

Er schüttelte den Kopf. »Ich hab nicht dich angelogen, sondern Curtis.«

»Ach komm.«

»Okay«, sagte er. »Wann hab ich dich noch angelogen?«

Ich starrte ihn an. »Sag du's mir.«

»Ich *sag's* dir ja …«

»Dann fang endlich an.«

»Womit?«

»*Sag's* mir … erzähl mir, wo du Sonntagabend warst. Mit wem du so dringend verabredet warst. Erzähl mir, was du gemacht hast.«

Er schaute mich eine Weile nachdenklich an und sagte nichts und ich fragte mich, was ich wohl täte, wenn er sagen würde, das geht dich nichts an. Würde ich wirklich einfach verschwinden und ihn in Ruhe lassen? Würde ich es wirklich *schaffen*, einfach zu verschwinden?

»Nicht hier«, sagte William.

»Wie bitte?«

»Ich kann es dir hier nicht sagen, mitten auf der Straße.«

»Okay, wie ist es mit dem Café, von dem du erzählt hast?«

»Noch schlechter«, sagte er und blickte sich um. Ich sah, wie er über die Straße zum Eingang des Friedhofs schaute und dann zurück zu mir. »Warst du schon mal da drin?«

Ich schüttelte den Kopf.

Er lächelte. »Ist ein wunderschöner Ort ... schön still, ruhig, friedlich ...«

»Ist ein Friedhof«, sagte ich. »Da wimmelt es von Toten.«

»Genau.«

Ich hatte zwar schon vom Abney-Park-Friedhof gehört und ein paarmal im Vorbeifahren den Eingang gesehen, aber keine Ahnung davon, wie riesig er war, und als ich William durch das von Säulen gerahmte Tor folgte und wir einen moosgedämpften, grün überwachsenen Weg entlanggingen, brauchte ich eine Weile, um alles aufzunehmen. Es war ein erstaunlicher Ort. Ein endloses Labyrinth aus Bäumen und Wegen mit einer üppigen Vegetation, die wild über die alten Gräber und Steine wucherte ... ich fühlte mich wie in einem Zauberwald. Neben den vielen Grabsteinen gab es auch zahllose steinerne Monumente und Statuen – Engel, Heilige, Löwen und Kreuze. Manche waren nur noch von Flechten und Moos überwachsene bröselnde Ruinen, andere neigten sich zwischen den Bäumen und Stauden gefährlich dem Boden entgegen. Auch wenn es nicht mehr regnete, war doch der ganze Friedhof von Nässe erfüllt – Regentropfen fielen aus den Bäumen, der süße Geruch feuchter Erde tränkte die Luft. Doch das Überraschendste – und Wunderbarste – an diesem Friedhof war seine Stille. Wir befanden uns mitten in London, direkt neben einer belebten Hauptverkehrsstraße, und trotzdem hörte ich, nachdem wir ein paar Minuten gegangen waren, nur noch das Singen der Vögel und das Tröpfeln des Regens von den Bäumen.

Es war wirklich wunderschön.

»Sollen wir uns da hinsetzen?«, fragte William und zeigte auf eine hölzerne Bank am Wegrand.

Ich nickte und ließ mich nieder.

William setzte sich neben mich.

»Schön hier, nicht?«, sagte er und ließ den Blick schweifen.

»Ja, sehr schön.« Ich sah ihn an. »Woher kennst du all diese Orte? Das Café ... und das hier? Kennst du jemanden hier in der Gegend?«

Er zuckte die Schultern. »Nein ... ich lauf nur gern rum ... nicht *speziell* hier, obwohl ich auch manchmal hier bin. Aber ich mag es, durch London zu laufen ...«

Ich nickte. »Ist eine gigantische Welt.«

Er lächelte. »Ja ...«

Ich sah ihn wieder an. »Viele Orte, viele Menschen ...«

Er schaute zurück. »Erinnerst du dich an die Party, als ich dir von meiner Mum und meinem Dad und so weiter erzählt hab?«

»Ja.«

»Und wie du mir versprochen hast, mit niemandem über das zu reden, was ich dir erzählt habe?«

»Ja ...«

»Du musst mir das Gleiche auch heute versprechen.«

Ich antwortete nicht, sondern sah ihn bloß weiter an.

Er sagte: »Nur dann kann ich dir die Wahrheit erzählen, Lili.«

»Okay.«

»Versprochen?«

Ohne den Blick von ihm zu wenden, streckte ich die Hand aus. Er hielt meinem Blick noch eine Weile stand, wieder mit dieser Spur von Traurigkeit in seinen Augen, dann nahm er mit einem stillen Kopfnicken meine Hand, schüttelte sie und fing an, mir von den drei Männern zu erzählen.

»Das erste Mal erfuhr ich von ihnen durch ein paar Kids aus der Siedlung«, erklärte er. »Das ist schon eine Weile her, vielleicht ein Jahr oder so. Irgendwie hatte ich einen guten Draht zu ihnen gefunden ... du weißt schon, ich habe ein paar Sachen mit ihnen zusammen gemacht, wir haben uns gegenseitig geholfen, so was in der Art ... und ich hatte allen gesagt, wann immer jemand käme und nach Nancy oder mir fragte, sollten sie mir Bescheid geben. Vor allem, wenn es Iren waren.« William zuckte die Schultern. »Das war keine große Sache für die Siedlungs-Kids, denn vor Fremden sind sie sowieso auf der Hut ... die würden nie mit jemandem reden, der von außerhalb kommt.«

»Ja, ich weiß«, sagte ich. »Die haben es mir echt schwer gemacht.«

William grinste. »Hab schon gehört ... das war übrigens Mikey. Der Schwarze, mit dem du gesprochen hast.«

»Der meine Uhr wollte?«

»War nur ein Spiel. Der ist echt harmlos.«

»Ja, klar ...«

William hatte sich eine feuchte und zerdrückte Zigarette aus der Hosentasche geangelt, die er glatt zu streichen versuchte. Ich sah zu, wie er an ihr herumfummelte – das feuchte Ende abbrach, um das Übrige rauchbar zu machen –, bis er schließlich einen etwa drei Zentimeter langen Stummel hatte, der fast trocken und kaum zerdrückt war. Er steckte sie zwischen die Lippen, zog ein Feuerzeug aus der Tasche und zündete sie vorsichtig an.

»Egal«, fuhr er fort. »Jedenfalls haben mir ein paar von denen vor etwa einem Jahr von diesen drei irischen Typen erzählt, die sie in einem Pub an der Green Lanes getroffen hatten. Die Jungs meinten, die drei hätten zwar nicht nach Nancy oder mir gefragt, aber sie wären neu in der Gegend und niemand schiene sie zu kennen. Deshalb hätten sie gedacht, vielleicht würde mich die Nachricht interessieren. Was natürlich ganz richtig war. Also fragte ich die Kids, wie die drei Typen aussähen und ob sie regelmäßig in dem Pub auftauchten. Und dann fing ich an, sie zu beobachten. Beim ersten Mal ging ich nicht in den Pub rein, sondern wartete draußen, bis sie herauskamen, damit ich sie mir genau anschauen konnte – du weißt schon, um zu sehen, ob ich sie wiedererkannte. Aber das war nicht der Fall. Ich hatte die drei noch nie gesehen. Als ich dann reinging, um sie genauer unter die Lupe zu nehmen, saßen sie an einem Tisch in der Ecke, redeten leise und tranken, und auch wenn ich kein Wort von dem verstand, was sie sprachen, wusste ich doch von ihrem Akzent her, dass sie nicht aus Belfast kamen, sondern aus Derry.«

William nahm die Zigarette aus dem Mund und betrachtete sie. Sie war ausgegangen. Es war einfach zu nass zum Rauchen. Er warf sie weg.

»Damals wusste ich noch nicht genau, ob sie IRA-Leute waren«, fuhr er fort, »aber ich war mir ziemlich sicher …«

Williams Stimme verlor sich, als ein großer schwarzer Collie den Weg entlanggetrottet kam, gefolgt von einem schmuddelig wirkenden jungen Mann und einer hübschen jungen Frau mit wild abstehenden blonden Haaren. Beide aßen ein Eis am Stiel. Der Collie lief mit wedelndem Schwanz auf uns zu. William begrüßte ihn und streichelte ihm den Kopf.

»Wie heißt er?«, fragte er den jungen Mann.

»Floyd«, antwortete der.

Der Hund trottete weiter und auch das junge Paar ging an uns vorbei. William wartete, bis sie außer Sicht waren, dann fuhr er fort.

Er erzählte mir, wir er langsam mit den drei Männern aus Derry Kontakt bekommen hatte. Wie es mit einer Zigarette anfing, die er eines Abends im Pub von ihnen schnorrte, was er nur getan hatte, damit sie wussten, dass er aus Belfast war … und danach hatte er die Dinge sich einfach entwickeln lassen. Er nickte ihnen jedes Mal zu, wenn er in den Pub kam … sie nickten zurück; ab und zu sprach er sie an … sie wechselten ein paar Worte; eines Abends spendierten sie ihm sogar einen Drink … später revanchierte er sich, sie luden ihn ein, sich mit an den Tisch zu setzen, und begannen, über dies und das zu reden …

»Ich erzählte ihnen, dass die protestantischen Milizen meinen Vater ermordet hätten, als ich fünf war«, sagte William. »Und dass meine Mutter mit mir nach London gegangen sei, um hier bei ihren Eltern zu wohnen.« Er lächelte mich an. »An den Fragen, die sie stellten, konnte ich sehen, dass sie eindeutig IRA-Leute waren, und genauso deutlich war, dass sie nicht nach Nancy oder mir suchten … aber ich wusste, dass sie irgendwas vorhatten. Also hielt ich sie eine Weile hin, du weißt schon … ließ sie glauben, dass ich ein armer, heimatloser Belfaster Junge war, der Loyalisten und

Protestanten hasste und alles tun würde, um sich an den Schweinen zu rächen, die seinen Vater umgebracht hatten … und nach drei oder vier Monaten merkten sie, dass sie mich brauchen konnten.«

»Was meinst du damit?«, fragte ich. »Dich brauchen wozu?«

»Keine Ahnung – eben für das, was sie vorhatten. Ich meine, *sie trauten* mir immer noch nicht so richtig und warteten noch mal eine ganze Weile, bevor sie zum ersten Mal rausließen, dass sie tatsächlich IRA-Leute waren, aber sogar da sagten sie nicht, was sie planten, sondern fragten mich nur, ob ich bereit wäre, ihnen dann und wann mal zu helfen.« William sah mich an. »Weißt du, für die bin ich einfach ein unbeschriebenes Blatt. Jemand ohne kriminelle Vergangenheit, jemand, der bisher nicht als IRA-Kämpfer in Erscheinung getreten ist, jemand, den sie benutzen können, ohne Verdacht zu erregen.«

»Verstehe«, sagte ich. »Aber wieso das alles?«

»Na ja, wie gesagt, wenn sie mich einsetzen, erregt das keinen Verdacht.«

»Schon klar, aber wieso lässt du dich überhaupt auf das Ganze ein?« Ich sah ihn an. »Hast du keine Angst, sie könnten die Wahrheit über dich und Nancy rausfinden? Ich meine, wenn sie *nicht* hinter Nancy her sind, wenn sie *keine* Ahnung von deinem Dad haben … wieso *redest* du dann mit ihnen?« Ich schüttelte den Kopf. »Ich kapier das einfach nicht. Sie sind von der IRA … verdammt noch mal, die IRA hat deinen Vater umgebracht. Ich meine, wie kannst du dich da in einen Pub setzen und mit solchen Leuten was trinken?«

Eine Weile antwortete er nicht, sondern saß nur da und starrte nachdenklich vor sich hin …

Ich schaute zum Himmel. Die Sonne war wieder verschwunden, versteckt hinter einer Wand schnell dahinziehender schwarzer Wolken, und ich merkte, dass es plötzlich warm und völlig windstill war.

»Ist irgendwie merkwürdig«, sagte William leise, während er immer noch in die Ferne jenseits des Weges starrte. »Nachdem sie meinen Vater ermordet hatten … hab ich nie groß drüber nachgedacht, wer es tatsächlich gemacht hat. Ich meine, ich wusste natürlich, dass es die IRA war … alle wussten das … aber wer derjenige war, der geschossen hat …« Er schüttelte langsam den Kopf. »Keine Ahnung … irgendwie war es nicht so richtig wichtig. Wer immer es war … na ja, er hatte eben einen Befehl ausgeführt … er hatte getan, was ihm befohlen wurde. Ihm die Schuld am Tod meines Vaters zu geben, schien mir genauso sinnlos, wie die Waffe zu verurteilen, die er benutzt hatte, oder die Kugel, die meinen Vater getroffen hatte …« William sah mich an. »Kannst du das nachvollziehen?«

»Ja …«, sagte ich. »Ich glaub schon.«

Er nickte nachdenklich. »Eine Zeit lang war das irgendwie irritierend, verstehst du … du hast diese schreckliche Wut im Bauch und möchtest sie an irgendwem oder irgendwas auslassen, aber innerlich weißt du genau, es ist zwecklos. Ich meine, klar könnte ich für den Rest meines Lebens Franky Hughes beschuldigen oder den Mann, der geschossen hat, oder den Brigadekommandanten, der den Befehl gegeben hat oder die ganze scheiß *Philosophie* der IRA … aber was hätte ich davon?« Er schüttelte wieder den Kopf. »Es würde nichts ändern. Es würde mir davon nicht besser gehen. Denn es brächte mir ja Dad nicht zurück, oder?«

»Nein …«

»Es gibt keine andere Möglichkeit als weiterzuleben, dich zu arrangieren. Nicht mehr nach jemandem zu suchen, dem du die Schuld geben kannst, nicht mehr an Rache und Gerechtigkeit und den ganzen Scheiß zu denken ... sondern einfach voll und ganz für die Menschen da zu sein, die du liebst. Auf sie zu achten, für sie zu sorgen, dein Bestes für sie zu geben ...« Er schwieg einen Moment und fuhr sich mit den Fingern durch die Haare, dann seufzte er schwer und sprach weiter. »Doch dann begegnest du eines Tages drei IRA-Leuten aus Derry. Und am Anfang interessiert dich nur, ob sie eine Bedrohung für Nancy und Joe sein könnten ... denn das ist die einzige Frage, die zählt. Es spielt keine Rolle, dass die Männer aus Derry kommen und dass du weißt, die Belfast-Brigade der IRA heuert manchmal Außenstehende an, um Hinrichtungen auszuführen, und dass nach der Ermordung deines Vaters gemunkelt wurde, der Mann, der ihn erschossen habe, sei ein gewisser Donal Callaghan aus Derry gewesen ...« William unterbrach sich wieder und schaute mich traurig an. »Als ich herausbekam, dass sich einer der drei aus dem Pub Donal nennt, da hab ich mich einfach gefragt ... du weißt schon ...«

»Ob er vielleicht der Mann sein könnte, der deinen Dad umgebracht hat?«

William zuckte die Schultern. »Nicht so direkt, aber ... ich meine, nur weil sich jemand Donal nennt und zufällig aus Derry kommt ... na und? Es gibt in der Stadt garantiert Tausende, die Donal heißen. Und wahrscheinlich ist es nicht mal sein richtiger Name. Aber trotzdem ... keine Ahnung. Ich kann nur einfach nicht lockerlassen. Ich *muss* es herausfinden, verstehst du ... nur für alle Fälle. Ich muss einfach wissen, dass er es *nicht* ist.«

»Und deshalb hängst du die ganze Zeit mit ihnen rum? Weil du rausfinden willst, ob dieser Mann deinen Dad umgebracht hat?«

»Ja …«

Ich sah ihn an. »Und wenn er es ist …? Ich meine, wenn du rausfindest, dass er tatsächlich der Mann ist … was machst du dann?«

»Keine Ahnung, Lili … ganz ehrlich, ich hab keine Ahnung.«

Ich seufzte und wusste nicht recht, was ich sagen sollte. »Er nennt sich einfach bloß Donal?«, fragte ich. »Kein Nachname?«

William schüttelte den Kopf. »Immer nur Vornamen.«

»Und woher weißt du so sicher, dass sie *nicht* hinter dir und Nancy und Joe her sind? Ich meine, wenn dieser Donal tatsächlich der ist, der deinen Dad erschossen hat …«

»Sie würden ihn nicht noch mal benutzen, nicht für einen Schlag gegen dieselbe Familie. Sie würden das einem andern übertragen. Und abgesehen davon hab ich mal Nancys Namen erwähnt, als ich mit ihnen sprach, ihren richtigen Namen, aber es kam keine Reaktion. Gar nichts, nicht der kleinste Hinweis einer Erinnerung, bei niemandem.«

Ich zog die Augenbrauen hoch. »War das nicht ziemlich riskant?«

Er lächelte. »Ich hab ihnen ja nicht gesagt, wer sie ist oder so, sondern nur den Namen fallen lassen im Zusammenhang mit einer jungen Frau, die in Belfast in einer Bar arbeitete … nur ganz nebenbei, verstehst du? Bloß um zu sehen, ob ihnen der Name irgendwas sagt. Aber er sagte ihnen gar nichts.«

»Okay«, meinte ich und versuchte mit dem Ganzen klarzukommen. »Aber ich verstehe immer noch nicht, wieso du das Risiko eingehst und dich mit diesen Männern einlässt. Ich meine, wenn du *weißt,* dass sie in der IRA sind, und glaubst, dass einer von ihnen für den Mord an deinem Vater verantwortlich sein könnte, wieso gehst du dann nicht zur Polizei?«

»Das kann ich nicht«, sagte William klipp und klar. »Egal, wer sie sind, was sie getan haben oder planen, ich kann sie nicht anzeigen. Ich *kann* es einfach nicht ... Wenn ich das täte, wär ich keinen Deut besser als Franky Hughes.«

»Ja«, sagte ich, »aber was ist, wenn sie tatsächlich was planen? Du kannst doch nicht einfach zulassen, dass sie Menschen in die Luft jagen, verdammt.«

»Das wird nicht passieren«, sagte er entschlossen. »Ich werde nicht *zulassen,* dass das passiert. Wenn ich rausfinde, dass sie irgendwas vorhaben, wobei Menschen verletzt oder getötet werden, werd ich's verhindern.«

»Und wie?«

»Keine Ahnung ... Mir wird schon was einfallen.« Er schaute weg. »Aber wenn sie wegen irgendwas hier sind, das keine direkte Bedrohung für andere Menschen bedeutet ... also, dann stell ich mich sicher nicht in den Weg.«

»Ich versteh das nicht ...«, sagte ich kopfschüttelnd.

Er seufzte wieder. »Ich weiß nicht mal genau, ob *ich* es verstehe. Es ist nur ... keine Ahnung. Etwas in mir glaubt noch immer an das, woran mein Dad geglaubt hat: dass es ein Krieg ist und dass wir das Recht haben zurückzuschlagen ... ich meine, wir *müssen* zurückschlagen. Es ist unsere einzige Chance.«

»Glaubst du das wirklich?«

»Ja ...« Er nickte. »Ja ... zumindest glaub ich, dass ich es tue. Aber das Problem ist ... ich *will* nicht, dass jemand verletzt wird. Ich will nicht, dass noch jemand stirbt. Das ist einfach nicht richtig ... ich meine, klar weiß ich das ... ich *weiß* es verdammt genau ...«, murmelte er leise vor sich hin. »Niemand sollte sich je so fühlen müssen.«

Ich legte ihm meine Hand auf die Schulter.

Er sah mich mit tränenfeuchten Augen an. »Ich muss es einfach tun, Lili. Ich muss herausfinden, ob dieser Mann meinen Dad erschossen hat, und ich muss es auf meine Weise tun. Aber ich *versprech* dir, ich werde nicht zulassen, dass jemand verletzt wird, okay?«

Ich nickte stumm.

Er fuhr sich über die Augen, räusperte sich und fuhr fort. »Ich komme ihnen jetzt immer näher, sie fangen an, mir zu vertrauen ... sie sind sogar gerade dabei, mir Einblick zu geben in das, was sie tun. *Deshalb* hab ich den Auftritt gestern Nacht verpasst. Sie hatten gefragt, ob wir uns im Pub treffen, und ich hatte gedacht, dass wie gewöhnlich nichts Großes dabei rauskommen würde – paar Drinks, paar Fragen, paar vage Hinweise, was sie von mir erwarten – und dass ich ihnen dann sagen könnte, ich müsse gehen. Ich würde ein Taxi nehmen und wäre weit vor dem Auftritt in Islington. Doch als ich in den Pub kam, setzten wir uns nicht hin und tranken etwas, so wie sonst, sondern sie führten mich die Treppe rauf in einen kleinen Raum, und sobald die Tür zu war ... na ja, da wurde es auf einmal *richtig* ernst.«

»Was soll das heißen?«, fragte ich.

»Sie hatten eine ganze Liste von Dingen, die ich für sie tun sollte ... hauptsächlich Botendienste – Päckchen abholen, Sachen abliefern ... nichts davon besonders schwierig. Sie fragten, ob ich das machen könnte, und ich sagte: ›Kein Problem.‹ Und dann haben sie mich ein bisschen geschlagen und herumgeschubst.«

»Wieso das?«

Er zuckte die Schultern. »Einfach, um sicherzugehen, verstehst du … um mich zu testen und mir zu zeigen, mit wem ich mich einlasse, um mir einen Geschmack davon zu geben, was passieren würde, wenn ich sie verarsche. Das machen sie immer so. Sie kleben dir die Augen zu und halten dir eine Waffe an den Hinterkopf. Und dann schreien sie dich eine Weile an, erzählen dir lauter Mist, um dich in Panik zu versetzen, danach verabschieden sie sich und dann drücken sie ab …«

»Scheiße …«, flüsterte ich. »Ist ja widerlich.«

»Ja«, sagte er lächelnd. »Aber ich wusste, dass die Pistole nicht geladen war, insofern ging's. Und das Gute ist, wenn sie das mal gemacht haben … dann gehörst du eben dazu. Danach läuft alles mit Handschlag und einem Lächeln, verstehst du – nichts für ungut, komm, wir trinken einen, rauchen … dieses ganze Zeug. Egal. Woran ich mich erinnere, ist jedenfalls, dass sie sagten, sie wollten mir etwas zeigen. Ich folge ihnen also aus dem Pub und fünf Minuten später landen wir in so einer Autowerkstatt unter einer Eisenbahnbrücke, und da drinnen lagert jede Menge Scheiß – Waffen, Sprengstoff, Karten, Wecker … alles.« William sah mich an. »Dort war ich letzte Nacht, Lili. Deshalb konnte ich nicht zu dem Auftritt kommen, verstehst du? Es *ging* einfach nicht …«

Ich nickte. »Und hast du rausgefunden, was sie vorhaben?«

»Nicht genau«, sagte er und schüttelte den Kopf. »Ich meine, ich weiß, dass es was Großes sein muss, und ich bin ziemlich sicher, es wird in den nächsten zwei, drei Monaten passieren … aber mehr hab ich noch nicht. Ich glaube, sie wollten mir letzte Nacht ein bisschen mehr sagen, doch dann ist was dazwischengekommen ...«

»Echt?«

»Irgendwer ist heimlich an der Werkstatt rumgeschlichen ...« Er zuckte die Schultern. »Wahrscheinlich war nichts, irgendein Jugendlicher aus der Gegend, der ein bisschen rumgeschnüffelt hat oder so. Aber Donal ist ein bisschen paranoid – der glaubt sofort, der MI5 ist hinter ihm her –, deshalb hat er uns den Typen durch halb London jagen lassen.«

»Habt ihr ihn erwischt?«, fragte ich und musste mich zusammenreißen, keine Miene zu verziehen.

»Nein, er hat uns abgehängt ...«

Ich fing an zu lachen.

William sah mich schief an. »Was ist? Was findest du daran so lustig?«

»Das war ich. Der Junge, den ihr gejagt habt ... das war ich«, erklärte ich ihm.

William schüttelte den Kopf. »Versteh ich nicht.«

Da erzählte ich ihm alles, wie ich ihn aus dem Pub kommen sah und ihnen zu der Werkstatt unter der Brücke gefolgt war ... und als ich mit dem Erklären fertig war, saß William eine Weile nur da und schüttelte langsam den Kopf, weil er es einfach nicht glauben konnte.

Schließlich schaute er mich an und sagte: »Aber du hast überhaupt nicht ausgesehen wie du ...«

»Ich hatte Chiefs Donkeyjacke an und seine Kappe auf«, sagte ich. »Und abgesehen davon war es ziemlich dunkel ... *und* es hat geregnet.«

William schüttelte wieder den Kopf. »Und wie hast du uns abgehängt? Wo bist du hin?«

»Ich hab einen kleinen Pfad zwischen den Häusern genommen, weißt du, wo ich meine? Die Häuser rechts von dem Weg. Und danach bin ich die Straße entlang und an der St. Ann's Road hab ich ein Taxi erwischt.«

»Scheiße ...«

»Deshalb bin *ich* zu spät zum Auftritt gekommen.«

»Verstehe ...«, sagte er und nickte. »Und was hatte Curtis dazu zu sagen?«

»Na ja, der war natürlich nicht gerade glücklich.«

»Kann ich mir vorstellen ...«

Ich schaute hoch, weil plötzlich erste schwere Regentropfen lautstark durch die Bäume klatschten. Der Himmel war schwarz.

»Ich fürchte, da kommt das nächste Gewitter«, sagte ich, als es anfing zu schütten.

William stand auf und schaute in den bedrohlichen Himmel. »Komm«, sagte er und streckte die Hand aus. »Lass uns lieber weg von den Bäumen, bevor es anfängt zu blitzen.«

Gerade als ich seine Hand nahm und aufstand, krachte direkt über uns ein erster Donner los und der Regen ergoss sich in Strömen.

»Hier lang«, sagte William und führte mich von dem Weg fort. »Komm schon, beeil dich ...«

Ein Blitz zuckte über den Himmel und dann – *KRACH!* – donnerte es so laut, dass wir beide den Kopf einzogen.

»Lauf!«, rief William und zog mich hinter sich her. »Mach schon ...«

Die schiere *Gewalt* des Gewitters war beängstigend – der tosende Regen, das Peitschen des Windes in den Bäumen, die sich immer höher türmende Schwärze, die sich über unseren Köpfen zusammenballte –, doch als wir Hand in Hand den Pfad entlangliefen und uns durch überhängende Äste schlugen, fühlte ich mich irgendwie auch beschwingt.

»Hier lang«, rief William wieder und führte mich einen anderen Weg entlang. »Da drüben … komm schon.«

Der Regeln prasselte jetzt so heftig herunter, dass ich kaum etwas sah. Ich konnte nur noch so eben erkennen, dass wir auf eine Art von Gebäude zuliefen, doch das Einzige, was ich davon wahrnahm, war eine verschwommene schwarze Silhouette, die in der Dunkelheit vor uns aufragte … eine stabile Steinwand, ein gewölbter Eingang, eine aufragende Turmspitze …

»Pass auf, wo du hintrittst«, sagte William und führte mich zu dem Eingang.

Während ich ihm durch die Tür und eine Steintreppe hinunter folgte, begriff ich, dass wir uns in einer verfallenen Kapelle befanden. Die Fenster waren alle vernagelt, das alte Gemäuer zerfiel, der größte Teil des Dachs war eingestürzt … es war mehr oder weniger nur noch die kaputte äußere Hülle. In den Ecken lagerten Berge von Müll, überall lagen leere Flaschen und Zigarettenkippen, die Wände waren ringsum mit Graffiti vollgesprayt …

Ich schaute hinauf durch das dachlose Dach und sah nur den fallenden Regen. Dann wischte ich mir das Gesicht ab und schaute zu William.

»Ist okay hier«, sagte er lächelnd. »Gleich sind wir im Trockenen. Vertrau mir …«

Ich folgte ihm durch den Hauptteil der Kapelle und einen weiteren Türbogen. Schließlich brachte er mich zu einer Öffnung in der rechten Wand. Zwei Steinstufen führten hinauf zu der Öffnung, die ungefähr halb so groß war wie eine normale Tür, weshalb wir in die Hocke gehen und den Kopf einziehen mussten, um durchzukommen. William ging vor, und als er durch war, drehte er sich um und streckte mir seine Hand entgegen.

»Pass auf deinen Kopf auf«, warnte er mich und half mir durch die Lücke.

Ich ging in die Hocke, hielt den Kopf gesenkt und kroch vorsichtig durch die Öffnung.

»Alles okay«, sagte William, als ich durch war. »Du kannst dich jetzt wieder aufrichten.«

Vorsichtig kam ich hoch und sah mich um. Wir befanden uns in einem kleinen steinernen Raum. Er hatte einen Steinboden, Steinwände und – zum Glück – ein einigermaßen stabil wirkendes Steindach. Der Raum war nur ungefähr einen Meter achtzig hoch, das heißt, viel Kopffreiheit gab es nicht, und ich brauchte eine Weile, bis ich damit zurechtkam, beim Stehen die Decke so dicht über mir zu haben. Ich brauchte auch eine Weile, bis sich meine Augen an die Dunkelheit gewöhnten. Das einzige Außenlicht drang durch ein kleines, glasloses Fenster hoch oben in der gegenüberliegenden Wand. Wahrscheinlich spendete es schon im Normalzustand nicht allzu viel Helligkeit. Jetzt aber – bei dem Gewitter, das draußen tobte, und den Wolken, die den Himmel verdunkelten – reichte das hereinsickernde Licht gerade mal, dass ich überhaupt etwas sah.

»Was ist das hier?«, fragte ich Wiliiam, während ich mich weiter umsah.

»Keine Ahnung ... nur eine alte Kapelle, nehme ich an.«

»Nein, ich meine ... der Raum hier.«

Er zuckte mit den Schultern. »Weiß der Himmel ... vielleicht eine Art Lagerraum? Ein Weinkeller ...?«

»Bist du hier schon mal gewesen?«, fragte ich ihn und spähte durch das Dunkel auf ein paar Sackleinenreste, die ausgebreitet in der Ecke am Boden lagen.

»Ein, zwei Mal ...«

Ich sah ihn verwundert an.

»Ist einfach ein Ort ...«, sagte er leicht verlegen. »Es gibt kein ... du weißt schon, kein großes Geheimnis darum. Ich ... keine Ahnung ... ich komm hier bloß manchmal her, das ist alles ... es gefällt mir hier einfach.« Er sah mich an, lächelte mit der ganzen Unschuld eines schüchternen kleinen Jungen. »Wahrscheinlich findest du das alles ziemlich gruselig.«

»Ja, stimmt«, sagte ich und lächelte zurück. »Aber gruselig ist okay ... gruselig gefällt mir.«

Er lachte.

Draußen zuckte ein Blitz und erleuchtete kurz den Raum.

»Magst du dich hinsetzen?«, fragte William und deutete auf die ausgebreiteten Sackleinenreste in der Ecke.

»Hm ...«, antwortete ich zögernd.

»Ist kein Problem ... alles super sauber.« Er grinste. »Na gut, vielleicht nicht *super* ...«

»Das mein ich nicht«, sagte ich. »Es ist nur ...« Und jetzt war es an mir, verlegen zu sein. »Ich ... also, ich muss mal ganz dringend.«

Er lächelte. »Ehrlich gesagt, ich auch.«

»Eine Toilette gibt es hier drinnen sicher nicht, oder?«

Er schüttelte den Kopf. »Wenn du zurück in den Hauptraum der Kapelle gehst und dann rechts auf die gegenüberliegende Wand zu ... na ja, da gibt es zumindest eine Menge Ecken und Winkel, du weißt schon, kleine Verstecke ... du kannst ja davon eins nehmen.«

»Bist du sicher?«

»Ja, wieso nicht?«

»Ich weiß nicht ... ist doch eine Kapelle ...«

»Ja und?«

»Keine Ahnung ... kommt mir irgendwie respektlos vor, verstehst du? Pinkeln im Hause Gottes ...?«

William lächelte. »Ich bin sicher, es wird ihn nicht stören.«

»Hoffentlich«, sagte ich und verschwand wieder durch die Öffnung.

»Du kannst immer noch sagen, der Teufel hat dich dazu gebracht«, rief William mir hinterher.

»Ja«, rief ich zurück. »Oder ich sag ihm, William Bonney hat mich dazu gebracht.«

»Damit kann ich leben.«

Während ich mir einen Weg durch den Müll bahnte, um an das andere Ende der Kapelle zu kommen, hörte ich William kichern. Und dann, als ich stehen blieb, um mir eine Spinnwebe aus dem Gesicht zu streifen, glaubte ich zu hören, wie er irgendwas vor sich hin murmelte. Es war nicht deutlich zu verstehen und ich konnte mich auch täuschen, aber ich hätte schwören können, dass er sagte, er werde »sowieso in der Hölle schmoren«.

Als ich in den kleinen, steinernen Raum zurückkehrte, lehnte William an der Wand unter dem Fenster.

»Alles okay?«, fragte er.

»Ja, danke.«

Er lächelte mich an, dann trat er auf die Öffnung zu. »Dauert nur eine Minute«, sagte er.

Ich schaute zu, wie er verschwand, schließlich ging ich hinüber zu den Sackleinenstücken in der Ecke und setzte mich hin. Durch das Fenster sah ich, dass der Regen langsam etwas nachließ. Auch das Gewitter war – obwohl es immer wieder heftig krachte – nicht mehr so nah. Doch der Himmel war weiter schwarz.

Ich schaute auf meine Uhr.

Es war fast halb acht.

Es würde bald anfangen zu dämmern. Die warme Gewitterluft kühlte schon ab und es würde nicht lange dauern, bis die Temperatur kräftig absank. Schon jetzt merkte ich, wie ich in den klatschnassen Sachen und unter den tropfenden Haaren anfing zu zittern. Ich hatte noch immer Williams Jacke um meine Schultern liegen, doch als ich sie enger zusammenzog, um warm zu bleiben, merkte ich, dass sie genauso nass war wie alles andere.

Ich überlegte, ein Feuer zu machen. Das konnte ja wohl nicht so schwer sein, sagte ich mir. William hatte ein Feuerzeug. Und genug brennbares Zeug lag hier doch überall rum ...

Dann hörte ich plötzlich etwas. Schritte ... draußen im Hauptraum der Kapelle. Dann ein Rennen ... ich erstarrte, horchte genau hin, als das Geräusch immer näher kam ... und auf einmal sprang William in die Wandöffnung. Er stürzte mit dem Kopf voraus auf den Boden, dann rollte er zur Seite und schwang sich auf die Knie.

»Verdammt, was ist?«

»Pssst«, flüsterte er und legte den Finger an seine Lippen.

»Was ist?«

»Sei still«, zischte er und kroch zu mir rüber.

Da hörte ich wieder ein Geräusch aus der Kapelle ... neue Schritte ... jemanden, der ging ... schlurfte ... hustete.

Ich sah William an. Er saß jetzt direkt neben mir und fixierte die Wandöffnung. »Wer ist das?«, fragte ich flüsternd.

»Der Mann, der abschließt…«

»Was abschließt?

»Den Friedhof… er guckt nur nach, ob hier auch keiner mehr ist, ehe er für die Nacht alle Tore absperrt. Halt still.«

Ich beugte mich näher an William heran, spähte durch die Öffnung und erhaschte einen kurzen Blick auf eine schemenhafte Gestalt, die auf der anderen Seite der Kapelle entlangging. Der Mann war sehr klein, höchstens einen Meter fünfzig, und von Kopf bis Fuß in schwarze Regenkleidung gehüllt – Gummistiefel, knöchellanger Regenmantel und ein Südwester mit labberiger Krempe.

Ich unterdrückte ein Kichern.

»Pssst!«, machte William, aber ich sah, wie auch er grinsen musste.

»Das ist der Gevatter Tod«, flüsterte ich.

»Nein…«, flüsterte mir William ins Ohr. »Das ist Gott… er kommt dich holen, weil du in sein Haus gepinkelt hast.«

Ich musste mir die Hand vor den Mund halten, um nicht loszulachen. Auch William mühte sich, keinen Laut von sich zu geben, aber seine Schultern ruckten…

Ein paar Minuten später ging der Gott-Mensch in entgegengesetzter Richtung zurück, immer noch auf der anderen Seite der Kapelle, und dann, als er außer Sicht war, hustete er wieder – ein Mal, zwei Mal – und zum Abschluss machte er einen abscheulichen, würgenden Laut hinten in der Kehle und wir hörten ihn geräuschvoll auf den Boden spucken.

»Gott…«, flüsterte ich.

Und dann, als ich merkte, was ich gesagt hatte, sah ich William an… und plötzlich platzten wir beide los. Wir schnaubten und prusteten, grinsten wie blöde und versuchten verzweifelt, leise zu sein. Schließlich packten wir uns gegenseitig und kugelten umher wie zwei ungezogene Kinder hinten im Klassenraum ...

Nach einer Weile hörte ich William flüstern: »Ich glaub, er ist weg.«

»*Gott* sei Dank«, sagte ich.

Und schon fingen wir wieder an.

Doch schließlich gelang es uns aufzuhören ... und danach saßen wir einfach nur da, Seite an Seite, und versuchten wieder zu Atem zu kommen ... Für einen Moment war es ein komisches Gefühl. Wir saßen *direkt* nebeneinander, unsere Körper berührten sich und wir wussten beide nicht so recht, was wir tun sollten. Einfach so sitzen bleiben? Oder vom andern wegrücken?

Es war einer dieser Momente ...

Und dann sagte William: »Du zitterst ja.«

Ich sah ihn an. »Du auch.«

»Ja?«

Ich nickte. »Ich hab schon gedacht, vielleicht sollten wir ein Feuer machen ...«

»Ja ...«

»Oder wir könnten auch einfach ...«

Er sah mich an. »Was?«

»Na ja ... ich glaube, ich hab mal irgendwo gelesen, wenn man nass ist und friert und nicht allein ist, kann man die gegenseitige Körperwärme nutzen, um nicht auszukühlen.«

»Körperwärme?«

»Ja«, sagte ich lächelnd. »Man muss sich nur ganz eng aneinanderschmiegen ...«

William lächelte. »Klingt wesentlich leichter, als Feuer zu machen.«

»Findest du?«

»Ja«, sagte er schüchtern. »Find ich …«

Am Anfang waren wir beide ein bisschen hampelig und wussten nicht recht, wie wir das anstellen sollten – waren beide etwas verlegen … aber es war okay. Wir lachten leise, grinsten ein bisschen und schließlich sortierten wir uns … und dann saßen wir einfach nur da, jeder in den Armen des andern, und hielten uns gegenseitig ganz fest … und es fühlte sich wieder so wunderbar an wie beim letzten Mal, als wir uns auf der Party aneinandergeschmiegt hatten. Alles schien vollkommen richtig, absolut perfekt … und genau wie beim letzten Mal hatte ich so ein Gefühl, dass es das war, dass es vollkommen ausreichte … dass ich überhaupt nichts anderes *brauchte* …

Und ich brauchte auch nichts anderes.

Aber ich *wollte* etwas anderes.

»William?«, fragte ich leise.

Er drehte mir sein Gesicht zu und ich küsste ihn.

Seine Lippen schmeckten nach Regen.

»Ist das okay?«, flüsterte ich.

Er sagte nichts, sondern lächelte nur und küsste zurück …

Und dann legten wir uns in der schwindenden Dämmerung zusammen auf den Boden und verschwanden in eine andere Welt.

29

Danach, als wir zusammen in der wachsenden Dunkelheit lagen, erzählte mir William, dass es sein erstes Mal gewesen sei. Ich sagte nichts – ich hatte kein Bedürfnis, etwas zu sagen –, sondern drückte ihn nur noch fester an mich und legte den Kopf an seine Schulter.

Ich fühlte mich vollkommen, fühlte mich zufrieden …

Nur dazuliegen, eins miteinander …

Dem Regen zu lauschen.

Es war perfekt.

Und es war *wirklich* kalt …

Ich wollte den Moment nicht zerstören, indem ich uns in die Realität zurückholte, deshalb lag ich so lange da, ohne etwas zu sagen, wie ich nur konnte, aber irgendwann hielt ich es einfach nicht mehr aus.

»Ob wir vielleicht doch ein Feuer machen sollen?«, schlug ich vor.

»Oh, verstehe«, sagte William und lächelte mich an. »Meine Körperwärme reicht dir also schon nicht mehr?«

»Sie war wunderbar, vielen Dank … aber falls du es nicht gemerkt hast, wir haben nichts an und es wird langsam echt kalt hier drinnen, außerdem schüttet es draußen wieder.«

»Okay, hab verstanden.«

»Und wir müssen auch unsere Sachen trocknen. Ich meine, ich weiß nicht, wie es dir geht, aber mir ist nicht danach, gleich klatschnasse Klamotten anzuziehen.«

»Lili?«, sagte William, setzte sich auf und sah mir in die Augen.

Ich sah ihn an. »Was ist?«

»Je eher du die Klappe hältst, desto schneller kann ich ein Feuer machen, okay?«

Ich zog die Augenbrauen hoch. »Willst du mir sagen, ich soll den Mund halten?«

»Ja, genau.«

Ich grinste. »Okay.«

Eine halbe Stunde später saßen wir, in Schichten von Sackleinen gehüllt, an einem notdürftigen Feuer in der Mitte des Raums. Unsere Kleider lagen um das Feuer ausgebreitet und trockneten allmählich in der knisternden Hitze und ich erzählte William, was passiert war, als ich Sonntagnacht endlich ins Screen on the Green zurückkam.

»Ich war gar nicht *so* spät dran«, erklärte ich ihm. »Vielleicht gegen Viertel vor eins, aber als ich reinkam, waren die Buzzcocks gerade mit ihrem Set fertig; das heißt, sie haben anscheinend statt uns gegen Mitternacht angefangen.«

»Konntet ihr nicht nach ihnen spielen?«

»Das hatte ich auch gedacht, aber offensichtlich hatten The Clash schon ihr Equipment aufgebaut, und so … na ja … war's das dann wohl.«

»Und was hat Curtis gesagt?«

»Also, der war natürlich echt angepisst, als du nicht kamst, und leider hab ich es auch nicht vor neun geschafft.«

»Wieso nicht?«

»Meine Mum … ach, das ist eine lange Geschichte, jedenfalls ging es ihr nicht gut, also musste ich eine Weile dortbleiben.«

»Was ist mit deiner Mum?«

Ich sah ihn an. »Das ist wirklich eine lange Geschichte, William. Ich erzähl's dir ein andermal, ja?«

»Gut.«

»Wie auch immer …«, seufzte ich. »Curtis war jedenfalls stinksauer, dass ich zu spät kam, und er war doppelt stinksauer, dass du überhaupt nicht da warst … und dann, als ich dich suchen gegangen bin und erst eine Dreiviertelstunde, nachdem wir hätten spielen sollen, wieder aufkreuzte …« Ich sah William an. »Na ja, so richtig übel nehmen kann ich es ihm nicht, dass er da ausgerastet ist.«

»Ich fürchte, nein …«

»Ich meine, das sollte *der* Auftritt werden, der, der uns groß rausbringen würde … das war es, was Curtis *immer* gewollt hat. Das ist sein ganzer *Traum* …«

»Na gut«, sagte William leise. »Aber man bekommt nun mal nicht immer das, was man will.«

»Kann sein … aber –«

»Es gibt mehr im Leben als hohle Träume.«

»Schon, aber Musik ist Curtis' *Leben*. Sie ist das Einzige, was ihn interessiert.«

»Nein, stimmt nicht. Wenn die Musik wirklich alles wär, was ihn interessiert, würde er einen Scheiß auf einen Plattenvertrag geben und der ganze Mist von wegen ›groß rauskommen‹ wär ihm egal … dann ginge es ihm nur ums Spielen. Aber bloß Spielen *reicht* ihm nicht. Was er wirklich will, ist die Kacke, die da mit dranhängt – das Bekanntsein, der Ruhm, das Bewundertwerden …« William sah mich an. »Was ist denn das für ein Traum?«

»Seiner«, sagte ich einfach.

William schwieg einen Moment, sah mich nur weiter an … und dann, nach einer Weile, nickte er bedächtig und sagte: »Ja, vielleicht hast du recht … wir haben eben alle verschiedene Träume. Wer soll da bestimmen, wovon man träumen darf oder nicht?«

»Du?«, sagte ich lächelnd.

»Ja, klar«, antwortete er und lachte. »Ich meine, schau mich doch an – so wie ich hier hocke, in einer verfallenen Kapelle, eingewickelt in ein altes Stück Sack … ich hab mein Leben doch wirklich im Griff, findest du nicht?«

»Könnte wesentlich schlimmer sein«, antwortete ich.

»Ja?«

»Du könntest allein sein.«

Er lächelte. »Das stimmt.«

»Oder noch schlimmer … du könntest mit du weißt schon wem hier sitzen.«

»Wen meinst du?«

»Du *weißt*, wen ich meine.«

Er grinste. »Doch nicht etwa …?«

»Doch …«

»Den Gott-Menschen?«

»Ja, du könntest mit dem Gott-Menschen hier sitzen.«

»In seinem Regenzeug?«

»Nein … *ohne* sein Regenzeug.«

»Niemals!«

»Nur in Gummistiefeln.«

»Nein!«

»Er säße direkt hier«, fuhr ich fort, »nackt und total aufgedunsen, und dann plötzlich –« Ich fuhr mit meiner Hand über Williams Rücken. »Plötzlich würdest du eine seiner allmächtigen Pranken auf deiner Schulter spüren …«

William jaulte auf und rollte sich zur Seite, als ich seine Schulter packte. Ich lachte und sprang auf ihn, drückte ihn zu Boden und senkte mein Gesicht auf seins.

»… und dann würde er versuchen, dich mit seinen allmächtigen Lippen zu küssen …«

»Nein!«

»Doch!«

»Nein …«

»Doch …«

»… doch …«

»… jetzt bist du aber nicht mehr der Gott-Mensch, was?«

»Nein.«

»Jetzt bist du nur du.«

»Nur ich.«

»Gut … denn sonst wär es irgendwie gruselig …«

»Ich bin nur ich …«

»… ich meine, ich weiß ja, dass dir gruselig *gefällt* … aber es gibt gruselig … und *richtig* gruselig, wenn du verstehst, was ich meine –«

»William?«

»Ja.«

»Halt die Klappe.«

»Okay.«

Es regnete weiter, das Gewitter zog ab und kam immer wieder zurück und William und ich saßen um unser Feuer und redeten. Ich sagte ihm nicht, dass Curtis mich beschuldigt hatte, wir hätten miteinander geschlafen. Zum Teil, weil es irgendwie merkwürdig war, nachdem wir es jetzt wirklich getan hatten, hauptsächlich aber, weil es keinen Grund dafür gab. Das Einzige, was William wissen musste, war, dass ich mich Sonntagnacht heftig mit Curtis gestritten hatte und er mit Charlie Brown im Bett gewesen war, als ich ihn das nächste Mal sah.

»Und was glaubst du, was jetzt aus der Band wird?«, fragte William. »Glaubst du, das war's?«

»Keine Ahnung…« Ich zuckte die Schultern. »Wahrscheinlich.«

»Wirst du die Band vermissen?«

»Glaub schon… ich meine, vieles werde ich sicher *nicht* vermissen… den ganzen bescheuerten Kram, der damit zusammenhängt. Aber dieses Gefühl, in der Band zu *sein*… zusammen zu spielen, auf der Bühne zu stehen… ja, das werde ich bestimmt vermissen.« Ich sah William an. »Wir waren *gut*, nicht? *Es* war gut.«

Er nickte. »Ja… und es tut mir leid, falls es jetzt *tatsächlich* vorbei sein sollte. Fänd ich echt Mist, wenn ich dir alles versaut hab.«

»Ist nicht deine Schuld.«

»Doch, ist es. Wenn ich am Sonntag rechtzeitig da gewesen wär, würden wir jetzt nicht mal dieses Gespräch führen.«

»Stimmt… aber –«

»Schon *gut*«, sagte er und lächelte mich an. »Es tut mir ja auch nicht leid, was ich getan habe – es musste in dem Moment einfach sein und ich würde es wieder so machen, wenn ich müsste. Es tut mir nur leid, wenn ich dir dadurch alles versaut hab, das meine ich.«

»Was ist mit Curtis? Tut er dir auch leid?«

William zuckte die Schultern. »Er ist ein großer Junge. Er wird schon drüber wegkommen.«

»Aha, verstehe«, sagte ich und tat so, als ob ich beleidigt wäre. »Und was bin ich in deinen Augen?«

»Wie meinst du das?«

»Curtis tut dir nicht leid, weil er ein großer Junge ist und drüber wegkommen wird, aber so ein armes kleines Mädchen wie ich …?«

»Das hab ich doch gar nicht –«

»Armes kleines Mädchen«, jammerte ich gekünstelt.

»Nein, so hab ich das nicht gemeint …« Er sah mich an und begriff plötzlich, dass ich ihn auf den Arm nahm. »Ja, klar«, sagte er kopfschüttelnd. »Sehr komisch, Lili … sehr witzig.«

Ich lachte.

Einen Moment lang saß er da und lächelte in sich hinein, dann sah ich, wie er über meine Schulter hinwegschaute. »Weißt du, was noch witzig ist?«, fragte er und schaute wieder zu mir.

»Was denn?«

Er grinste. »Auf dem Boden ist eine Ratte, direkt hinter dir.«

Ich starrte ihn an. »Und du glaubst, ich fall *darauf* rein?«

»Tja, ist deine Sache«, sagte er lässig und schaute wieder an mir vorbei. »Aber wenn sich hinter *meinem* Arsch eine Ratte anschleichen würde, wüsste ich, glaub ich, was ich täte.«

»Nein …«, sagte ich zögernd und zwang mich dazu, nicht nach hinten zu schauen. »Nein, darauf fall ich nicht rein …«

Er zuckte die Schultern. »Wie gesagt … ist deine Sache. Aber –«

Und dann schrie ich los, fuhr fast aus der Haut, als ich auf einmal fühlte, wie irgendwas meinen Hintern berührte. Und als ich mich zur Seite warf und über den Boden zu William kroch, sah ich etwas Pelziges, Dunkles durch die Wandöffnung huschen.

»Scheiße!«, keuchte ich und klammerte mich an William. »Hast du gesehen, wie *groß* das Vieh war?«

»Ist ja gut«, sagte William und legte den Arm um mich. »Das böse Tier ist jetzt weg … du armes kleines Mädchen …«

Ich schaute hoch und sah, wie er mich angrinste.

Es regnete.

Das Feuer flackerte …

Die Zeit verging …

William erzählte mir von seinen Großeltern, wie sie ihm fast alles beigebracht hatten, was er über Musik wusste, und wie er früher mit ihnen zusammen in den Pubs und Shebeens der Gegend von Antrim gespielt hatte.

»Was sind denn Shebeens?«, fragte ich.

»So was Ähnliches wie Pubs … nur ohne Lizenz. Das heißt, jeder weiß von ihnen, sie sind nur nicht …«

»Legal?«

»Ja.«

»Wie alt warst du damals?«, fragte ich. »Als du mit deinen Großeltern dort gespielt hast, meine ich …«

»Ich glaube, ich muss ungefähr fünf oder sechs gewesen sein, als ich sie das erste Mal begleitet habe.«

»Fünf oder sechs?«

»Na ja ... wahrscheinlich hab ich zuerst nur die Trommel geschlagen oder so. Auf alles andere haben sie mich erst losgelassen, als ich ein bisschen älter war, aber insgesamt lief das eben so bei uns. Musik war einfach ... keine Ahnung. Sie war immer da. Sie war ein Familiending. Etwas, das man mit der Familie und mit Freunden machte ... man kam ganz einfach zusammen, studierte ein paar Songs ein und dann spielte man los.«

Er erzählte mir auch von der Liebe seiner Großmutter zu Büchern und wie sie ihm immer vorgelesen hatte, als er noch klein war ...

»Aber sie war überzeugt, dass man Kinder nicht wie Idioten behandeln darf, verstehst du ... das heißt, anstatt uns die üblichen Kindergeschichten vorzulesen, las sie mir einfach das vor, was sie selber gern las.«

»Zum Beispiel?«, fragte ich.

»Gott, alles *Mögliche*«, antwortete William und lächelte bei der Erinnerung. »Gedichte, Romane, historische Bücher ... vieles davon war natürlich irisch – Joyce, Pearse, Beckett, Yeats ... Seamus Heaney. Aber sie mochte auch ein paar von den Russen sehr – Turgenjew, Dostojewski, Tolstoi – und dann die ganzen französischen Sachen – Camus, Sartre, Rimbaud, Verlaine ...« Er lachte leise vor sich hin. »Manchmal hat sie mir zur Entspannung ein bisschen was von Dickens, Wilkie Collins oder so vorgelesen ... das war ihre Vorstellung von Unterhaltungslektüre, verstehst du? Ein bisschen leichte Kost. Aber Granddad ...« William lachte wieder. »Also der liebte Western, Geschichten von Cowboys und Indianern ... und wenn Granny nicht zu Hause war, las er mir die ganzen Sachen über Revolverhelden, Banditen und Viehtreiber vor, und das war so was wie unser kleines Geheimnis, weißt du ... niemand durfte davon wissen, vor allem nicht Gran.«

Ich lächelte ihn an. »Das heißt also, du bist mit Tolstoi und Western aufgewachsen?«

»Ja ...«

Es regnete.

Es wurde immer kälter ...

Wir kauerten uns enger zusammen ...

»Du schuldest mir immer noch eine Geschichte«, sagte William.

»Ja?«

Er nickte. »Du hast versprochen, du würdest mir alles über deine Familie erzählen, erinnerst du dich? Neulich nachts auf der Party? Ich hab gesagt, ich würde dir alles über meine Familie erzählen, aber nur unter der Bedingung, dass du mir alles über deine erzählst.«

»Stimmt.«

»Aber du hast nie was erzählt.«

Ich sah ihn an. »Was willst du wissen?«

Er lächelte. »Alles, was du mir erzählen magst.«

»Okay«, sagte ich und kuschelte mich an ihn. »Also, der Mädchenname meiner Mutter war Mari Ellen James und sie wurde in einem kleinen Bauerndorf außerhalb von Bangor in Nordwales geboren ...«

Es regnete …

Das Feuer flackerte.

Ich öffnete mein Herz.

Ich hatte noch nie so richtig mit jemandem über meine Mum und meinen Dad gesprochen, und als ich William alles über sie erzählt hatte – ihre Geschichte, ihrer beider Leben … was sie mir bedeuteten oder *nicht* bedeuteten –, war ich total erschöpft, sowohl körperlich als auch seelisch. Es war ein seltsames Gefühl, eine betäubende Mischung aus Erleichterung, Entspannung, Verwirrung, Angst … ein Wechselbad der Gefühle, das mich zerriss und aushöhlte, aber zugleich auch auf wunderbare Weise befreite.

»Alles in Ordnung mit dir?«, fragte William, der mich in seinen Armen hielt.

»Ja …«, murmelte ich und schniefte ein paar Tränen weg. »Ist nur irgendwie hart, weißt du … ich meine, ich weiß natürlich, dass ich es in vieler Hinsicht sehr leicht hatte, also dürfte ich mich gar nicht –«

»Sonderlich *leicht* klingt das für mich nicht«, sagte William. »Okay, du musstest dir nie Sorgen um Geld machen, aber alles andere … ich meine, *Himmel* noch mal.« Er schüttelte ungläubig den Kopf. »Hat denn dein Vater nie versucht, mit dir Kontakt aufzunehmen oder so?«

»Nicht dass ich wüsste …«

»Was ist mit Geburtstagen, Weihnachten?«

Ich schüttelte den Kopf.

William sah mich an. »Machst du dir nie Gedanken um ihn?«

»Keine Ahnung …«, sagte ich. »Nicht wirklich … er war nie für mich da und ich hab es nie anders erlebt. Ich glaube, es wär was anderes, wenn ich ihn gekannt hätte, bevor er ging, verstehst du, wenn ich Erinnerungen an ihn hätte oder so … aber ich habe keine.« Ich zuckte mit den Schultern. »Deshalb bedeutet er mir nichts, er ist Luft für mich. Er ist einfach jemand, der meine Mum gefickt hat.«

»Spricht sie manchmal über ihn?«

»Als ich klein war, hat sie mir oft von ihm erzählt, aber eigentlich nur, wenn sie betrunken war oder so … und dann hat sie meistens so sehr geheult, dass ich kein Wort verstehen konnte, oder sie ist total wütend geworden und hat sich dermaßen in Rage geredet, dass sie nur noch gebrüllt und getobt hat … und dann hab *ich* angefangen zu heulen und sie hat *mich* angeschrien …« Ich lächelte William an. »Wahrscheinlich wünschst du dir jetzt, du hättest mich nie nach meiner Familie gefragt, was?«

Er schüttelte den Kopf. »Was empfindest du für sie?«

»Für meine Mum?«

»Ja … ich meine, es muss doch total schwer sein …«

»Sie ist meine Mum«, sagte ich bloß. »Sie ist … na ja, du weißt schon. Sie ist, wie sie ist.« Ich zuckte mit den Schultern. »Sie ist meine Mum.«

Das Feuer flackerte …

Meine Augen wurden schwer …

Ich lehnte meinen Kopf an Williams Schulter.

»Glaubst du, der Regen hört irgendwann noch mal auf?«, fragte ich ihn.

»Hoffentlich nicht.«

Ich lächelte.

»Erzähl mir was anderes«, sagte er.

»Was willst du denn wissen?«
»Erzähl mir, wie du als Kind warst.«

Ich erzählte ihm Geschichten.
Es regnete …
Die Zeit verging …

Und irgendwann in den frühen Morgenstunden schliefen wir in den Armen des andern ein.

30

Ich schwebe unter der Decke der Werkstatt und schaue auf vier Männer, die am Tisch sitzen – der mit der flachen Kappe, der Fransige, der Gott-Mensch und Curtis. Sie reden miteinander, aber ich kann nicht verstehen, was sie sagen. Ihre Gesichter leuchten in dem flackernden Schein einer Petroleumlampe, die auf dem Tisch steht.

Es gibt auch noch anderes auf dem Tisch: Papiere, Karten, Ordner, eine Flasche Whisky ... Elektroteile, Drähte und Kabel, Schalter, Schaltplatten ... abgesägte Stücke von einem Rohr, Beutel mit Nägeln ...

Und Waffen.

Die Waffen liegen auf einem Stück Sackleinen ausgebreitet – zwei Pistolen, eine Flinte und etwas, das wie ein Maschinengewehr aussieht –, und als ich von der Decke herabstarre, sehe ich, wie der mit der flachen Kappe eine der Pistolen hochnimmt und Curtis reicht. Curtis nimmt sie entgegen, untersucht sie und nickt. Er sagt etwas zu dem Kappentyp und Curtis und der Gott-Mensch lachen. Der mit der Kappe trinkt aus einem Glas, zündet sich eine Zigarette an, nimmt Curtis die Pistole wieder ab und schlägt ihm dann auf die Schulter. Curtis nimmt eine Zigarette aus der Schachtel auf dem Tisch, zündet sie an und trinkt von einem Glas Whisky. Wieder sagt er etwas zu dem mit der Kappe. Er deutet auf den Haufen großer Plastiksäcke und fragt den mit der

Kappe etwas. Der sieht den Fransigen an. Und jetzt ist der Fransige plötzlich nicht mehr einfach nur ein junger Typ mit langen Haaren, sondern ein junger Typ mit dem Kopf und Gesicht einer Ratte, einer mannsgroßen Ratte … und er nickt mit seinem Rattenkopf dem mit der Kappe zu … danach dreht er sich um und sagt was zu Curtis und sie schauen hinüber auf irgendwas in der Ecke des Raums …

Und dann auf einmal schwebe ich nicht mehr unter der Decke, ich bin in der Ecke des Raums … *ich* bin es, wonach der Rattenkopf und Curtis schauen. Ich … und William … wir sind beide dort in der Ecke … im Bett. Wir liegen zusammen im Bett und das Bett besteht aus Sackleinen und wir sind umgeben von Waffen … und wir sind nackt … und alle schauen auf uns … und überall stehen leere Flaschen und Aschenbecher … und in der Mitte des Raums ist ein längst abgestorbener Apfelbaum, der mit Benzin übergossen und dann angezündet wurde … und unsere Kleider liegen ausgebreitet um den schwelenden Baum, trocknen allmählich in der knisternden Hitze … und *alle* schauen auf uns …

Ich stoße William an …

Wach auf.

Mhm …?, murmelt er und reibt sich die Augen. *Was ist …?*

Wach auf.

Er sieht mich an, die Augen blutunterlaufen und trüb …

Und dann sagt jemand von irgendwoher: *Ups.*

Und plötzlich schwebe ich wieder unter der Decke, schaue auf alles herab und jetzt liegt eine Bombe auf dem Tisch … eine große schwarze Bombe im Comic-Stil. Wie eine Kanonenkugel mit herausstehender Lunte …

Und die Lunte brennt …

Und jemand sagt von irgendwoher: *O Scheiße …*

Und dann …

KA-WUMM!

Ich wachte in Williams Armen auf, zitterte unkontrolliert und schnappte nach Luft.

»Ist gut, Lili«, sagte er leise. »Ist gut, das war nur ein schlechter Traum … dir passiert nichts. Alles ist gut …«

Mein Herz pochte. Ich bekam keine Luft.

»Ist gut«, redete William weiter und hielt mich fest. »Nimm dir Zeit … atme ganz langsam … ja, so. Schön langsam …«

Ich holte tief Luft und atmete sie langsam wieder aus.

»Und noch mal«, sagte William.

Ich atmete wieder ein und aus.

»Okay?«

Ich nickte. »Ja … danke.«

Ich schaute mich um. Das Feuer war ausgegangen und der Raum war in ein fahles Morgenlicht getaucht. Der Himmel schien klar zu sein, der Regen hatte aufgehört und draußen in den Bäumen sangen die Vögel.

Ich schaute auf meine Uhr.

Es war kurz nach sieben.

William lächelte mich an. »Wachst du immer so auf?«

»Nein«, sagte ich gähnend. »Anscheinend nur, wenn ich die Nacht auf einem rattenverseuchten Friedhof verbringe.«

Wir machten uns sauber, so gut es ging – wuschen uns mit Regenwasser, trockneten uns mit dem Sackleinen ab –, dann zogen wir uns an, verabschiedeten uns von der Kapelle und machten uns auf den Weg, um irgendwo etwas zu essen.

Wir hatten beide einen Mordshunger, und als wir das griechische Café in Stoke Newington erreichten – das nicht nur so früh am Morgen schon aufhatte, sondern in dem auch überraschend viel los war –, bestellten wir beide das üppigste Frühstück, dass wir auf der Karte fanden. Spiegeleier, Bratwürstchen, Schinken, gegrillte Tomaten, geröstetes Brot, Pilze, jede Menge Toast ... und große Becher mit dampfendem schwarzem Kaffee.

Es war das beste Essen, das ich je bekommen hatte.

Wir redeten nicht miteinander, während wir aßen, sondern schaufelten alles schweigend in uns hinein, und erst, als die Teller leer waren und William die letzten fettigen Reste mit einem Stück trockenem Toast aufwischte, sprach ich das Thema an, das mich seit letzter Nacht die ganze Zeit quälte.

»William?«, fragte ich leise.

»Hmm?«

»Wegen der Sache, du weißt schon ... mit den Männern aus Derry.«

Er warf einen kurzen Blick durch das Café, dann drehte er sich wieder zu mir um. »Sprich leise, ja?«

»Okay«, sagte ich, rückte näher an ihn heran und senkte meine Stimme. »So in Ordnung?«

»Ja.«

»Gut ... also, es ist so ...« Ich seufzte. »Mir gefällt das einfach nicht, das ist alles.«

»Mir auch nicht.«

»Warum lässt du dann nicht die Finger davon?«

Er schüttelte den Kopf. »Ich kann nicht.«

»Wieso nicht?«

Er sah mich an. »Du weißt genau, wieso, Lili. Wir haben das doch alles schon durchgekaut.«

»Ja, ich weiß, aber –«

»Es hat sich nichts geändert.«

»Aber diese Männer … die sind doch *böse* – ich meine, nett sind die jedenfalls bestimmt nicht.«

»Das sind Soldaten, die sind nicht dazu da, *nett* zu sein.«

»Ich weiß –«

»Schau«, sagte er und nahm meine Hand. »Alles wird gut, vertrau mir. Ich weiß, was ich tue. Meine Vermutung ist, sie planen einen Anschlag, um ein Zeichen zu setzen … sie sprengen ein Gebäude oder so, entweder wenn es leer ist oder mit ausreichender Vorwarnung, dass alle noch Zeit haben rauszukommen … was bedeutet, dass niemand verletzt wird.« Er zuckte die Schultern. »Und abgesehen davon, meistens wird sowieso nichts aus solchen Sachen.«

»Wie meinst du das?«

»Solche Operationen, besonders die hier in England … also die große Mehrheit davon kommt sowieso nie übers Planungsstadium hinaus. Irgendwas läuft *immer* schief – logistische Probleme, Probleme mit dem Geld, mit den Leuten, der Munition, den Informationen … irgendwer macht einen Fehler, die Polizei kriegt was mit, der MI5 steckt die Nase rein …« William grinste. »Was immer die drei planen, die Chance, dass sie es auch ausführen, ist faktisch gleich null.«

»Wirklich?«

»Ja, wirklich.«

»Aber es ist trotzdem möglich, oder?«

»Klar, die Möglichkeit besteht immer.«

Ich schaute ihm in die Augen. »Und ich kann nichts tun, um deine Meinung zu ändern?«

Er antwortete nicht, sondern schaute nur mit seinen strahlenden Haselnussaugen zurück – so klar und leuchtend, so voller Leben …

»Komm her«, sagte ich leise, nahm eine Serviette und führte sie an sein Gesicht. »Du hast überall Ketchup am Mund.«

Es war nur eine kurze Fahrt mit dem Bus von Stoke Newington nach Dalston und von dort nahmen wir die London Overground zurück nach Hampstead. Ich sagte William, dass er mich nicht den ganzen Weg begleiten müsse, doch er bestand drauf. Und als wir in Hampstead Heath ausstiegen und er anbot, mich noch nach Hause zu bringen, erinnerte ich mich plötzlich an die Nacht der Valentinsparty … als wir alle am U-Bahnhof London Bridge rumhingen und ich echt sauer auf Curtis war. Und wie ich mich auf einmal bei der Vorstellung ertappt hatte, William stiege mit mir in die U-Bahn und wir würden gemeinsam zurückfahren, und wie ich davon geträumt hatte, er würde mich von der Station aus heimbringen …

Und jetzt …

War es plötzlich so.

Ließen wir es wahr werden.

Ich lächelte ihn an.

»Was ist?«, fragte er.

»Nichts …«

Er sah mich schief an. »Ist alles in Ordnung?«

»Alles perfekt.«

Und das war es wirklich. Für ungefähr fünf Minuten *war* alles perfekt. Es war ein wunderschöner Tag – frisch und hell, mit einem leichten Dunstschleier in der Luft –, und auch wenn ich echt müde war, war es nicht diese *zehrende* Müdigkeit, sondern eher eine, die dich schweben lässt und schwindlig macht, fast als ob du betrunken wärst. Und als wir zusammen durch das grün belaubte Hampstead liefen, sah ich alles in völlig neuem Licht. Die Häuser, die Bäume, die Straßen, die Ausblicke … nichts hatte sich verändert, alles war genau wie immer und doch schien es irgendwie ganz anders. Klarer, heller … mit mehr Kontur, mehr Tiefe. Ich sah alle Details – die Steine der Häuser, die Blätter der Bäume, die Geraden und Kurven der Straßen …

Es war ein gutes Gefühl.

Ein perfektes Gefühl.

Erst als wir in unsere Straße einbogen und auf das Haus meiner Mum zuliefen, wurde das Gefühl etwas weniger perfekt und ich fragte mich, was wir tun würden, wenn wir dort ankamen. Würde William mit reinkommen wollen? Sollte ich ihn fragen, ob er mit reinkäme? *Wollte* ich, dass er mit reinkam? In welchem Zustand würde Mum sein?

»Schon gut«, sagte William und berührte meinen Arm. »Kein Grund, sich irgendwelche Sorgen zu machen.«

Ich sah ihn an. »Wer macht sich irgendwelche Sorgen?«

Er lächelte. »Du.«

»Stimmt gar nicht.«

»Stimmt wohl. Du kaust an deiner Lippe … du kaust immer an deiner Lippe, wenn du dir Sorgen machst.«

»Tu ich das?«

»Yep.«

Ich lächelte ihn an. »Du hältst dich wohl für besonders schlau, was?«

»Yep.«

Wir gingen weiter.

Er sagte: »Ich komm nur mit bis zur Haustür, wenn das für dich okay ist. Ich meine, ich würde natürlich gern mit reinkommen und deine Mum kennenlernen ... und das werde ich auch irgendwann – aber nicht heute. Ist das in Ordnung?«

Ich lächelte. »Perfekt.«

»Gut. Und welches von diesen schicken Häusern ist jetzt deins?«

»Das da«, sagte ich und zeigte die Straße entlang. »Das mit dem Turm.«

Er blieb mit einem überraschten Gesicht stehen. »In *dem* wohnst du?«

»Ja ...«

»Verfluchte Scheiße, was *ist* das?«, fragte er und grinste mich an. »Ist das ein Schloss?«

»Nein, natürlich nicht.«

»Ich meine, heilige Scheiße ... das ist ja *riesig.*« Er schüttelte den Kopf. »Sieht aus wie ein Ding aus einem Horrorfilm.«

Als ich nicht antwortete, glaubte er einen Moment, er hätte mich verletzt.

»Tut mir leid, Lili«, sagte er. »Ich mach nur Spaß. Ich wollte dich nicht –«

»Ist das nicht der Lieferwagen von Chief?«, fragte ich und starrte auf den vertraut wirkenden Ford Transit, der vor dem Haus meiner Mum stand.

William betrachtete den weißen Lieferwagen. »Sieht ein bisschen so aus ...«

»Sieht *ziemlich* so aus«, erwiderte ich.

Als wir langsam auf den Lieferwagen zugingen, war plötzlich alles gar nicht mehr perfekt. Es war eindeutig Chiefs Lieferwagen, daran bestand kein Zweifel. Ich erkannte die Beule in der Hecktür, das kaputte Rücklicht, den *Keep music live*-Aufkleber, den Curtis manipuliert hatte und der jetzt lautete *Keep music evil* … und als ich sah, wie die Beifahrertür aufschwang, konnte ich nur noch hoffen und beten, dass es Stan war, der aus dem Wagen stieg oder vielleicht Jake … aber tief im Innern wusste ich, dass sie es nicht waren.

Noch bevor ich ihn sah, wusste ich, es war Curtis.

Ich *wusste* es einfach.

Ich blieb mit William neben dem Lieferwagen stehen und wir beide standen bloß da und beobachteten, wie Curtis ausstieg und sich zu uns umwandte.

31

Ich rechnete natürlich damit, dass Curtis wütend war – mich mit William zu sehen, wie wir früh am Morgen zusammen nach Hause schlenderten –, und die Tatsache, dass er überhaupt kein *Recht* mehr hatte, wütend auf mich zu sein … nun ja, die interessierte keinen. Und es gab auch keinen Zweifel an seiner Wut. So wie er erst mich, dann William ansah … die Verachtung in seinem Blick, die Verletztheit, Verbitterung, das Gefühl des Betrogenseins … all das war ihm deutlich anzusehen.

Doch überraschenderweise schien er nicht nur seine Gefühle unter Kontrolle zu haben, sondern es musste ihn auch noch etwas anderes beschäftigen als bloß die Frage, was er von William und mir hielt.

»Hi, Curtis«, hörte ich William sagen.

Curtis nickte ihm flüchtig zu, dann wandte er sich wieder mir zu. »Alles okay?«, fragte er.

Mein erster Impuls war zu sagen: »Es ist nicht, wie du denkst, Curtis.« Aber natürlich war es genau so, wie er dachte. Deshalb sagte ich stattdessen: »Was machst du hier, Curtis? Was ist los?«

Er warf wieder einen kurzen Blick auf William, dann schaute er, halb lächelnd, zu mir zurück. »Das ist jetzt echt peinlich, was?«

»Ja, ein bisschen.«

Er kam auf uns zu, zog eine Schachtel Zigaretten raus und bot William eine an.

»Danke«, sagte William.

Curtis zündete sich auch eine an. »Okay«, sagte er und blies den Rauch aus. »Passt auf ... die Sache mit dem Polydor-Deal, ihr erinnert euch ... von dem wir alle dachten, wir hätten ihn versaut, nachdem wir Sonntagnacht nicht gespielt haben.« Er warf William wieder einen Blick zu. William sagte nichts. »Na gut«, fuhr Curtis fort, »offenbar hat es der Typ, der bei Polydor die letzten Entscheidungen trifft, ein gewisser Chris, nicht geschafft, wie geplant zu dem Gig am Sonntag zu kommen, weil eins seiner Kinder krank geworden ist oder so. Ich meine, er *weiß* natürlich, dass wir nicht gespielt haben ... und nur zur Sicherheit, Jake hat ihm gesagt, ihr hättet beide eine Lebensmittelvergiftung gehabt ...« Curtis sah wieder William an. »Kapiert?«

William zuckte die Schultern.

»Egal«, fuhr Curtis fort. »Jake hatte jedenfalls gestern einen Termin bei Chris ... und grundsätzlich wollen sie uns immer noch.«

»Echt?«, sagte ich.

»Ja ...« Curtis lächelte jetzt. »Sie haben die Verträge aufgesetzt und so weiter ... mit anderen Worten, es ist alles bereit – die warten bloß noch auf uns.«

»Wie – das heißt, es ist also definitiv?«, fragte ich.

»Ja, ja«, sagte er, nicht in der Lage, seine Aufregung im Zaum zu halten. »Sie wollen, dass wir noch heute unterschreiben.«

»Heute?«

»Ja, heute. Deshalb sind wir hier ... ich meine, ich hab versucht dich anzurufen, aber niemand wusste, wo du steckst …« Sein Lächeln verlor sich ein bisschen. »Na ja, auch schon egal … also, was sagst du dazu?«

»Hm … kommt ein bisschen überraschend.«

»Ja, ich weiß … Jake glaubt, sie drängen wahrscheinlich, damit uns nicht noch ein anderer wegschnappt. Es gibt ein neues Independent-Label, Stiff, das großes Interesse gezeigt hat, und auch A&M schnuppern immer noch rum.«

»Wie viel bietet Polydor?«, fragte William.

Einen Moment lang antwortete Curtis nicht, sondern stand nur da und starrte William eiskalt an, als wollte er sagen, was geht das dich an, verdammte Scheiße? Aber William war egal, was Curtis dachte. Er stand nur da, starrte zurück und wartete auf Curtis' Antwort.

»Ist ein Zwei-Jahres-Deal«, sagte Curtis und wandte sich dabei demonstrativ an mich. »Sie bieten uns einen Vorschuss von £40 000 auf die Tantiemen, der nicht rückzahlbar ist. Wir bekommen die Hälfte bei Vertragsunterschrift und die andere Hälfte in einem Jahr.«

»Und wie wird das Geld aufgeteilt?«, fragte William.

»So wie immer«, antwortete Curtis mit einem widerwilligen Blick zu William. »Alle kriegen den gleichen Anteil.«

»Einschließlich Jake?«

Curtis nickte. »Ist das ein Problem?«

»Nein.«

»Was ist mit Chief?«, fragte ich. »Bekommt er noch weiter *seine* zehn Prozent?«

»Nein … das heißt, er wird weiter bezahlt, wenn er für uns arbeitet, aber er bekommt keinen Anteil an den Tantiemen oder so.«

»Was ist mit den Musikrechten?«, fing William an. »Ich meine, wer bekommt –?«

»Hör zu, wieso fragst du nicht Jake?«, sagte Curtis ungeduldig. »Er ist im Wagen, er kennt die Details ... du kannst das ja unterwegs mit ihm klären.«

»Auf dem Weg wohin?«

»Zu Polydor, verdammte Scheiße ... was glaubst du denn?«

Ich fragte: »Wir fahren jetzt gleich?«

Er schaute mich an. »Je früher wir da sind, desto schneller kriegen wir die £20 000.«

Ich schaute zu William und erinnerte mich an alles, worüber wir gesprochen hatten – Curtis' Traum, das Bekanntsein, der Ruhm, die Musik, die Band ... und ob ich das Ganze vermissen würde, jetzt wo es wahrscheinlich vorbei war ...

William lächelte mir zu, zuckte mit der einen Schulter und ich wusste, dass er wusste, woran ich dachte.

Ich lächelte schweigend zurück, dann wandte ich mich wieder an Curtis. »Ich muss mich noch ein bisschen waschen und Mum Bescheid sagen, was läuft, bevor wir fahren, okay?«

Er nickte mit eisigem Blick. »Mach nicht so lange.«

Später fand ich heraus, dass Curtis William beiseitenahm, während ich im Haus war, und ein paar Takte mit ihm redete. In Kurzfassung gesagt erklärte er ihm, wenn er noch ein Mal einen Auftritt oder auch nur eine Probe verpasste, flöge er aus der Band.

»In jedem Fall«, fügte er hinzu. »Hast du verstanden?«

»Ja«, sagte William und schaute ihm in die Augen. »Ich hab verstanden.«

»Gut ... und was immer zwischen dir und Lili läuft –«

»Das geht nur Lili und mich etwas an«, sagte William. »Hast *du* das verstanden?«

Curtis funkelte ihn an. »Fick dich, Billy.«
William lächelte nur.

Und als ich aus dem Haus kam, wartete Curtis am Gartentor auf mich und es stellte sich heraus, dass er auch mit mir ein paar Takte reden wollte.

»Ich glaube, das ist jetzt gerade keine gute Idee«, erklärte ich ihm und warf einen Blick zum Wagen, um zu sehen, wo William war. Ich sah Jake und Chief vorn sitzen, aber von William keine Spur, also musste er wohl hinten eingestiegen sein.

»Ich will nur sicher sein, dass zwischen uns alles okay ist, bevor wir den Vertrag unterschreiben«, sagte Curtis zu mir. »Ich meine, kriegen wir das hin ... du und ich, in der Band –?«

»Darf ich dich was fragen?«, sagte ich.

»Was denn?«

»Wann hast du erfahren, dass der Deal wirklich läuft?«

»Gestern ...«

»Am Montag?«

»Ja.«

»Wann am Montag? Um wie viel Uhr?«

»Ist das wichtig?«

»War das bevor oder nachdem du Charlie Brown gefickt hast?«

»Hör zu«, sagte er und schüttelte den Kopf. »Da war überhaupt nichts, okay? Ehrlich, es war nur ... ich war bloß total im *Arsch*, Lili, ich *wusste* nicht, was ich tat ... und außerdem, ich dachte ... nach Sonntagnacht ... du und Billy –«

»Sonntagnacht war gar nichts, kapiert. Ich hab dir *gesagt*, dass –«

»Und letzte Nacht?«

Ich starrte ihn nur an.

Er sagte: »Ja, das hab ich mir gedacht …«

Ich schüttelte den Kopf. »So war das nicht.«

»Wie war das nicht?«

Ich seufzte. »Ich kann das jetzt nicht, Curtis. Ich kann das echt nicht.«

»Dann hättest du eben nicht damit anfangen sollen.«

»*Hab* ich ja gar nicht …«, sagte ich, aber plötzlich merkte ich, dass Curtis recht hatte – ich hatte sehr wohl damit angefangen –, und ich wünschte mir, ich hätte es nicht getan. »Okay«, sagte ich müde. »Du hast recht, tut mir leid … lass uns einfach aufhören damit, ja?«

»Hör zu, Lili«, sagte Curtis leise. »Wenn du wirklich glaubst, es geht nicht mehr mit uns beiden zusammen in der Band oder wenn du dir zumindest im Moment nicht sicher bist … also, wir *müssen* nicht jetzt unterschreiben. Ich glaube zwar, es ist besser, damit Polydor nicht die Chance hat, alles noch mal infrage zu stellen, aber ich will dich nicht *drängen*, etwas zu tun, worüber du dir noch nicht sicher bist.«

Ich sah ihn an, wieder gefangen in dem vertrauten Chaos, nicht zu wissen, was ich glauben sollte. War er wirklich so rücksichtsvoll und besorgt oder wollte er mich nur beruhigen, indem er genau das sagte, was ich hören wollte?

Ich wusste es nicht.

Und ich merkte in dem Moment, dass ich es nie gewusst hatte.

»Ich bin bereit, wann immer du bereit bist«, sagte ich.

»Sicher?«

»Absolut.«

Ich weiß nicht mehr viel von unserem ersten Besuch bei Polydor. Ich war immer noch ziemlich müde, wahrscheinlich inzwischen sogar noch müder, alles war so plötzlich und unerwartet gekommen und das Ganze derart verwirrend, dass ich mich für den Rest des Tages völlig benebelt fühlte. Ich erinnere mich nicht mal genau, wo wir hinfuhren, um den Vertrag zu unterschreiben. Es könnte irgendwo in Kensington oder vielleicht auch in Hammersmith gewesen sein, aber das ist nur ein Gefühl. Erinnern kann ich mich bloß noch daran, dass wir in ein Bürohaus gingen, dann eine Weile in einem piekfeinen Empfangsbereich warten mussten – dicke Teppiche, Ledersofas, gerahmte goldene Schallplatten an der Wand – und schließlich in ein piekfeines Büro geführt wurden, wo man uns lauter Leuten im Anzug vorstellte. Die Anzugtypen lächelten alle, schüttelten uns die Hand und versicherten, wie erfreut und begeistert sie seien ... und dann gingen ein paar von ihnen, wir Übrigen setzten uns alle und der Typ namens Chris hockte an seinem Schreibtisch und redete über Optionen, das Veröffentlichen, über Aufnahmepläne und eine Menge anderes Zeug, das auf mich nicht besonders verständlich wirkte, wobei ich auch gar nicht richtig zuhörte. Curtis und Jake aber schienen zu wissen, wovon er sprach, und ich merkte, wie auch William auf jedes Wort von Chris achtete, ich dagegen saß bloß so rum ... ohne zuzuhören, ohne mich zu konzentrieren, ohne irgendwas zu tun.

Ich war mit meinen Gedanken ganz woanders, Millionen Kilometer weit weg.

Nach einer Weile war das Reden vorbei, danach ging es nur noch ums Unterschreiben – unterschreiben Sie hier und da auch ... und dann hier noch mal –, und während wir es alle taten, kamen ein paar Fotografen rein und ein Blitzlichtgewitter ging los, William sorgte wieder dafür, dass sein

Gesicht zumindest teilweise verdeckt war, und schließlich knallten die Champagnerkorken …

Und das war es so ziemlich.

Wir hatten es getan.

Einen Plattenvertrag unterschrieben.

Wir hatten es geschafft.

Curtis und Jake feierten schon – sie kippten den Champagner runter wie Wasser – und selbst Stan feierte mit, obwohl ich glaube, er war ein bisschen sauer auf Curtis, weil der zu Chief gesagt hatte, er solle im Wagen bleiben, und Stan fand, sein Bruder hätte dabei sein sollen …

Aber inzwischen schien er drüber weg zu sein, stieß mit Curtis an und goss sich ein zweites Glas ein …

Auch ich hatte eins in der Hand, aber ich war nicht in Feierlaune. Auch wenn ich nicht recht wusste, wieso. Ich wusste nicht mal richtig, in was für einer Laune ich eigentlich war. Im Grunde fühlte ich mich einfach nur müde, ein bisschen leer. Ein bisschen down.

»Hey«, sagte William leise und setzte sich neben mich. »Alles in Ordnung mit dir?«

Ich lächelte ihn an. »Ja …«

»Trinkst du keinen Champagner?«

Ich schüttelte den Kopf. »Bin bloß müde …«

»Ja, ich auch.«

Ich lächelte wieder.

»Warum gehst du nicht einfach nach Hause und schläfst eine Weile?«

»Ja, das werd ich wohl machen.«

Wir sahen erst auf, als plötzlich wieder ein Blitzlicht durch den Raum zuckte und der Fotograf den Moment einfing, wie Chris den Scheck über £20 000 an Jake überreichte.

»Willkommen bei Polydor, Jungs«, sagte Chris und fügte dann mit einem schmierigen Blick auf mich hinzu: »Und das Mädel natürlich auch.«

Danach gab es einen etwas komischen Moment, als Jake plötzlich merkte, dass ein Scheck über £20 000 erst wirklich £20 000 wert ist, wenn du ihn zur Bank trägst. Und *er* hatte ganz sicher kein Bankkonto, genauso wenig wie Curtis ...

»Stan?«, fragte er. »Hast du ein Bankkonto?«

Stan schüttelte den Kopf.

»Lili?«

»Nein, tut mir leid.«

»Und du, Billy?«

William lachte bloß.

Also musste Jake Chris fragen, ob wir nicht einen Teil des Geldes in bar haben könnten, gerade so viel, dass wir über die Runden kamen, bis wir ein Bankkonto eingerichtet hatten ... und Chris musste rumtelefonieren ... aber am Ende, als wir das Polydor-Büro verließen, hatten wir £1000 in bar und dazu einen Scheck über £19 000.

»Also gut«, sagte Curtis, während wir auf dem Gehweg vor dem Bürohaus standen, und wedelte triumphierend mit einer Handvoll £20-Scheinen. »Wer hat Lust auf einen Drink?«

Während sich Curtis und Jake zum nächsten Pub aufmachten und Stan seinen Bruder aus dem Lieferwagen holte, hielt William ein Taxi an und sagte dem Fahrer, wir wollten nach Hampstead.

»Willst *du* nicht mit den andern was trinken?«, fragte ich ihn und setzte mich hinten ins Taxi.

Er lächelte. »Nicht unbedingt, nein.«

»Die werden über uns reden, weißt du das?«

Er sah mich an. »Glaubst du?«

»Na ja …«

»Vielleicht sollte ich dann doch besser mitgehen«, sagte er ernst. »Ich meine, wir können nicht zulassen, dass sie über uns *reden*, oder?«

Ich lächelte ihn an. »Du bist nicht lustig, weißt du das? Auch wenn du dich für lustig hältst, du bist es nicht.«

Er lachte. »Muss am Champagner liegen … ich bin nicht gewöhnt, Zeug zu trinken, von dem die Flasche mehr kostet, als die meisten Leute in der Woche verdienen.«

»Vielleicht solltest du dich langsam dran gewöhnen. Wenn das mit dem Plattenvertrag erst mal losgeht und wir Geld wie Heu haben –«

»Damit würde ich lieber nicht rechnen«, sagte er.

»Wie meinst du das?«

»Na ja, ich vermute nur … ich bin ja kein Anwalt oder so –«

»Aber?«

»Ich glaube, Polydor zockt uns ab.«

»Wie kommst du darauf?«

»Also erstens hätten sie uns raten sollen, einen Anwalt hinzuzuziehen, ehe wir irgendwas unterschreiben.«

»Aber Jake hat doch gesagt, er hat den Vertrag gecheckt.«

»Jake hat keine Ahnung«, erwiderte William schlicht. »Ich würde Jake nicht mal bitten, für mich den Hausflur zu checken, geschweige denn einen Vertrag. Schon beim bloßen Zuhören, was dieser Chris da gesagt – oder besser nicht gesagt – hat, war mir klar, dass vieles ziemlich windig ist.«

»Zum Beispiel?«

»Zum Beispiel, wer alles bezahlt – das Aufnahmestudio, die Techniker, den Produzenten ... Transport, Unterkunft, Löhne, was weiß ich ... meinst du, Polydor zahlt das?«

»Keine Ahnung ...«

»Sicher nicht, glaub's mir. Wir werden in schicken Autos rumgondeln, in stinkfeinen Hotels wohnen und glauben, wir haben's geschafft ... aber selbst *wenn* wir's schaffen, selbst *wenn* wir Tausende Platten verkaufen, verdienen wir kein Geld, bis wir alles zurückgezahlt haben, was Polydor für uns investiert hat, einschließlich der £40 000 Vorschuss. Und das kann Jahre dauern.«

»Wieso hast du das nicht vorher gesagt?«, fragte ich. »Ich meine, wenn du wusstest, dass sie uns abzocken, wieso hast du kein Wort *gesagt*?«

»Glaubst du wirklich, Curtis und Jake hätten auf mich gehört?«

»Hm, nein ... wohl eher nicht.«

»Curtis hätte mich wahrscheinlich sofort aus der Band geworfen. Und das hätte bedeutet ...« William sah mich an. »Also, um ehrlich zu sein, Lili ... ich brauche das Geld. Was immer aus der Band wird, egal ob wir Platten verkaufen oder nicht, im Moment habe ich £200 in der Tasche, was bedeutet, wir können ein paar Wochen länger die Miete bezahlen, und wenn es unser so wunderbar erfolgreicher Jake dann noch hinkriegt, ein Konto zu eröffnen, bekomme ich meinen Anteil am Rest von den £20 000, und wenn wir Glück haben, reicht das vielleicht gerade, um Nancy einen neuen Ausweis zu besorgen.«

»Und was ist, wenn wir es *doch* schaffen?«, fragte ich. »Die Band, meine ich. Wenn wir Massen an Platten verkaufen und unsere Fotos in allen Zeitschriften sind … du kannst doch dein Gesicht nicht ewig verbergen?«

Er zuckte die Schultern. »Na ja, warten wir's ab …« Er lächelte. »Wahrscheinlich gehen wir sowieso spurlos unter.«

»Das glaub ich nicht«, sagte ich und schüttelte den Kopf. »Dafür sind wir zu gut.«

»Meinst du?«

»Ja.«

Er nickte nachdenklich. »Also, ich könnte mir immer noch massenweise Make-up ins Gesicht kleistern, weißt du, so wie Kiss zum Beispiel.«

»Ja«, sagte ich lächelnd. »Oder du könntest dich Billy Stardust nennen und dir einen fetten orangen Streifen übers Gesicht malen.«

Er grinste. »Ja, die Idee gefällt mir … ich könnte Hotpants anziehen und schenkelhohe Stiefel und so tun, als wär ich Ziggy Stardusts verschollener Sohn.«

»Oder seine lange verschollene Tochter.«

»Noch besser.«

»Du könntest eine Solokarriere starten …«

»Oder wir verlassen beide die Band und gründen ein Duo. Du könntest so tun, als wärst du meine Schwester.«

»Oder dein Bruder.«

»Mein Mann?«

Ich schüttelte den Kopf. »Deine Frau vielleicht.«

»Okay, dann Frau. Und du musst natürlich auch diese ganzen Glam-Rock-Sachen tragen … das ganze Make-up, den Glitzerkram und alles.«

»Wie würden wir uns nennen?«

»Billy und Lili?«

»Wieso nicht Lili und Billy? Oder Lili und Willy?«

»Ich hasse es, wenn einer mich *Willy* nennt.«

»Okay, dann eben Lili und Billy. Oder einfach Lilibilly.«

»Wie wär's mit Mr and Mrs Stardust?«

Ich musste auf einmal lachen.

»Was ist?«, sagte William mit gespieltem Ernst. »Gefällt dir der Name nicht?«

»Doch, ich bin begeistert ... Mr and Mrs Stardust ... klingt echt *prickelnd.*«

»Okay, dann müssen wir jetzt nur noch ein paar echt prickelnde Songs schreiben.«

»Nein, warte mal, mir ist gerade was eingefallen ...«

»Was denn?«

»Ziggy Stardust hatte gar keinen fetten orangen Streifen überm Gesicht, das war Aladdin Sane.«

»Bist du sicher?«

»Ja, Ziggy hatte einen großen silbernen Kreis auf der Stirn.«

»Nein, das glaub ich nicht.«

»Doch.«

»Echt?«

»Ja ...«

Bis wir in Hampstead ankamen, fühlte ich mich schon viel besser. Ich konnte zwar kaum mehr die Augen aufhalten und mein Kopf war so matschig, dass meine Worte ganz undeutlich klangen, aber ich fühlte mich längst nicht mehr so down wie bei Polydor, als wir den Vertrag unterzeichnet hatten. Es schien viel reizvoller, mit William übers Berühmtsein zu blödeln, als in der Realität den ersten Schritt in diese Richtung zu tun ...

Was irgendwie merkwürdig war.

Doch ich war zu müde, um darüber nachzudenken.

Als das Taxi vor dem Haus anhielt, sagte ich zu William: »Macht es dir was aus, wenn ich dich nicht noch reinbitte? Ich bin im Moment einfach zu müde, ich kann schon kaum mehr die Augen aufhalten.«

»Kein Problem«, sagte er. »Geh und schlaf dich eine Weile aus.«

Ich sah ihn mit einem leichten Zögern an. »Seh ich dich …?«

»Ja, klar. Ich ruf dich morgen an, okay?«

Ich lächelte. »Okay.«

Er beugte sich über den Sitz und küsste mich. »Dann bis bald, Mrs Stardust.«

»Ja …«

Als ich die Tür öffnete und aus dem Taxi stieg, fühlte ich mich so benommen und wunderbar, dass ich glaubte davonzuschweben.

32

In den nächsten Wochen traf ich mich ziemlich oft mit William. Wir sahen uns zwar nicht täglich, was ich anfangs merkwürdig fand, denn mit Curtis war ich ja mehr oder weniger ständig zusammen gewesen. Doch nach einer Weile merkte ich, dass auf die Art die Zeiten, die wir gemeinsam verbrachten, nur umso schöner waren.

Und es war wirklich jedes Mal wunderbar.

Am Tag nach der Vertragsunterzeichnung zum Beispiel rief William an und wir verabredeten uns für später in Camden Town. Als ich hinkam, hatte ich keine Ahnung, was wir tun würden, und ich machte mir auch keine Gedanken ... es war einfach schön und aufregend, mich mit ihm zu treffen. Ich hatte mich schon seit einer Ewigkeit nicht mehr zu einem richtigen Date verabredet und fast vergessen, wie das war – zu überlegen, was ich anzog, mit meiner Frisur rumzumachen, ein bisschen nervös zu sein ...

Ich fühlte mich, wie man sich normalerweise eben so fühlt in meinem Alter.

Aufgeregt und dumm ...

Aber auf eine positive Weise dumm.

Auch William wirkte etwas ängstlich, als ich ihn draußen vor der U-Bahn-Station traf. Doch das war okay. Es gefiel mir, dass wir beide ein bisschen nervös waren, es war ganz natürlich, so wie es sein sollte ... und abgesehen davon hielt es auch nicht lange an. Nachdem wir uns angelächelt und etwas verlegen geküsst hatten – war alles gut.

Und wir hatten einen einmalig schönen Tag.

Wir waren im Zoo, verdrückten vor dem Seelöwengehege kalte Hotdogs und tranken Kaffee.

Wir gingen im Regent's Park spazieren, aßen Eis und fütterten die Enten.

Wir fuhren zurück nach Camden, stöberten in Geschäften … und William kaufte mir in einem verstaubten Antiquitätenladen eine kleine Spieldose. Ich merkte gar nicht, dass er sie kaufte, er schlich sich noch mal in den Laden zurück, während ich in ein Café ging, um die Toilette zu benutzen, und als ich wieder herauskam, drückte er mir schüchtern das Kästchen in die Hand und sagte: »Ich dachte, vielleicht gefällt's dir.«

Es war nur ein kleines Teil – ein Holzkästchen, nicht größer als eine Streichholzschachtel – mit einem kleinen hölzernen Vogelkäfig drauf. In dem Käfig befanden sich drei winzige bunt angemalte Vögelchen, und wenn man die Kurbel an der Seite des Kästchens bediente, drehte sich der Käfig zur Melodie von *Stille Nacht*. Ich hatte *Stille Nacht* schon immer geliebt, die Musik berührte mich jedes Mal ganz tief, aber als ich an jenem Tag mit dem kleinen Kästchen in der Hand dastand und langsam an der Kurbel drehte, war der Klang, der herauskam, so unglaublich schön und ergreifend traurig, dass ich tatsächlich anfing zu weinen.

»Das ist *wunderschön* …«, murmelte ich unter Tränen. »Vielen Dank …«

Es war bestimmt ein bisschen peinlich für William, mit mir auf dem Bürgersteig zu stehen, während ich zu dem Klang der kleinen Spieldose schluchzte, und womöglich noch peinlicher, als ich meine Arme um seinen Hals schlang und mein verrotztes Gesicht an seine Schulter drückte …

Aber es schien ihn nicht zu stören.

Und danach …?

Na ja, das war es eigentlich so etwa. Wir gingen nicht zusammen nach Hause, wir verbrachten nicht die Nacht miteinander, sondern bedankten uns nur gegenseitig für den wunderschönen Tag, umarmten uns, küssten uns, verabschiedeten uns und gingen unsere getrennten Wege. Und als ich an jenem Abend nach Hause kam – und mich selig erschöpft und zufrieden fühlte –, konnte ich kaum *erwarten*, William wiederzusehen.

Und so ging es mehr oder weniger immer weiter.

William rief jeden zweiten Tag an, wir machten aus, wann wir uns treffen wollten, und dann verbrachten wir den Rest des Tages zusammen. Manchmal hingen wir bloß rum, ohne viel zu unternehmen, manchmal stiegen wir in einen Bus oder Zug und fuhren irgendwohin … es war eigentlich nicht wichtig, wohin. Alles war okay. Einmal waren wir im Epping Forest, ein andermal gingen wir ins Naturkundemuseum … einmal fuhren wir sogar bis nach Southend-on-Sea und verbrachten den Tag am Meer, aßen Zuckerwatte und steckten unser Geld in Spielautomaten. Ein paar Mal trafen wir uns auch bei William zu Hause, einmal zum Beispiel zum Essen mit Nancy und Joe, und danach gingen wir alle zusammen ins Kino, um Clint Eastwood in *Der Texaner* zu sehen. Zunächst dachte ich nicht, dass ich den Film mögen würde, aber dann gefiel er mir doch.

Ich fühlte mich in der Wohnung von Nancy immer sehr wohl. Es gab nichts Verkrampftes, keine Verlegenheit … nicht die üblichen Familienspannungen. Ehrlich gesagt war es mehr wie unter guten Freunden und nicht wie in einer Familie. Alles schien so wunderbar *normal*.

Was für mich eine wirklich angenehme Abwechslung war.

Bei mir zu Hause gab es dagegen viele Gründe, sich verkrampft oder verlegen zu fühlen, und auch wenn ich mich selbst dran gewöhnt hatte und damit zurechtkam, jagte mir die Vorstellung, es mit irgendjemand anderem zu teilen, furchtbare Angst ein. Und obwohl William nicht »irgendjemand« war und er ohnehin über Mums Probleme Bescheid wusste, ertappte ich mich dabei, wie ich jedes Mal eine Ausrede suchte, wenn er sagte, er wolle zu mir nach Hause kommen. Ich war *selbst* nicht einverstanden mit meinem Verhalten, wenn ich wieder eine dieser armseligen Geschichten erfand – wir hätten Handwerker da, das Haus sei ein einziges Chaos ... nächste Woche vielleicht. Ehrlich gesagt hasste ich mich sogar dafür, denn mir war klar, William wusste genau, dass ich log. Aber ich konnte nicht anders. Mum war in letzter Zeit noch unberechenbarer geworden als sonst und es ließ sich einfach nicht vorhersehen, in welchem Zustand sie an einem bestimmten Tag sein würde. Das heißt, es konnte sein, dass sie sich von ihrer allerbesten Seite zeigen würde, wenn ich William einlud – als perfekte Gastgeberin und ideale Mutter –, und dass sie ihm etwas Wunderbares zu essen vorsetzte, die beiden sich nett unterhielten und alles großartig lief ... aber genauso konnte es sein, dass sie sturzbetrunken wäre oder total stoned, dass sie ihn – Gott bewahre – zu verführen versuchte oder sonst was in der Art ... und ich ertrug die Vorstellung nicht, dass so etwas vielleicht wirklich passieren könnte. Nicht nur wegen mir und auch nicht bloß wegen William ... sondern vor allem um ihretwillen.

Deshalb hielt ich ihn jedes Mal hin.

Wir schliefen nicht noch mal miteinander. Ich bin sicher, wir hätten es tun können. Wenn wir gewollt hätten, wenn sich die Gelegenheit ergeben und auch sonst alles gepasst hätte, hätten wir es getan. Aber irgendwie schien es uns nicht so wichtig … wenn es sein sollte, würde es sein. Und wenn nicht …?

Dann eben nicht.

Und was die Band betraf … nun, am Donnerstag, den 2. September gingen wir in ein Aufnahmestudio gleich um die Ecke bei der Tottenham Court Road. Wir waren für vier Tage gebucht, jeden Tag von mittags bis Mitternacht, und auch wenn das an sich nicht lang war – jedenfalls nicht im Vergleich zu der Masse an Zeit, die manche andere Bands im Studio verbrachten –, war es doch ziemlich heftig: vier Menschen, die ununterbrochen zusammenhocken und auf engstem Raum arbeiten … obwohl es Spannungen zwischen ihnen gibt. Und die gab es natürlich. Das heißt, auch wenn ich es aufregend fand, ins Studio zu gehen, hatte ich Angst, denn ich war mir sicher, wir würden die nächsten vier Tage nicht durchstehen, ohne dass eine Katastrophe geschah.

Aber wie sich herausstellte, irrte ich mich.

Es gab keine Katastrophe.

Es gab jede Menge Spannungen und etliche peinliche Momente – hauptsächlich zwischen Curtis und William, aber auch zwischen Curtis und mir – und natürlich auch Unstimmigkeiten und Streitereien, die ab und zu eskalierten in gegenseitigem Anbrüllen, aber alles blieb halbwegs im Rahmen. Und was entscheidend war: Es drehte sich dabei immer um die Musik – wie etwas klingen sollte, wer was spielen sollte, wer etwas *nicht* spielen sollte –, nie glitten die Streits ins Persönliche ab.

Und ich glaube, das lag unter anderm daran, dass William und ich vorher beschlossen hatten, es sei am besten, wenn wir im Studio möglichst nicht wie ein Pärchen aufträten. Das heißt, auch wenn wir viel miteinander sprachen und die Tatsache nicht verheimlichten, dass wir zusammen waren, hielten wir nicht Händchen oder lagen uns ständig in den Armen oder so.

Aber auch Curtis gab sich Mühe, das Ganze professionell durchzuziehen. Er blieb relativ nüchtern, tagsüber trank er überhaupt nicht und auch sonst nahm er die ganzen vier Tage lang – soweit ich es beurteilen konnte – nichts außer Speed. Schließlich war das hier sein großer Traum: seine Songs aufzunehmen, Platten zu produzieren. Und so viele Fehler Curtis auch hatte, es gab doch nie einen Zweifel an seiner Hingabe für die Musik, seiner Energie, seiner Leidenschaft, seiner zielsicheren Entschlossenheit. Wenn wir im Studio waren, interessierte ihn nur, dass wir es durchzogen, richtig hinkriegten, perfekt spielten.

Persönliches gehörte dort einfach nicht hin.

Das heißt, in dieser Hinsicht brauchte ich eigentlich keine Angst zu haben.

Was bedeutete, der einzige Grund zur Sorge war die simple Tatsache, dass wir in einem Aufnahmestudio spielten, umgeben von Menschen – Toningenieuren, Technikern, Produzenten –, die es gewohnt waren, mit Profimusikern zu arbeiten. Auch wenn ich in den letzten zwölf Monaten am Bass viel dazugelernt hatte und einigermaßen überzeugt war, mich zumindest halbwegs gut mit dem Instrument auszukennen, wusste ich doch, dass ich weit davon entfernt war, wirklich kompetent zu sein. Ich war eine kompetente *Klavierspielerin*, ja. Doch am Bass war ich noch immer Anfängerin.

Aber vielleicht hätte mir das gar keine Sorgen machen sollen. Schließlich waren wir eine Punkband und Punkbands machten sich keine Gedanken um musikalische Fähigkeiten.

Also, um ehrlich zu sein, ich weiß nicht, ob diese Überzeugung wirklich jemals gestimmt hat, denn auch wenn viele Punkbands ohne großes musikalisches Wissen anfingen, lernten sie doch sehr schnell, vernünftig zu spielen. Du *musstest* es einfach lernen. Denn wenn du nicht spielen kannst ... dann kannst du eben nicht spielen. Und auf der Bühne mag es ja noch irgendwie durchgehen, aber in einem Aufnahmestudio ist das unmöglich.

Deshalb – ja, ich war eben doch ein bisschen in Sorge, als wir mit der Aufnahme anfingen.

Aber auch in diesem Punkt waren alle Bedenken überflüssig.

Unser Produzent war ein Mann namens Edwyn James. Er war damals noch ziemlich jung, in den frühen Zwanzigern, und auch wenn er später einer der meistgesuchten Plattenproduzenten wurde, war er zu dieser Zeit noch so gut wie unbekannt. Doch er hatte schon ein paar Schallplatten mit anderen Polydor-Künstlern gemacht, von denen Polydor sehr beeindruckt war, deshalb holten sie ihn, um mit uns zu arbeiten.

Und er war wirklich unglaublich gut.

Er nahm sich endlos viel Zeit, nur um mit uns zu reden, uns kennenzulernen, uns zu fragen, was uns vorschwebte, welchen Sound wir wollten, welches Feeling ... und dann bat er uns, die Songs zu spielen, die auf die Platte sollten, und es war deutlich zu sehen, dass sie ihm wirklich gefielen. Er sagte auch, wie großartig er uns fand – als Band und auch persönlich –, und selbst wenn ich annahm, dass er das jeder Band sagte, mit der er arbeitete, hatte ich doch keinen Zweifel, dass er es in diesem Fall wirklich so meinte. Deshalb machte ich mir von da an keine Gedanken mehr, ob ich gut genug war am Bass, sondern spielte einfach drauflos.

Bevor wir tatsächlich den ersten Song einspielten, arbeitete Edwyn lange mit uns, um den richtigen Sound zu finden – den richtigen Gitarrensound, den richtigen Schlagzeugsound, den richtigen Basssound –, und das dauerte *echt* lange. Wir probierten dies, wir probierten das – verschiedene Verstärker, verschiedene Boxen, verschiedene Mikros, verschiedene Einstellungen – ich glaube, wir brauchten mindestens ein, zwei Stunden, nur um an den Drums zu feilen: Wir schoben sie im Studio hin und her, dämpften sie ein bisschen ab, nahmen die Dämpfung wieder raus …

Zeitweise war das ganz schön nervig.

Aber davon abgesehen fand ich das Ganze absolut faszinierend.

Und als wir schließlich zum eigentlichen Aufnehmen kamen, begeisterte mich das ebenfalls. Edwyns Arbeitsweise war eigentlich ganz simpel. Wenn er erst mal mit dem Sound im Ganzen zufrieden war, drückte er bloß die Aufnahmetaste und ließ uns spielen. Wir spielten dann den Song, an dem wir gerade arbeiteten (was am ersten Tag *Naked* war) exakt so, wie wir ihn live spielen würden, und Edwyn nahm ihn auf. Danach sagte er uns, wie gut er es fand, und machte noch ein paar Vorschläge, wo man vielleicht etwas verbessern könnte, und wir spielten noch einmal. Und danach machte er noch mal ein paar Vorschläge und wir spielten wieder …

Und wieder …
Und wieder …
Und wieder …

Bis er plötzlich nach einem Take – es konnte der fünfte oder sechste … oder auch der elfte oder zwölfte sein – aufsprang und rief: »Das ist es, das ist die richtige Aufnahme!«

Und dann arbeiteten wir an dem, was Edwyn den »Spaßkram« nannte, was hauptsächlich bedeutete, der Basisversion die Overdubs zu geben – ein bisschen zusätzliche Gitarre, Backing Vocals, Harmonien, vielleicht ein bisschen Akkordeon hier, ein kleiner Gitarren-Break da … ich sollte sogar bei einigen Aufnahmen ein bisschen Keyboard spielen. Wir übertrieben es nicht, denn wir wollten ja den Sound möglichst rau und ungeschliffen halten, aber Edwyn wusste genau, was er tat, und am Ende des ersten Tages, kurz nach Mitternacht, als er uns die noch unfertig abgemischte Version von *Naked* vorspielte … also, ich erinnere mich noch sehr lebhaft an den Ausdruck in unseren Gesichtern, während wir dasaßen und zuhörten. Wir waren wie vier kleine Kinder am Weihnachtsmorgen, die gerade ihre Geschenke geöffnet haben und nicht nur *genau* das bekommen haben, was sie sich seit Langem wünschen, sondern viel mehr … wir konnten gar nicht mehr aufhören, uns anzustrahlen, dumm zu grinsen … wie vier kleine Kinder, betrunken vor Glück.

Es war einfach umwerfend.

Im Lauf der nächsten drei Tage nahmen wir *Heaven Hill* und einen neuen Song auf, den Curtis geschrieben hatte, der *Every Moon* hieß und meiner Meinung nach zum Besten gehörte, was Curtis je hervorgebracht hatte. Ein Song mit deutlich weniger Tempo und ziemlich lang – knapp fünf Minuten. Er bestand fast nur aus dem immer gleichen Refrain, wieder und wieder gespielt, mit einem hypnotisierend eindringlichen Bass- und Schlagzeugrhythmus, der am Ende in einen immer stärker werdenden Lärmsog mündet. Curtis sang dazu eine wunderbar düstere Melodie, die um das Zentrum des Songs mäanderte wie eine verlorene Seele, und die Worte selbst waren womöglich noch dunkler.

> *A SLICE OF MOON, A SLICE OF HEART BROKEN*
> *A SICK MAN'S PRAYERS*
> *OF DOGS AND LIGHTS AND BLOODY THORNS*
> *OF LOVERS' HEARTS AND WHORES*
> *IN CHAINS AND BURNING CAGES*
> *I AM FUCKED UP AND DEAD*
> *AT EVERY MOON …*

Weder Polydor noch Edwyn hielten es für den richtigen Zeitpunkt, diesen Song aufzunehmen. Ich glaube, er gefiel ihnen von der Musik her, es war wirklich ein sehr beeindruckendes Stück. Aber sie wollten kein beeindruckendes Musikstück, sondern lieber einen Drei-Minuten-Song, der es vielleicht in die Charts schaffte.

Doch Curtis blieb eisern, was *Every Moon* betraf. Er wollte den Song unbedingt einspielen und ging sogar so weit zu sagen, wenn nicht, würden wir unter Umständen *überhaupt* nichts für Polydor machen, was – nachdem wir gerade erst den Vertrag unterschrieben und bisher noch nichts rausgebracht hatten – ziemlich riskant war und vielleicht sogar ziemlich dumm. Aber am Ende machte es sich Polydor leicht: Sie ließen uns *Every Moon* aufnehmen, obwohl sie genau wussten, dass sie sich, wenn es darum ging, welche

Songs auf der Single erscheinen sollten, für die beiden anderen entscheiden würden.

So hatten wir Sonntagnacht schließlich die drei Songs im Kasten – *Naked, Heaven Hill* und *Every Moon* – und alle schienen zufrieden mit dem Ergebnis. Edwyn hatte noch mit dem letzten Abmischen zu tun und es gab auch noch etliche andere Dinge zu erledigen – Cover-Design, Promotion, Druck, PR –, doch Polydor hatte das vorläufige Erstverkaufsdatum bereits auf Freitag, den 24. September, festgesetzt. Das hieß, wenn alles gut ging, würde unsere erste Single in weniger als drei Wochen in den Läden sein.

Es war schwer zu glauben, dass es tatsächlich geschehen würde.

Und es war ebenso schwer zu glauben – als ich in jener Nacht das Studio verließ und in ein wartendes Taxi stieg –, dass nun schon Montag, der 6. September war. Die Ferien waren vorbei und in weniger als sieben Stunden würde ich auf dem Weg zurück in die Schule sein.

33

Es war ein seltsames Gefühl, nach allem, was in diesem Sommer passiert war, wieder in die Schule zu gehen. Als ich um Viertel vor neun durch das Tor lief, fragte ich mich, wieso ich das eigentlich tat. Ich hatte kein großes Interesse mehr an Schuldingen, und auch wenn ich mir im Klaren war, dass die Band – wie William gesagt hatte – untergehen konnte, gab es doch nichts anderes, was ich wirklich wollte im Leben. Wozu sollte ich mich also anstrengen, einen guten Abschluss machen und auf die Uni gehen?

Wieso nicht an diesem Punkt die Schule verlassen?

Einfach umdrehen, verschwinden und nach Hause gehen.

Ich wusste, dass Mum nichts dagegen hätte. Sie würde vielleicht so tun als ob, weil sie glaubte, sie müsse so reagieren, aber mir war klar, dass sie nicht mit dem Herzen dabei wäre. Fünf Minuten nachdem ich es ihr gesagt hätte, würde sie fragen, ob ich Lust hätte, mit ihr shoppen zu gehen.

Das heißt, wenn sie nichts dagegen und ich kein Interesse hatte ... wieso *ging* ich dann hin?

Um ehrlich zu sein, ich wusste es nicht genau. Ich wusste nur, dass ich nicht umdrehte, verschwand und nach Hause ging, sondern weiter durchs Schultor lief und mich in den Gemeinschaftsraum der Oberstufe begab.

Ich hatte gedacht, mich würde der ganze Klatsch nach den Ferien langweilen – dieses Wo-warst-du und Was-hast-du-im-Urlaub-gemacht –, und in gewisser Weise war es auch so. Ich fand es wirklich ziemlich langweilig. Die Ferienromanzen, die Streitereien mit Eltern, dass man den Freund sitzen gelassen hatte, betrunken gewesen war ... alles schien so fad und vorhersehbar. Doch nach einer Weile merkte ich zu meiner Überraschung, wie mir das Ganze immer mehr gefiel. Was ich zuerst nicht verstand. Es war ja nicht auf einmal weniger fad und langweilig geworden – was also gefiel mir plötzlich daran? Allmählich wurde mir klar, dass ich es genau deshalb schön fand, *weil* es so fad und langweilig war. Es war banal. Es war normal. Es hatte nichts mit der IRA zu tun, nichts mit Plattenverträgen, nichts mit Sex, Drugs & Rock 'n' Roll ...

Und ich glaube, das hatte ich irgendwie vermisst.

Doch so glücklich ich war, einfach nur dazustehen und dem Klatsch zuzuhören – wer geht mit wem, wer ist von wem getrennt, wer hat's mit wem getrieben –, so sehr vermied ich es, selbst Teil des Ganzen zu sein. Ich wollte einfach nicht von meinem Sommer erzählen. Ich wollte nicht über die Band, über Curtis, über William reden ... doch es war schwierig, es nicht zu tun. Auch wenn Curtis die Schule bereits vor fast einem Jahr verlassen hatte, war er doch für viele immer noch eine Art Legende, und weil die meisten aus meinem Jahrgang von unserer Beziehung wussten, würde ich natürlich ständig nach ihm gefragt werden. Und genauso war es.

Wie geht's Curtis?

Ist er schon berühmt?

Spielst du noch in seiner Band?

Seid ihr noch zusammen?

Ich hielt meine Antworten so knapp wie möglich.

Nein, wir haben uns getrennt …

Kein bestimmter Grund … es lief einfach nicht.

Ja, ich spiel noch in der Band.

Es war nicht allzu schwer, das Thema Band zu vermeiden, weil die meisten Jugendlichen an der Schule ziemlich brav und angepasst waren und entweder einfach keine Ahnung von Punk hatten oder nichts davon wissen wollten. Sie schwärmten noch für David Bowie, für Roxy Music, Led Zeppelin oder Status Quo … was mir nichts ausmachte. Aber es gab doch ein paar Mädchen in meinem Jahrgang, die irgendwie punkig waren, und die waren natürlich zu einigen unserer Auftritte gekommen, deshalb hatten sie viele Fragen zu Naked … aber das war okay. Ich erzählte ihnen trotzdem nicht viel, nur dass es gut lief, sehr gut sogar, alles sei bestens …

Von dem Plattenvertrag erzählte ich ihnen allerdings nichts.

Ich weiß gar nicht genau, wieso … ich meine, es war ja nichts, was man geheim halten musste. Ich hatte nur keinen Bock, drüber zu reden.

Komischerweise war ich ausgerechnet mit einem dieser Punkmädels zusammen, als ich an jenem Nachmittag die Schule verließ. Sie hieß Mo. Ich war ihr zufällig begegnet, als ich aus dem Hauptgebäude ging, und sie hatte mich angesprochen, deshalb liefen wir zusammen über den Schulhof in Richtung Tor. Und es war Mo, die als Erste William entdeckte.

»Hey«, sagte sie, »das ist doch der Typ aus deiner Band, nicht?«

»Wo?«

»Da drüben am Tor.«

Zuerst dachte ich, sie meinte Curtis, und einen Moment lang spürte ich ein panisches Flattern, doch als ich zum Tor sah und William erkannte, verschwand die Panik schnell wieder. Er lehnte lässig an der Mauer und rauchte, und als er merkte, dass ich ihn ansah, lächelte er und hob die Hand. Ich winkte zurück.

»Das ist doch der, den sie Billy the Kid nennen, oder?«, fragte Mo, während wir auf ihn zugingen.

»Ja.«

Sie grinste mich an. »Der ist echt cool.«

»Find ich auch.«

»Und süß.«

Ich sah sie an. »Du findest ihn *süß*?«

»Wer nicht?«

Ich lächelte und schaute wieder hinüber zu William.

Mo fragte: »Bist du mit Billy ...?«

»Was?«

»Du weißt schon ...«

Ich grinste sie an. »Warum fragst du?«

»Na ja«, sagte sie, warf einen Blick zu William und senkte die Stimme. »Ich meine, wenn *nicht* ... und er auch nicht mit einer andern ... also, ich bin im Moment solo, wenn du verstehst, was ich meine.«

»Klar ...«, sagte ich. »Also gut, ich werd's ihm sagen.«

»Aber nicht jetzt«, flüsterte sie, während wir auf ihn zutraten.

Ich nickte und betrachtete William, als wir vor ihm stehen blieben. Er drückte die Zigarette aus, lächelte mich an und schaute danach auf Mo.

»Das ist Mo«, sagte ich und deutete in ihre Richtung.

»Alles klar, Mo?«, fragte er sie mit einem Kopfnicken.

»Ja, ja ...«, antwortete sie plötzlich ziemlich verlegen. »Ja ... echt toll, ich meine, dich zu treffen und so ...«

»Mo hat uns spielen sehen«, erklärte ich William.

Er lächelte sie an.

Sie starrte zurück und brachte kein Wort heraus.

Ich sagte: »Also gut, dann wahrscheinlich bis morgen, Mo ... okay?«

»Hä ...?«

»Bis morgen.«

»Oh ... ja, klar«, murmelte sie. »Natürlich, ja ...« Sie warf noch einmal einen schüchternen Blick auf William und murmelte: »Dann bis bald.« Danach entfernte sie sich schnell.

Ich wartete, bis sie außer Hörweite war, dann sagte ich zu William: »Sie findet dich cool.«

»Ja?«

»Und süß.«

Er grinste. »Na ja, weißt du ...«

»Ich musste ihr leider die Wahrheit sagen.«

»Dass ich *nicht* süß und cool bin?«

»Nein, dass du schwul bist.«

Er grinste. »Na gut.«

»Also?«, sagte ich zu ihm, als wir aufbrachen. »Was ist los?«

Er zuckte mit den Schultern. »Nichts weiter.«

»Wieso bist du dann hier?«

Er sah mich an. »Ich hab nur gedacht, ich komm mal vorbei, das ist alles.«

»Ja?«

»Ja.«

Ich schüttelte den Kopf. »Ich weiß genau, was du vorhast, William.«

»Ich hab überhaupt nichts vor. Wie ich schon sagte, ich hab bloß gedacht –«

»Du kommst mal vorbei.«

»Ja.«

Ich betrachtete ihn. »Und ich nehme an, du dachtest, wenn du schon gerade hier bist, könntest du auch mit zu mir gehen und meine Mum kennenlernen.«

»Hm, jetzt, wo du's sagst –«

»Und weil ich nicht *wusste*, dass du vorbeikommen würdest, hast du geglaubt, ich könnte mir auch keine Ausrede überlegen, um dich weiter hinzuhalten, stimmt's?«

»Ja, okay«, sagte er. »Aber *wenn* ich dir vorher gesagt hätte, dass ich dich abhole, hättest du mich doch bestimmt wieder hingehalten.«

Ich zuckte die Schultern. »Kann sein …«

»Ich will sie einfach kennenlernen, Lili«, sagte er und nahm meine Hand. »Das ist alles. Ich meine, ich *weiß*, dass sie Probleme hat, und ich weiß *auch*, dass es schwer für dich ist. Aber sie ist deine Mum, verstehst du … sie ist deine Mutter. Und wenn ich ein Teil von deinem Leben werde, finde ich … keine Ahnung … ich meine bloß, dass ich sie kennenlernen sollte, das ist alles. Ich finde, sie gehört doch zu dir …« Er lächelte mich an. »Das klingt alles nicht sehr einleuchtend, oder?«

»Doch, schon«, sagte ich. »Jedenfalls *glaub* ich's.«

»Du musst dir keine Sorgen machen«, versicherte er mir. »Wenn es ihr gerade zu schlecht geht, wenn sie mich nicht sehen will oder wenn es für dich zu schwierig wird oder so … dann geh ich einfach.« Er sah mich an. »Okay?«

»Ja, ich denk schon ... aber erzähl mir hinterher nicht, ich hätte dich nicht gewarnt.«

Als wir zum Haus kamen und hineingingen, wusste ich sofort, dass etwas nicht stimmte. Es roch durchdringend nach Obst, ein dampfend heißer Geruch, und ich hörte aus der Küche das Klappern von Töpfen und Schüsseln.

»Was macht sie?«, fragte William und schnupperte. »Obstkuchen?«

Ich schüttelte den Kopf. »Mum backt nie.«

Als wir in die Küche kamen, stand Mum am Herd, eingehüllt in eine Dunstwolke, und rührte mit einem großen Holzlöffel hektisch in einem blubbernden Topf. Sie trug eine Schürze und Gummihandschuhe, aber – zu meinem großen Entsetzen – sonst nichts. Unter der Schürze war sie vollkommen nackt ... bis auf die zwölf Zentimeter hohen Stilettos, auf denen sie stand.

»O Gott ...«, seufzte ich.

»Schon gut«, flüsterte William. »Macht doch nichts.«

Die ganze Küche war voller Dampf, die Fenster waren total beschlagen und Mum war schweißnass. Es war wie in einer Sauna. Und überall, wo ich hinschaute, stand Marmelade. Töpfe mit Marmelade, Schüsseln mit Marmelade, Gläser mit Marmelade ... überall standen Gläser. Auf dem Tisch, auf der Arbeitsplatte, aufgereiht auf den Regalen ...

»Mum?«, rief ich.

Sie hörte auf zu rühren und drehte sich um. »Lili!«, sagte sie und ihre Augen strahlten. »Ich hab dich gar nicht reinkommen hören ...« Sie schaute zu William. »Und wer ist das?«

»Das ist William. Er spielt in der Band.«

»William! Wie schön!«

»Hallo, Mrs Garcia«, sagte William und lächelte sie an. »Schön, Sie kennenzulernen.«

»Was machst du, Mum?«, fragte ich.

Sie sah mich an. »Was ist?«

»Das Ganze da ...«, sagte ich und schaute zu den Töpfen und Schüsseln. »Was ist los?«

»Gar nichts ist los, Schatz. Ich mach nur ein bisschen Marmelade ... für deinen Dad.« Sie schaute auf die Uhr an der Wand. »Er kommt bald von der Arbeit.«

»Aber ...«

Sie lächelte. »Du weißt doch, wie sehr er Marmelade liebt.«

»Aber Mum ...«

»Ja, Schatz?«

»Du kannst doch nicht ...«

»Was kann ich nicht?«

Ich wusste nicht, was ich sagen sollte.

Mum drehte sich zu William um. »Was ist mit Ihnen, William? Essen Sie auch gern Marmelade?«

»Ja, ich liebe Marmelade.«

»Oh, dann *müssen* Sie die hier probieren«, sagte sie, ging zur Anrichte hinüber, öffnete eine Schublade und holte einen Löffel heraus. Dann brachte sie die Marmelade und den Löffel zu William. »Also los, schlagen Sie zu.«

»Danke ...« Er lächelte sie an. »Könnten Sie mir wohl ein bisschen Brot dazu geben?«

»Brot?«, sagte Mum. »Aber *natürlich* können Sie ein bisschen Brot haben.«

Die nächste Stunde oder so lief alles einigermaßen gut ... jedenfalls so gut, wie es unter den gegebenen Umständen eben laufen konnte. Ich meine, es ist nicht ganz einfach, sich *richtig* gut zu fühlen, wenn du mit deinem Freund am Küchentisch sitzt und deine Mutter bloß eine Schürze, Gummihandschuhe und Stilettos anhat …

Das ist überhaupt nicht einfach.

Aber wir versuchten es irgendwie hinzukriegen.

William aß viel zu viel Brot und Marmelade und sagte Mum immer wieder, wie gut sie sei. Seine Schmeichelei gefiel ihr und nach einer Weile setzte sie sich – zum Glück – an den Tisch, wodurch sie zumindest nicht mehr ihren nackten Hintern zeigte. Und dann unterhielt sie sich mit William, eigentlich ganz normal, über die Band, über Belfast, alle möglichen Themen … und William redete ganz normal mit ihr, beantwortete Fragen, stellte selbst Fragen, erzählte ihr kleine Geschichten, brachte sie zum Lachen …

Und es *war* irgendwie okay.

So sehr, dass ich fast vergaß, wie wenig okay alles war und dass es für Mum wahrscheinlich nie okay sein konnte.

Und dann, ganz plötzlich, gerade als William ihr etwas von den Werften in Belfast erzählte, wo die *Titanic* gebaut worden war, stieß Mum ein schreckliches Stöhnen aus, als ob sie Schmerzen hätte, blickte sich ängstlich in der Küche um, warf einen befremdeten Blick auf die ganzen Töpfe und Schüsseln … und erstarrte einen Moment, schaute starr geradeaus, dann auf einmal an sich herunter und stieß ein weiteres schmerzliches Stöhnen aus.

»O Gott …«, murmelte sie vor sich hin. »O Gott … schau mich mal an … schau mich *an* …« Sie stand auf, bedeckte ihre Augen mit den Händen und ging rückwärts zur Tür. »Tut mir so leid«, schluchzte sie. »*Entschuldigung* … tut mir *so* leid … ich wusste nicht … ich *wusste* das nicht …«

Sie verschwand durch die Tür und wir hörten, wie sich ihre Schritte entfernten, wobei sie immer weiter schluchzte und wirr vor sich hin murmelte.

Ich sah William an. »Immer noch froh, dass du hergekommen bist?«

»Ja«, sagte er und hielt mich fest. »Ja, das bin ich.«

»Du musst nicht gehen, wenn du nicht willst«, erklärte ich William, als ich ihn zur Haustür brachte. »Mum wird sicher bald wieder okay sein, sie braucht nur ein bisschen Zeit, um sich zu beruhigen.«

»Das ist nicht der Grund«, sagte William. »Ich muss nur zurück, nichts weiter.«

Ich sah ihn an. »Die Männer aus Derry?«

Er nickte.

Ich sagte: »Ist das alles?«

»Was?«

»Du willst mir nichts sagen? Du lässt mich einfach nur raten?«

»Es gibt nicht viel zu sagen, Lili ... ehrlich. Ich glaube, Donal macht sich immer noch Sorgen wegen neulich nachts, du weißt schon ... als du dort warst.« William lächelte. »Er vermutet weiter, der MI5 könnte ihnen auf den Fersen sein, deshalb hat er uns allen gesagt, wir sollen uns von der Werkstatt fernhalten und eine Weile untertauchen, nur für alle Fälle. Dadurch hab ich nicht viel Neues über ihn rauskriegen können.«

Ich schaute William in die Augen. »Es muss doch einen anderen Weg geben, herauszufinden, ob er Donal Callaghan *ist* oder nicht.«

»Zum Beispiel?«

»Keine Ahnung … kannst du nicht über die Leute, die du in Belfast kennst, zumindest eine Beschreibung von ihm bekommen?«

William lächelte wieder. »Ich *hab* eine Beschreibung von ihm … ehrlich gesagt, ich hab ungefähr ein Dutzend Beschreibungen. Das Problem ist nur, sie unterscheiden sich alle ein bisschen und sie sind so vage, dass es kaum lohnt, sich mit ihnen aufzuhalten. Er ist mittelgroß, mittelkräftig, zwischen dreißig und fünfzig … mal rasiert, mal trägt er Bart oder manchmal auch einen Schnauzer … er hat dunkle Haare … vielleicht braun oder schwarz oder grau …« William zuckte mit den Schultern. »Er ist ein Killer, Lili … es ist in seinem eigenen Interesse, so normal und uneinprägsam auszusehen, wie es nur geht. Deshalb muss ich tun, was ich tue, verstehst du … ihn kennenlernen und versuchen, ihn aus der Reserve zu locken … ich brauch einfach noch etwas Zeit mit ihm, das ist alles.«

»Verstehe … dann triffst du ihn also heute Abend?«

Er nickte. »Ist nur ein kurzes Treffen in einem Pub in Hornsey und ich zweifle sehr, dass ich irgendwas Brauchbares rausfinde, aber man weiß ja nie …«

»Klar«, sagte ich.

Er nahm meine Hand. »Wenn ich nächstes Mal vorbeikomme, sorge ich dafür, dass ich länger bleiben kann, okay?«

Ich nickte und versuchte zu lächeln, doch es war nicht okay. Es war *überhaupt* nicht okay. Mir gefiel nicht, was er tat, es machte mir Angst – außerdem war ich mir immer noch nicht im Klaren, ob er mir wirklich die Wahrheit sagte. Jedenfalls sicher nicht die ganze Wahrheit. Aber jedes Mal, wenn ich darüber nachdachte, jedes Mal, wenn ich mich fragte: *Was kann ich denn tun? Was soll ich machen?*, landete ich bei derselben Antwort:

Ich wusste nicht, was ich tun konnte.

»Lili?«, fragte William.

Ich sah ihn an.

»Ich muss los«, sagte er. »Okay?«

»Ja«, sagte ich und küsste ihn zum Abschied. »Pass auf dich auf.«

Er grinste. »Immer.«

34

Es dauerte immer noch ein paar Monate, bevor die Punkmusik ihren großen Durchbruch hatte. Und ein wirklich englandweites Phänomen wurde sie überhaupt erst nach dem berüchtigten Liveauftritt der Sex Pistols in der TV-Sendung *Today* im Dezember (als sie in die Schlagzeilen gerieten, weil sie den Moderator Bill Grundy unflätig beschimpften). Doch viele würden sicher sagen, das eigentliche Ereignis, das den Punk erstmals einem breiteren Publikum präsentierte, war das 100 Club Punk Festival.

Das Festival war wieder so eine Idee von Malcolm McLaren. Zwei Nächte lang Live-Punk – von Montag, den 20., bis Dienstag, den 21. September – und alle großen Namen der Szene sollten dabei sein.

Abgesehen von Damned – die Anfang des Monats einen Vertrag mit Stiff unterschrieben hatten – waren wir die einzige Band mit einem Plattenvertrag, doch sämtliche Plattenlabels waren anwesend und schauten, was zu kriegen war. Auch die Presse war da – alle Musikblätter, aber auch ziemlich viele überregionale Zeitungen – und die Menge der Zuschauer war einfach gigantisch. Hunderte Punks aus dem ganzen Land standen an beiden Abenden Schlange, um reinzukommen.

Mit anderen Worten, das Ganze war ein *richtig* großes Ding.

An dem Abend, als wir spielten, war das meiste von der Performance her wirklich gut. Nur Siouxsie and the Banshees (mit Sid Vicious am Schlagzeug) waren abgrundtief schlecht, aber es war auch ihr allererster Gig und sie hatten eindeutig keine Songs und außerdem nicht die geringste Ahnung, wie sie spielen sollten, also war der grauenhafte Auftritt kein Wunder. Doch alle andern – The Subway Sect, The Clash, die Pistols – waren großartig. Vor allem die Pistols. Sie waren der Wahnsinn, *so* viel besser als das letzte Mal. Inzwischen klangen sie richtig wie eine *Band*.

Doch egal wie gut die Sex Pistols waren, sie waren nichts gegen uns. Wir waren einfach *phänomenal*. Ich weiß noch immer nicht recht, *wieso* wir an diesem Abend so gut waren – vielleicht hatte es mit dem Selbstvertrauen zu tun, das wir durch die Aufnahmesessions bekommen hatten –, auf jeden Fall war es eindeutig der beste Gig, den wir je gespielt hatten. Der Sound war super, das Publikum fantastisch und wir selbst hätten gar nicht besser sein können. Jeder Einzelne von uns spielte umwerfend, aber wir waren auch umwerfend als Band. Curtis war so großartig wie immer – hypnotisierend, dämonisch, wie ein Besessener wirbelte und taumelte er über die Bühne. Sein Gitarrenspiel war überirdisch und seine Stimme ... Gott, so wie er in jener Nacht sang ... es jagt mir noch immer einen Schauer über den Rücken, wenn ich dran denke.

Und dann William, der *sein* Ding durchzog – zuckend, bebend, mit dem Kopf im Rhythmus wippend, während er scheinbar mühelos vor sich hin spielte ... und gelegentlich von Gitarre auf Banjo, von Banjo auf Akkordeon und wieder zurück auf Gitarre wechselte. Auch *sein* Gesang war in jener Nacht etwas Besonderes. Er sang nicht viel, nur ab und zu ein paar Harmonielinien, und er sang so leise, dass man sich manchmal anstrengen musste, um ihn wirklich zu hören. Aber es lohnte sich, denn für ein paar kostbare Momente konntest du des Teufels Engel singen hören.

Und dann ich …

In jener Nacht passte für mich einfach alles zusammen. Bis dahin hatte ich immer einen bohrenden Zweifel im Kopf gehabt, ob ich wirklich zur Band *gehörte*. Nicht dass ich meinen Beitrag anzweifelte oder glaubte, ich hätte es nicht verdient, in der Band zu sein; es hatte auch nie eine Bemerkung von einem der andern gegeben, dass ich nicht reinpasste oder so was … es lag einfach an mir, wie ich mich fühlte. Ich hatte aus unerfindlichen Gründen das Gefühl, als wäre ich, obwohl in der Band, eigentlich nicht wirklich *in* der Band. Irgendwie stand ich immer ein bisschen abseits.

Aber in jener Nacht änderte sich alles auf unerklärliche Weise, und sobald wir die Bühne betraten und anfingen zu spielen … das war es einfach. Ich war nicht mehr bloß *ich* – die, die immer ein bisschen abseits stand und den Bass spielte –, nein, ich war Teil des Ganzen, ich *gehörte* dazu … ich war *in* der Band.

Ich war *da*, mittendrin in dem Ganzen – und spielte mir die Seele aus dem Leib, tanzte umher, lächelte, sang, rockte … und es war die beste Zeit, die ich je erlebt hatte.

Und last, but not least Stan – der vor sich hin drosch und uns antrieb … mit wirbelnden Armen, dem Fuß, der immer wieder das Basspedal stampfte, und der nackten, schweißüberströmten Brust …

Er war der *Wahnsinn*.

Wir alle waren der Wahnsinn.

Es war eine absolut unvergessliche Erfahrung.

Der einzige Moment, der nicht ganz so toll war, hatte mit dem inzwischen fast obligatorischen Gewaltausbruch zu tun, der in jener Nacht losging, als wir gerade bei *Every Moon* waren. Wir spielten den Song zum ersten Mal live und er klang womöglich noch stärker als in der Studioversion. Wir waren etwa zur Hälfte durch und kamen gerade an den Punkt, wo sich das Ganze so richtig aufbaut, Curtis war über seine Gitarre gebeugt, mit geschlossenen Augen versunken in den hypnotischen Beat der Musik ... als plötzlich ein bescheuerter Punk vorn an der Bühne seine Hände an den Mund legte und grölte: *»Langweilig!«*

Curtis hörte nicht auf zu spielen, er schaute nur langsam hoch, fixierte den Zwischenrufer – der jetzt bloß mit einem dämlich betrunkenen Grinsen im Gesicht dastand – und bewegte sich über die Bühne auf den Typen zu. Ohne einen Beat zu verpassen, trat er direkt an den Rand, blieb vor dem immer noch grinsenden Punk stehen, beugte sich vor und spuckte ihm ins Gesicht. Der Punk nahm das verständlicherweise nicht einfach so hin, sondern schnappte sich, während ihm Curtis den Rücken zuwandte und wieder zurück in die Mitte der Bühne lief, ein Bierglas von seinem Nachbarn und schleuderte es in Curtis' Richtung. Zum Glück für Curtis verfehlte es seinen Kopf, doch zum Unglück für Stan segelte es über die Bühne und krachte gegen eines der Becken und übersäte ihn mit unzähligen Splittern – einer davon erwischte ihn direkt über dem Auge. Curtis wirbelte sofort herum und ging wieder auf den Punk los, aber das wäre gar nicht nötig gewesen, denn William hatte ihn schon erledigt. Sobald er sah, wie der Punk das Glas warf, war William an den Rand der Bühne gelaufen und hatte ihm gegen den Kopf getreten.

Es war ein Tritt aus dem Lauf heraus, ziemlich brutal ausgeführt, und der Punk ging wie erschossen zu Boden. Plötzlich brach Chaos aus – Leute brüllten und schrien, wütende Punks versuchten die Bühne zu stürmen, Curtis und William hielten sie mit den Füßen ab … dann drängten sich Jake und Chief dazwischen, zogen die Leute weg und die Punks fielen über sie her … doch schließlich tauchten ein paar von den schwergewichtigen Sicherheitstypen auf, und plötzlich beruhigten sich alle wieder.

Das Ganze war ziemlich unschön … jedenfalls aus meiner Sicht. Solche Sachen waren nie sehr schön. Doch genau genommen war es an diesem Abend auch nicht schlimmer als sonst, und ich war inzwischen so daran gewöhnt, dass ich nicht mehr groß drüber nachdachte, als es vorbei war.

Unglücklicherweise waren nur, wie gesagt, in jener Nacht viele Journalisten da, und das war auch am nächsten Abend der Fall, als Sid Vicious während des Auftritts von The Damned ein Glas auf die Bühne warf. Das Glas traf eine Säule am Bühnenrand, zerplatzte in alle Richtungen und ein Mädchen wurde schwer verletzt, als ihr ein Splitter ins Auge drang. Irgendwelche Leute zerrten sie aus der Menge und schlugen Sid zusammen, während das Mädchen ins Krankenhaus kam. Sid selber wurde am Ende verhaftet und in einem Polizeiwagen weggebracht.

Das war es – und dazu die Gewalt während unseres Auftritts –, was am Ende in die Schlagzeilen kam.

Eigentlich eine Schande.

Aber so ist es eben.

Wir wussten alle, dass wir in jener Nacht eine Wahnsinnsshow hingelegt hatten, und als wir danach in der Umkleide saßen, hatte niemand den Drang, was zu sagen. Wir waren bloß wieder wie die vier kleinen Kinder am Weihnachtsmorgen – wir lächelten uns an, grinsten albern … betrunken vor Glück.

Wir wären wahrscheinlich völlig zufrieden gewesen, den Rest der Nacht einfach nur schweigend so dazusitzen, doch nach etwa fünf Minuten platzte Jake in den Umkleideraum. Er musste Unmengen von Speed genommen haben – die Augen traten ihm fast aus dem Kopf und er brabbelte sofort los wie ein Irrer.

»*Wahnsinns*-Auftritt, verdammt klasse … der absolute *Hammer*, Mann … bist du okay, Stan? Was macht dein Gesicht? Scheiße, dieser verdammte Idiot … hey, echt gut getroffen, Billy, du hast das Arschloch echt fertiggemacht. So ein verdammter Idiot … den bring ich um, wenn ich ihn das nächste Mal sehe … aber egal, was soll's … ich meine, Scheiße, verdammt … ihr wart heute Nacht so *dermaßen* gut …«

Schließlich musste er sein Gebrabbel für einen Moment unterbrechen, um sich eine Zigarette anzustecken. Doch sobald er damit fertig war und die Schachtel rumgereicht hatte, redete er weiter.

»Na ja, egal«, sagte er, blies den Rauch aus und grinste uns an. »Was wollt ihr zuerst? Die gute Nachricht oder die *richtig* gute?« Als niemand antwortete, redete er einfach weiter. »Also okay, die gute Nachricht ist, ich habe gerade mit Chris gesprochen und die Single kommt *definitiv* diesen Freitag raus. Sie haben beschlossen, sie als Doppel-A-Seite zu bringen, mit ›Naked‹ und ›Heaven Hill‹, ist das nicht super? Aber die *richtig* gute Nachricht ist …« Er grinste wieder und schaffte es kaum, seine Aufregung im Zaum zu halten. »Seid ihr bereit, sie zu hören? Am Tag, bevor die Single rauskommt, das heißt, diesen Donnerstag … seid ihr in *Top of the Pops.*«

»*Was?*«, fragten wir alle gleichzeitig.

»Nicht schlecht, was?«

»Meinst du das ernst?«, fragte Curtis. »In *Top of the Pops?*«

»Ja …«

»Scheiße.«

Es war der Höhepunkt einer ohnehin unglaublichen Nacht. *Top of the Pops* war damals *riesig* – ein Millionenpublikum guckte Woche für Woche die Sendung. Ein Auftritt in *Top of the Pops* war fast schon eine Garantie für sofortigen Erfolg. Natürlich verachteten wir so gut wie alle die Sendung – die schrecklichen DJ-Moderatoren, die Disco-Bands, die dämlichen Tanzeinlagen – und keiner, der auch nur einen Funken Coolness besaß, hätte je zugegeben, so was selber zu gucken, obwohl wir es vermutlich alle taten … doch das spielte jetzt keine Rolle. Es war *Top of the Pops,* Mann. *Top of the Pops!* Und wir würden da auftreten.

Aber so toll es auch war und so toll überhaupt alles an dieser Nacht war – wie wir gespielt hatten, die Zusammengehörigkeit, die Leidenschaft, die Musik, die Gefühle –, das Wichtigste an dieser Nacht war, dass wir vier das allerletzte Mal zusammen gespielt hatten.

35

Zu der Zeit wurde *Top of the Pops* immer mittwochs aufgezeichnet, also am Tag vor der Ausstrahlung, was bedeutete, dass wir nach unserem Auftritt von Montagnacht nur einen Tag Zeit hatten, alles vorzubereiten und uns zu überlegen, was wir machen wollten. Deshalb wollten wir uns am Dienstagnachmittag im Lagerhaus treffen, dort besprechen, was zu besprechen war, und dann das ganze Zeug für den nächsten Tag bereitstellen.

Das Treffen war für fünfzehn Uhr geplant.

Und nachdem ich die Schule angerufen und erklärt hatte, ich würde wegen einer schweren Erkältung ein paar Tage fehlen, verabredete ich mich mit William für zwölf Uhr am Abney-Park-Friedhof, damit wir noch ein paar Stunden für uns hatten, bevor wir zum Lagerhaus aufbrachen.

Der Sommer war inzwischen endgültig vorbei und die ersten Anzeichen von Herbst machten sich bemerkbar. Die Blätter an den Bäumen färbten sich langsam gelb, die ersten waren schon gefallen. Die Sonne stand fahl und hoch am Himmel, doch die Luft besaß nur noch wenig Wärme, und das bisschen, das noch zu spüren war, schien sich beim kleinsten Windstoß sofort zu verflüchtigen. Aber das störte mich nicht. Ich mochte dieses Gefühl von Herbst in der Luft. Es war erfrischend … dämmrig … irgendwie hoffnungsvoll, als stünde etwas bevor. Es war ein gutes Gefühl.

William wartete schon am Friedhofstor, als ich ankam, und sah so gut aus wie immer. Er trug einen Mantel, den ich noch nie gesehen hatte. Der Mantel wirkte relativ teuer, sah nach guter Qualität aus, und ich überlegte, ob er sich von dem Geld aus dem Plattenvertrag etwas gegönnt hatte.

Wahrscheinlich nicht, nahm ich an.

Wahrscheinlich war der Mantel eher geklaut.

»Hi«, sagte er und kam auf mich zu. »Alles okay?«

Ich nickte. »Schöner Mantel.«

»Findest du?«

»Ja … siehst aus wie ein echter Rockstar.«

Er lachte.

Ich küsste ihn.

Und wir betraten den Friedhof.

»Tja«, sagte William. »Dann treten wir jetzt also in *Top of the Pops* auf.«

»Hm.«

»Aufgeregt?«

»Ja, schon …«

Er sah mich an. »Aber?«

»Keine Ahnung … ist toll und so, klar … aber es gibt ein paar Dinge, die mir trotzdem Probleme machen.«

»Zum Beispiel?«

Wir saßen auf einer Holzbank an dem Weg, an dem wir auch beim letzten Mal gesessen hatten. Weiter rechts, halb versteckt hinter ein paar hohen Bäumen, sah ich den Turm der verfallenen Kapelle. Als ich hinüberschaute und mich an die Nacht mit William erinnerte, flatterte eine Taube vom

Dachvorsprung der Kapelle auf, flog einen Bogen um den Turm und kehrte wieder dorthin zurück, wo sie gestartet war.

Ich sah William an. »Guckst du eigentlich *Top of the Pops*?«

»Doch, ja, hab's ein paarmal geschaut … ich meine, nicht *ständig* oder so.«

»Wusstest du, dass es Regeln gibt, wer dort auftreten darf?«

»Was denn für Regeln?«

»Na ja, erstens musst du eine Single in den Top 20 haben. Und die Single muss in den Charts hochgehen, nicht runter …« Ich sah ihn an. »Verstehst du, was ich meine?«

Er nickte. »Unsere Single ist nicht in den Top 20.«

»Genau. Vor Freitag ist sie noch nicht mal auf dem Markt …« Ich runzelte die Stirn. »Wieso schmunzelst du?«

Er lachte leise vor sich hin. »Ich hab mitgekriegt, wie Curtis gestern Nacht Jake darauf angesprochen hat … er konnte das auch nicht verstehen. Curtis hat vor allem nicht kapiert, wieso sie überhaupt eine Band wie Naked in der Show haben wollen.«

»Ja, genau«, sagte ich. »Das hab ich mich auch gefragt. Ich meine, wir sind doch keine Popband, oder? Wir *gehören* überhaupt nicht in *Top of the Pops.*«

William lächelte wieder. »Tja, anscheinend kennt Jake dieses Mädchen, das mal mit dem Typen gegangen ist, der bei *Top of the Pops* für das Anheuern der Bands zuständig war, und sie hat Jake gesagt, dass diese Woche eigentlich eine amerikanische Band kommen sollte, dass die aber Schwierigkeiten mit ihren Visa oder so hätten … ich glaube, es hatte irgendwas mit einer Verurteilung wegen Drogen zu tun. Jedenfalls konnten sie nicht kommen und Jake hat das mitgekriegt und dann ... na ja, er hat keine Einzelheiten genannt, aber wenn ich es richtig verstanden habe, hat ihm das Mädchen gesagt, dass sie was von dem *Top of the Pops*-Typen wüsste, was Privates, und er würde alles tun, damit sie die Klappe hält – deshalb könnte sie für entsprechendes Geld so ungefähr jeden in die Show bringen.«

»Indem sie ihren Exfreund *erpresst*?«

»Im Grunde genommen ja.«

»Das heißt, Jake hat sie bezahlt?«

William nickte. »Glaub schon.«

»Mit welcher Summe?«

»Keine Ahnung.«

Ich schüttelte den Kopf. »Na ja, zumindest erklärt das die Sache ...«

»Yep.«

Ich sah William an. »Ist trotzdem irgendwie *schäbig*, findest du nicht?«

»Schäbig?«

»Schmutzig, anrüchig ... du weißt schon.«

Er nickte. »Na ja ... klar. Aber ist bloß Geschäft, verstehst du, so wie jedes andere Geschäft. Geschäfte machen ist immer schmutzig.«

»Dann stört es dich also nicht?«

»Nein. *Dich?*«

»Ehrlich gesagt, ich weiß nicht so recht ...« Ich zuckte die Schultern. »Und ich fürchte, es ändert sowieso nichts. Ich meine, selbst wenn es mich stören würde, könnte ich wohl kaum was dagegen tun, oder?«

Er grinste mich an. »Du könntest streiken, dich weigern zu spielen.«

Ich lächelte. »Und *du* würdest mich dabei natürlich unterstützen.«

»Klar. Wir könnten zusammen gegen die Sendung demonstrieren ... wir könnten uns mit Plakaten und so vor das Fernsehstudio stellen und Protestlieder singen.«

»Jetzt geht das wieder los.«

»Was?«

»Du.«

»Was ist mit mir?«

»Nichts«, sagte ich. »Einfach du.«

Das andere, was mich an dem Auftritt bei *Top of the Pops* ins Grübeln brachte, war die Wirkung, die er für William haben könnte. Alle möglichen Leute guckten *Top of the Pops,* sehr wahrscheinlich auch die, von denen William *nicht* erkannt werden wollte. Und ich erinnerte mich, wie er mir gesagt hatte, dass er überlegen müsse auszusteigen, falls das mit der Band immer größer würde ... und viel größer als *Top of the Pops* ging nicht.

»Ich meine, wir haben Witze darüber gemacht«, sagte ich. »Du weißt schon, dass du dich tarnst, mit Schminke oder so ... aber jetzt ist es kein Witz mehr, jetzt ist es ernst.«

»Ja, ich weiß.«

»Und was hast du vor?«

Er lächelte. »Ich versteh nicht, wieso ich mich *nicht* schminken sollte. Ich meine, Curtis macht es doch auch.«

»Ein bisschen Lidstrich, das ist alles.«

»Ich hab ihn auch schon mit Lippenstift gesehen.«

»Ja, aber –«

»Findest du nicht, dass mir das stehen würde?«

»Hör auf, William«, sagte ich streng. »Das ist ernst … wenn die IRA immer noch hinter Nancy her ist –«

»Sie werden mich nicht erkennen«, sagte er und sein Lächeln verschwand.

»Wieso nicht?«

»Also erstens hab ich mich wie gesagt ziemlich verändert, seit wir aus Belfast weg sind. Damals war ich ein Kind … ich seh jetzt total anders aus. Und zweitens, wenn wir in *Top of the Pops* sind, konzentriert sich der Kameramann doch nicht auf mich, oder?«

»Wahrscheinlich nicht … ich meine, normalerweise konzentrieren sie sich auf den Sänger.«

»Sie konzentrieren sich auf *dich.*«

»Was?«

Er lachte. »Jetzt *komm,* Lili, du weißt doch genau, wie *Top of the Pops* funktioniert … die meiste Zeit versucht der Kameramann, den Mädchen unter den Rock zu gucken.«

»Ja, aber –«

»Und du bist nicht nur ein sehr *schönes* Mädchen, sondern du gehörst auch noch zur Band … das heißt, die werden zwar sicher ab und zu ihre Kamera auf Curtis halten, aber die meiste Zeit wird sie auf dich gerichtet sein.« Er grinste. »Stan und ich können doch dagegen gar nicht anstinken. Glaub mir, die werden ihre Zeit bestimmt nicht damit vergeuden, uns zu filmen.«

»Aber was ist, wenn doch?«

»Und *drittens*«, sagte er und hob einen Finger, um mir zu verstehen zu geben, dass er noch nicht fertig war. »Nur für den Fall, dass sie *doch* mal auf mich schwenken …« Er fasste in seine Manteltasche und zog eine Sonnenbrille heraus. »Wie findest du die?«, fragte er und setzte sie auf.

Ich musste einfach lachen.

»Was ist?«, sagte er empört.

»Nichts …« Ich kicherte wieder. »Ja, du siehst echt cool damit aus …«

Er lächelte. »Einen Hut hab ich auch.«

»Einen Hut?«

»Ja, einen Filzhut … so wie der, den Van Morrison trägt.«

»Wer?«

»Van Morrison … sag jetzt nicht, du hast noch nie was von Van Morrison gehört. Der ist eine Legende in Belfast.«

»Trägt der auch Sonnenbrille?«

»Aber klar doch.«

»Na«, sagte ich lächelnd. »Dann ist ja gut.«

Er grinste. »Ich bin froh, dass du das findest.«

»Lass sie *mich* mal aufsetzen«, sagte ich und fasste nach der Brille.

»Nein«, sagte er und beugte sich scherzhaft weg.

»Wieso nicht?«

»Besorg dir doch selbst eine.«

Ich stürzte mich über die Bank und fasste nach der Brille, doch William war zu schnell, er rutschte von mir weg. Einen Moment sah ich ihn an und wir lächelten beide, dann schoss ich wieder vor und warf mich ihm förmlich entgegen, doch er sah es voraus, kam blitzschnell auf die Beine und schaute auf mich herab, die ich wie ein Idiot ausgestreckt auf der Bank lag.

Ich sah zu ihm hoch.

Er grinste.

»Lauf lieber schon mal los«, sagte ich.

»Ja?«

»Ja …«

»Und du meinst, du erwischst mich?«

»Ich *weiß,* dass ich dich erwische.«

Er grinste wieder und schüttelte den Kopf …

Und ich sprang von der Bank auf …

Und wir rannten zusammen durch die Wildnis des Friedhofs und kreischten und lachten wie Kinder.

36

Mittwoch, 22. September … das Datum ist eingebrannt in mein Gedächtnis. Die *Top of the Pops*-Aufzeichnung sollte um vier Uhr beginnen und wir hatten verabredet, uns um zwei Uhr im Lagerhaus zu treffen, sodass wir genug Zeit hatten, unseren ganzen Kram einzuladen und quer durch London zu den BBC-Studios am Lime Grove zu fahren.

»Wenn wir da sind«, hatte Jake erklärt, »bekommt ihr eine Zeit zugeteilt, um euer Equipment aufzubauen und den Song noch mal durchzuspielen, danach holen sie euch, wenn sie so weit sind, zur eigentlichen Aufnahme.«

»Aber das läuft alles per Playback, oder?«, fragte Curtis.

»Klar.«

»Es ist nichts live.«

Jake schüttelte den Kopf. »Ihr müsst bloß im richtigen Moment die Lippen bewegen und zusehen, dass ihr gut rüberkommt.«

Als ich so gegen Viertel vor zwei ins Lagerhaus kam, waren Curtis und Jake schon da und auch Chief und Stan kamen in den nächsten fünf Minuten mit dem Lieferwagen. Während wir unsere Sachen einluden, ertappte ich mich, wie ich ständig die Straße entlangsah und nach William Ausschau hielt. Ich hatte gar keinen Grund, besorgt zu sein – er war bisher noch gar nicht zu spät dran –, aber irgendwas war … ich wusste nicht, was … irgendwas schien nicht zu stimmen. Es war so ein Gefühl, wie wenn du auf jemanden wartest und dir *vorstellst,* er kommt – denn irgendwo in deinem tiefsten Unterbewusstsein glaubst du ganz fest, dass du ihn allein durch deine Vorstellungskraft herzaubern kannst –, und manchmal *weißt* du einfach, dass er gleich da sein wird, aber an andern Tagen, da *weißt* du eben, dass er *nicht* kommen wird, egal wie sehr du es dir vorstellst …

Und so war es für mich an dem Tag.

Ich wusste es einfach.

Tief in meinem Innern …

Wusste ich es.

Aber ich war nicht bereit, es zuzugeben. Weder vor mir noch vor jemand anderem.

»Ich hoffe, er kreuzt bald auf«, sagte Curtis zu mir, während er einen Verstärker in den Lieferwagen hob.

»Er wird kommen, mach dir keine Sorgen.«

»Ich *mach* mir aber Sorgen.«

»Lass es.«

Zwanzig Minuten später, als der Wagen beladen und immer noch nichts von William zu sehen war, hatte Curtis die Schnauze voll.

»Und?«, fragte er mich.

»Und was?«

»Wo ist er?«

»Woher soll ich das wissen?«

»Scheiße noch mal, er ist dein Freund, Lili.«

»Deshalb gehört er mir aber nicht.«

»Vielleicht sollte er das besser.«

»Jetzt gib ihm noch fünf Minuten, okay? Ich bin sicher, er kommt gleich.«

»Nein.«

»Ach komm, Curtis.«

»Ich hab's ihm gesagt: Wenn er noch einen Auftritt verpasst, egal wieso, fliegt er raus.«

»Ja, aber –«

»Wir müssen los«, sagte er und schaute auf seine Uhr.

»Okay, aber dann lass uns auf dem Weg schnell bei ihm zu Hause vorbeifahren.«

»Nein.«

»Ist auch nicht weit.«

»Ich hab Nein gesagt.«

»Aber was ist, wenn er krank ist oder so?«

»Wenn er sich nicht aufraffen kann herzukommen, dann taugt er nicht für uns, kapiert? Abgesehen davon *brauchen* wir ihn eigentlich gar nicht. Wir spielen ja nur Playback. Und das schaffen wir auch ohne ihn.«

»Aber vielleicht braucht er *uns*. Ich meine, vielleicht hat er ja unterwegs einen Unfall gehabt, vielleicht hat ihn ein Auto angefahren –«

»Ja, und vielleicht ist er einfach nur ein großes Arschloch. Hast du daran schon mal gedacht?«

Ich sah Curtis an und suchte nach einer Antwort, doch mein Kopf und mein Herz waren leer.

»Mach schon«, sagte er müde. »Steig ein. Wir fahren.«

Ich glaubte nicht wirklich daran, dass William krank war oder einen Unfall hatte, ich dachte einfach nur ... nun ja, das war es eben. Ich wusste nicht recht, was ich denken sollte. Ich überlegte, ob er mich am Tag zuvor vielleicht angelogen hatte und sich doch Sorgen machte, er könnte bei *Top of the Pops* erkannt werden – vielleicht hatte er von vornherein gar nicht auftreten wollen. Oder er hatte einfach noch mal in Ruhe drüber nachgedacht und das Risiko zu groß gefunden.

Ich wollte nicht glauben, dass er mich angelogen hatte.

Wenn er nämlich in dem Punkt gelogen hatte, dann konnte auch alles andere eine Lüge sein – das Witzemachen, unsere Späße, seine ganze ernsthafte Art … alles unwahr.

Nein … ich konnte das einfach nicht glauben.

Ich *glaubte* es nicht.

Und wenn er noch mal drüber nachgedacht hatte … dann hätte er es mir doch erzählt, oder? Dann hätte er es mir doch *gesagt* …

Oder?

Außerdem hatte er beim letzten Mal, als ich ihn sah – als wir am Tag zuvor das Lagerhaus zusammen verließen –, nicht einmal ansatzweise unschlüssig gewirkt. Ich sah ihn noch vor mir, wie er mit mir zur U-Bahn-Station ging, mich anlächelte, küsste und sich verabschiedete … bis morgen …

»Vergiss deine Sonnenbrille nicht«, hatte ich noch gesagt.

Und er hatte gelacht …

Nein, er war nicht in Sorge gewesen.

Oder?

Nein …

Alles war in Ordnung gewesen.

Und das bedeutete …?

Was?

Wieso *war* William nicht da? Verdammt noch mal, wo *steckte* er?

Mir fiel nur eines ein, was halbwegs Sinn ergab, und das ängstigte mich zu Tode: dass William mit den Männern aus Derry zusammenhockte.

Es war eine lange Warterei in den BBC-Studios. Wir mussten warten, bis wir reinkamen, weil sie erst checken mussten, wer wir waren. Wir mussten in der Umkleide warten, bis sie Zeit für uns hatten und wir unser Equipment aufbauen und die Aufzeichnung proben konnten, und dann mussten wir noch mal eine Ewigkeit warten, während die andern Bands die gleiche Prozedur über sich ergehen ließen …

Und es war auch nicht gerade ein angenehmer Ort. Ich jedenfalls fand ihn ehrlich gesagt ausgesprochen unangenehm. Das Studio selbst war total klein – viel kleiner, als es im Fernsehen rüberkam – und auch viel schäbiger. Kein bisschen Glamour – kein Thrill, kein Zauber –, alles nur Sperrholz, Kunststoff, kilometerlange schwarze Kabel und riesige blecherne Kameras, die überall rumstanden, während Dutzende leicht verstört wirkende Teenager von aufdringlichen Bartträgern mittleren Alters mit Clipboard und Headset herumgescheucht wurden …

Dazu Tony Blackburn in einem schrecklichen cremefarbenen Anzug …

Und die Tänzer …

Und die anderen Bands …

Gott … diese anderen Bands.

Die Wurzels waren da – eine Spaßband mit fetten alten Männern, als Bauerndeppen verkleidet, die Songs über Cider und Mähdrescher sangen. Eine Band namens Smokie – in sehr weißen Anzügen und mit sehr langen Haaren. Auch Rod Stewart war, glaube ich, da, außerdem eine Sängerin namens Kiki Dee, die Drifters und noch so eine Band aus den Sechzigern namens Manfred Mann …

Das Ganze war absolut surreal.

Es war wie eine Art Tingel-Albtraum.

Curtis hielt es einfach nicht aus, und sobald wir mit der Probe fertig waren, verschwand er mit Jake und den andern beiden auf der Suche nach einer Bar.

»Kommst du mit?«, fragte er mich, als sie gerade die Umkleide verlassen wollten.

»Nein, danke.«

»Ach, *komm* schon, Lili … jetzt sei nicht so.«

»Wie denn?«

»Hör zu«, sagte er, »ich weiß, dass du sauer bist wegen Billy –«

»Er heißt nicht *Billy*«, fauchte ich. »Okay? Er heißt *William* … sein Name ist William.«

»Ja, okay …«, sagte Curtis, überrascht von meinem plötzlichen Ausbruch. »Ich wollte doch nur –«

»Geh einfach, Curtis, okay? Verpiss dich und lass mich in Ruhe.«

18.46 Uhr … die Zeit ist eingebrannt in mein Gedächtnis. Ich war allein in der Umkleide. Die Wurzels waren gerade gegangen, um ihren Auftritt aufzuzeichnen, und der Langhaarige, der mich die letzten fünf Minuten anzumachen versucht hatte – keine Ahnung, wer der Typ war –, hatte es endlich aufgegeben und war los, »was zu futtern holen«.

Ich war also allein, allein in der Stille.

Nur dass es nicht sonderlich still war.

Aus dem Studio nebenan hörte ich gedämpft den schaurigen Song der Wurzels – *I am a cider drinker* – und die Geräusche der Leute, die tanzten und so taten, als ob sie Spaß hätten … und vom Flur draußen hörte ich Leute über Terminpläne, Einschaltquoten und Verträge sprechen … und aus einem kleinen Fernseher, der an der Wand der Umkleide hing, hörte ich das leise Gebrabbel der BBC-Regionalnachrichten – Geschichten aus dem Leben, irgendwas wegen eines Parkplatzes, Nachrichten über einen Streik …

Ich hörte das Wabern und Dröhnen um mich herum …

Aber ich hörte es nicht *wirklich*.

Als ich so dasaß, zu Boden starrte und über William nachdachte, hörte ich nur die bedrückte Stille in meinem Kopf – den hohlen Klang der Hoffnung. Es kümmerte mich nicht mehr, *wo* William war. Es kümmerte mich nicht, wieso er nicht da war, mit wem er zusammen war oder was er tat … das Einzige, was mich beschäftigte, das Einzige, was eine Rolle spielte, war, ob mit ihm alles in Ordnung sei. Das andere, *alles* andere, war egal.

Mach, dass mit dir alles in Ordnung ist, sagte ich immer wieder vor mich hin.

Ja?

Alles andere ist mir egal.

Mach, dass mit dir alles in Ordnung ist.

Bitte.

Mach, dass mit dir …

Ich weiß nicht genau, was mich plötzlich zu dem Fernseher aufschauen ließ – vielleicht irgendwas, das die Moderatorin sagte, irgendwas, das mir bekannt vorkam … oder vielleicht auch nur der plötzlich veränderte Klang ihrer Stimme … keine Ahnung. Doch als ich hochschaute und das Bild im Fernseher sah …

Da *wusste* ich es.

Sofort.

Ich wusste sofort, dass mit William *nichts* in Ordnung war.

Zuerst war es nur so ein Gefühl im Bauch, eine schrecklich schockierende Leere, die ich nicht verstand, denn in den ersten ein, zwei Sekunden begriff ich überhaupt nicht, was ich da sah und was es bedeutete. Es war so ein Bild, wie ich es schon oft im Fernsehen gesehen hatte: ein Haufen qualmender Schutt, schwelende Trümmer, das Wrack eines noch brennenden Autos ... Polizeifahrzeuge, Krankenwagen, Blaulichtflackern, Reporter ...

Eine Szene der Zerstörung.

Eine Bombenexplosion.

Ein weiterer Terroranschlag irgendwo ...

Aber plötzlich begriff ich, dieser Anschlag war nicht *irgendwo*. Dieser Anschlag war unter einer Eisenbahnbrücke passiert, am Ende einer schmuddeligen kleinen Straße, die von verfallenen Häusern gesäumt war, und im Hintergrund sah ich ein Stück Brachland.

»Nein ...«, murmelte ich und lief hinüber, um den Ton am Fernseher lauter zu stellen. »Nein ... bitte, Gott verdammt ... nein ...«

Das Bild hatte inzwischen gewechselt und ein Reporter war zu sehen – ein Mann mit einem Schnauzbart, der auf halber Höhe der Straße stand und in ein Mikro sprach. »... also, die Details sind im Moment noch sehr unklar«, sagte er, »bestätigt wurde uns nur, dass sich die Explosion gegen 15.45 Uhr in einer Werkstatt ereignete, die der Firma Warwick Motors gehört, einem örtlichen Autoreparaturbetrieb. Die Werkstatt liegt unter einer Eisenbahnbrücke, und wie Sie im Hintergrund erkennen können, wurde die Brücke über der Werkstatt nicht beschädigt. Doch bis jetzt haben wir noch keine Information über den Grund der Explosion oder Angaben über etwaige Opfer.«

»Wird der Fall von der Polizei als Terroranschlag eingestuft?«, fragte die Moderatorin.

»Bis jetzt gibt es noch keine offizielle Erklärung der Polizei, aber aus anderen Quellen war zu hören, die Zerstörung sei eindeutig Folge einer schweren Bombenexplosion und es existierten deutliche Parallelen zu Bombenanschlägen, die die IRA in letzter Zeit verübt hat.«

»Gab es irgendwelche Vorwarnungen?«

»Nein, soweit ich weiß, nicht. Aber es ist möglich, dass die Bombe gar nicht hier losgehen sollte. Das, was wir hier sehen, könnte das Ergebnis einer Terroroperation sein, die aus irgendeinem Grund schiefgegangen ist ...«

Schiefgegangen ist ...

Schiefgegangen ist ...

Schiefgegangen ist ...

Aber was war schiefgegangen? Wie? Warum? Was war *passiert ...*? Die Gedanken wirbelten in mir herum ... der ganze Raum wirbelte. Ich bekam nichts mehr in meinen Schädel. Die Worte und Bilder stoben durch meinen Kopf wie Konfetti im Wind – die Werkstatt, der Schutthaufen ... *der Firma Warwick Motors gehört ...* das brennende Auto, die schwelenden Trümmer ... *eine schwere Bombenexplosion ... die IRA ...*

Und plötzlich hörte ich Williams Stimme in meinem Innern: *... ich will nicht, dass jemand verletzt wird ... ich will nicht, dass noch jemand stirbt ... ich werde nicht zulassen, dass das passiert ... wenn ich rausfinde, dass sie irgendwas vorhaben, wobei Menschen verletzt oder getötet werden, werd ich's verhindern.*

»Nein ...«, murmelte ich kopfschüttelnd. »Nein ...«

Plötzlich wurde die Tür des Umkleideraums aufgerissen und ich merkte, wie jemand irgendwas zu mir sagte, doch ich hörte nur die Stimme im Fernseher: »... und melden uns in unseren Spätnachrichten um 23.45 Uhr mit neuen Informationen über den Bombenanschlag im Norden Londons.« Und dann, als die Wetterkarte gezeigt wurde, fasste ich nach oben und stellte auf ITV um, verzweifelt auf der Suche nach weiteren Nachrichten, aber es gab keine, nur ein paar Leute, die über Politik redeten, und ich drückte wie besessen auf den Bedienungsknöpfen herum. Schaltete auf BBC2, aber auch da lief nichts, nur so ein Fernstudien-Programm …

»Lili!«

Ich versuchte es wieder auf BBC1 …

»Lili!«

Inzwischen lief dort irgendein Sportprogramm …

»Scheiße!«, fauchte ich und drückte die Knöpfe. »Verdammte Kacke … verfluchter *Sport.*«

Und auf einmal spürte ich, wie mich jemand festhielt, und ich schoss herum und schlug nach dem Kerl, bis ich begriff, dass es Curtis war.

»*Heilige* Scheiße, Lili«, sagte er. »Verdammt noch mal, was *tust* du?«

»William …«, murmelte ich.

»Was ist mit ihm?«

»Ich glaub …«

»Was? Was glaubst du?«

Was sollte ich sagen? Gar nichts konnte ich ihm sagen. Niemandem konnte ich etwas sagen. Ich konnte überhaupt nichts tun …

»Lili?«

Nichts …

Ich sah Curtis an.

»Was ist denn?«, sagte Curtis leise. »Was ist los?«

Ich sah ihn bloß an und fühlte mich vollkommen hilflos.

Dann kam Jake plötzlich reingerauscht, total panisch und

aufgelöst. »Scheiße, *da* seid ihr … los, kommt! Die Aufzeichnung fängt an, die *warten* da draußen auf euch. *Verdammt*, was macht ihr denn hier? Jetzt *kommt …*«

Curtis wurde nicht nervös, er sah mich nur an und sagte: »Bist du okay, Lili? Geht das für dich?«

Ich nickte, nicht sicher, was ich eigentlich tat. Als Nächstes merkte ich, wie ich Curtis den Gang entlang und dann durch zwei Türen ins Studio hinein folgte, und sehr vage erinnere ich mich noch, dass mich auf einmal die Scheinwerfer blendeten, als ich über die Bühne ging und meinen Bass nahm …

Doch an alles andere …

Kann ich mich nicht erinnern.

Ich war in Trance, ich war weg, irgendwo anders.

Ich war überhaupt nicht da.

Das Nächste, was ich noch einigermaßen klar weiß, ist, wie ich hinten in einem Taxi sitze, aus dem Fenster starre und mir einzureden versuche, dass mit William vielleicht doch alles in Ordnung ist. Vielleicht war er ja gar nicht da, als die Bombe hochging, vielleicht hatte er gar nichts damit zu tun … vielleicht waren ja nur die drei IRA-Leute in der Werkstatt gewesen … vielleicht war er ja gesund und munter, wenn ich nach Cranleigh Farm kam … und er würde mir erklären, was passiert war, und ich würde so tun, als wäre ich sauer, dass er mir solche Angst eingejagt hatte … und dann würde er sagen, wie leid es ihm tut, und mich mit seinen Haselnussaugen ansehen … und mir dieses wunderbare Lächeln schenken … und alles wäre wieder gut …

»Ich muss die Seven Sisters entlangfahren, okay?«, rief der Taxifahrer über die Schulter.

»Wie bitte?«

»Oben an der Green Lanes ist alles gesperrt wegen der Bombe, deshalb muss ich über die Seven Sisters fahren. Ist aber nicht sehr viel weiter.«

»Natürlich«, sagte ich. »In Ordnung …« Ich beugte mich vor und sprach durch die Luke. »Gibt es was Neues wegen der Bombe?«

»War wohl die IRA, glauben sie. Ist wahrscheinlich aus Versehen losgegangen.« Er schüttelte den Kopf. »Scheiß Iren.«

»Weiß man schon, ob es Tote gab?«

»Die Polizei lässt noch nichts raus, aber ich hab gehört, es sollen drei sein, vielleicht auch vier.«

»Drei oder vier Tote?«

Er nickte. »Sie glauben, die Bombe befand sich in einem Wagen in der Werkstatt und ist mit den Attentätern hochgegangen. Geschieht ihnen verdammt recht, wenn Sie mich fragen.«

Ich lehnte mich zurück und starrte wieder aus dem Fenster, auf einmal ganz sicher, dass mit William *nichts* in Ordnung war. Er war dort gewesen, als die Bombe explodierte … er war mit den drei IRA-Leuten zusammen in der Werkstatt gewesen … und wenn ich nach Cranleigh Farm kam, würde ich ihn *nicht* gesund und munter in der Wohnung finden …

Ich würde nicht seine Haselnussaugen sehen.

Ich würde nicht dieses wunderbare Lächeln sehen.

Und nichts würde je wieder gut sein …

Und als Nächstes erinnere ich, wie ich mir sagte: Sei doch nicht albern … nur weil ein Taxifahrer dir sagt, er hätte irgendwas *gehört* … er hätte *gehört*, es wären »drei, vielleicht auch vier« gewesen … das *heißt* doch nichts.

Das heißt doch nichts.

Er weiß überhaupt nichts.

Und du auch nicht.

Dann denk nicht mal dran, jetzt schon aufzugeben.

Denk überhaupt nichts …

… ich will nicht, dass noch jemand stirbt … ich werde nicht zulassen, dass das passiert …

Glaub einfach nur.

37

Es muss so gegen neun gewesen sein, als ich an Williams Wohnungstür klopfte. Ich hatte schon im Aufzug angefangen zu weinen, doch als Nancy die Tür öffnete, verlor ich völlig die Kontrolle. Die Tränen strömten mir nur so übers Gesicht.

»Lili!«, sagte Nancy und rang nach Luft. »Um Himmels willen, was ist denn passiert?«

»Ist er hier?«, schluchzte ich.

»William? Nein … ich dachte, er wär bei dir.«

Da brach ich endgültig zusammen und heulte und schluchzte so schrecklich, dass Nancy mich nur in die Wohnung ziehen und festhalten konnte, mich weinen ließ, mich flennen ließ, mich alles herausschluchzen ließ … bis die Tränen langsam versiegten, ich nicht mehr nach Atem rang und meine Stimme allmählich wieder zurückkehrte.

»Die Bombe …«, murmelte ich. »Die Bombe …«

»Ist gut«, sagte Nancy leise. »Nimm dir Zeit … atme ganz ruhig … so. Ganz ruhig …«

Ich holte tief Luft, atmete langsam aus und sah Nancy an. »Wann hast du William zum letzten Mal gesehen?«

»Ich weiß nicht … irgendwann heute Morgen, glaube ich. Gegen zwölf ist er gegangen.«

»Hat er gesagt, wo er hinwollte?«

Sie schüttelte den Kopf. »Vorher ist er mal raus, weil er irgendwo anrufen wollte, danach war er noch eine Weile hier und dann ist er los.« Sie schaute jetzt immer besorgter. »Steckt er in Schwierigkeiten?«

»Ich weiß nicht … ich glaube, er ist vielleicht …«

»Was *meinst* du, Lili? Was ist los?«

»Hast du heute Abend Nachrichten gesehen?«

»Was für Nachrichten?« Sie sah mich schief an, dann plötzlich sackte ihr Gesicht zusammen. »Du meinst doch nicht etwa den Bombenanschlag.«

Ich nickte.

»Nein!«, schrie sie. »Nicht das … *bitte* sag mir, dass das nicht …«

»Ich *weiß* noch nichts«, sagte ich schnell. »Das Einzige, *was* ich weiß –«

»Was? *Was* weißt du? Ist William okay?«

»Ich *weiß* es nicht …«

Jetzt musste sie tief Luft holen. Sie schloss einen Moment lang die Augen, beruhigte sich, dann atmete sie langsam aus und sah mich an. »Erzähl«, sagte sie leise. »Erzähl mir alles.«

Und ich erzählte ihr alles.

»Gott, was hat er sich nur *gedacht*?«, sagte sie, als ich fertig war. »Warum konnte er nicht …?« Sie seufzte und schüttelte den Kopf. »Ich hätte es *wissen* müssen … ich hätte es …«

»Tut mir leid«, sagte ich, still vor mich hin weinend. »Ich hab *versucht*, ihn umzustimmen … aber er wollte einfach nicht hören. Und ich wusste nicht, verstehst du, ich wusste nicht, was ich tun sollte … ob ich jemandem was sagen sollte. Aber ich hatte ihm doch versprochen, dass ich nichts …« Ich sah Nancy an. »Es tut mir *so* leid …«

»Schon gut, Schatz«, sagte sie sanft. »Ist nicht deine Schuld.«

»Ich hätte es dir *sagen* sollen.«

»Nein«, sagte sie. »Ein Versprechen ist ein Versprechen … es gab nichts, was du hättest tun können.«

Ich schniefte und wischte mir Tränen aus dem Gesicht. »Glaubst du …? Ich meine, glaubst du, er ist –?«

»Was ist los?«, sagte plötzlich eine Stimme und ich schaute hinüber und sah Little Joe in der Tür stehen.

»Nicht jetzt, Joe«, sagte Nancy und lächelte ihn an. »Geh noch ein bisschen zurück in dein Zimmer, okay?«

»Ist alles in Ordnung?«

»Ja, alles okay. Wir … wir müssen nur eben was klären.« Sie lächelte wieder. »Na los, geh schon.« Sie wartete, bis er weg war und die Tür hinter sich schloss, dann drehte sie sich wieder zu mir um. »Hat William dir gesagt, wie die andern beiden Männer hießen?«

Ich schüttelte den Kopf. »Hab ich ihn nie gefragt.«

»Aber du hast sie alle drei gesehen … du weißt, wie sie aussahen?«

Ich nickte und schaute sie an. »Woran denkst du?«

Sie seufzte. »Weiß der Himmel … ich glaube, ich versuche es nur zu begreifen. Ich …« Sie schaute auf ihre Armbanduhr, dann stand sie auf und schaltete den Fernseher an. »Ich fürchte, die ITV-Nachrichten haben wir gerade verpasst, aber vielleicht kommt was auf BBC2.« Sie stand eine Weile vor dem Fernseher und sah zu, wie ein Abgeordneter aus dem Unterhaus Fragen zu den Lebensmittelpreisen beantwortete, dann endete das Interview und das Programm ging mit einem Bericht über die Concorde weiter … Nancy drehte den Ton leise. »Vielleicht haben sie's schon gebracht«, sagte sie. »Ich mach mal das Radio an.« Sie ging in die Küche und kam mit einem Kofferradio zurück. Dann schaltete sie es an und suchte einen Lokalsender, hörte eine Weile zu, drehte schließlich auch da den Ton leise, stellte das Radio auf ein Tischchen seitlich vom Sofa und setzte sich neben mich.

»Was machen wir denn jetzt?«, fragte ich.

»Keine Ahnung …«

»Sollen wir nicht zur Polizei?«

»Wenn es wirklich eine IRA-Aktion ist, und so sieht es ja aus … dann können wir nicht zur Polizei.«

»Wieso nicht?«

»Weil …« Sie seufzte schwer. »Also, erstens: Egal was sie bis jetzt rausgefunden haben, was vermutlich nicht viel ist – *uns* werden sie bestimmt nichts sagen. Sie werden weder etwas bestätigen noch verneinen. Und zweitens: Wenn wir zur Polizei gehen und sagen, wir glauben, dass William vielleicht in der Werkstatt war, gibt es für sie nur eins – sie reichen uns an den Staatsschutz oder den MI5 weiter. Denn das sind die, die den Fall untersuchen, und es ist sehr wahrscheinlich, dass die uns einkassieren und irgendwo in eine Zelle stecken, bis sie so weit sind, und dann werden sie Fragen stellen …« Nancy brach ab und sah mich an. »Sie werden jede Einzelheit genau wissen wollen, Lili – über William und mich und Williams Eltern –, und sie werden nicht lockerlassen, bevor sie alles haben, was sie wollen, egal wie lange es dauert. Und wir werden immer noch nichts über William wissen.« Sie warf einen Blick auf den stumm gestellten Fernseher. Die Nachrichten waren vorbei. Ein Film lief. Nancy seufzte wieder. »Mit mir kann der Staatsschutz oder der MI5 ruhig machen, was er will, das ist mir egal … aber ich lasse nicht zu, dass sie dich in die Mangel nehmen, und ich setze auch Joe keinem Risiko aus. Denn wenn ich nicht hier bin und auf ihn aufpasse …«

»Ja«, sagte ich, »ich verstehe.«

»Wirklich?«

Ich nickte. »Aber wir müssen doch *irgendwas* tun. Können wir nicht die Krankenhäuser abtelefonieren? Ich meine, vielleicht ist er ja nur verletzt.«

»Die Polizei hat sicher schon alle Krankenhäuser überprüft. *Wenn* er schwer verletzt wurde – und er würde nur in ein Krankenhaus gehen, wenn er wirklich *sehr* schwer verletzt wär –, dann hat die Polizei ihn inzwischen gefunden. Und abgesehen davon ...«

»Was?«

Sie zögerte. »Na ja, nach dem, was ich vorhin in den Nachrichten gesehen habe ... glaube ich einfach ... ich meine, *wenn* er da war, als die Bombe hochging ...«

»Kann er das nicht überlebt haben.«

Sie antwortete nicht, aber das musste sie auch gar nicht. Wir wussten beide, dass es stimmte.

»Und was *machen* wir?«, fragte ich. »Wir können doch nicht die ganze Nacht hier rumsitzen.«

»Ich glaube, was anderes bleibt uns nicht übrig, Lili«, sagte sie. »Wir können nur hier sitzen, Radio hören und die Nachrichten im Fernsehen anschauen ...« Sie zuckte die Schultern. »Ich bezweifle sowieso, dass es irgendwelche Informationen *gibt,* jedenfalls *richtige* Informationen, aber man weiß ja nie. Und wenn William tatsächlich noch draußen rumläuft ... tja, dann sind wir wenigstens hier, wenn er zurückkommt.«

Ich sah sie an. »Glaubst du, er könnte ...? Ich meine, glaubst du wirklich, er könnte noch irgendwo da draußen sein?«

Sie lächelte traurig. »Bei William ist alles möglich, stimmt's?«

Ich versuchte zurückzulächeln, so gut es ging, aber ich glaube, wir wussten beide, wenn William tatsächlich irgendwo wäre, wenn er wirklich noch leben würde, dann hätte er uns schon Bescheid gegeben. Und auch wenn Nancy recht hatte mit der Bemerkung, alles sei möglich, war mir klar, dass es in der realen Welt – und dies *war* die reale Welt – keine Wunder gibt.

Egal wie sehr du es dir wünschst.

Es gibt sie einfach nicht.

Nachdem mich Nancy hinunter zu einer Telefonzelle auf der anderen Seite der Straße gebracht und ich Mum gesagt hatte, dass ich heute Nacht nicht nach Hause käme, gingen wir wieder zur Wohnung zurück und setzten uns aufs Sofa.

Wir warteten.

Wir hörten Radio.

Wir schauten die Nachrichten.

Und Nancy hatte recht, es gab keine *richtigen* Informationen. Es gab Berichte über die Bombe, regelmäßige Aktualisierungen, aber keine wirklichen Infos.

Die polizeilichen Ermittlungen »liefen«.

Spuren wurden »verfolgt«.

Die Zahl der Opfer war »noch unbekannt«.

Die Zeit verging langsam, die Stunden schienen wie Tage, und während die Uhr zäh vor sich hin tickte, schlief ich immer mal ein und wachte wieder auf. Ich *wollte* nicht einschlafen – es schien mir nicht richtig – und ich versuchte alles, um wach zu bleiben, aber es fiel mir immer schwerer, die Augen offen zu halten, und irgendwann in den frühen Morgenstunden sank ich – mit dem Kopf an Nancys Schulter – schließlich in einen tiefen, traumlosen Schlaf.

38

Es war noch früh, als ich wieder aufwachte; das fahle Licht der Morgendämmerung drang gerade erst durchs Fenster. Mir war kalt. Mein Nacken war steif. Ich lag zusammengerollt unter einer dünnen Wolldecke auf dem Sofa.

»Lili …? Bist du wach?«

Nancy saß neben mir auf dem Fußboden. Ihre Stimme war leise, ihr Gesicht blass. Sie weinte.

Ich setzte mich auf. »Nancy …?«

»Entschuldigung … ich wollte dich nicht wecken …«

»Was ist?«, fragte ich schnell. »Ist was mit William? Hast du irgendwas von ihm gehört?«

Sie schüttelte den Kopf. »Ich war in seinem Zimmer … ich wollte nur …« Sie wischte sich über die Augen und sah mich an. »Das hier habe ich gefunden …«

Sie reichte mir einen Umschlag. Ich nahm ihn entgegen und schaute ihn an. Es war ein einfacher weißer Umschlag … er war zugeklebt. Vornedrauf stand, mit Kuli geschrieben, mein Name.

Ich sah Nancy an.

Sie sagte: »Es gab zwei davon … einen für mich und Joe und einen für dich. Ich hab sie auf seinem Schreibtisch gefunden. Sie lagen beide in einem größeren Umschlag …« Sie schniefte die Tränen weg, hob einen größeren Umschlag vom Boden auf und zeigte ihn mir. In schwarzer Kulischrift stand darauf: *Nur öffnen, wenn ich nicht zurückkomme.*

Ich war innerlich tot. Tot und leer.

Ich konnte kaum sprechen.

»Ist das …?« Ich räusperte mich. »Ist das Williams Schrift?«

Nancy nickte. Wir weinten jetzt beide. Ich schaute auf den Umschlag in meinen Händen. Ich wollte ihn nicht öffnen. Ich wollte die Wahrheit nicht wissen.

Ich sah Nancy an. »Hast du …?«

Sie nickte wieder und hielt ein Blatt Papier hoch. Es war ein Brief … in Williams Handschrift. Er war von Tränen befleckt.

»Es tut mir leid«, sagte Nancy leise schluchzend. »Es tut mir so leid …

Ich schaute wieder auf den Umschlag in meinen Händen.

Ich wollte ihn nicht öffnen …

Nancy legte ihre Hand auf mein Knie.

»Ich bin da«, sagte sie.

Ich schaute auf den Umschlag …

Ich wollte ihn nicht öffnen …

Ich wollte nicht …

Ich konnte es nicht …

Ich öffnete ihn.

Es war nur ein einziges Blatt drin, zusammengefaltet und auf beiden Seiten beschrieben. Ich zog es heraus, faltete es auseinander, schloss einen Moment die Augen …

Dann öffnete ich sie wieder und fing an zu lesen:

Liebe Lili,

mit ein bisschen Glück wirst du das hier nie lesen, aber ich muss dich etwas fragen, für den Fall, dass ich dich nicht wiedersehe. Ich fürchte, ich muss mich beeilen, denn ich hab nicht mehr viel Zeit. Deshalb komme ich gleich auf den Punkt. Es ist Mittwoch (22. September), 11.30 Uhr, und Donal hat mir gerade gesagt, dass ich in einer Stunde in der Werkstatt sein soll, deshalb nehme ich an, was immer sie geplant haben, es läuft sicher heute. Wahrscheinlich haben sie es bis zur letzten Sekunde vor mir geheim gehalten, weil sie sich noch immer nicht hundertprozentig sicher sind, ob sie mir trauen können. Aber sobald ich da bin, werde ich hoffentlich herausfinden, worum es geht. Ich werde herausfinden, was das Ziel ist, und dann kann ich entscheiden, was ich tue. Wie ich schon sagte, wenn keine Gefahr besteht, dass bei der Aktion jemand verletzt wird, werde ich nichts unternehmen, sondern sie machen lassen. Aber wenn auch nur entfernt die Möglichkeit besteht, dass jemand stirbt, werde ich sie aufhalten. Das verspreche ich dir.

So oder so, es gibt natürlich immer die Gefahr, dass etwas schiefläuft, und genau aus diesem Grund schreibe ich dir. Denn für den Fall, dass ich nicht zurückkomme, muss ich dich noch mal bitten, das Versprechen zu halten, das du mir in der Nacht auf der Party gegeben hast. Alles, was ich dir über meine Mum und meinen Dad erzählt habe, vor allem über meinen Dad, und auch alles, was ich dir über die IRA und Nancy gesagt habe – es ist extrem wichtig für Nancy und Joe, dass du nichts von dem, was ich dir gesagt habe, an irgendwen weitergibst. Das Gleiche gilt auch für alles, was du über Donal und die andern weißt, und für das, was heute vielleicht passiert. Ich weiß ja, dass du es niemandem erzählen würdest, und ich habe ein schlechtes Gewissen, dich noch einmal um das Gleiche zu bitten, deshalb verzeih mir bitte. Aber die IRA vergisst nicht, und solange Nancy noch lebt, wird es immer jemanden geben, der sie tot sehen möchte, und ich würde mir nie verzeihen, wenn ich nicht alles getan hätte, um dafür zu sorgen, dass das nie passiert.

Es gibt noch so viel, was ich dir sagen möchte, Lili, aber jetzt ist einfach keine Zeit. Und abgesehen davon, ich bin sicher, wir sehen uns sowieso ganz bald, und dann können wir wieder einen langen Spaziergang im Abney Park machen und ich kann dir alles erzählen, was ich dir sagen wollte, alles, was ich für dich empfinde …

Tut mir leid, ich muss los.

Pass auf dich auf, Lili.

In Liebe.
William xxx

39

Es dauerte sehr lange, bis ich aufhörte, daran zu glauben, dass William vielleicht – nur vielleicht – doch noch lebte und eines Tages zurückkommen würde, sodass wir den langen Spaziergang im Abney Park machen könnten, bei dem er mir alles erzählen würde, was er für mich empfand … aber natürlich passierte das nie.

Die Bombenexplosion war nur ein paar Tage Thema in den Nachrichten und wurde im allgemeinen Bewusstsein bald zu einer weiteren Fußnote in der langen Geschichte des IRA-Feldzugs. Doch wenn auch die Medien und die Öffentlichkeit schnell ihr Interesse verloren, galt das nicht für den Geheimdienst. Und während dort die Ermittlungen weitergingen, traten langsam immer mehr Einzelheiten zutage. Es war ein unglaublich schleppender Prozess, in dem über Monate und Jahre winzige Häppchen preisgegeben wurden, und selbst jetzt, nach fünfunddreißig Jahren, gibt es noch jede Menge unbeantwortete Fragen. Doch trotz der zwangsläufig mühsamen Untersuchung – und der Abneigung des Geheimdienstes, darüber zu reden – kamen die Fakten nach und nach raus.

Die Explosion wurde durch eine aus Dünger selbst gebastelte 150-Kilo-Bombe ausgelöst. Die Bombe, die voll und ganz die Handschrift der IRA trug, explodierte im Kofferraum eines Fahrzeugs in der Werkstatt.

Was die Opfer betraf, so hieß es im ersten Bericht, es seien bei der Explosion zwei Männer umgekommen, aber ein zweiter Bericht, der Monate später veröffentlicht wurde, sprach von mindestens drei Toten, möglicherweise auch vier. Offensichtlich war es aufgrund der gewaltigen Sprengkraft der Bombe und der Nähe, in der sich die Opfer aufgehalten hatten, überaus schwierig, »die menschlichen Überreste zusammenzusetzen und zu identifizieren«. Trotzdem hatte der Geheimdienst wenig Zweifel, dass die Bombe das Werk der IRA und die Opfer alle Mitglieder einer IRA-Zelle in London waren, die einen Autobomben-Anschlag auf irgendein prominentes Ziel in der Hauptstadt planten.

Es dauerte bis Sommer 1979, ehe ein weiterer Bericht veröffentlicht wurde, der besagte, dass zwei der Männer, die an dem Tag umgekommen waren, inzwischen identifiziert seien. Ihre Namen waren Liam Breen, 24, Vater von zwei Kindern, aus Derry, und Donal Callaghan, 47, ebenfalls aus Derry. Beide waren den Behörden als IRA-Mitglieder der Derry-Brigade bekannt, und es wurde ferner behauptet, Donal Callaghan sei in eine Reihe von Morden verwickelt gewesen, die die IRA Mitte der Siebzigerjahre in Auftrag gegeben habe.

Es wurde nie geklärt, wieso die Bombe an jenem Tag vorzeitig in der Werkstatt losgegangen war, und weil die Einzigen, die den tatsächlichen Hergang kannten, die Männer waren, die sich am Explosionsort aufgehalten hatten, wird die Wahrheit wohl niemals ans Licht kommen. Die meisten Berichte führen die vorzeitige Explosion auf menschliches Versagen zurück – einer machte einen Fehler, der Sprengstoff war instabil, die Verkabelung falsch – und es ist gut möglich, dass wirklich nicht mehr dahintersteckte. Doch es gibt natürlich auch andere Möglichkeiten und über die Jahre habe ich unzählige schlaflose Nächte damit verbracht, jede einzelne durchzugehen – mir dies vorzustellen und das auszumalen, mich verzweifelt zu fragen, ob William irgendwann etwas gesagt oder getan hatte, das mir einen Hinweis auf das gab, was passiert war …

In meinen dunkelsten Momenten frage ich mich manchmal, ob er nicht von Anfang an wusste, dass Donal tatsächlich *der* Donal Callaghan war, und dass er die ganze Zeit nur die eine Absicht gehabt hatte, den Mörder seines Vaters bei der erstbesten Gelegenheit zu töten, die sich ihm bot. Es ist ein verstörender Gedanke und ich habe es nie so richtig geschafft, ihn für mich zu akzeptieren, denn das würde heißen, dass William mich belogen hätte. Aber er hatte mir doch versichert, mich nie belogen zu haben. Ich hatte ihm damals geglaubt … und ich glaube ihm immer noch.

Dabei gibt es eine Variante, die ich akzeptieren kann – dass er vielleicht erst im allerletzten Moment eine Bestätigung für seine Annahme über Donal fand. Vielleicht hatte Donal an jenem Tag in der Werkstatt etwas gesagt, das nur der Mörder von Williams Vater wissen konnte, und William hatte aus dem Bauch heraus gehandelt …

Oder vielleicht hat er auch nie die Wahrheit über Donal herausgefunden. Sondern stattdessen in Erfahrung gebracht, dass der geplante Anschlag unschuldige Menschen töten würde, und es hatte nur eine Möglichkeit gegeben, das zu verhindern – nämlich die Bombe vorsätzlich zu zünden …

Oder vielleicht stimmte auch nichts davon.

Ich weiß es nicht …

Um ehrlich zu sein, inzwischen versuche ich, nicht mehr zu viel drüber nachzudenken, denn irgendwann habe ich gemerkt, dass es eigentlich keine Rolle spielt. Was immer an jenem Tag geschah – wie edel, dumm, mutig oder gerecht es auch war –, William bleibt für immer tot.

In den ersten paar Wochen nach der Bombenexplosion verbrachte ich viel Zeit bei Nancy und Joe, und auch wenn wir uns in den folgenden Monaten und Jahren nicht mehr ganz so oft sahen, telefonierte ich doch relativ regelmäßig mit ihr und wir versuchten, uns etwa alle zwei Wochen zu treffen. Manchmal fuhr ich zu ihr in die Wohnung und wir redeten Stunden um Stunden, manchmal gingen wir auch auf einen Kaffee oder zum Essen irgendwohin …

Wir kamen uns sehr nah.

Und sie erzählte mir viel von William …

Auch die Wahrheit über seinen Namen.

Ich erinnere mich daran, wie sie eines Tages fragte: »Hat er dir jemals von seinem Großvater erzählt?«

»Ja«, sagte ich und lächelte bei der Erinnerung. »Er hat mir gesagt, sein Großvater liebte Western, und wenn die Oma nicht da war, hätte er sie ihm vorgelesen.«

Nancy lachte. »Das hat er mir auch erzählt … aber was er *nicht* gesagt hat, ist, wie sehr auch *er* Western mochte.«

»William mochte Western?«

»Ja, er hat sie sich immer aus der Bücherei geholt, aber nur gelesen, wenn er allein war, in seinem Zimmer … verstehst du? So als wären sie immer noch etwas, das man geheim halten müsste.« Sie sah mich an. »Ehrlich gesagt, ich glaube, es war ihm ein bisschen peinlich.«

Ich nickte und lächelte traurig ... ich stellte mir vor, wie er allein mit einem Taschenbuch-Western in seinem Zimmer saß, ganz versunken in die Welt der Revolverhelden und Geächteten ...

»So ist er zu seinem Namen gekommen«, sagte Nancy.

»Wie bitte?«

»William Bonney ... du weißt doch, dass das nicht sein richtiger Name war, oder?«

»Ja ...«

Sie lächelte. »Es war einer der Namen, die Billy the Kid benutzte.«

»Billy the Kid?«, sagte ich und starrte sie an. Und ich erinnerte mich an den Tag damals im Lagerhaus, als William während des Vorspielens aufgekreuzt war ... ich erinnerte mich, wie Curtis nach seinem Namen gefragt hatte und wie er, als William ihn nannte, gemeint hatte: »Ich glaub's nicht, du heißt genauso wie der verdammte Billy the Kid?« Und wie William ihn nur angesehen hatte und meinte: »Echt? Wusste ich gar nicht.«

Ich schaute zu Nancy. »Das heißt, er hat sich William Bonney genannt, weil er Western mochte?«

»Ja, schon, doch es steckt noch ein bisschen mehr dahinter. Ich hab es selbst erst vor Kurzem herausgefunden. Der Vater von Billy the Kid hieß William Henry Antrim. Und Billy nannte sich auch manchmal Henry Antrim.«

»Und Williams Großeltern kamen aus Antrim.«

Nancy nickte. »Aber der richtige Name von Billy the Kid, sein Geburtsname, war eigentlich Henry McCarty.« Sie sah mich an. »Und so hieß auch William mit richtigem Namen.«

»Das versteh ich nicht ...«

»Williams richtiger Name, der Name, der in seiner Geburtsurkunde steht, ist Henry William McCarty.«

Ich runzelte die Stirn. »Und Billy the Kid hieß auch Henry McCarty?«

»Ja ... ist verrückt, was?«

Ich schüttelte fassungslos den Kopf. »Das heißt, William hieß eigentlich ... *Henry*?«

Nancy lachte. »Nein ... keiner hat ihn je Henry genannt. Alle kannten ihn immer nur als William, schon seit er ein Baby war.«

»Hm ...« seufzte ich. »Wenigstens das. Ich meine, ich hätte es, glaube ich, nie auf die Reihe gebracht, mir William als Henry vorzustellen ...«

»Nein«, sagte Nancy leise. »Nein ... er wird nie ein anderer sein als William.«

»William McCarty«, murmelte ich vor mich hin. »William McCarty ...«

Der Klang gefiel mir.

Nancy erzählte mir an dem Tag auch, wie *sie* mit richtigem Namen hieß, aber ich musste versprechen, ihn nie vor anderen preiszugeben, auch nicht nach ihrem Tod. Und wie sie einmal zu mir gesagt hatte: Ein Versprechen ist ein Versprechen.

Ich hab meine Versprechen immer gehalten.

Weshalb ich das alles auch erst jetzt aufschreibe, einen Monat nach Nancys Beerdigung.

Sie war seit Langem krank gewesen, es ging mal besser, mal schlechter seit der ersten Krebsdiagnose im Winter 2006. Eine Weile hatte es so ausgesehen, als ob sie den Krebs besiegen könne, doch als sie dieses Jahr im Juli zur Kontrolluntersuchung ging, zeigten die Tests, dass der Krebs wieder da war und sich rapide ausbreitete ... und danach ging es ganz schnell bergab.

Sie starb am 21. September 2010 im Krankenhaus.

Es war genau einen Tag vor Williams vierunddreißigstem Todestag.

Sie war vierundsechzig.

Und ich vermisse sie sehr.

Ich weiß, dass auch Little Joe sie vermisst. Inzwischen ist er natürlich nicht mehr klein und nennt sich auch schon lange nicht mehr Joe, sondern trägt jetzt einen anderen Namen, einen, der überhaupt keine Verbindung zur Vergangenheit zulässt, und er lebt in Ruhe und Frieden mit Frau und Kindern in einem verschlafenen kleinen Nest am Ende der Welt, an einem Ort, wo ihn die Vergangenheit nie einholen wird.

Meine Mutter allerdings holte die Vergangenheit schon vor langer Zeit ein. In den frühen 1980ern wurde ihr Verhalten wirklich alarmierend, und weil sie manchmal richtig gewalttätig war, musste sie immer wieder in Spezialkliniken und geschlossene Einrichtungen. Jedes Mal, wenn sie entlassen wurde, war die Zeit bis zur nächsten Einweisung kürzer ... bis sie schließlich 1984, nach einem körperlichen Angriff auf eine Nachbarin (die sie beschuldigte, eine Affäre mit ihrem Mann zu haben), in eine Langzeitklinik für psychisch Kranke in Berkshire eingeliefert wurde ... Dort nahm sie sich zwei Monate später das Leben.

Bei meinem letzten Besuch, eine Woche vor ihrem Selbstmord, wusste sie nicht mehr, wer ich war.

Ein weiteres Leben …
Ein weiterer Tod …

Während all der Jahre habe ich mein Versprechen, das ich William gegeben hatte, stets gehalten. Ich habe nie jemandem die Wahrheit über ihn erzählt, ich habe nie über seinen Vater, über Nancy oder irgendetwas anderes gesprochen, das sie und Joe vielleicht in Gefahr hätte bringen können. Das war nicht immer leicht, besonders in den ersten Tagen nach Williams Tod. Und am schwierigsten war wohl die Frage, was ich Curtis über William sagen sollte. Ich war so vollkommen am Boden zerstört damals, so zerfressen von Trauer, dass ich ihm eigentlich *gar* nichts erzählen wollte. Ich wollte nicht mit ihm reden, ich wollte ihn nicht sehen … ich wollte gar niemanden sehen. Ehrlich gesagt, ich wollte überhaupt nichts mehr. Ohne William hatte einfach alles keinen Sinn mehr für mich.

Aber Curtis rief ständig an oder kam vorbei – er wollte unbedingt erfahren, was los war, und je mehr ich ihn mied, desto wütender wurde er … was rückblickend absolut verständlich war. Inzwischen war unsere Single erschienen und nach dem Auftritt bei *Top of the Pops* schoss sie in den Charts gleich auf Platz dreiundzwanzig, deshalb war es völlig natürlich, dass Curtis wissen wollte, wieso ich mich plötzlich abkapselte und weigerte, mit irgendwem zu reden.

Und nach einer Weile merkte ich, wenn ich ihn weiter mied, wenn ich mich weiter weigerte, ihm zumindest *irgendeine* Erklärung zu geben, würde das für mich alles nur noch schlimmer machen. Deshalb ließ ich ihn, als er das nächste Mal klingelte, rein, nahm ihn mit in mein Zimmer und erklärte ihm, William sei von einem Auto überfahren worden und bei dem Unfall gestorben.

Es war – in jeder Hinsicht – schrecklich, das zu tun, und ich verachtete mich dafür, aber ich wusste nicht, was ich sonst hätte tun sollen. Ich musste Curtis etwas sagen und die Wahrheit konnte ich ihm nicht erzählen, deshalb präsentierte ich ihm eine Lüge, die so dicht an der Wahrheit war, wie ich glaubte, gehen zu können.

Curtis war ernsthaft schockiert von der Nachricht, sie traf ihn viel härter, als ich erwartet hatte. Dabei hätte es mich eigentlich nicht überraschen dürfen, doch ich glaube, ich war so in meinen eigenen Gefühlen gefangen, dass ich völlig vergessen hatte, wie viel William auch Curtis bedeutete. Natürlich ließ sich nicht abstreiten, dass Curtis ihn manchmal gehasst hatte, aber ich glaube, für Curtis bedeutete jemanden zu hassen fast das Gleiche, wie ihn zu lieben.

Deshalb, ja, Williams Tod war ein gewaltiger Schlag für ihn.

Ich denke, er hatte seine Zweifel, ob ich ihm wirklich die *ganze* Wahrheit erzählte – besonders, als ich erklärte, dass wir nicht zu Williams Beerdigung könnten, weil sein Leichnam am Tag nach dem Unfall zurück nach Belfast geflogen worden sei, und dass die Beerdigung bereits stattgefunden hätte … doch ich rechne es Curtis hoch an, dass er mich in diesem Punkt nie bedrängt hat. Ich glaube, es machte für ihn eigentlich keinen Unterschied, wie Willliam starb – er war tot, und mehr gab es dazu nicht zu sagen.

Am selben Tag erklärte ich Curtis auch, dass ich nicht mehr in der Band spielen würde, und in diesem Punkt fing er sehr wohl an, mich zu bedrängen.

»Natürlich«, sagte er. »Das versteh ich ... ist ja klar, dass du das erst mal so empfindest.«

»Nein, Curtis«, erklärte ich ihm. »Ich meine es ernst. Ich will nicht mehr, und fertig.«

»Na gut ... aber warum lässt du dir nicht ein bisschen Zeit, drüber nachzudenken? Ich meine, es eilt ja nicht.«

»Ich hab schon drüber nachgedacht.«

»Ja, okay, aber –«

»Ich werde meine Meinung nicht ändern.«

»Hör zu, Lil«, sagte er und sah mich an. »Ich weiß, wie du dich gerade fühlst –«

»Nein, weißt du nicht.«

»... aber die Sache ist die ... du hast jetzt auch Verpflichtungen. Wir haben Interviews in Planung, Fotoaufnahmen, Auftritte, vielleicht auch noch mehr Fernsehshows ... ich meine, wenn wir jetzt nicht die Chance nutzen –«

»Tut mir leid, Curtis«, antwortete ich. »Aber das ist mir wirklich egal. Du musst ohne mich klarkommen.«

»Tja«, sagte er kalt. »Aber leider nicht nur ohne *dich*. Ich meine, dann sind ja nur noch Stan und ich übrig.«

»Verschwinde«, sagte ich leise.

Er sah mich an. »Ich wollte dich nicht –«

»Geh einfach, bitte.«

»Schau, was ich nur sagen wollte –«

»Ich meine es ernst.«

Er sah mich einen Moment lang an, und als ich demonstrativ wegschaute, stand er auf und ging schweigend hinaus.

Ich hab ihn danach nicht mehr oft gesehen – jedenfalls nicht persönlich. Er machte noch eine Weile mit Naked weiter, holte sich einen neuen Bassisten und einen neuen Rhythmusgitarristen, aber es funktionierte nie so richtig. Nach dem relativen Erfolg unserer ersten Single – sie kam in den Charts bis auf Platz zwölf – setzte Polydor große Hoffnungen in die zweite, einen alten Song namens *Crack Up,* den die neue Naked-Band im Dezember des Jahres aufnahm, aber sie kam bei Weitem nicht an unsere erste Single heran und schaffte es nicht mal unter die Top 40. Kurz danach erfuhr ich, dass Curtis Naked aufgelöst hätte und ein Soloalbum aufnähme. Ich hörte auch, er hätte inzwischen neben allem anderen angefangen, Heroin zu nehmen, und jedes Mal, wenn ich ein Foto von ihm sah, in *NME, Sounds* oder im *Melody Maker,* war ganz deutlich: Wenn er sich nicht bald in den Griff bekam, würde er nicht mehr lange leben.

Das nächste Jahr oder so hörte ich nicht viel über Curtis. Es gab ab und zu Berichte, dass er immer noch an seinem Soloalbum arbeite – das von Eingeweihten ganz unterschiedlich beurteilt wurde, entweder als »echtes Meisterwerk« und »moderne Symphonie« oder als »pompöse Scheiße« –, und es gingen alle möglichen Gerüchte um, dass das Album wegen Rechtsstreitigkeiten oder persönlichen Problemen nie veröffentlicht würde … doch auf einmal, gerade als Curtis' Traum in einem großen schwarzen Loch zu versinken schien, lief es auf einmal wieder für ihn. Zunächst entschloss sich Peugeot, *Heaven Hill* als Soundtrack in der Fernsehwerbung für ein neues Auto zu verwenden, und der Song wurde daraufhin so populär, dass Polydor die Single neu herausbrachte, diesmal mit *Heaven Hill* als A-Seite, und innerhalb weniger Wochen wurde sie ein sensationeller Hit. Nummer eins sowohl in England als auch in Amerika, die Radiosender spielten den Song rauf und runter … es war *gigantisch.* Und Curtis war plötzlich wieder schwer gefragt. Er war überall, promotete die Platte in Zeitungen und Zeitschriften, sang

Playback dazu in *Top of the Pops* – mit einer reinen Mädchen-Begleitband – und wirkte tatsächlich viel gesünder als in der Zeit vorher. Nicht *allzu* dürr und ausgemergelt, nicht *allzu* gestört ... ehrlich gesagt, es schien fast so, als ob es ihm Spaß machte.

Heaven Hill brachte Curtis nicht nur viel Geld ein, sondern machte ihn auch zu einem Star, einer echten Rock-'n'-Roll-Berühmtheit. Und als schließlich 1979 sein Soloalbum – ein Doppelalbum mit dem Titel *Every Moon* – herauskam, stieg er in seinem Starruhm zu noch größeren Höhen auf. Es war eine erstaunliche Platte, absolut umwerfend – dunkel, eindringlich, gewaltig, schön ... die Kritiker bewunderten sie und das Publikum kaufte sie wie verrückt. *Every Moon* war wochenlang Nummer eins in den Album-Charts, sowohl in England als auch in den USA, und es wurden drei Singles ausgekoppelt – *Stupid, Run for Ever* und *The Dance upon Nothing.*

Curtis hatte es geschafft. Er hatte sich seinen Traum erfüllt, er hatte bekommen, was er immer wollte – Ruhm, Erfolg, Geld. Er war in der Presse – nicht nur in den Musikzeitschriften – und er war im Fernsehen. Er beherrschte die Nachrichten. Er hatte schöne Freundinnen, er behandelte sie schlecht ... er betrank sich, es gab Schlägereien, er nahm Drogen ...

Er war ein Rock-'n'-Roll-Star.

1981 verließ er London und ging nach Los Angeles, in der Hoffnung auf eine Filmkarriere. Er spielte auch in einigen Filmen mit, die aber alle nicht gut waren – selbst wenn einzelne davon okay waren, herrschte doch Einigkeit, dass Curtis es nicht war. 1982 verkündete er, er wolle die Schauspielerei aufgeben und sich wieder ganz auf die Musik konzentrieren. Eine neue Platte war in der Pipeline, diesmal ein

Dreieralbum … doch dann gingen die Gerüchte wieder los. Curtis wäre die ganze Zeit betrunken, er nähme wieder Heroin, er sei kokainabhängig … er hätte eine seiner Freundinnen zusammengeschlagen, er hätte sich nicht unter Kontrolle, er drehe durch … er habe sein ganzes Geld verprasst und lebe auf der Straße …

Ich weiß nicht, wie viel davon stimmte.

Ich weiß nur, dass am Neujahrstag 1983 seine Leiche im Zimmer eines schäbigen Hotels in der Innenstadt von Los Angeles gefunden wurde. Er war an einer gewaltigen Überdosis Heroin gestorben.

Weil es keinen Abschiedsbrief gab, wurde danach noch jahrelang über seinen Tod spekuliert und es gab zahllose konspirative Theorien, dass es kein Selbstmord gewesen sei, sondern eine versehentliche Überdosis, oder dass er umgebracht wurde – von einer Exfreundin, dem FBI, der Mafia …

Ich weiß nicht, ob Curtis sich umgebracht hat. Doch was es auch war – Selbstmord oder Versehen –, es hatte sich seit Langem abgezeichnet.

Es war nur die Frage gewesen, wann.

Deshalb kann ich nicht sagen, ich wäre überrascht gewesen, als ich davon erfuhr … ich war bestürzt, sprachlos, schockiert, verwirrt und ich heulte mir das Herz aus dem Leib – lange. Aber nein … überrascht war ich nicht.

Er war Curtis Ray.

Fucked up and dead at every moon.

Leben und Tod …

Keine Ahnung …

Es ist immer verdammt hart.

Aber du kannst das eine nicht ohne das andere haben.

Und genau darum geht es ja im Grunde. Ich kann jetzt die Geschichte erzählen, weil Nancy tot ist und Little Joe ein neues Leben am anderen Ende der Welt gefunden hat, also muss ich nicht befürchten, ihr Leben aufs Spiel zu setzen, wenn ich ihre Geheimnisse preisgebe, denn die Geheimnisse können ihnen nichts mehr antun.

In den Tagen und Wochen nach Williams Tod war ich – körperlich und seelisch – so fertig, dass es mir gar nicht in den Sinn kam, etwas von dem, was in mir vorging, könne *nichts* mit meiner Trauer zu tun haben. Die Müdigkeit, der Brechreiz ... ich schrieb das alles zwar nicht bewusst dem Trauerprozess zu, denn zu der Zeit konnte ich überhaupt nicht rational denken. Es war einfach etwas, das mir widerfuhr, genau wie alles andere ... ehrlich gesagt registrierte ich es kaum.

Doch Anfang Oktober, nachdem ich mich eine ganze Woche lang Morgen für Morgen übergeben hatte, dämmerte mir schließlich, dass mit mir vielleicht etwas anderes war. Deshalb ging ich zum Arzt, um mich untersuchen zu lassen (das war noch zu der Zeit, als es keine Schwangerschaftstests für zu Hause im Laden zu kaufen gab), und nach wenigen Tagen erhielt ich die Bestätigung – ich war schwanger.

Ich würde ein Kind bekommen ...

Ich wusste nicht, was ich davon halten sollte. Ein Teil von mir war begeistert, beschwingt, freudig erregt ... der andere Teil hatte Angst, war verwirrt, kam damit nicht zurecht. Ich weinte noch um William, ich trauerte noch, war noch gefangen von seinem Tod ... wie konnte ich da ein neues Leben feiern? Außerdem war ich schließlich erst siebzehn, ich ging noch zur Schule ...

Ich wusste nicht, was ich tun sollte.

Ich *wusste* es einfach nicht …

Nur über eines war ich mir vollkommen sicher: dass William der Vater war.

Ich *wusste* es einfach.

Ich konnte es *spüren*.

Es gab überhaupt keinen Zweifel in mir.

Abgesehen davon stimmte die Zeit … und wann immer ich mit Curtis geschlafen hatte, hatten wir Vorkehrungen getroffen. Doch in jener Nacht mit William in der Kapelle … da war es anders gewesen. *Das* war die Nacht …

Ich wusste es.

Und selbst wenn es den leisesten Zweifel in mir gab – was ehrlich gesagt tief drinnen vielleicht schon der Fall war –, spätestens als mein Kind am 12. Juni 1977 auf die Welt kam, ich den kleinen Kerl zum ersten Mal in meinen Armen hielt und ihm in die Augen sah, wusste ich genau, er war Williams Sohn.

Unser Sohn.

Seine Augen waren natürlich blau – haselnussbraun wurden sie erst ungefähr achtzehn Monate später –, aber es waren dennoch eindeutig Williams Augen. Rein, hell, klar und strahlend, so voller Leben …

Alles an ihm war genau wie bei William.

Er *war* William.

Er *ist* William.

William Garcia.

Es gab eigentlich keinen anderen Namen für ihn.

Er ist jetzt vierunddreißig, was ich immer noch nicht glauben kann, vor allem, wenn mir bewusst wird, dass sein Vater in meiner Erinnerung immer sechzehn sein wird. Es ist manchmal eigenartig, zu wissen, dass mein Sohn mehr als doppelt so alt ist wie sein Vater ... das macht mich jedes Mal traurig, wenn ich dran denke.

Aber es kann auch sehr tröstlich sein.

William ähnelt seinem Vater sehr. Er hat die gleichen Augen, die gleichen Haare, das gleiche schöne Gesicht ... er denkt auf ganz ähnliche Weise, ja, er klingt sogar wie sein Vater, besonders wenn er singt. Und wie sein Vater ist er ein begnadeter Musiker. Er hat Musik immer geliebt, schon von Kindheit an, und so wie er Williams musikalische Begabung geerbt hat, so hat er auch Williams *Haltung* zur Musik geerbt. Ich habe nie vergessen, wie William von Curtis' »hohlen Träumen« sprach und mir sagte: »Wenn die Musik wirklich alles wär, was ihn interessiert, würde er einen Scheiß auf einen Plattenvertrag geben und der ganze Mist von wegen ›groß rauskommen‹ wär ihm egal ... dann ginge es ihm nur ums Spielen.« Und ich weiß, William wäre stolz auf seinen Sohn, denn genau das Gleiche empfindet auch er in Sachen Musik. Er will einfach Songs schreiben und spielen. Er hat es solo getan, in Bands, für Geld, für lau ... es war ihm nie wichtig, ob er von der Musik leben kann oder nicht. Solange er spielen darf, ist er glücklich.

Tatsächlich lebt er inzwischen aber von seiner Musik – sogar gut –, was bedeutet, dass ich ihn nicht so oft sehe, wie ich es mir wünschen würde. Aber wann immer ich Sehnsucht nach seiner Stimme habe, muss ich nur meinen iPod anstellen und kann seine Songs hören, egal wo ich bin. Und das Beste daran ist: Wenn ich zum Abney-Park-Friedhof fahre, was ich mindestens einmal die Woche tue, und dort die Wege entlanggehe, mich an William erinnere, auf unserer Bank sitze und um mich herum die Bäume und Statuen und die üppige Vegetation betrachte, die immer noch wild über die alten Gräber und Steine wuchert … dann kann ich, wenn ich Lust habe, die Musik unseres Sohnes hören und mir vorstellen, dass William sie mit mir zusammen hört.

40

Heute Morgen bekam ich eine E-Mail von meinem Sohn. Er ist im Moment auf Tour in Amerika, um sein neues Album zu promoten, aber egal wo er ist, er meldet sich immer bei mir – ruft täglich an oder schreibt eine Mail, nur um zu sagen, dass alles okay ist. Doch die Mail heute Morgen lautete einfach: *Es ist an der Zeit, dass du dir das ansiehst, Mum.* Die Mail hatte noch einen Anhang, ein Video … *totp/23976/Naked/Naked.*

Es war ein Video unseres Auftritts in *Top of the Pops.*

Ich hatte es nie angeschaut. Lange Zeit wusste ich nicht mal, dass die Aufnahme noch existierte – und selbst wenn, hätte ich sie wahrscheinlich nicht sehen wollen –, doch seit ein paar Jahren weiß ich, dass man auf YouTube alle möglichen alten *Top of the Pops*-Auftritte angucken kann und es auch bei UK Gold viele Folgen zu sehen gibt. Deshalb ging ich davon aus, wenn ich unseren Auftritt wirklich hätte sehen wollen, wäre ich sicher fündig geworden.

Ich wollte es einfach nicht.

Aber jetzt …

Jetzt, nachdem ich das Ganze hier niedergeschrieben habe, jetzt, nachdem ich in die Zeit von damals zurückgegangen bin und sie noch einmal durchlebt habe … jetzt ist mir, als ob ich etwas *ausgetrieben* hätte. Ich weiß, dass ich, wenn ich will, durchaus wieder in die Zeit zurückkann … ich weiß, es tut nicht mehr allzu weh. Und als ich heute Morgen Williams E-Mail las und begriff, dass er mir das *Top of the Pops*-Video geschickt hatte … wusste ich, er hatte recht.

Es *war* an der Zeit, es mir anzusehen.

Also tat ich es.

Mein Herz pochte, als ich das Video lud und auf Play drückte. Ich war unglaublich nervös, unsicher … ja, sogar ein bisschen ängstlich. Aber ich war auch gespannt, auf ängstliche Weise gespannt. Und als das Video losging … Gott, es war so bizarr. Es begann direkt am Ende des Wurzels-Auftritts, die Kamera schwenkte über die applaudierende Menge zu Tony Blackburn, der wie immer grinste, in seinem schrecklichen cremefarbenen Anzug, und wie ein Idiot mit zwei Teenagern in Minirock und engem T-Shirt flirtete … doch dann dreht er sich wieder zur Kamera und sagt: »Once again it's tip for the top time on *Top of the Pops* and here's a brand-new group with a brand-new song … it's Naked …« Er macht eine Pause, grinst wieder. »… with *Naked.*«

Während die Kamera erneut über die Menge schwenkt, hört man die ersten vier Takte von *Naked* und dann sieht man Curtis – wie er über seine Gitarre gebeugt die Akkorde heraushaut – und dann fallen Bass und Schlagzeug krachend ein und *o Gott* … ich hatte vergessen, wie gut das klingt. Gewaltig und laut, atemberaubend stark … und jetzt taumelt Curtis zum Mikro, torkelt und wirbelt über die Bühne, und er starrt wie ein Irrer in die Kamera, öffnet den Mund und fängt an zu singen:

IDLE BLACK EYES
AND DRUG-YELLOWED SKIN

THE DREAM FLOWERS DIE
ON HER COLD NAKED SIN …

Er singt natürlich nur Playback, aber das spielt keine große Rolle – es klingt fantastisch und er sieht echt gut aus … und dann schwenkt die Kamera rüber zu mir …

Und ich sehe schrecklich aus.

Ich bin ganz schwarz gekleidet – enge schwarze Jeans, enges schwarzes Top –, mein Gesicht ist totenbleich und ich wirke wie in Trance. Meine Hände bewegen sich auf dem Bass, aber alles andere ist still. Ich stehe nur da, starre ins Nichts. Meine Augen sind leer, mein Gesicht ausdruckslos … ich bin total weg. Nicht mal, als die Kamera von meinem Gesicht geht und für einen kurzen Moment anzüglich auf meine Brüste schwenkt, reagiere ich, sondern starre nur weiter geradeaus, ins Leere.

I'M NAKED!
YOU'RE NAKED!

Es ist ein wirklich eigenartiges Gefühl, mich auf dem Bildschirm zu sehen. Ich kann erkennen, wie ich damals auf andere gewirkt haben muss – gut aussehend, auf eine irgendwie kaputte, aber trotzdem attraktive Art … ich wirkte wahrscheinlich einfach cool, als ob mich alles nichts anginge … und auf jeden Fall rock-'n'-roll-mäßig.

Aber so war es nicht.

In Wirklichkeit stand ich einfach nur unter Schock.

WE'RE NAKED!
… NAKED!

Doch das Eigenartigste – und für mich Berührendste – ist, dass man, obwohl William nicht mit uns auf der Bühne ist, sehr deutlich sieht, wo er gestanden hätte, wenn er dabei gewesen wäre. Es gibt eine deutlich sichtbare Lücke auf der Bühne, gleich rechts neben Curtis, wo William immer gestanden hat, und ob Curtis nun bewusst diese Lücke meidet oder nicht … keine Ahnung.

Aber er geht nicht hin.

Kein einziges Mal.

Es ist, als ob da irgendwas im Weg wäre.

Und je länger ich das Video betrachte – und ich habe es nun schon etliche Male angesehen –, desto überzeugter bin ich, dass wirklich etwas da ist …

Eine Energie vielleicht …

Eine Kraft.

Ein Geist.

Aber natürlich weiß ich, dass das Unsinn ist. Ich weiß, es ist *nicht* William …

Doch als ich das Video das letzte Mal angeschaut habe, vor weniger als fünf Minuten, hätte ich schwören können, dass ich für einen Moment ein geisterhaftes Gesicht sah, das mich anblickte – blasser Teint, ein wunderbares Lächeln, leuchtende haselnussbraune Augen …

Und für einen kurzen Moment musste ich weinen.